L.T. Ayren

Hüter der Feder

Ein Buch aus dem FRANZIUS VERLAG

Cover: Simone C. Franzius, nach einer Idee von Perry Payne
Korrektorat & Lektorat: Petra Liermann
Korrektorat: Jenny Rubus
Verantwortlich für den Inhalt des Textes
ist der Autor L. T. Ayren
Satz, Herstellung und Verlag: Franzius Verlag GmbH
Druck und Bindung: BoD, Norderstedt

978-3-96050-093-3

Die Deutsche Nationalbibliothek verzeichnet diese Publikation in der Deutschen Nationalbibliografie; detaillierte bibliografische Daten sind im Internet über http://dnb.dnb.de abrufbar.

Franzius

Inhalt

An alle Weltenwanderer, die für ihre Träume kämpfen.
Ob in unserer oder deiner Welt, höre nie auf,
nach den Sternen zu greifen.
Für die Liebe meines Lebens,
die mir Mut, Kraft und Zeit schenkte.

Der Anfang

Der wütende Mob formierte sich im Schatten des gewaltigen Schlosses von Erbess. Die Botschaft, dass sich die tot geglaubte Hoffnung des Volkes wieder in der Stadt befand, hatte sich wie ein Lauffeuer herumgesprochen. Obwohl die aufgehende Sonne die Gassen noch nicht mit klärendem Licht durchflutete, war die gesamte Stadt auf den Beinen, bereit, Thal auf dem Königsplatz mit allen Mitteln zu unterstützen.

Schnell war der Platz um den Palast bis auf den letzten Zentimeter gefüllt. Schulter an Schulter standen die vielen Bewohner und erwarteten die Rückkehr Thals. Umringt von der Schutzmauer, hallte das Gemurmel und Tuscheln der vielen. Alarmiert vom lauten Glockengeläut sammelte sich die königliche Schutzwache auf dem Gelände und bildete einen abschirmenden Wall um den Palast. Durch deren Anwesenheit angestachelt, bündelten sich vereinzelte Stimmen zu mehreren kleinen Chören, die vor allem die Frage nach dem Verbleib des einen Mannes aus ihrer Mitte stellten. All die offenen Fragen lagen unheilvoll auf den Stufen des Palastes und mit ihnen die Hoffnung auf Antworten.

Die spürbare Anspannung entlud sich, als es an einer Seite der Stufen zu einem Gerangel kam. Ein Einwohner packte eine der Wachen an deren Rüstung und brüllte auf ihn ein. Dies wiederum führte dazu, dass weitere Wachen zur Hilfe eilten und die Bewohner der Stadt Gefahr liefen, sich in einer gewaltigen Schlägerei wiederzufinden.

Gerade als die wütenden Zwischenrufe und das Geschubse den ganzen Platz zu verschlucken drohten, brach finstere Nacht über den Palast herein. Der feuchte warme Nebel hüllte die Streitparteien in undurchdringbare Finsterkeit. Gefolgt von einem lauten Aufschrei der Anwesenden, der schnell verstummte.

Absolute Stille breitete sich aus. Nur ein Augenblick verging, bevor sich der Nebel legte und Thal, wie aus dem Nichts kommend, vor ihnen auf den Stufen erschien. Das Gesicht der Masse zugewandt, stand er schweigend vor ihnen. Die leicht zittrigen Hände, der rasch umherwandernde Blick und die ein oder andere Schweißperle auf der Stirn verrieten, dass er sich nach wie vor nicht daran gewöhnt hatte, im Mittelpunkt der Aufmerksamkeit zu stehen.

Das erstaunte Raunen wandelte sich schnell in gellende Jubelschreie, als die Menge Thal in voller Pracht erkennen konnte. Wie eingefroren stand er nun vor ihnen und versuchte einen klaren Gedanken zu fassen. Alle Bewohner waren gekommen, um ihn zu sehen, zu sehen, was nun geschehen würde. Wenngleich er sich seinen Plan sorgfältig zurechtgelegt hatte, konnte er sich nicht mehr daran erinnern, was er als Nächstes zu tun beabsichtigt hatte. Er schloss die Augen und nahm einen tiefen Atemzug, während sich die Masse nicht beruhigen konnte. Sie war viel zu laut, als dass er dagegen hätte anschreien können. So entschied er sich, ein paar weitere tiefe Atemzüge zu nehmen. Die frische Morgenluft füllte seine Lungen und klärte seine Gedanken. Plötzlich spürte er die Erleichterung und Hoffnung, die die Menschen auf ihn übertrugen. Auf einmal erkannte er seine Verantwortung. Ihm schlug das Herz bis zum Halse und die Last auf seinen Schultern drohte ihn fast zu erdrücken.

Vor einiger Zeit hatte er sich als ihr Held auf den Weg gemacht. Auf einen Weg, der seine geliebte Stadt verändern sollte. Seine Stadt, in die er sich flüchtete und die ihm so wenig gab, aber die sich dennoch nach Heimat anfühlte.

Mit einem letzten tiefen Atemzug riss er seine Augen auf und blickte in die vielen Gesichter vor sich. Die wohlgesinnten Blicke erleichterten ihn etwas. Dennoch wusste er nicht, wie er diesen Tag überstehen konnte. Er wanderte etwas auf und ab in der Hoffnung, Klarheit zu gewinnen, sich wieder auf die Sache konzentrieren zu können und das zu tun, wofür er nun zurückgekommen war. Die Gedanken rasten in seinem Kopf. So viele Möglichkeiten, was er tun und sagen konnte.

Er machte einen weiteren Schritt. Sein Blick suchte nach etwas, das ihm Halt geben würde. Er nahm eine Stufe nach oben mit der Absicht, mehr zu sehen. Ging wieder eine Stufe hinab, weiter versuchend, seine Gedanken zu ordnen. Erneut schweifte sein Blick durch die Menge. Und da sah er es. Das, wonach er gesucht hatte. Ein paar Schritte vor ihm stand ein kleines Mädchen. Schüchtern klammerte sie sich an ein Buch und versuchte sich hinter dem Bein des Vaters zu verstecken. Thal erkannte sein Buch. Ein schlichter Einband mit einer schlangenförmigen Linie.

Auf einmal durchströmte ihn die Zuversicht, die er empfunden hatte, als er das Buch in seinem Exil geschrieben hatte. Wie der Nebel zuvor löste sich auch das Gedankenknäuel.

Als hätte er es nicht anders geplant, stieg er ein paar Stufen die Treppe nach oben und gab der Menge ein Zeichen. Augenblicklich verstummten die Menschen und blickten gespannt auf ihn. Thal beschritt weiter die Treppe nach oben in Richtung des massiven Tores des Palastes. Begleitet wurde er von dem Gemurmel der versammelten Stadt.

Als er die Hälfte der Stufen bereits überwunden hatte, stoppte er unvermittelt und blieb stehen.

Laut und deutlich ergriff er das Wort und rief Richtung Palast: »Wir ...« Thal unterbrach sich und hielt einen Moment inne. Er erinnerte sich daran, dass es kein »Wir« in seiner Geschichte gab, und setzte erneut an.

»Ich habe meine Aufgabe erfüllt. Ich bin hier, um mein Recht einzufordern.«

Die Quelle

Einige Zeit vor der Konfrontation vor dem Palast.

Während Thal und Gingst durch die engen Gassen der Stadt marschierten, stiegen die ersten Sonnenstrahlen von Osten auf. Dicht an dicht standen die in die Jahre gekommenen Fachwerkhäuser aufgereiht in der Straße. Kaum eines höher als zwei Stockwerke. Einige waren bereits derart alt und zerfallen, dass sie sich gemächlich nach vorne neigten. Wie ein langsam sinkendes Schiff gruben sich die Häuser in den weichen Boden, in dem auch Thal und Gingst immer wieder einsanken. Ihr dunkles, verbrauchtes Holz war schon so oft mit Farbe überstrichen worden, dass die dicke Farbschicht die Maserung verdeckte. In den ältesten Teilen der Straße bildeten die eingesunkenen Gebäude längst ein schützendes Dach über der Gasse. Lediglich ein paar Sonnenstrahlen bahnten sich den Weg in die sonst windgeschützte Straße. Ohne den Halt des anlehnenden Bauwerkes wären vermutlich einige schon lange in sich zusammengefallen. Sie wirkten beinahe so wie ein betagter, grimmiger Mann, der sich weigerte, seinen Platz auf einer Bank einem anderen zu überlassen. Thal liebte diese Straße, in der er sich bei Regen auch gerne mal unterstellte.

An einer Bäckerei nahmen Thal und Gingst den bereits arbeitenden Bäckermeister wahr. Der Duft der frisch gebackenen Brötchen füllte die Luft und erinnerte die beiden daran, dass sie bis dahin kein Frühstück zu sich genommen hatten. Gingst war gewillt, sich auf den Weg an das Fenster zu machen, um zu klopfen und um etwas Gebäck zu betteln. Und so schob er sich an Thal vorbei und stieg über das Gestänge einer Pferdekutsche, das aus einem kleinen Hof herausragte. Thal schämte sich für seinen Freund und machte sich schon auf eine peinliche Situation gefasst.

»Lass uns weitergehen, er scheint ziemlich beschäftigt zu sein. Wir wollen ihn nicht stören.« Thal drückte Gingst sanft weiter.

Auf den unebenen Lehmböden stiefelten sie inmitten von Steinen, zerbrochenen Flaschen wie auch durch den einen oder anderen Pferdeapfel.

Trotz des beeindruckenden Sonnenaufganges fühlten sich Thal und Gingst beobachtet. Beobachtet von den gemächlich erwachenden Einwohnern und blitzenden Augen aus den Hohlräumen zwischen den Gebäuden. Ob es sich dabei nur um streunende Hunde oder möglicherweise doch um ein nachtaktives Lebewesen der Schattenwelt handelte, wollten sie nicht näher herausfinden. In der Hoffnung, dass sie kein ansprechendes Ziel boten und die Eigentümer der Augenpaare im Morgengrauen etwas träge wurden, beschleunigten sie ihren Gang und liefen zügigen Schrittes die Trennmauer entlang.

Zwischen dem ersten und zweiten Stadtring verlief die historische Stadtmauer, die zum Schutze der Bevölkerung erbaut worden war. Ein fortwährender Zufluss von neuen Bewohner hatte die Stadtgrenzen in den letzten Jahren stetig wachsen lassen. Viele waren gekommen, um ihr Glück in Erbess zu suchen. Entsprechend weite Wege mussten in der Stadt zurückgelegt werden, um vom einen Ende an das andere zu gelangen.

Während die Sonne schwerfällig ihre volle Strahlkraft entfaltete, tauchte am Horizont allmählich der Wandelstern Rans auf. Thal liebte den Anblick, wenn die zwei Himmels-

gebilde jeden Morgen aufgingen. Wenn er in den frühen Morgenstunden des Tages die Rans am Himmel erblickte, wäre er am liebsten auf den Stern gesprungen, um von dort aus auf den nächsten Stern zu warten und sich dort einige Zeit seines Lebens in der Stadt zu entziehen.
Erst als sie den ersten Wachleuten an der großen Hauptstraße begegneten, verlangsamtem sie ihren Gang und spazierten gemütlich bis zu den Brücken vor den Toren der Stadt.

Diese verbanden sowohl den ersten Stadtring als auch den zweiten mit dem anderen Ufer der Flüsse Zin im Norden und der Dever im Westen, die gleichzeitig eine natürliche Begrenzung zum Odex Wald und dem Tar Gebirge darstellten. Thal und Gingst mieden die steinere Brücke des ersten Ringes, die von Wasserspeiern und Steinskulpturen verziert waren. Am höchsten Punkt der Brücke standen auf der Hälfte des Weges zwei strahlende engelsgleichende Wesen. Ihre weichen Gesichtszüge begrüßten jeden Neuankömmling der Stadt mit einem fröhlichen Lächeln. Die weiten Gewänder verhüllten, fast gespenstisch, ihre Gestalt. Je weiter man der Brücke Richtung Sockel des Pfeilers folgte, umso mehr vermenschlichten die regungslosen Figuren und wurden mehr in schmerzhafter Position dargestellt. Die qualvoll verzerrten Gesichter der Skulpturen jagten Thal jedes Mal einen Schrecken ein.

Am Fuße der Brücke kraxelten Thal und Gingst über einige Baumstämme, die auch zeitgleich den Bewohner des zweiten Ringes zur Überquerung des Flusses dienten. Eine Brücke, die kaum diese Bezeichnung verdient hatte. Eine Brücke, die es nicht einmal möglich machte, dass man nebeneinander den Fluss überqueren konnte. Der einzige Vorteil, den dieser Weg bot, war die Umgehung der Wachen und deren strenger Kontrollen. Wenngleich Thal und

Gingst nichts mit sich führten, vermieden sie so das unangenehme Gefühl des Beobachtetwerdens.

Vorsichtig schritten die beiden nacheinander über die Überführung, während unter ihnen das Wasser des Flusses rauschte. Einige Wassertropfen spritzten an ihre Füße und feuchteten ihre Hosenbeine an. Als Thal es bereits über die Baumstämme geschafft hatte, musste Gingst noch seine letzten Schritte über das nasse Holz machen. Bei seinem vorletzten Schritt setzte er seinen Fuß gerade dort auf, wo sich ein Stück der aufgeweichten Rinde zu lösen drohte. Mit der Belastung von Gingsts Körpergewicht gab die Rinde nach. Er verlor das Gleichgewicht und rutschte mit seinem rechten Bein ins Wasser. Mit einem Fuß im Wasser hockte er nun auf den Bäumen.

Als er sich wiederaufrichten wollte, drückte er sich vom Grund des Flusses ab. Gerade dort, wo eine Algenspur verlief. In diesem Moment, als sein ganzer Fuß den Grund des Flusses berührte, begann es unter ihm zu leuchten. Die Algenspur im Fluss war durch den Störenfried gereizt worden und erzeugte einen kurzen Moment lang eine helle Leuchtspur im Fluss.

»Schön gemacht, Gingst, das sieht man eigentlich nur, wenn der Mond leuchtet«, spottete Thal über den aus dem Wasser stolpernden Gingst. »Mich würde durchaus mal interessieren, was es mit diesem Tümpel so auf sich hat. Diese Farben im See oder hier im Wasser müssen doch bestimmt einen Grund haben!«

Gingst schüttelte sein nasses Hosenbein aus und klopfte, während er einbeinig über die letzten Steine hopste, den Dreck von seinem Schuh.

»Dann könn' wir ja nachher direkt an der Quelle baden gehen.« Grinsend zog er seinen Schuh aus, um das Wasser auszuschütten, direkt auf Thal, der gerade den Trampelpfad erreichte. In der Hoffnung, Thal noch mit einem Gemisch aus Wasser und dreckigem Boden zu treffen, schleuderte er mit aller Wucht die Brühe auf ihn. Als das Wasser aufgrund der Trockenheit der letzten Tage direkt im Boden versickerte, schnaubte Gingst enttäuscht auf. Thal, der nie einen Zweifel daran gehabt hatte, dass er trocken aus der Situation herauskäme, riss eine Handvoll Gräser aus der anliegenden Wiese und warf sie Gingst direkt ins Gesicht. Beide lachten kurz und marschierten dann weiter zwischen den grünen Wiesen in Richtung der Quelle des Flusses.

Die Quelle lag weit außerhalb der Stadt im Hoheitsgebiet des Königs Ludowin von Lien und war lediglich durch eine größere Straße zu erreichen. Während sie sonnensuchend dem kleinen Weg folgten, sahen sie rechts von sich auf der großen Straße eine Kutsche den Weg entlangfahren.

»Die werden bestimmt auch zur Quelle fahren – komm, lass uns auf der Straße gehen, dann trocknet meine Hose vielleicht.«

Gingst flüchtete zügig zwischen die hohen Gräser in Richtung Straße. Thal zögerte, schaute kurz verwundert auf den davonstürmenden Gingst und folgte ihm gezwungenermaßen durch die Wiese.

»Tolle Idee, jetzt werden wir beide dreckig damit du trocken wirst. Ich hatte nicht vor, die nächsten Tage zu waschen.«

Gingst schaffte es, den Abstand immer größer werden zu lassen. Als Thal sich kurz bückte, um einen Stein aus seinem alten, abgewetzten Schuh zu befreien, hatte er Gingst komplett aus den Augen verloren.

»Wo ist denn der kleine Frosch jetzt schon wieder?« Thal versuchte nun, den Abstand wieder etwas aufzuholen, und lief eine Spur entlang, die zu einer Wiese führte. Als er den Rand der Wiese bereits erreicht hatte, stellt er fest, dass da keine Spur mehr war, sondern er lediglich versucht hatte, so schnell wie möglich an die Straße zu gelangen. Auch hier konnte er seinen Freund nicht finden.

Ich muss ihn wohl überholt haben.

Er machte wieder kehrt und lief zu dem Punkt, an dem er das letzte Mal die Spur seines Freundes in dem grünen Feld vermutet hatte. Der mannshoch gewachsene Löwenzahn schlug ihm dabei ein ums andere Mal ins Gesicht. Die Pollen kitzelten ihn in der Nase.

»Gingst, ist ja gut jetzt. Komm raus. Ich habe keine Lust, hier das Feld plattzudrücken.«

Stille. Außer den Vögeln, die spottend ihre Lieder von den Bäumen trällerten, konnte er nichts Verdächtiges wahrnehmen. Ungeduldig wanderte sein Blick von der einen Ecke des Feldes zur nächsten. Plötzlich hörte er ein Rascheln hinter sich. Er drehte sich um.

»Hab dich gefunden, Gin...«, lachte Thal, als er plötzlich von hinten unsanft niedergerungen wurde.

»Wer ist der Beste?« Gingst stand nun über ihm und lachte ihn aus.

»Ich hoff', dass wir auf dich als Spurenleser nie angewiesen sind«, tönte Gingst großkotzig, als er Thal wieder auf die Beine half.

»Du bist mir ja ein Freund.« Ächzend richtete er sich langsam wieder auf und streckte sich ausgiebig, sodass seine Knochen laut krachten.

»Von hinten in den Rücken gesprungen ...«

Mit schmerzverzerrtem Gesicht klopfte er den Dreck von seinen Klamotten, während Gingst bereits ein paar Schritte vorneweg marschiert war.

»Thal, du weißt doch, 'n guter Freund hätte dich voll aus den Latschen gehauen. Dein bester Freund allerdings ...«

»… lacht dich danach noch aus. Ich weiß schon …«, beendete er Gingsts Satz.

Wenig begeistert stiefelte Thal weiter. Stillschweigend wanderten sie die staubige Straße entlang. Thal ergriff als Erster wieder das Wort.

»Hast du das gehört? Vorletzte Nacht ist scheinbar wieder jemand verschwunden. Der nächste Trunkenbold aus der Kneipe bei uns im Eck. Es wird spekuliert, dass die Urger ihn entführt haben und auf Nimmerwiedersehen in den Odex Wald verschleppt haben.«

»Thal, glaubst du ernsthaft an die Halbaffen? Das sin' doch bestimmt nur irgendwelche Hirngespinste. Vielleicht handelt es sich nur um Schauergeschichten, die in die Welt gesetzt werd'n, damit alle vor der Dunkelheit daheim sind. Bestimmt handelt es sich bei einem Urger nur um einen einfallslosen Banditen, der wieder knapp bei Kasse ist und Leute beraubt, die er dann in den Odex Wald verschleppt. Mach dir lieber mal Gedanken, ob wir das Loch in unserem Dach stopfen soll'n. Immerhin regnet es jetzt schon bald drei Wochen in unsere … öhm … Hütte.«

Schweigend nickte Thal und ging neben Gingst die Straße entlang.

»Zumindest haben wir uns schon von dem kleinen Schlafraum mit viel zu wenigen Betten wegentwickelt. Oder vermisst du die Zeiten, als du dich um drei Betten mit zwölf Mann prügeln musstest?«

»Ich vermisse das nicht. Viel zu oft musste ich auf dem Boden schlafen. Man sollte den Verantwortlichen dafür pfählen.«

»Du willst den König pfähl'n lassen? Wie willst du das denn anstellen? Solltest du einen Plan haben, kannst du ihn mir ruhig erzähl'n. Bestimmt kann ich dir da helf'n«, entgegnete Gingst mit einem Lachen. »Ich kenn da 'n paar

Schlachtfelder, da findest auf jeden Fall die Leute, die mit dem König gesprochen haben, noch zu Hauf aufgespießt.«

Er teilte nicht die Begeisterung für das Pfählen, das sich einer immer größer werdenden Beliebtheit erfreute. Auch konnte er die Notwendigkeit nicht verstehen, Überlebende von Schlachten als Mahnmal zu pfählen.

Überrascht über die Sinnlosigkeit seiner Idee, schwieg Thal und wanderte betroffen neben Gingst her.

Langsam veränderte sich die staubtrockene Gegend. Von Zeit zu Zeit begegnete ihnen ein Bauer, der mühselig sein Feld bearbeitete. Je näher sie der Quelle kamen, umso mehr Bäume fanden sie links und rechts von den Straßen. Dieser Teil der Länder von Desu war von vielen weiten grünen Wiesen überzogen. Des Öfteren fand man abseits des Weges kleine Wäldchen, die häufig als Unterschlupf für die vielen Wanderer in dieser Gegend dienten. Thal erfreute sich an den Bäumen und spürte, wie ihr Gang zunehmend gemütlicher wurde.

Die Bäume wurden immer dichter, so dicht, dass schon bald ein bunter Tunnel vor ihnen erschien. Ein Eichhörnchen sprang zwischen den Bäumen umher und begleitete die zwei auf ihrem Weg.

»Ich hab' Hunger, Thal. «

Thal konnte Gingsts Grummeln im Magen deutlich wahrnehmen.

»Dann essen wir was, Gingst!«

Das Haus von Aitz

Während Thal und Gingst an der Quelle ihre Ruhe und das Nichtstun genossen, wurden andernorts bereits Zukunftspläne geschmiedet. Ein hoher Herr des ersten Ringes, wohlhabend und mit einer hervorragenden Ausbildung, machte sich auf den Weg. Ein Herr, der in einer schwarzen burgartigen Festung lebte. Das massive Mauerwerk stand umringt von einer großzügig angelegten, saftig grünen Parkanlage. Die Bäume standen ordentlich geordnet in dem weitläufigen Gelände, Büsche und Sträucher rundeten das Bild ab. Selten hatte man in Erbess ein derartig großes Anwesen gesehen. Sein Wohnsitz wurde von einer hohen massiven Mauer umschlossen. Zu seiner Verteidigung hatte er ebenso dunkle, allerdings deutlich höhere Wachtürme erbauen lassen. Der Name des edlen Herren war Buko von Aitz. Ein Bewohner von hoheitlichem Geschlecht. Genauer gesagt, war er ein naher Verwandter des Königs Ludowin von Lien. Um noch genauer zu sein, war Buko der naheste und einzige Verwandte des Königs.

Buko richtete sich in seinem Bett auf. Mit seiner großen Erscheinung musste er in den kleinen Gebäuden der Stadt hin und wieder kämpfen, nicht jedoch in seinem Haus, das er recht teuer nach seinen Ansprüchen gestaltet hatte. Er streckte sich, sodass alle Knochen knackten. Dann ging er zielstrebig zu einem der Waschbecken, wo er sich mit Wasser den Schlaf aus den Augen wusch. Er blickte in den aufwendig verzierten Spiegel.

Er war weder schön, noch war er hässlich. Er strich über sein Gesicht und über zwei große Narben, die sich auf seiner rechten Wange kreuzten. Eine dieser Narben begann am Kinn und zog sich durch das kurze blonde Haar, bis es sich in seinem Haarschopf verlor. Die zweite Narbe verlief von der Nase bis zum Hals, war allerdings deutlich kürzer als die erste. Sein Blick war emotionslos und kühl.

Am heutigen Tag war Buko bei seinem Onkel vorgeladen. Eine seiner Hausdamen klopfte zögerlich an die Türe seines Gemaches, um sein schönstes Gewand zurechtlegen. Ein zweiteiliges Festgewand mit einer knielangen schwarzen Hose, einer ebenso dunklen Weste, darunter ein weißes Hemd und einen schwarzen Mantel legte sie ihm auf ein kleines Schränkchen. Schnell versuchte sie unbemerkt aus dem Zimmer zu gelangen, um ihrem Herrn zügig wieder aus dem Weg zu gehen.

Buko begab sich nach einem abfälligen Blick in eine anliegende Kammer, um sein tägliches Gebet zu sprechen.

Oh Herr, es wird endlich Zeit, dass ich König werde. Wen außer mir sollte der alte Mann sonst zu seinem Nachfolger machen? Ich bin bereit, dieses Königreich von all den Sündern reinzuwaschen.

Für das Wiedersehen mit seinem Onkel ließ er sich von seiner Hausdame die ohnehin ordentlich geschnittenen hellen Haare in Form bringen. Auch seinen wenig vorhandenen Bart ließ er entfernen, da er wusste, dass sein Onkel sehr auf das äußere Erscheinungsbild achtete.

Buko verstand es, in seinem Hause die Aufgaben zu verteilen, so mussten die Hausdamen jederzeit Sorge dafür tragen, dass sein Haarschnitt ordentlich aussah oder der Gärtner musste, wenn nötig, die Kutschen reparieren können. Sogar seine Schuhe wurden frisch poliert. Nachdem er ausgiebig gebadet hatte und aus seiner riesigen Wanne gestiegen war, ließ er sich ankleiden und seine Kutsche vorfahren. Als ihn seine Hauskatze erblickte, wie er mit festem Schritt durch seine Gemäuer marschierte, überstürzte diese ihre Flucht vor Buko so derartig, dass sie die Treppe hinunterfiel. Verfolgt von Buko lag sie vor den Stufen und leckte sich ihre Wunden. Als Buko gerade im Begriff war, sie mit einem schwungvollen Tritt aus dem Weg zu befördern, rettete sie sich erneut mit einem beherzten Sprung Richtung Portal, hinter dem schon Bukos Kutsche wartete. Sein Fahrzeug wurde von sechs Rappen, deren lange Mähnen bedrohlich im Lichte der Sonne glänzten, gezogen. Rote Augen blickten teuflisch aus dem dunklen Fell.

Als Buko aus der Pforte trat, erblickte er sein Gefährt für diesen Tag. Zufrieden stellte er fest, dass es in seiner liebsten Farbe bemalt war.

Schwarz, so stark und machtvoll. Kurz hielt er inne und atmete die frische Luft tief ein.

»Ahhhhh … Welch ein herrlicher Tag.«

Ohne einen bestimmten Empfänger anzureden, begrüßte er den bereits lange angebrochenen Tag mit einem kindlichen Lächeln auf den rot leuchtenden Lippen, als er sich unbeobachtet fühlte. Schnell wischte er sich den Anflug des Lächelns aus dem Gesicht, als er vor sich den Kutscher wahrnahm, der schon beflissen die Tür aufhielt. Buko schritt die Auffahrt von seinem Schloss bis zur Kutsche hinunter und stieg in diese ein, ohne den Kutscher auch nur eines Blickes zu würdigen. Tief durchatmend und froh darüber, sein Oberhaupt nicht erzürnt zu haben, huschte der Lenker um das Gefährt herum und nahm seinen Platz ein. Sobald Buko sich in dem Fuhrwerk bequem niedergelassen hatte, fuhr die Kutsche los und verließ durch das hastig geöffnete Tor die Einfahrt. Um von seiner Burg zum Schloss des Königs zu gelangen, musste man beinahe den gesamten ersten Ring der Stadt durchqueren. Sicher hätte man diese

Strecke auch zu Fuß in einer angemessenen Zeit schaffen können, allerdings entsprach es nicht dem Stande Bukos, zu Fuß zu gehen.

Nach nur wenigen Minuten auf dem unebenen Kopfsteinpflaster der Straßen erreichte das schwarze Gefährt die Tore des Schlosses. Ein schweres geschmiedetes Tor mit dem Wappen des Königs – einem schwarzen Galgen und einem goldblonden Löwen auf rotem Grund – stand auf dem Weg zum Schlosshof, an dessen Ende sich ein gigantisches Schloss befand. Die wechselnden Schatten von zehn gigantischen Säulen nötigten Buko, die Vorhänge seiner Kutsche zuzuziehen. Auch das Geplätscher des Springbrunnens, in dem ein weiterer riesiger Galgen im Zentrum des Beckens stand, ließ die Laune Bukos weiter sinken.

Als die Kutsche anhalten musste, konnte Buko durch einen Spalt im Hintergrund die vier gewaltigen Türme von mindestens achtzig Metern Höhe erkennen. Jeder der Türme stand für das Weltbild der Könige: Der erste Turm war erbaut worden, um den König selbst zu ehren, diesen mochte er am liebsten. Der zweite Turm stand für den Fleiß und Eifer der Bürger, über den Buko die meiste Zeit zu lachen pflegte. Der dritte Turm war der Schlichtheit des Landes und dessen Bewohnern gewidmet, diesen Turm beachtete er als Herausforderung an seine eventuelle Herrschaft. Der vierte und neueste Turm war zu Ehren der gehorsamen Bürger errichtet worden. Über diesen konnte sich Buko am meisten aufregen. Die Türme des Palastes standen hoch über den Mauern der Stadt und waren von jedem Punkte aus zu erkennen. Errichtet als Mahnmal der Tugenden, verliehen sie dem Palast das eindrucksvolle Bild, das sich jedem Besucher der Stadt bot.

Im Schatten dieser Türme trat ein Wachmann der königlichen Garde an die Kutsche heran, dessen dunkelblaue Uniform mit einem dazugehörigen Barret sowie einem eindrucksvollen Degen schon von weitem ein Gefühl von Unbehagen vermittelte. Der teilnahmslose Gesichtsausdruck des Wächters ließ auf keinerlei Emotionen schließen.

Der Wachmann war ein großer, vor Muskeln strotzender Berg, der es leicht mit jedem im Land hätte aufnehmen können. Der riesige Mann war bestens geeignet, um als erstes abschreckendes Hindernis Neuankömmlinge am Tor zu begrüßen. In einem ruhigen und gelangweilten Ton sprach er zum Kutscher:

»Guten Tag der Herr, was ist der Grund für Euren Besuch auf dem königlichen Schloss?«

»Mein Herr hat einen Termin bei Seiner Majestät. Könntet Ihr bitte so freundlich sein und das Tor aufmachen, damit wir vorwärtskommen? Mein Meister wartet nicht gerne!«, sprach der Kutschenführer in seinem bettelnden Ton und drehte den Kopf nervös nach hinten um.

»Ich sehe diese Kutsche das erste Mal an diesem Tor. Verzeiht mir die Bitte, aber könntet Ihr kurz Euren Namen nennen, damit ich meinen dienstlichen Pflichten nachkommen kann?«

Des Kutschers Gesicht verzog sich zu einer verängstigten Miene.

»Wir fahren hier nicht das erste Mal durch, mein lieber Freund, also ...« Der Kutscher wurde bleich aus Angst vor Bukos Reaktion, wenn er zu lange aufgehalten werden würde.

Just in diesem Augenblick öffnete Buko die Kutschentür. Aufmerksam gemacht durch die Unterbrechung, warf er höchstpersönlich einen Blick auf den Grund für die Verzögerung. Buko baute sich finster dreinblickend vor der Wache auf.

»Gibt es hier ein Problem oder warum vernehme ich hier Geschnatter? Wir sind spät genug dran und wir sollten Seine Hoheit nicht weiter warten lassen. Oder sieht das der Türöffner anders?« Bukos bedrohlich leise Stimme ließ den Lenker augenblicklich zusammenzucken. Buko musterte den Wachmann argwöhnisch und schwieg unheilvoll.

Als der Wachmann ihn erkannte, klappte dessen Kiefer herunter und in seinem Blick spiegelte sich das blanke Entsetzen über die möglichen Auswirkungen seiner Tat wider. Starr vor Schreck blieb er wort- und tatenlos stehen. Der Hauptmann, der das Schauspiel aus der Gardistenkammer mitanschauen konnte, ließ unverzüglich das Zeichen zum Öffnen des Tores geben. Vor die Tore sprangen nun wie aus dem Nichts zwei weitere Wachen, die das Tor hastig öffneten und den Weg freigaben.

Während die Kutsche langsam nach vorne rollte, ließ die Wache, die eben noch mit dem Kutscher gesprochen hatte, ihre Arme fallen und sank langsam in den Kies der Einfahrt. Verzweifelt erkannte er, wen er gerade am Weiterkommen gehindert hatte. Aus der Kammer der Wächter hörte Buko den Hauptmann schreien.

»Wie können *Sie* es wagen, diesen Herren nicht durchfahren zu lassen?«

Buko nickte dem Hauptmann verschwörerisch zu und deutete mit einer Handbewegung an, den Wächter zu maßregeln. Aus dem Augenwinkel erkannte Buko noch, wie der Hauptmann zu seinem Knüppel griff und auf den Wächter einprügelte.

Zufrieden und mit einem boshaften Lachen lehnte Buko sich in seine gepolsterten Sitze zurück. Die schwarze Kutsche holperte über die Einfahrt und kam vor den großen Säulen des Eingangsbereiches zum Stehen. Während Buko von Aitz gemächlich aus seiner Kutsche stieg, öffnete sich ein massives Tor, gezogen durch dicke Ketten, zwischen den riesigen Säulen. Durch dieses Tor sprang nun ein kompletter Hofstaat an Dienern. Vorneweg marschierten drei Hausdamen, gekleidet in schlichtes Grau mit einem weißen Hemdchen. Direkt dahinter machten sich vier große Diener daran, eventuelles Gepäck aufzunehmen und zu verstauen. Die dunkel gekleideten Stallburschen machten sich bereits daran, die Kutsche aus der Einfahrt zu bekommen. Sie griffen nach den Pferden und warteten darauf, dass die Kutsche leergeräumt wurde. Hinter dem ersten Trupp verteilten sich viele weitere Angestellte des Königs und reihten sich zum Spalier auf. Wie eine Schnur, die auf Spannung gezogen wurde, formierten sich immer mehr Bedienstete zu einer perfekten geraden Linie auf. Mucksmäuschenstill standen sie da, darauf wartend, dass die Begrüßung vorbei wäre.

Aus der Mitte des Schauspieles erschien eine kleine rundliche Gestalt. Der König höchstpersönlich schritt mit zittrigen Schritten und seiner Krone auf dem Kopf hervor, um seinen Gast zu begrüßen.

Die Zeit hatte den König deutlich gezeichnet, sein königliches Gewand kleidete ihn allerdings nach wie vor elegant. In der kurzen Robe genoss er jegliche Bewegungsfreiheit, um sowohl auf dem Feld wie auch in seinem Thronsaal eine gute Figur abzugeben. Lediglich die dunklen Braun- und Rottöne erinnerten eher an eine wilde Hetzjagd als an den Herrscher eines Königreiches.

Als sich Buko und Seine Hoheit auf dem Plateau der Stufen trafen, strahlte der König vor Wiedersehensfreude. Bukos einstudiertes Grinsen bemerkte der König nicht und zog ihn für eine innige Umarmung an sich. Zögerlich erwiderte Buko die Umklammerung.

»Buko, so viele Tage zogen ins Land, seit wir uns das letzte Mal sahen. Wie ist es dir ergangen?«

»Vortrefflich, mein König, die Geschäfte laufen gut und, wie du siehst, erfreue ich mich bester Gesundheit …« Die Pferde scharrten unruhig mit den Hufen, als Bukos blechern kratzende Stimme sich über den Hof ausbreitete.

»Wohl wahr, du sahst selten gesünder aus«, wurde Buko mit einem Lachen unterbrochen.

»Nun, Onkel, so sprich. Mit welchen Absichten hast du mich in dein Schloss geladen?«

»Du hast dich kein bisschen verändert. Schon früher, als deine lieben Eltern noch unter uns weilten, konntest du nicht lange warten, um auf den Punkt zu kommen. Geduld ist eine Tugend, die dir eines Tages sehr viel Ärger vom Halse halten wird. Nun denn, so folge mir. Es gibt Dinge, die man nicht unter freiem Himmel bereden sollte!«

Mit einem Fingerschnippen, das sich in der hohen Eingangshalle des Palastes wie ein Donnerschlag, der über die tiefste Nacht hereinbrach, anhörte, gab er seinen Untergebenen das Zeichen zum Abmarsch. Wie in einer meterhohen Welle, die in sich zusammenbrach, wurden die zwei hohen Herren im Gewusel der Diener unter sie gezogen.

Die Ankündigung

Nach ihrer Rückkehr in die Stadt schlenderten Thal und Gingst durch die Gassen ihres Ringes. Mittlerweile spürten sie an jeder Ecke der Stadt das hektische Treiben des Alltags. Lärm strömte aus den vielen Geschäften und Läden. Die Sonne hatte zwischenzeitlich die Straßen etwas getrocknet. Schub- und Sackkarren, schwer beladen mit Waren, kreuzten permanent ihre Wege. Auch die Bettler hatten ihre Plätze in der Hoffnung auf ein bisschen Kleingeld eingenommen. Still und schweigend knieten sie in ihren zerfetzen Lumpen und vergruben die verbrauchten Gesichtern im Dreck.

»Wie sieht eigentlich unser Plan für die nächsten Tage aus? Nicht, dass wir uns direkt daneben setzen können«, platzte es aus Thal heraus, als er mit ansehen musste, wie ein Ladenbesitzer eine der armen Seelen von ihrem Platz vertrieb.

»Für morg'n wirds noch reichen«, stellte Gingst grinsend fest, als er einen Blick auf ein paar Münzen in der Hand warf. »Seit unserer letzten Arbeit beim Bäcker sind knapp sieben Tage vergangen. Wenn ich mich recht erinner', müsste Ende der Woche wieder eine Lieferung kommen. Dann steh'n wir einfach wieder vor seiner Türe.«

Thal bewunderte das sorgenfreie Leben, das Gingst führen konnte. Irgendwie hatte er es bisher immer geschafft, nicht hungern zu müssen. Eine Fähigkeit, die Thal sich noch aneignen musste. Gingsts blindes Vertrauen, jederzeit den richtigen Weg eingeschlagen zu haben, sorgte erstaunlicherweise immer wieder dafür, dass sich weitere Türen öffneten. Das mochte wohl auch daran liegen, dass es ihm egal war, welche Türe er durchschreiten würde.

»Oder glaubst du, ein Urger macht sich Gedanken darüber, wie er sich alte Leichenteile auf Vorrat legen kann? Die nehmen sich das, was sie gerade zum Überleben brauchen.« Lachend schlug Gingst Thal auf den Rücken.

»Entschuldigung, ich war gerade so in meine Gedanken vertieft, dass dein Gewäsch an mir vorbeiging. Die Vorstellungen aus meiner Welt waren spannender.«

Bevor Gingst kontern konnte, stockte er, als er vor einem der Tore der Stadtmauern eine kleine Ansammlung von Menschen erspähte.

»*Das* ist bestimmter interessanter«, hörte Thal noch, während sein Freund schon davoneilte. Erneut stiefelte er ihm hinterher, wohlbedacht, auf dem verdreckten Kopfsteinpflaster nicht in irgendein Loch zu treten.

Da er doch recht klein gewachsen war, konnte er den Grund für die Aufregung nicht direkt sehen. Zwar hörte er die Menschen um sich herum reden, war aber nicht in der Lage, die wirren Gesprächsfetzen zu verarbeiten und inhaltlich zusammenzuführen. Obschon er kein wildes Gedränge vorfand, so war es ihm nicht möglich, durch die Spalten in der Menge nach vorne zu blicken. Es kam ihm fast so vor, als würde der Fluss der Masse ihm gezielt den Blick verschließen. Selbst Gingst schien irgendwo in der Suppe der Menschen untergegangen zu sein.

Überwältigt von dem bestialischen Gestank aus Schweiß und mangelnder körperlicher Hygiene, musste er sich beinahe übergeben. Würgend stand er neben einem sehr kleinen kahlen Herrn. Obwohl er mit großer Mühe und Not den Würgereiz unterdrücken konnte, hatte er zumindest erwartet, dass der Kleine ihm Platz machen würde. Dieser jedoch schaute Thal nur skeptisch an, ohne zu verstehen, dass er der Grund für seine Übelkeit war. Irritiert drehte sich der Zwerg schnell wieder nach vorne, um dann in aller Seelenruhe abzuwarten. Genervt stand Thal nun da.

»Vooorsicht! Neugierige Blicke!«, schrie er und quetschte sich langsam zwischen zwei Männern hindurch. Erstaunlicherweise wichen die meisten, die vor ihm standen, ohne große Widerworte zur Seite. Grinsend drückte er sich durch die Ansammlung.

»Das war gar nich' mal so blöd«, hörte er neben sich, als er Gingst schlussendlich in der ersten Reihe wiederfand.

Ein Schriftstück auf gelblichem verblichenem Papier mit königlichem Siegel hing dort an einem der Tore. »Der König verkündet: Der Wettstreit um die Nachfolge des Königs wird traditionell stattfinden. Die Auslosung der Vertreter der Königsfamilie sowie des Volkes wird baldigst in einer großen Zeremonie stattfinden«, war dort zu lesen.

»Unser letzter Vertreter sah schon aus wie der Tod«, vernahm Thal aus der Menge.

»Jemand von uns hier kann König werden?« Thal überraschte diese neue Erkenntnis.

»Klar! Die Frage is' halt, wer wird denn von uns gezogen. Bislang waren es Alte und Kranke, die das Losglück getroffen hat. Die hatten nie 'ne Chance. Wusstest du das nicht?«

Irritiert über die emotionslose Aussage richtete Thal wieder den Blick auf Gingst.

»Aber das ist doch gut für uns. Einer aus unseren Reihen kann König werden!«

Gingst schüttelte den Kopf, auch ein weiterer Mann, der Thal gehört hatte, schien wenig begeistert zu sein.

»Diesen Wettstreit gibt es seit Jahrhunderten. Der König höchstpersönlich verteilt die Aufgaben im Anschluss an die

Verlosung. Selbst wenn es jemanden treffen würde, der nicht alt, krank oder verkrüppelt ist, würde der König es schaffen, demjenigen die Aufgabe so schwer zu gestalten, dass es unmöglich ist, diese zu bewältigen …«

»Da hörst du's, Thal. Selbst der gute Mann hier sagt es. Freu' dich lieber über den letzten Satz auf diesem Papier: ›… in einer großen Zeremonie …‹ Wir werden wohl noch länger etwas zu beißen haben.«

Thal tat sich schwer, sich nicht über diese Neuigkeit zu freuen. Dieses Vorgehen war ihm neu und fremd und schien doch so fortschrittlich zu sein. Der Kampf des aktuellen Königs um den Thron war noch vor Thals Zeit gewesen. Daher war ihm der Ablauf nicht bekannt. Er wusste aber, dass die Königsfamilie selbst bereits über Jahrhunderte den Thron innehatte. Wie sie diesen aber behalten hatte, war ihm nicht klar.

Gemeinsam machten sie sich wieder auf den Weg zu ihrer Behausung. Niemanden schien die Neuigkeiten zu interessieren, die Grundstimmung in Erbess war eher gleichgültig und die meisten hatten lediglich ein Schulterzucken übrig. Das Positivste an der Ziehung der Vertreter war, dass man im Zuge der Feierlichkeiten die gesamte Stadt verköstigen würde. Dementsprechend gut gelaunt war Gingst, als sie in ihrer Behausung eintrafen.

Thal und Gingst wohnten gar nicht weit entfernt von der Stadtmauer des ersten Ringes. Zwischen zwei Häusern hatten sie vor knapp einem Jahr ein freies Fleckchen entdeckt. Bedingt durch das Absinken eines Gebäudes hatte sich hier ein Spalt aufgetan. Thal und Gingst hatten schnell die Möglichkeit genutzt und sich einquartiert. Damit das Haus nicht weiter absank, hatten sie ihre Behausung zur Stabilisierung zwischen den zwei Gebäuden gebaut. Wenngleich es sich auch nur um eine vorübergehende Behausung handeln sollte, hatten es sich Thal und Gingst mittlerweile recht gemütlich eingerichtet und ziemlich schnell ein weiteres Stockwerk aufgesetzt. Da keiner der beiden überdurchschnittlich handwerklich begabt war, gab es natürlich auch die ein oder andere Baustelle, die gestopft werden musste oder erst durch sie entstand.

Beschwingt von den rosigen, kurzfristigen Zukunftsaussichten machten sich die beiden direkt an die Ausbesserung des Daches. In der langen Bauzeit ihres Heimes hatten sie sich so einiges an Fertigkeiten angeeignet. Während zu Beginn noch alles krumm und schief und zweckorientiert verbaut worden war, hatten sich ihre Fähigkeiten soweit entwickelt, dass ihre Reparaturen schon in Windeseile abgeschlossen werden konnten, zumindest so weit, dass sie vorerst im Trockenen schlafen konnten.

»Wir können hier direkt noch mal drübergehen, damit es auch noch schön aussieht – oder wir genießen jetzt unseren Feierabend bei einem oder zwei Humpen Met«, brachte Gingst noch über die Lippen, bevor er sich auf den Weg nach unten machte.

»Gingst, war mir schon klar, dass du nur zur Beruhigung deines Gewissens gefragt hast. Ich komme mit.«

Das »air mhisg Luspardan«, das nur ein paar Schritte von ihrem Haus entfernt war, zählte zu ihren bevorzugten Wirtshäusern. Die ungezwungene, familiäre Stimmung in der Eckkneipe sorgte dafür, dass man sich lieber hier unter Freunden aufhielt, als daheim Dächer zu reparieren. Neben den immer wiederkehrenden gleichen Gesprächen galt es hier vor allem, die Gläser zu leeren oder vielmehr die Taschen des Wirtes zu füllen.

Während Gingst es sich nicht nehmen ließ, die versammelte Stammkundschaft lautstark zu unterhalten, war Thal bald in ein Gespräch über die bevorstehende Wahl verwickelt. Über den Wirt konnte er in Erfahrung bringen, dass es bereits am morgigen Tag so weit sein sollte. In der Hektik schien er das wohl überlesen zu haben. Neben einem Überblick über den Ablauf der Ziehung erhielt er vom Wirt einen Schnelldurchlauf der Entstehung des Wettstreites.

»Vor Jahrhunderten von Jahren soll es in Desu einen Aufstand einer kleinen elitären Gruppe gegeben haben. Damals war die Stadt noch voller Geschöpfe, die man heute als verschwunden bezeichnen würde. Aufgrund der Vielzahl an verschiedensten Lebensformen …«

»Ich weiß gar nicht, ob ich das jetzt genau alles wissen muss, das ist mir ehrlich gesagt fast schon zu viel, aber warum soll das für uns wichtig sein?« Thal errötete, als er den griesgrämig dreinblickenden Wirt betrachtete.

»Hrm … Kurz zusammengefasst: Sieh es als Ablenkung, um auf andere Gedanken zu kommen. Die da oben wissen genau, wie sie uns hier unten klein halten und verhindern, dass wir auch mal was von dem fetten Kuchen abbekommen« Er hielt kurz inne, um nach einem alten Lappen zu greifen, mit dem er schnell über seine Theke wischte. »Den Wettstreit gibt es seit den großen Aufständen vor allzulanger Zeit. Um Hoffnung zu geben, hat man das damals gemacht. Verstehst du?«

Thal nickte ihm verständnisvoll, aber dennoch mit herunterhängenden Mundwinkeln zu. Noch bevor er weitere Fragen stellen konnte, setzte der Wirt wieder ein.

Während der Barmann seine Weisheiten anbrachte, stieg in Thal das Gefühl der Ernüchterung auf. Er verstand nun die Schwierigkeiten der anstehenden Ereignisse. Obwohl die Flamme der Hoffnung bis auf einen kleinen Funken gelöscht worden war, freute er sich auf die bevorstehende Abwechslung. Unsicher, wie viel er heute noch ausgeben konnte, suchte er wieder seinen Freund. Gingst hatte das lange Gespräch zwischen Thal und dem Wirt genutzt und sich in Stimmung getrunken. Lautstark singend stand er inmitten einer Ansammlung von Menschen und feierte sich und den Tag. Skeptisch schaute Thal zu ihm hinüber.

»Mensch, mein Freund. Feier mit uns.« Gingsts gläserner Blick verriet Thal dessen Zustand.

»Morg'n trägt die Zeche …«

»… der König«, beendeten beide den Satz.

»Endlich wird der alte Abzocker dann auch mal zur Kasse gebeten.« Gingst lachte lauthals.

Thal verstand recht schnell, dass es wohl heute kein Morgen geben würde, und betrachtete seinen leeren Krug. Die warme stickige Kneipenluft und die Alkoholdämpfe ließen ihn kurz abwägen, wie schlimm die frische Luft heute Abend wirken würde. Der Gedanke, dass die Verpflegung für den nächsten Tag bereits sichergestellt war, ließ seine Bedenken in der Kneipenluft verpuffen und er bestellte einen weiteren Met. Grinsend mischte Thal sich unter den Herrenchor auf der anderen Seite der Bar.

Des Königs Plan

Die Dunkelheit hatte sich schon lange im Königreich ausgebreitet, als sich der König aus seinem Bett bemühte. Hastig eilten seine Bediensteten herbei, als das Geläut seiner Nachtglocke durch die langen Marmorgänge des Palastes hallte. Die eiligen Schritte seiner Untergebenen näherten sich, während er sich aufrichtete.

»Was dauert denn hier so lange?« Der König brummte genervt seinen Diener an, als dieser die Türe zum Schlafgemach öffnete. »Ich muss hier wichtige Dinge entscheiden, das kann nicht warten.«

Beinahe wollte sein Diener ihm etwas erwidern, konnte sich aber eben noch beherrschen, um dem König keinen Anlass für eine Bestrafung geben zu können. Lediglich ein schlaftrunkenes »Verzeiht mir« konnte er gerade noch so über seine Lippen bringen.

»Bringt mir schnell meinen Morgenmantel, ich möchte etwas spazieren gehen!« Sein Diener tat, wie ihm befohlen worden war und packte seinen Herrn sanft in die Gewänder ein. Wohlwissend, dass der König schnell seine Meinung ändern konnte, schnappte er sich auch einen weiteren Mantel für den Fall, dass sie noch außerhalb des warmen Palastes umherwandern würden. Auf der Suche nach passenden Aufgaben für seinen Nachfolger wanderte der König in letzter Zeit häufiger umher.

Früher fiel es mir leichter, unlösbare Aufgaben zu finden. Eine Aufgabe für meinen Teil der Familie zu finden, ist leicht. Ich setze einfach auf etwas, das gar nicht schiefgehen kann. Alte Verbindungen aufrecht zu erhalten, sollte wohl jeder aus meiner Familie hinbekommen. Die sind alle kaltblütig genug, um zu vollenden, was ich angefangen habe. Aber was mache ich mit dem anderen?

Auf Schritt und Tritt folgten ihm einige Mitglieder seines Hofstaates in gebührendem Abstand, um den König nur nicht in seinen Gedankengängen zu stören. Stark darauf bedacht, kein Wort zu verlieren oder auch nur zu laute Schritte zu machen, achteten sie darauf, dass der König nicht fror oder auf ihrem kurzen Stück entlang der Palastmauer kein Zweig im Wege lag.

Der König indes wanderte weiter umher und spielte durch, wie er die Aufgaben gestalten könnte.

Es muss so sein, als suchte er nach einem nicht vorhandenen Buch zwischen all den Büchern aus meiner Bibliothek. Er stoppte. Die kühle Nachtluft wehte ihm um die Nase. Einen Augenblick versuchte er nach einer Lösung zu greifen, konnte den Gedanken allerdings nicht festhalten. *Aber ich weiß, wo ich die Antwort finden kann.*

Grinsend machte sich der alte König in seinem zügigsten Tempo auf, hinein in den Palast. Entlang der vielen prachtvollen Gemälde seiner Ahnen eilte er in seine Bibliothek. Als er das Gemälde seines Neffens erblickte, grinste er wissend und verlangsamte kaum merklich seinen Gang, ehe er seine Geschwindigkeit wieder etwas anzog.

Kaum war er angekommen, riss er, ohne auf einen seiner Diener zu warten, die Türe zur Bibliothek auf. Er griff sich eine der Laternen und marschierte durch die Gänge. Die gigantischen Ausmaße der vielen Regale mit Büchern waren wohlbekannt im ganzen Königreich und die königliche Silhouette flackerte bedrohlich im Schein der Kerze darüber.

Ich hatte es doch erst vor kurzem in der Hand. Wo habe ich das nur wieder abgestellt? Die Bücher in den Regalen waren fein säuberlich aufgereiht und seit Jahren nicht mehr bewegt worden. In diese Bereiche verirrte er sich äußerst selten. Er suchte die Buchreihen ab. Buch um Buch tastete er mit seinem Bick ab. Das gesuchte Werk erkannte er schnell wieder. Einer der Folianten stand etwas hevor, fast so, als würde es dem König entgegenspringen wollen. Er griff nach diesem Buch, das fast auseinanderfiel. Die Seiten wurden lediglich noch durch ein löchriges Geflecht des alten Einbandes zusammengehalten. Vorsichtig, aber dennoch zügig durchblätterte er die Seiten.

Hier ist es. Der König schlug vor Freude auf eines der alten Regalbretter. *»Wolkenläufer«, die kenne ich gar nicht.* Mit abwertender Miene blickte er auf die Zeilen, in denen dieses Volk in einem Nebensatz erwähnt wurde. *Ich lasse den Herausforderer einfach dieses Volk aus diesem Märchenbuch aufsuchen. Längst Ausgestorbene können nicht gefunden werden.* Ein fieses Grinsen breitete sich auf seinem Gesicht aus. Vor Freude die Hände reibend, ließ er das Buch an Ort und Stelle liegen und machte sich gemütlich und zuversichtlich zurück auf den Weg in sein Bett.

Die Wahl

Thal schreckte aus seinem Schlaf auf. Mit verquollenen Augen stellte er fest, dass eine Lichtquelle den Raum seltsam erleuchtete. Völlig gerädert wegen den wenigen Stunden Schlaf blickte er sich um. Ohne Erinnerung, wie er es hierher geschafft hatte, fand er sich im Eingangsbereich seiner Behausung wieder. Überaschenderweise lag Gingst einen Meter vor ihm auf dem Boden. *Hätte auch schlimmer enden können,* stellte er zufrieden fest, als er Gingst mit dem Fuß beiseiteschob, um an ihm vorbeizukommen. Überrascht stellte er fest, dass Gingst tatsächlich nicht reagierte. Zielgerichtet steuerte er auf die krumme Treppe zu, die in die Schlafzimmer der beiden führte. Er bestieg die erste Stufe und wie üblich knarrte diese laut.

Erschreckt macht er kehrt, die letzte Nacht schien sich förmlich durch seinen Magen zu fressen. Angespannt stand er wieder vor Gingst.

»So, Freundchen, jetzt ist auch mal gut. Steh auf, dann liegst du hier nicht so blöd im Flur rum.« Deutlich genervt stieg er dieses Mal gezielt auf Gingsts Magen. Als er sein Gewicht langsam auf den Bauch seines Freundes verlagerte, erwachte dieser schlagartig aus seinem Trinker-Nickerchen.

»Wa.. Wa.. Was ist denn jetzt hier los? Du kannst doch nicht …« Gingst keuchte und verstummte.

»Normalerweise ist es schon Mittag, wenn mich die Sonne hier so anstrahlt. Wie spät ist es denn?«

Da keiner der beiden eine Uhr besaß, hätte er sich diese Frage sparen können. Thal stellt allerdings fest, dass er recht hatte.

»Oh, das stimmt, dann müssen wir wohl wirklich schon länger hier gelegen haben. Wollten wir heute nicht auf den Palastplatz gehen? Von mir aus können wir auch direkt weiter … «

Mit weit auf gerissenen Augen sprang Gingst in einem Satz vom Boden auf.

»Verdammt, du hast recht! Die Zeremonie sollte ja fast schon in vollem Gang sein.«

Gingst eilte bereits zur Tür. Hastig sprang er in seine Schuhe und riss die Tür auf.

»Auf, auf ... Jetzt futtern wir, bis die Bäuche platzen.« Thal fühlte sich in der Tat schon so, als würde sein Bauch platzen. »Vergiss die Beutel nicht. Wir packen dann direkt für heute Abend noch was ein.«

Überrumpelt schlurfte Thal Richtung Türe. Die Schuhe hatte er in seiner Trunkenheit am Abend gar nicht erst abgelegt. Er griff auf dem Weg nach draußen einen Beutel, der auf dem staubigen Boden lag, und sie spazierten gemütlich auf den Palastplatz. Selten hatten sie es geschafft, so lange zu schlafen. Von Natur aus waren Thal und Gingst eher früher wach.

Der Vorabend machte sich in der prallen Sonne wieder bemerkbar. Lediglich die Aussicht auf die freie Verpflegung ließ die zwei weitermarschieren. Die Stadt war menschenleer, nur Thal und Gingst waren die letzten verbliebenen Seelen in den leeren Gassen. Die schlurfenden Schritte hallten durch die Stadt. Das arbeitsame Treiben des letzten Tages war in absolute Stille übergegangen. Ein seltsam dumpfes, drückendes Gefühl befiel Thal und Gingst.

»Ganz schön still hier.« Thal reagierte nicht auf Gingst. Er genoss die Ruhe um sich herum. »Verdammt still is' es hier jetzt aber schon. Ich nehm' nicht mal eine streuende Katze oder einen Hund wahr.«

Thal schwieg weiter. Zu müde zum Sprechen, schlenderte er neben Gingst her.

»Ja, verdammt, kannst du jetzt auch mal was sagen? Ich wünsch mir ja fast, dass uns jemand aus der Schattenwelt hinterherjagt.« Gingsts nervöser Ton ließ Thal grinsen.

»Lern doch einfach, mit dir selbst ins Reine zu kommen. Du kannst doch nicht erwarten, dass dich andere jederzeit beschäftigen.« Schmunzelnd stellte Thal fest, wie Gingsts Kinnlade ins Bodenlose stürzte. Der kurzen Schnappatmung entnahm Thal, dass Gingst etwas erwidern wollte. Mit einer kurzen Handbewegung fuhr er ihm aber über sein Mundwerk und deutete ihm an, die Klappe zu halten. Gingst erkannte, dass er an der Stelle nicht mehr weiterkommen würde, und rollte mit seinen Augen. Den Rest der Strecke legten die beiden in der Ruhe vor dem Sturm zurück.

Traditionell sollten an diesem Tag zwei Mitstreiter gewählt werden, die jeweils eine Aufgabe erfüllen mussten. Derjenige, der seine Aufgabe am schnellsten erledigen konnte, durfte sich legitimer Nachfolger des Königs nennen. In der Regel wurde aus zwei Töpfen gezogen. In dem einen Topf befanden sich lediglich die Verwandten des Monarchen. In dem anderen Lostopf wurden alle Namen des Volkes aufbewahrt.

Als Thal und Gingst die Trennmauer der Stadt passierten, änderte sich schlagartig das Stadtbild. Unversehens liefen sie über eine saubere, mit Pflastersteinen verlegte Straße. Links und rechts waren Bäume aufgereiht. Das satte Grün der Bepflanzung wirkte wie vereinzelte Farbkleckse auf einer weißen Leinwand. Berechenbar und künstlich hoben sich die Bäume von dem Grau der Häuser ab. Anders als im zweiten Ring war hier alles so akkurat aufgereiht, dass sich Gingst nicht mehr zurückhalten konnte.

»Stell dir vor, du musst den ganzen Tag dafür sorgen, dass alles genau an seinem vorgesehenen Ort liegt ... steht ... oder wächst. Du rutschst es hier zurecht, schiebst da was rüber und am Ende fängst du wieder von vorne an.«

Thal hob fragend seine Augenbraue. Je näher sie dem großen Platz kamen, desto lauter wurde es um sie herum. Erst vernahmen sie aus der Entfernung ein Stimmengewirr, bevor sie die große Menschenmenge durch die Tore der Mauern erblickten.

Die Zeremonie war bereits weit fortgeschritten, als sie durch das Mauerwerk schritten. Normalerweise diente dieser Wall dem Schutz des Königs. Weder Thal noch Gingst hatten es bislang so nah an den König herangeschafft. Sie hatten nie das Bedürfnis gehabt, ihm ihre Sorgen vorzutragen. Ein so hoher Herr, so dachten sie, hätte keine Gedanken für so kleine Leute wie sie übrig.

Die Sonne stand direkt über ihnen. Grell leuchtete sie. Der Platz drohte überzulaufen. Kaum ein freies Fleckchen war zu sehen. Man hatte gerade noch so viel Raum, um sich ohne Gewalt durch die Menschen schlängeln zu können. Auf einmal wurde es leise. Für eine solch große Menge überraschend still. Die versammelte Meute lauschte den Worten, die jetzt vom König von der Treppe kamen. Gingst spähte hektisch nach dem Platz, wo er sich mit etwas zum Trinken und vor allem Essbarem versorgen konnte.

»Huunger« flüsterte er Thal zu. »Irgendwo da hinten vermute ich das Futter, schau, da ist ein Sonnensegel.«

In der Tat erkannte auch Thal eine große, weiße Plane, die über eine Ecke des Platzes gespannt war. Vor der Plane wuselten die Menschen wie Ameisen dicht an dicht, um sich noch schnell mit Speis und Trank einzudecken. Trotz des Tumultes konnte man auch von dort kaum laute Stimmen vernehmen.

»Noch nie wurde ein Bürger der Stadt gezogen, der dem königlichen Kandidaten etwas entgegensetzen konnte. Ich glaube, wir können uns direkt auf die Vorräte stürzen«, scherzte Gingst in seiner besten Trinkerlaune. Während der König weitersprach, drückten sie sich durch die Menge.

»... die erste Wahl wurde getroffen ...«

Thal hörte, dass der erste Vertreter bereits gewählt sein musste. Es war allerdings so totenstill, dass er nicht einordnen konnte, ob die Wahl eine gute für das Volk war. Bevor er sich weitere Gedanken machen konnte, zog Gingst ihn immer weiter Richtung Fressecke.

»Du musst ja einen riesigen Hunger haben.« Für Thal war die Hektik des Augenblickes schon viel zu viel. Aber Gingst ignorierte ihn. Er merkte, dass er die Aufmerksamkeit seines Freundes nicht auf die Reden lenken konnte. Thal zog das Tempo seinerseits an, in der Hoffnung, noch einen Platz zu finden, um doch noch etwas mitzubekommen. Je näher sie dem Sonnensegel kamen, umso langsamer wurden sie. Die Hitze war drückend, Thals Hemd bereits durchnässt von Schweiß. Es klebte schon förmlich an seinem Rücken.

»Hoffentlich ist das Theater bald vorbei. Hier ist es unerträglich.«

Sie waren nun in Reichweite der Schänke.

»Ich hab' Durst«, jammerte Gingst.

»Dann trinken wir was, Gingst. Die Zeche zahlt der König.«

Gingst schmunzelte, als er von Thal an den feuchtfröhlichen Abend erinnert wurde.

Sie rochen bereits das Bier, den Met und konnten sehen, wie die Spanferkel im Grill rotierten.

»Geh du vor und hol uns etwas zu trinken. Ich habe hier, glaube ich, einen Luftzug entdeckt. Ich halte die Stelle frei.« Thal stellte sich in den einfallenden Schatten eines Turmes des Königspalastes und beobachtete den davonstürmenden Gingst. Aus der Ferne sah er einen großen glatzköpfigen Mann, der an einer Kurbel drehte. Diese wiederum war an alle anderen Bräter gekoppelt, sodass er etwa ein Dutzend Schweine damit zum Rotieren brachte. Obwohl er entspannt wirkte, lief auch ihm das Wasser den Körper hinunter. Lediglich eine Schürze verdeckte seinen fetten, nackten Oberkörper. Viele weitere Helfer standen unter dem Sonnensegel und schenkten aus großen Fässern diverse Getränke in feinsten Tonkrügen aus. Obwohl es hektisch zuging, war auch hier recht wenig Lärm wahrzunehmen. Alle Bestellungen wurden im Flüsterton abgegeben und die Kellner sprangen in Windeseile hinter dem riesigen Tresen hin und her. Ein kleines Areal war mit Bänken und Tischen zugestellt worden.

Thal blickte um sich, in die vielen Gesichter, die mit hoffnungsvollem Blick auf die abgesperrten Treppen des Königshauses staunten. Er wünschte es diesen verdreckten jungen und alten Gesichtern von ganzem Herzen, dass heute der Nachfolger aus ihrer Mitte stammen würde.

Gingst machte sich freudestrahlend wieder auf den Weg zurück zu Thal. Der Weg vom Schanktisch zurück war ein Kampf durch die Massen. Immer mehr Menschen drängten sich nun an die Schänke. Die lange Ansprache des Königs machte die Menge mürbe. Doch trotz des verstärkten Andranges lief es nach wie vor zivilisiert ab. Keiner drängelte und wurde laut, während der König die Wichtigkeit dieses Wettstreites predigte.

»... nur derjenige, der sich würdig erweist, kann das Amt des Königs antreten. Seit vielen Generationen hat sich die gängige Praxis bewährt und ....«

Thal schaltete wieder ab. Es war ihm ein Rätsel, wie man so viel erzählen konnte, ohne auf den Punkt zu kommen. Er beobachtete das Geschehen. Den König, wie er in seinem sommerlichen Gewand zum Volke sprach. Auffällig monoton und ohne Emotionen ratterte er seinen Text hinunter. Um ihn herum auf den Stufen des Palastes war besonders wenig Bewegung wahrzunehmen. Dort erkannte er auch Buko, der stolz neben dem König stand. Er war es, auf den vorhin die Wahl gefallen war.

Wenn die zwei das Idealbild unseres Königreiches darstellen sollen, dann will ich dazu nicht gehören. Thal brütete in der Hitze über den Sinn und Unsinn der Herren, die da herrschten. Dann entdeckte er eine große gläserne Kugel auf den Stufen. Eine so große Kugel, dass alle Namen der Stadt hineinpassten. Die Bediensteten kippten kleinere Bällchen in die riesige Kugel, während der Herrscher immer noch redete. Zum Glück sah Thal, dass Gingst es zwischenzeitlich wieder zu ihm geschafft hatte. Gingst strahlte. Er trug zwei Becher mit sich und schob sich die letzten Meter durch die Menge. Obwohl er immer wieder links und rechts angerempelt wurde, schafft er es, keinen Tropfen zu verschütten. Voller Stolz und mit einem breiten Grinsen im Gesicht erreichte er Thal.

»Das sah aus wie gelernt. Du solltest Kellner werden, Gingst.«

»Du weißt doch: Lieber Frau und Kind erschieß'n, als ein' Tropfen Met vergieß'n.« Gingst lachte in einer solchen Lautstärke, dass alle um sie herum nur böse Blicke und ein »Pssst« für ihn übrighatten. Er überreichte Thal einen Becher und grummelte vor sich hin, gerade noch so laut, dass es die Leute um ihn herum mitbekommen mussten. Enttäuscht stellte er fest, dass ihm keiner weitere Aufmerksamkeit schenkte. Der Met-Duft stieg Thal direkt wieder zu Kopf. Seine Erinnerungen an den gestrigen Tag kamen sofort wieder hoch. Zumindest die Erinnerung an den Morgen. An die Kopfschmerzen und die verwirrte erste Zeit seines Tages. Er hob seinen Becher, inhalierte die Dämpfe noch einmal und prostete dem gezogenen Vertreter des Königs zu.

»Auf unseren Thronfolger.« Er gönnte sich einen großen Schluck aus seinem Becher.

Immer noch hielt der König seine Rede.

»Schau, die Klappe der Kugel wird geschlossen. Jetzt muss es dann doch wohl so weit sein.«

Tatsächlich war die letzte Luke, über die gerade noch kistenweise Bälle eingekippt worden waren, bereits geschlossen. Der Moment der Wahrheit nahte.

»Jetzt ziehen wir *euren* Vertreter.«

Der Palastplatz jubelte. Das erste Mal, seitdem sie auf den Platz gekommen waren, kam etwas Bewegung in die Menge. Nachdem der Jubel etwas verebbt war, setzte ein aufgeregtes Tuscheln ein. Von links und rechts vernahm man jetzt die wildesten Vermutungen.

»... Heute wird bestimmt wieder einer der Alten gezogen ...«, hörte Thal von einem kleinen schmierigen Typen.

Der allgemeine Tenor war eindeutig. Niemand glaubte an große Wunder. Still und aufgeregt verfolgte Thal, wie der König ein Zeichen an zwei seiner Bediensteten gab. Die riesige gläserne Kugel reflektierte die Sonnenstrahlen. Die zwei adrett gekleideten Helfer sprangen ziemlich zügig an eine ebenso große Kurbel, die sie auch gekonnt in Schwingung versetzten. Ganz langsam setzte sich das Ungetüm in Bewegung. Die Kugel knarrte in der Aufhängung. Als diese sich ein paar Mal vollständig um ihre eigene Achse gedreht hatte, rollte über ein komplexes Schienensystem einer der kleinen Bälle zum König. Das geringe Gefälle ließ den Ball fast stehen bleiben. Thal kam es fast so vor, als rolle der Ball ewig, er wurde ungeduldig. Das Gefühl der Ungewissheit versetze ihn in Rastlosigkeit. Er spielte an seinem Krug herum, ohne den Blick auch nur eine Sekunde von den Stufen des Palastes zu nehmen. Er wollte endlich wissen, ob es dieses Mal einen wehrhaften Kandidaten geben würde. Im Augenwinkel erkannte er einige geeignete Kandidaten. Ein großer muskulöser Hüne überragte die Massen auf dem Platz. Er erkannte auf der anderen Seite seines Kopfes eine Kriegerin, die vorbeimarschierte. Ihre Körperbemalung verriet sie offensichtlich. Ihnen würde Thal einen erfogreichen Kampf gegen Buko zutrauen.

Als Thal die große Kugel auf den Stufen erneut betrachtete und die Masse an Bällen darin wahrnahm, war ihm klar, dass es reine Glückssache war.

Gingst schubste Thal.

»Da, schau, er hat schon den Ball in der Hand.«

Aber der König spielte mit der starren Menge.

»Hier, mein Volk, in meinen Händen, ist euer Kandidat auf meine Nachfolge.« Er hielt die Kugel nach oben. Der König grinste schelmisch, als er seinen Arm wieder langsam einfuhr.

»Jetzt mach das blöde Ding schon auf.« Thal drohte vor Ungeduld zu platzen, erschrak jedoch vor sich selbst, als er bemerkte, dass er gerade so laut gesprochen hatten, sodass sich einige der Anwesenden zu ihm umdrehten. Er wich den Blicken aus und blickte schnell zu Boden.

Endlich öffnete der König die Kugel. Mit fester Stimme sprach er grinsend:

»Thal!« Er hielt kurz inne und fuhr in fragender Tonlage fort: »Der Tagelöhner aus dem zweiten Ring?«

Stille.

»Ha... Ha... Hat er meinen Namen vorgelesen?« Thal war wie versteinert.

Gingst war der Erste, den man schreien hörte. Niemand auf dem Platz kannte Thal. Lediglich durch Gingsts Geschrei wurde die Menge auf ihn aufmerksam gemacht.

»Da isser. Das ist Thal, hier neben mir!«

Jeder drehte sich suchend nach Gingsts Stimme um, und versuchte den Auserwählten zu Gesicht zu bekommen. Die Hälse streckten sich und einige versuchten durch einen Sprung, Thal zu entdecken. Plötzlich wurde es laut auf dem Platz. Der gesamte Königsplatz war außer sich vor Freude. Die Welt schien stillzustehen. Thal vernahm die freudig aufschreienden Gesichter langsam an sich vorbeiziehen und ihm war so, als würden die Geräusche um hin herum verstummen. Sein Herz pumpte so stark, dass er das Gefühl hatte, sein Brustkorb würde zerbersten. Thal drehte sich zu Gingst und sagte mit zitternder Stimme: »I... Ich ... Ich kann das nicht!«

Gingst blickte ihn mit großen Augen an. Einen kurzen Augenblick wirkte er so, als würde er keine Antwort auf Thals Aussage finden.

»Was soll das heißen? Du *musst*! Du kannst dir das doch nicht entgehen lassen. Du, Thal, kannst der *Erste* sein, der sich aus diesem Sumpf erhebt!«

»Egal, was die Aufgabe sein mag: Wie soll ich dies allein bewältigen können?« Thals Stimme bebte, während er sich versuchte, auf Gingst zu fokussieren.

»Thal! Du musst dich nicht länger über den Wind beklag'n, du kannst jetzt die Segel setzen ... «

Thal blendete Gingsts weitere Worte aus. Er hörte ein Nuscheln einer verbrauchten rauchigen Stimme hinter sich.

»Schau ihn dir an. Er sieht so aus, als ob er kann.«

Thal blickte sich erneut um, noch immer feierten die Leute seinen Namen.

»Und wer hilft mir, wenn ich nicht mehr kann?«

Gingst griff den lautgesprochenen Zweifel auf. Er packte ihn an den Schultern und schüttelte ihn.

»Mein Freund, niemand musste so viel Mist durchleb'n wie du. Ich helf' dir auch, wenn es mal nicht so rund läuft.« Gingst hielt inne und blickte Thal hoffnungsvoll an. »Schau dich doch um. Sie alle feiern dich.«

Thal spürte Hitze in sich aufsteigen. Mit hochrotem Kopf und erhobener Stimme entgegnete er Gingst, ohne noch Notiz von den anderen auf dem Platz zu nehmen: »Sie kennen mich doch gar nicht! Wie können sie jemanden feiern, den sie heute das erste Mal sehen? Mit einen Becher Met in der Hand und nur darauf aus, sich zu betrinken und den Bauch vollzuschlagen! Ein schöner König wäre ich, der ...«

König? Thal ein König? Thal hatte sich noch nie so gesehen. *Kann ich wirklich König sein?*

»Sie feiern nicht dich, du Idiot, sie feiern die Hoffnung, die du ihnen gibst«, warf ihm Gingst mit einem Lachen an den Kopf.

»Hoffnung? Durch mich? Als König?« Thal ließ den Gedanken zu. Er hatte ein seltsames Gefühl im Magen. *Würde ich es später bereuen, wenn ich es nicht probieren würde? Aber ist es nicht auch die Rolle, die mir die Macht gibt, etwas zu verändern? Und schließlich hätte ich auch jemanden an meiner Seite, der mich unterstützt, dem ich vertraue.*

Es wurde immer stiller auf dem Platz. Um sie herum hatte sich ein Kreis gebildet, sodass der König und auch sein Neffe die beiden nun voll im Blick hatten. Thals Blick weitete sich und er nahm die vielen Menschen um sich herum das erste Mal wirklich wahr. Er sah die Hoffnung in den Augen der Alten und Armen, die kämpferische Haltung in den Blicken der Jungen und er sah den König, der nach wie vor auf den Stufen stand. Des Königs kalter, starrer Blick musterte Thal. Er fing an, zynisch zu grinsen. Ein kalter Schauer kroch Thal über den Rücken. *Wie widerlich selbstverliebt sie da oben stehen, mir nichts zutrauen.* Er spürte den Zorn wieder in sich aufsteigen. Dieses Mal aber nicht gegen sich selbst gerichtet.

»Sieh es als Herausforderung, beweis' uns, aus welchem Holz du geschnitzt bist. Zeig uns hier allen, dass du mehr bist als ein Landstreicher«, flüsterte Gingst in Thals Ohr, sehr darauf bedacht, dass nur Thal ihn hörte.

Dieser drehte sich zu Gingst und begann zu lächeln. Gingst blickte Thal verwirrt an.

»Ich mag es, wenn ich kämpfen muss. Vielleicht wird es nicht einfach sein, aber was habe ich denn zu verlieren?« Gingst blickte Thal immer fragender an. »Weißt du, Gingst, stark kann jeder sein, wenn alles nach Plan läuft. Derjenige, der nichts mehr zu verlieren hat, der völlig am Boden ist und im Bretterhaufen lebt, zeigt dann wahre Größe, wenn er einfach aus seinem Sumpf aufersteht.«

Gingsts verwirrter Blick formte sich zu einem Lächeln. Er verstand und nickte ihm zu.

Thal drehte sich wieder zum König um. Erhob seinen Becher und sprach mit fester, lauter Stimme und einem breiten Grinsen im Gesicht: »Ich nehme die Aufgabe, welche auch kommen mag, an. Ich werde kämpfen, bis ich sie erfüllt habe oder dabei untergehe.«

Die zerbrochene Vase

Während der Jubel des Volkes noch nicht abgeklungen war, stürmte Buko zurück in die Schlossgemäuer. Erzürnt riss er eine der massiven Türen auf. Mit einem lauten Knall schlug diese gegen die Steinwand. Irritiert von den letzten Geschehnissen entzog er sich laut fluchend den Blicken der Öffentlichkeit. Rasend vor Zorn stiefelte er durch das Schloss. Seine Schritte verhallten in der großen Eingangshalle, deren blank polierter Boden den wütenden Buko spiegelte.

»Wie konnte denn jetzt *so einer* gezogen werden?«, rief er laut, fast drohte ihm die Stimme ihren Dienst zu versagen. Sein Zorn schwang durch die Hallen. Mit hochrotem Kopf tigerte er in der Halle auf und ab. »Er ist viel jünger als ich und sieht aus, als würde er den ganzen Tag draußen nur Gewichte schleppen«, sprach er, als sich seine Stimme wieder gefangen hatte. Langsam ging er nachdenklich an den Säulen vorbei, auf die Vitrinen und Sockel zu, die an der Wand fein säuberlich aufgereiht standen. »Soll der Thron einem Obdachlosen vermacht werden?« Bukos Stimme überschlug sich.

Er massierte mit den Fingern sanft seinen Nasenrücken und atmete wiederholt tief durch. Stille setzte ein, als das letzte Echo seiner Stimme verklungen war. Aus dem Nichts heraus fegte er mit seiner Hand über eine der Säulen und schleuderte dabei eine der Vasen gegen die Schlossmauer.

Nachdem er seiner Wut damit Luft gemacht hatte, ließ er sich auf eine der hölzernen Bänke nieder.

Wortlos und auf leisen Sohlen sprang einer der Haushälter aus dem Seitenflügel des Bauwerkes auf die zerbrochene Vase zu und sammelte die Scherben mit den bloßen Händen auf. Buko starrte ohne die kleinste Regung auf den kahlen Boden, ohne ihm auch nur eine Sekunde seiner Aufmerksamkeit zu schenken. Seine Augenlider zuckten nervös über seinen leer dreinblickenden Augen.

Zügig hatte der Haushälter fast alle der greifbaren Teile entfernt, als er aus seiner Schürzentasche ein angefeuchtetes Tuch holte und damit die Splitter aufwischte. Die Geräuschkulisse des feierwütigen Volkes durchdrang die dicken Burgmauern und störte Buko in seinen Gedanken. Der angespannte Gesichtsausdruck richtete sich kurz in die Richtung des Lärmes, ehe sein Blick über die vielen Gesichter der eingemeißelten Wandgemälde wanderte. Könige vergangener Tage blickten auf ihn herab. Einen Wimpernschlag bevor sich das Tor erneut öffnete, hatte der Haushälter alle Spuren beseitigt und verschwand wieder lautlos in den Gemäuern.

Erneut rauschte eine der Türen auf. Schwungvoll, aber nicht unkontrolliert, durchschnitt das Pfeifen des aufschwingenden Tores die Stille. Der König betrat die Halle seines Palastes, begleitet von dem lautstarken Grölen der feiernden Meute auf dem Platz vor dem Palast.

»Beruhige dich jetzt!«, donnerte des Königs Stimme Buko entgegen. Das Rot seines Kopfes hob sich von seinem weißen Haar und seinem ebenso hellen Bart ab wie ein Spritzer Blut auf dem schneebedeckten Gipfel des Gebirges. Der feste Gang des Königs ließ Buko den Gemütszustand des Monarchen deutlich spüren. »Verhält sich so ein potenzieller

Thronfolger? Verhält sich so *mein* potenzieller Thronfolger.« Zügig ging er auf Buko zu.

Die tiefen Atemzüge des Königs waren klar in der Halle wahrzunehmen. Respektvoll erhob sich Buko. Wie eine Feder sprang er von der Bank auf und stand stramm vor seinem Onkel.

»Du weißt doch noch gar nicht, welche Aufgaben euch erwarten werden ...« Der positive Effekt seiner Atemübungen äußerte sich deutlich in seiner immer sanfter werdenden Stimme. »Darüber hinaus: Schau dir doch bitte mal den Trunkenbold und seinen Freund ... «

»Freund?« Buko wurde hellhörig und unterbrach seinen Onkel wissbegierig.

»Ja natürlich, der Mann neben Thal.« Überrascht, dass sein Neffe dies nicht selbst erkannt hatte, unterbrach er sich. Erneut sog er lautstark die Luft durch seine Nase, bevor er weiter auszuholen begann. »Ihr Umgang miteinander wirkte mir sehr vertraut. Ich gehe davon aus, dass es ein Freund ist. Warum ist das jetzt für dich so wichtig?«

»Ach, so wichtig ist das gar nicht ... « Buko hielt inne und blickte gedankenverloren auf den Boden. »Ich dachte vielmehr daran, wer mich unterstützen könnte. Wer für mich nun ein Freund ist.« Buko blickte weiter auf den Boden, seiner Stimme fehlte jegliches Gefühl. »Der Freund an meiner Seite könnte mir außerordentlich gut weiterhelfen.«

»Der Freund? Thals Freund?«

»Nicht *dieser* Freund. *Ein* Freund wäre passender.« Verlegen blickte Buko auf. Nahm ein paar tiefe Atemzüge und sprach ruhig weiter. »Es wäre mir eine große Hilfe, wenn ich jemanden hätte, der mich bei der Erfüllung meiner Aufgabe begleiten könnte.« Buko blickte seinen Onkel eindringlich an. »Ich will doch nicht den Freund meines Widersachers bei mir haben«, lachte er gekünstelt.

Der König nickte skeptisch bei den Ausführungen seines Neffen.

»Freut mich, dass du zur Vernunft kommst. Ich kann dir gerne jegliches Personal zur Verfügung stellen, das du bei der Erfüllung deiner Aufgabe benötigen kannst.«

»Onkel, es geht mir gar nicht um das Personal. Ich werde mir meine Helfer selbst aussuchen.« Er blickte seinen Onkel erwartungsfroh an. »Aber eventuell kann ich mir das ein oder andere Pferd borgen?«

Der König grinste, froh darüber, helfen zu können. Er legte die Hand auf Bukos Schulter und drückte ihn sanft auf die Bank. Bevor er Buko eine Zusage geben konnte, ergriff dieser wieder das Wort.

»Du wirst es natürlich unversehrt zurückbekommen. Aber welche Aufgabe wird mich denn nun erwarten?«

Eine Wolke musste sich offensichtlich draußen vor die Sonne geschoben haben. Schlagartig wurde es deutlich dunkler im Saal, sodass die Herren nun fast ohne Licht im Eingangsbereich saßen. Buko erwartete gespannt die Reaktion des Königs. Mit einem eingefrorenen Grinsen verfolgte er dessen Mimik. Der König saß in sich zusammengefallen neben ihm. Sein Gesicht war zwischenzeitlich wieder blasser geworden. Seine weiße Haut hob sich nun nur noch leicht von seinem Bart ab. Er blickte seinen Neffen an.

»Buko, liebster Neffe. Du bist mein letzter engster Verwandter. Eines Tages, wenn ich nicht mehr sein sollte, möchte ich mein Vermächtnis bei einem guten Nachfolger wissen. Du hast mich nie enttäuscht. Wenn der Tag gekommen ist und mein Geist mit dem Wind um das eisige Tar Gebirge heult, ist es an dir, mein Werk fortzuführen.« Mit wässrigen Augen fixierte der König einen Punkt an der Wand der Halle.

Bukos Grinsen verflüchtigte sich und wich einem skeptischen Ausdruck, als er seinen Onkel um Worte ringen sah. Er wandte den Blick ab und suchte ebenfalls die Wand nach einem Fixpunkt ab. Der König brach sein Gestammel ab. Zu schwer lagen die Worte auf seiner Zunge. Er verstummte kurz. Buko vernahm ein leises Schniefen neben sich.

»Es ist mir wirklich wichtig, dass *du* mein Erbe antreten wirst. Wir brauchen Stärke und du verkörperst Stärke.« Der König unterbrach sich für einen Moment. Die Schwere seiner Gedanken lag spürbar in der Luft.

»Ich weiß, du bist der richtige Mann für dieses Amt und das Volk wird dich eines Tages genauso lieben lernen, wie ich es bereits tue.«

Buko blickte seinen Onkel an. Vergeblich versuchte er seine Überraschung zu verbergen. Peinlich berührt wich er den Blicken des Königs aus.

»All das hier soll in unseren Händen bleiben.« Der König zeigte auf einen riesigen Wandteppich, der hinter ihnen hing. Der Teppich stellte das gesamte Königreich dar. Einschließlich des Waldes, des Gebirges und der Dörfer am Rande des Königreiches.

Ohne einen weiteren Kommentar betrachteten sie das Königreich. Einige Minuten vergingen, ohne dass einer von beiden etwas sagte. Buko bemerkte, dass es sehr kühl in der Halle war. Die dicken Steinmauern schirmten die Hitze vor ihnen ab. Der König selbst unterbrach die andauernde Stille.

»Ich werde mir Gedanken machen, welche Aufgaben für euch beide … sagen wir mal, Sinn machen.« Ludowin zwinkerte bei dem Wort »Sinn« seinem Neffen zu, wohlwissend, dass keiner seiner Untergebenen einen Blick in sein Gesicht werfen konnte. Wortlos nickte der Neffe. Der König spürte seine Enttäuschung. Wissend, den Erwartungen seines Verwandten nicht zu genügen, ergriff er erneut das Wort. »*Wir* überlassen nichts dem Zufall.«

Bukos Augenbrauen schossen in die Höhe und sein Mund formte ein großes O. Erwartungsvoll blickte er seinen Onkel an.

»Ich habe schon eine Vorstellung, wie seine Aufgabe nicht zu bestehen sein wird. Auch für den Fall, dass Thal zurückkommen sollte, wird er *hier* nicht alt werden. Wäre ja nicht der Erste, dessen wir uns entledigen müssen.« Mit leiser Stimme und teuflisch funkelnden Augen grinste er seinen Neffen an.

Der Groschen war bei Buko gefallen. Schnell verwandelte sich sein Gesicht zu einer listigen Grimasse.

»Nun gehen wir wieder hinaus. Feiere mit deinem Volk und ertrage ihre Gespräche und Klagen für heute. Morgen sieht die Welt schon ganz anders aus.«

Die großen Holztore am Ende der Halle öffneten sich auf ein Zeichen des Königs. Kaum waren die Tore geöffnet, ließ die Wolkendecke die Sonnenstrahlen schlagartig wieder passieren. Das gleißende Licht strahlte durch die Maueröffnungen. Die Sonne leuchtete alle Ecken der Stadt aus.

Der König legte einen Arm um Bukos Schultern und sie gingen wieder zurück auf den Königsplatz.

Der Wächter

Die Feierlichkeiten dauerten noch bis in die frühen Morgenstunden an. Die ganze Stadt war außer sich vor Freude. Der Alkohol floss in Strömen und die Spanferkel wurden herdenweise verspeist. Selbst ein sommerlicher Regenguss ließ die Feier nicht verstummen. Immer wieder wurden »Thal«-Sprechchöre angestimmt. Thal fühlte sich fast, als hätte er bereits seine Aufgabe abgeschlossen. Nur Buko verzog sich schleunigst von den Feierwütigen.

»Zw… Zzww… Zwei vergleichbare Kandidaten auf den Königsthron! G… g… gab es seit geraumer Zeit nicht mehr«, lallte einer der betrunkenen Ältesten Thal in das Ohr. Je später der Abend wurde, umso aufdringlicher wurden die Anwesenden. Hier und da musste sich Thal mithilfe Gingsts freikämpfen, um nicht einmal auf dem Marktplatz durchgereicht zu werden. Gingst genoss es sichtlich, Thals Beschützer spielen zu können. Thal selbst hatte jedoch keine ruhige Minute mehr an diesem Abend und verließ, als alle betrunken genug waren, um keine Notiz mehr von ihm zu nehmen, den Marktplatz. Zielstrebig ging er durch die dunklen Gassen nach Hause. Die verereinzelten Fackeln leuchteten ihm den Weg, während er sorgenvoll versuchte, sich auf dem matschigen Boden auf den Beinen zu halten.

Wie wird es nun weitergehen? Was soll nun meine Aufgabe sein? Wie gehe ich überhaupt vor? Und was passiert, wenn ich versagen sollte? Will ich dann als der Verlierer zwischen all den Leuten hier leben? Wieso eigentlich ich … warum konnte es nicht einen anderen treffen? Ich will das doch eigentlich gar nicht! Jetzt will ein Jeder was von mir und ich habe doch gar keine Ahnung, was ich hier überhaupt mache! Wie komme ich nur wieder aus dieser Nummer raus?

Thal schaffte es mit klirrenden Ohren und einem gewaltigen Druck auf dem Schädel nach Hause. Er schmiss nur kurz die Schuhe in die Ecke und verkroch sich, ohne sich weiter zu entkleiden, unter seiner Decke. Dort grübelte er angestrengt über all die vielen Fragen nach, ehe er völlig erschöpft einschlief und einem unruhigen Schlaf verfiel.

Für beide Kandidaten galt es nun, zeitnah ihre Aufgaben zu erhalten. Thal wie auch Buko waren am nächsten Morgen schon früh auf den Beinen. Trotz eines äußerst schlechten Schlafes hielt es Thal nicht weiter aus, untätig im Bett zu liegen. Während die Stadt langsam aus ihrem Rausch erwachte, teilten die zwei Kontrahenten den gemeinsamen Gedanken an die kommenden Tage. Thal entschloss sich, ein wenig in den frühen Morgenstunden umherzuwandern, um auf andere Gedanken zu kommen. Die Sonne hielt sich noch versteckt, allerdings nahm er bereits die ersten Vögel wahr, als er durch die Gassen spazierte. Die Bewegung tat ihm gut und er konnte sich an ein Gespräch am Vorabend mit einem alten und deutlich betrunkenen Mann erinnern.

»Esss liegt nun am König höschstspersönlich, dir 'ne Aufgabe ssuuu geben.«

Welche Aufgabe wird das nur sein? Thals Gedanken rasten wieder. Eben noch hatte er sich mögliche Aufgaben ausgedacht und schon holte ihn die nächste Erinnerung wieder ein.

»Die Kandidaten werden ihre Aufgaben zeitgleich bekommen müssen. So will es die Tradition.«

Wann wird es denn soweit sein? Heute? Morgen? Muss ich Drachen jagen? Oder eine Kathedrale mit eigenen Händen bauen? Gibt es Drachen überhaupt? Vielleicht müssen wir uns auch nur prügeln? Warum musste sich der Alte nur so betrinken, dass er mir nicht alles mitteilen konnte?

Thal wurde aus seinen Gedanken gerissen, als er plötzlich erkannte, dass er im Kreise gelaufen war und wieder vor der Türe seiner eigenen Behausung stand. Er gähnte herzhaft und gab dem Impuls nach, wieder in die Hütte zu gehen.

Bevor ich auf der Straße einschlafe und sich die Leute über ihren »Helden« das Maul zerreißen, bleibe ich lieber daheim.

Thal wanderte in dem kleinen Wohnraum ihrer Behausung auf und ab. Gingst war noch nicht daheim eingetroffen. Sein Bett war leer und auch in den Gängen fand er niemanden. Vermutlich war er auf dem Platz eingeschlafen, als er sich in seiner guten Laune den kostenlosen Getränken hingab. Erst als die Sonne langsam in die Gasse vor ihrer Bretterbude einbog, hörte Thal die ersten Schritte auf den wackligen Stufen vor dem Haus. Gefolgt von einem Klopfen, das ihn kurz zusammenzucken ließ. Da sie wenig besaßen, war die Türe meistens nicht versperrt.

»Hast du etwa zu viel getrunken gestern?« Thal kannte die Ausfälle seines Freundes, war aber irritiert, dass Gingst nicht laut grölend mit der Tür in das Haus fiel.

Nachdem das Klopfen nicht aufhören wollte und immer leidenschaftlicher wurde, öffnete er die Tür. Ein dicker, schmieriger Herr stand vor ihm. Gekleidet in die feinsten Stoffe, die man im Königreich finden konnte, fing er an zu sprechen.

»Um eine Verschwörung zu vermeiden, müssen die Kandidaten von jetzt bis zur Bekanntmachung permanent begleitet werden.« Er sprach sachlich und ohne erkennbare

Regung in seinem Gesicht. »Ich bin der Generaldirektor der königlichen Bank«, stellte er sich knapp vor, ohne seinen Namen zu nennen. »Darüber hinaus bin ich der Wächter des ersten Ringes.«

Thal erinnerte sich um die Wichtigkeit seines Gegenübers. Gingst hatte ihm oft genug von der Rolle der Wächter der Ringe erzählt. In beiden Ringen gab es jeweils einen Wächter. Trotz der Tatsache, dass der Wächter keine Gesetze erlassen konnte, war er dennoch der erste Ansprechpartner innerhalb seines Ringes. Er fungierte als Vermittler in Streitigkeiten, sprach hingegen nie Recht. Er war Vertrauensperson sowie Berater – kurzum: Er war die gute Seele des Ringes. Da sie häufig in Streitereien verwickelt waren, landeten sie auch des Öfteren bei ihrem Wächter.

»Ich werde Sie von nun an nicht mehr aus den Augen lassen.« Ein gehässiges Grinsen breitete sich auf seinem Gesicht aus. »Und *das* meine ich auch so.« Er räusperte sich und hatte schlagartig seine professionelle Maske aufgesetzt. »Der Vollständigkeit halber muss ich Euch darüber informieren, dass der Neffe des Königs von dem Wächter aus dem zweiten Ring betreut wird.«

Thal kannte den Wächter seines Ringes nur allzu gut. Er war der Alchemist des Ortes. Er stellte sich vor, wie der Alchemist in seinem schwarzen Umhang unterwegs war, um Buko zu überwachen. Die Kapuze zog er in der Regel so tief in das Gesicht, dass man lediglich seine Gestalt durch die Straßen huschen sah. Selbst wenn man ihm gegenüberstand und mit ihm sprach, war es kaum möglich, einen Blick auf sein Gesicht zu erhaschen.

Thal musste schmunzeln, als er sich vorstellte, wie er bei Buko auftauchte und wie der wandelnde Tod ihn auf Tritt und Schritt verfolgte. Sein Äußeres war der Grund, weshalb die meisten Einwohner des zweiten Ringes den Kontakt mit ihm auf Notfälle oder aussichtslose Situationen beschränkten. Thal jedoch gefiel der Gedanke des ersten Zusammentreffens zwischen ihm und seinem Gegenspieler.

»Ich finde mich allein zurecht.« Thal wurde unsanft aus seinen Gedanken gerissen, als der Direktor ihn beiseiteschob und sich seinen Weg ins Haus bahnte. Nun wurden auch die ähnlich feingekleideten Angestellten sichtbar, die ihn begleiteten und sich bisher hinter der massigen Gestalt des Direktors verborgen hatten. Sie trugen einige Koffer in den Gang und stellten diese breitflächig ab. Nach einem kurzen Wortwechsel mit ihrem Vorgesetzten machten sich diese wieder auf den Weg und ließen Thal und ihn wortlos im Flur stehen.

»Wo kann ich mein Nachtlager aufschlagen?«

Einen kurzen Moment wusste Thal nicht, ob er sich mehr über die Tatsache, dass der Herr Direktor ernsthaft daran dachte, hier zu übernachten, oder dass er das Wort »Nachtlager« verwendete, wundern sollte. Er konnte sich den Mann, der ihm gegenüberstand, beim besten Willen nicht in einem Provisorium unter freiem Himmel vorstellen.

»Wir haben nicht so viel Platz in unserem Heim …« Der Blick des Direktors verriet, dass er sich mit dieser Antwort nicht zufriedengab. Seinen Seufzer nicht unterdrücken könnend, blickte sich Thal um und geleitete ihn in den kleinen Raum, den Thal und Gingst liebevoll »Die gute Stube« nannten.

»Sie könnten hier schlafen, denke ich.« Mit einer einladenden Geste führte er den Direktor in das Zimmer. Einen Haufen aus alten Matratzen und Lumpen hatten Thal und Gingst zu einer mehr oder weniger gemütlichen Sitzecke aufgestapelt. »Sie werden hier nicht allzu viel Platz haben.«

Tatsächlich war der Raum mit all dem Gerümpel auch schon zum Großteil ausgefüllt.

»Wie soll ich denn hier all meine Koffer hereinbringen? Oder besser gefragt: Wie wollen *Sie* das schaffen?« Er machte einen Schritt beiseite, um Thal genug Patz zu geben, sein Gepäck hereinzutragen.

Verdutzt blickte Thal den Direktor an. Beinahe wäre Thal ihm an den Hals gesprungen, konnte sich allerdings gerade noch beherrschen und brachte dann unterwürfig die Koffer herein. Nur zwei davon konnte Thal in dem Zimmer unterbringen. Einige gewissenhaft gefaltete Anzüge hängte der Direktor direkt über den Türrahmen, sodass sie einem Vorhang glichen.

»Das wird für meinen – hoffentlich – kurzen Aufenthalt reichen ...«

Thal spürte, dass der Direktor noch weitere Worte zurückhielt. Seinem abfälligen Blick nach zu urteilen, wollte er diese gleichwohl auch nicht weiter hören.

Noch bevor einer von beiden etwas Weiteres sagen konnte, sprang die Türe auf. Gingst hatte den Weg nach Hause gefunden. Taumelnd stand er, begleitet von der aufgehenden Sonne, im Gang. Er begutachtete die offensichtliche Veränderung, grunzte mürrisch und blickte sich weiter im Raum um, bis sein Blick den Direktor fand, der wortlos ihm gegenüberstand. Gingsts Fahne veranlasste diesen, seine Nase zu bedecken.

Gingst stammelte unverständliches Zeug vor sich hin. Mit aller Anstrengung versuchte er, seine Gedanken in Worte zu fassen. Nach weiteren erfolglosen Versuchen brach er ab. Er packte Thal am Genick und zog ihn nahe zu sich heran. Seine betrunkenen Augen strahlten Zufriedenheit und Müdigkeit aus. Als träfe ihn ein Blitz, grinste er Thal plötzlich an.

»Eeeeeeegaaaaaaaalllllll.« Er klopfte Thal sanft auf die Wangen und stolperte über die Koffer im Gang, bis er, sich auf allen vieren fortbewegend, die Treppe erreichte. Mit sichtbar großer Anstrengung quälte er sich die Stufen nach oben. Bei jedem Schritt hatte Thal das dringende Bedürfnis, ihn stützend zu begleiten. Nach etlichen Minuten hatte es Gingst dann doch geschafft und verkroch sich in seinem Zimmer.

»So! Schön, dass wir das auch geklärt haben. Wie ist denn der Plan für heute?«, fragte der Wächter, drauf und dran, entsprechende Vorkehrungen für den heutigen Tag einzuplanen.

»Plan?«

»Müssen Sie nicht zu Ihrer Arbeit gehen?«

Thal verneinte die Frage kurz.

»Müssen Sie Besorgungen machen?«

Thal schüttelte den Kopf.

»Vielleicht irgendwelche Arbeiten am Haus, die anstehen?« Der Direktor blickte auffällig lange auf die Türe. Erst als Thal seinem Blick folgte, erkannte er, dass der Türgriff aus seiner Halterung gerutscht war. Stumm blickten beide einige Sekunden auf den Griff.

»Nein, eigentlich gibt es keine Pläne.«

»Ja, um Himmels willen, dann zeigen Sie mir einfach die Gegend oder sollen wir hier den ganzen lieben langen Tag nur Türen anstarren?« Bemüht darauf bedacht, seine Ungeduld zu verbergen, drängte der Direktor Thal auf den Ausgang zu.

»Nun, wenn Sie es so sehr interessiert, dann können wir gerne einmal um den Block gehen.« Thal grinste stolz über seinen Vorschlag.

Zufrieden darüber, Thals Hütte verlassen zu können, legte der Direktor wieder sein Jackett an.

Thal zeigte, angetrieben von dem Direktor, diesem den zweiten Ring. Als vielbeschäftigten Mann gefiel es ihm offensichtlich, ein wenig mehr von den dunklen Flecken von Erbess zu sehen. Mit zunehmender Abscheu vor dem armen Volk wurde er durch die Stadt geführt.

»Ich habe mir immer vorgestellt, hier würde man etwas härter arbeiten. Zumindest würde *ich* das, wenn ich so leben müsste.«

Als Thal genug von der Anwesenheit des Direktors hatte und ohnehin überzeugt davon war, das Notwendigste gezeigt zu haben, nötigte ihn sein Begleiter, mehr und mehr über den Ring zu erfahren. Widerwillig begleitete Thal ihn weiter durch die Viertel. Sie schauten sich alle Lokalitäten und Händler an. Als sie diese abgeklappert hatten, begutachteten sie die paar wenigen öffentlichen Einrichtungen.

»Ich hoffe, ich kann meine Schuhe hier irgendwo reinigen lassen«, sagte der Direktor angewidert, nachdem er wiederholt eines der vielen Schlaglöcher übersehen hatte.

»Ja, wir haben Wasser daheim.«

Thals Antwort erzürnte den Direktor.

»Sie glauben doch nicht wirklich, dass ich diese Schuhe selbst putzen werden?«

Thal verstand schnell, wohin dieses Gespräch führen sollte, und schluckte seine Antwort hinunter.

Der Direktor wich auch den Rest des Tages meist nicht mehr als nur wenige Meter von Thals Seite. Auch die kommenden Tage glichen einem Spießrutenlauf. Tag für Tag verbrachten sie gemeinsam und versuchten sich irgendwie zu beschäftigen. Obwohl Thal eine dauerhafte Begleitung eines Freundes gewohnt war, empfand er den Wächter als unerträglich. Beide waren schnell genervt voneinander.

»Es gibt keine festgeschriebene Frist, die der König erfüllen muss. Solang er keine Entscheidung getroffen hat, wird der Status quo aufrechterhalten«, wurde der Direktor nicht müde, sein Dasein zu rechtfertigen.

Des Direktors feiner Zwirn passte nicht in die Wohngegend von Thal und Gingst. Viel schlimmer als die hohe Qualität seiner Kleidung und die Vielzahl seiner Anzüge, die nun in der Bretterbude gelagert wurden, waren diese auffällig vielen Farbtöne. Der Direktor sah zu jeder Tages- und Nachtzeit aus wie ein bunter Vogel aus den Tiefen des Waldes. Thals Schatten zog so viel Aufmerksamkeit auf sich, dass sich selbst Gingst, der sonst immer recht offen gegenüber Fremden war, fortlaufend dabei ertappte, wie er versuchte, Abstand zu halten. Meist sah man ihn nur noch für ein Essen in der gemeinsamen Hütte.

»Der größte Vorteil deiner neuen Rolle ist, dass wir seit der Wahl jederzeit genug zum Essen auf dem Tisch haben«, erkannte Gingst seinen eigenen Nutzen.

Der König hatte verordnet, dass beide Teilnehmer den gleichen Standard erhalten sollten. Niemand sollte ihm vorwerfen können, einen Hungerhaken in den Wettstreit geschickt zu haben.

Neben dem vielen Essen hatte die Belagerung des Wächters einen weiteren Vorteil. Binnen weniger Tage hatte es Gingst im Alleingang geschafft, das oberste Geschoss ihrer Behausung so herzurichten, dass es ihnen möglich war, dort auf ihrem eigenen Dach auch bis spät in der Nacht draußen sitzen zu bleiben. Vor Stolz überlaufend, war Gingst eines Nachmittages die Treppe hinuntergestolpert. »Thal, komm doch mal mit. Ich muss *dir* was zeigen.«

Der Wächter hatte Gingst skeptisch angeblickt. Er hatte es sich gerade bequem gemacht, als Gingst heruntergestürmt war.

Der Direktor sprach selten. Seiner Meinung nach gab es nichts, was er mit den beiden gemeinsam hatte. Er empfand seine Anwesenheit als genauso lästig, wie sie Thal empfand. Allerdings gehörte dies zu seinen Pflichten. Man hätte ihn darüber nie vorher in Kenntnis gesetzt, erwähnte er unentwegt, wenn es zu einer Diskussion kam.

Thal war über Gingsts neuerlichen Eifer ähnlich verdutzt wie der Wächter. Allerdings war er froh über die auftretende Abwechslung. Fragend schaute er den Wächter, der sich gerade etwas von dem Süßgebäck krallen wollte, an.

»Wächter, wollen Sie denn mitgekommen oder vertrauen Sie darauf, dass ich nicht vom Dach flüchte?«

Der Wächter wirkte wenig begeistert. Er hatte bereits sein Jackett abgelegt, was in der Regel hieß, dass es sich die Herren nicht erdreisten sollten, noch mal vor die Türe zu gehen.

»Sie hab'n doch bereits einen *meiner* leckeren Butterfinger genommen. Sie können auch gern' sitzen bleiben. Ohnehin werden sie uns wahrscheinlich belauschen.«

Der Wächter nickte langsam und erteilte seine Zustimmung mit einer abfälligen Handbewegung, während er genüsslich in die Süßspeise biss. Das Gesicht hinter einer Zeitung verbergend, rutschte er in einem seiner Sessel, die er eiligst von seinem Hofe hatte bringen lassen, in eine bequeme Position.

Hocherfreut über den Freigang rannten Thal und Gingst die Treppe hoch. Wobei Thal Gingst beinahe von den Stufen stieß. Oben angekommen sah Thal bereits Gingsts Meisterwerk.

Gingst hatte, seitdem der Besuch zu Gast war, alle Löcher in der Decke geschlossen. Eine ebene Fläche, umrandet von einem Geländer, thronte nun auf dem Dach des Hauses. Dunkle große Sitzkissen lagen bereit. Obwohl ihr Haus bedeutend niedriger war als das der Nachbarn, konnten sie von hier oben den Sonnenuntergang erkennen. Sie setzten sich auf die zwei Sitzkissen. Ehe sich Thal versah, standen zwei Krüge Met auf einem kleinen, dunklen Tisch.

»Schau mal, ich hab die Krüge von der Feier mitgehen lassen. Deinem Glückstag.« Gingst hob seinen Krug in der Absicht, mit Thal anzustoßen. Thal zögerte.

»Belassen wir es aber heute bei einem oder zwei. Wer weiß, was der Morgen bringt.«

Leise klirrten die Krüge in der einfallenden Nacht. Ein leichter Windzug durchschnitt die sonst drückende Luft, während die Sonne sich mit einem letzten Lichtblitz am Horizont verabschiedete. Ein letztes Mal strahlte sie in ihrer vollen Schönheit, sodass die beiden geblendet wurden.

»Hast du das gerade gesehen?« Thal sprang von seinem Kissen auf. In seinem Schwung schwabbte fast der gesamte Inhalt seines Mets über.

»Was soll denn gewesen sein?« Gingst hob eine Augenbraue nach oben. Er war irritiert. Das allabendliche Schauspiel war nichts Ungewöhnliches. Jeden Abend verabschiedete sich die Sonne mit einem letzten hellen Lichtblitz, bevor sie im Dunkel unterging.

»Mir war gerade so …« Thal überlegte, wie er den Satz weiterführen sollte.

»Na los, erzähl schon! Brauchen wir 'nen Heiler?« Gingst versuchte mit einem Lächeln, die Antwort aus seinem Freund herauszukitzeln.

»Mir war gerade so, als hätte der Blitz die Form eines Vogels angenommen.«

»Na, zum Glück hast *du* die Hälfte deines Kruges nun auf'm Hemd. Entspann dich doch mal ein wenig.« Gingst amüsierte sich offenkundig über den Aussetzer seines Freundes und setzte seinen Krug für einen langen Schluck an, um mit ihm gleichzuziehen.

Thal setzte sich wieder auf das weiche Kissen. Die Nacht brach über sie herein. Umgeben von den Häusern hatten sie freie Sicht in den dunklen Himmel. Gerade als es fast so wirkte, als verschlänge der schwarze Himmel die Erde, leuchteten auf einmal tausende und abertausende Sterne auf. Als würde jemand eine Flamme entzünden, fing der ganze Himmel an zu leuchten und zu funkeln. Nordlichter bahnten sich den Weg durch das Firmament.

Thal und Gingst lagen noch lange wach und starrten wortlos in die Luft, ehe sie unter dem Schutz der Sterne einschliefen.

Der Ringwandler

Kurz vor dem Morgengrauen schlich eine einzelne Gestalt durch die Stadt. Gerade passierte sie die Tore des ersten Ringes, um in den armen Teil der Stadt zu gelangen. Unbeeindruckt von dem Rascheln und den vereinzelten Schritten der Tierwelt, spazierte sie leichtfüßig durch die Straßen. Ein brauner, speckiger Ledermantel umhüllte die Gestalt, eine schwarze Wollmaske verdeckte das Gesicht. Schnurstracks steuerte sie die Ladenpassage des Ortsteiles an. Sie zog vorbei an dem Bäcker, den Schlachtern und Süßwarenhändlern, die ihre Türen noch verschlossen hielten. Als fesselte sie ein Anker, blieb sie plötzlich stehen.

In der unscheinbaren Gasse reihten sich die Häuser eng aneinander. Kaum ein Blatt passte zwischen die Gebäude. Lediglich zwei von ihnen standen weit genug auseinander, um einen mannsbreiten Spalt zu lassen. Ein Tor versperrte den Zugang zu der engen Gasse. Wildwuchs umschlang die gusseiserne Tür.

Die Gestalt blickte sich suchend in der Gegend um. Langsam wanderte der Blick über die angrenzenden Häuser. Als sie sich sicher sein konnte, nicht beobachtet zu werden, legte sie die Hand an das Schloss des Tores. Die weiten Ärmel des Mantels verhinderten dabei eine Sicht auf die Hände. Geräuschlos öffnete sie das Schloss. Sie drehte an dem Knauf. Schwungvoll und völlig geräuschlos schwang die Tür auf. Ein letzter prüfender Blick in die Gasse, bevor sie zwischen den Häusern verschwand. Das Tor ließ sie sperrangelweit offen.

Der dahinterliegende, enge Gang war im Rundbogen aus bläulichem Stein gemauert. Die Wände mit einem glitschigen Film überzogen und zum Teil mit Moos bewachsen. Die Feuchtigkeit des Bodens wehte ihr einen modrigen Duft in die Nase. Mit jedem Schritt versanken die schweren Stiefel im matschigen Boden. Schmatzend bahnte sie sich den Weg an den Wänden entlang. Eine Beleuchtung war im gesamten Gang nicht zu finden. Der tiefe, dunkle Schlot lag verdächtig ruhig da.

Die Gestalt zog einen Gegenstand aus der Manteltasche, nahm diesen in beide Hände und führte ihn an ihren Mund. Ein kurzer Atemzug hauchte dem Gegenstand Leben ein. Ein Licht flammte auf, gerade so viel, dass man die nächsten zwanzig Meter des Ganges problemlos einsehen konnte. Sie flüsterte dem Licht etwas zu. Das Flüstern war das einzige Anzeichen von Leben an diesem Ort.

Plötzlich schwebte das weißgelbe Licht etwa einen Schritt weit entfernt durch die Luft. Mit jedem Schritt, den der Mantelträger machte, spiegelte das Licht die Bewegung seines Herrn wider.

Nach einem kurzen Fußmarsch durch Matsch und schwammigen Untergrund stieß sie auf einen beißenden, stickigen Geruch. Beinah so, als wäre sie auf die Abwasserkanäle der Stadt gestoßen. Es stank bestialisch. Ein unbeschreiblicher Mix aus Abwasser, Fäkalien und Verwesung lösten automatisch den Fluchtinstinkt eines normal denkenden Menschen aus. Anders war es bei dieser Person. Sie legte erst die eine, dann die andere Hand auf die Wand. Entgegen den natürlichsten Trieben tastete sie fast zärtlich die Wand ab. Suchend arbeitete sie sich von der Decke bis zum Boden. Nachdem sie beinahe das gesamte Mauerwerk abgesucht hatte, schien sie die gesuchte Stelle gefunden zu habe. Ihre Hände weit ausgestreckt, ganz nah an das Mauerwerk gedrückt, rieb sie sich an der kalten Wand. Die Stille wurde nun so drückend, dass man beinahe das Rauschen des Blutes im Ohr hören konnte. Jegliche Geräusche, die sie verursachte, wurden direkt von den Wänden verschluckt. Unablässig daran arbeitend, ihre Reichweite zu verlängern, versuchte sie die maximale Streckung ihrer Muskeln und Sehnen zu erreichen. Kaum hatte sie zwei Punkte in der Wand verbunden, löste sie mit einem Druck der kleinen Finger schlagartig ein Beben des Tunnels aus. Die Wände vibrierten so stark, dass man das Gefühl hatte, die Tunneldecke müsse gleich einstürzen. Unaufhörlich vibrierte der Boden unter ihr.

Nach nur wenigen Sekunden verwandelte sich das leichte Rumoren in ein massives Beben. So schwer, dass sie Mühe hatte, nicht einfach umzufallen. Es dauerte weitere Augenblicke, bis die ersten Steine aus dem Gemäuer brachen und zu Boden fielen. Ohne auch nur mit der Wimper zu zucken, stand sie in dem in sich zusammenfallenden Gang und beobachte das Spektakel. Der Haufen Ziegelsteine zu ihren Füßen wuchs weiter an und offenbarte das erste Loch. Schon bald war die Wand bis zur Decke eingebrochen und das Loch so breit wie zwei Männer. Trotz der weiterhin auf den Boden einschlagenden Steine bewegte sich die Gestalt nach wie vor nicht von der Stelle. Regungslos stand sie da und wartete darauf, dass der Tunnel über ihr hereinbrechen würde. Doch dann setzte wie aus dem Nichts heraus explosionsartig die Stille wieder ein. Kein Rumpeln mehr. Kein lautes Getöse mehr. Auch das Beben hatte auf einmal aufgehört.

Die Gestalt stand nun vor der Öffnung in der Wand. Ein helles Licht strahlte ihr entgegen. Eine dichte Wolke aus

Qualm trat aus dem Loch hervor und verbarg die Sicht auf die dahinterliegende Lichtquelle. Sie schritt durch die Öffnung in das Licht. Wie durch Zauberhand strömte die Rauchwolke nun auf die andere Seite der Öffnung. Kaum hatte sie das Portal durchschritten, klarte die Sicht auf. Ein Tisch versperrte ihren weiteren Weg. Um diesen herum standen ungeordnet ein paar leere Stühle. Der massive Tisch bewegte sich keinen Millimeter, als sie versuchte, mit einem kleinen Stoß etwas Platz zu schaffen. Gekonnt schwang sie sich über einen der Stühle in den Raum. Sie war in einer Kaschemme unter der Stadt gelangt.

Der Duft von abgestandenem Bier lag in der Luft. Das Licht war bis auf ein paar wenige Lampen gedimmt. Zwielichtige Gesellen saßen vereinzelt an den Tischen und starrten in ihre Gläser. Gauner, Mörder und Söldner gehörten zu den Stammgästen hier unter der Stadt. Die Bar war inmitten eines alten Verlieses untergebracht. Kalter roher Stein prägte das Bild des Raumes. Ringsherum waren alte Zellen in die Wände eingelassen. Kühle, modrige Luft mischte sich mit dem Bierduft und ließ den Schimmel an den Wänden beinahe spürbar in der Luft stehen. Lediglich der Rauch der Zigarren übertünchte den Gestank etwas. Die Zellen waren zu Sitzecken umfunktioniert worden. Zumindest hatte man einen Tisch und ein paar Stühle in die Zellen gestellt. Die Gitterstäbe waren nur teilweise demontiert worden. Beinahe konnte man die Schreie der ehemaligen Insassen hören, die hier ihre Strafen hatten absitzen müssen. In jeder der Zellen war man so unter sich, unbeobachtet von den anderen Gästen. Wobei dies eher weniger das Problem an diesem Ort sein sollte. Keiner der Anwesenden nahm Notiz von dem Neuankömmling oder wie dieser die Kaschemme betreten hatte. Geräuschlos und plötzlich verschwand der Zugang an der Wand auf magische Weise. Ein kaum erfassbarer Schleier lichtete sich und der neue Gast stand zwischen leeren Stühlen. Fast apathisch polierte die Wirtin hinter ihrem Tresen Gläser. Ihr weißes Haar stand wild zu Berge. Die ehemals weiße Bluse war grau verwaschen und mit allen möglichen Flecken verunreinigt. Auch sie ging im gedimmten Licht ihrer Arbeit nach. Nur ein paar Kerzen vor ihr erhellten den Tresen.

Die unbekannte Gestalt verzog sich in eine der dunkleren Ecken des Lokals. Sie wählte den Platz mit Bedacht. Genau so, dass man von dort große Teile des Lokals im Blick hatte. Sie setzte sich und machte es sich auf dem Stuhl gemütlich. Sie wirkte so natürlich an diesem Platz, als würde sie exakt an diesem Platz regelmäßig unter Ihresgleichen sitzen. Wenige Augenblicke später kam die Wirtin auf sie zugesteuert. In der Hand hielt sie bereits einen Krug. Angestrengt bedacht, nichts zu verschütten, balancierte sie zwischen den Stühlen. Das fahle, eingefallene Gesicht der dürren Wirtin machte fast den Eindruck, als würde man einer wandelnden Leiche gegenüberstehen. Ausdrucklose Augen vermieden jeglichen Augenkontakt mit den Gästen.

Als sie endlich ihren Gast erreicht hatte, stellte sie das Trinkgefäß wortlos auf den Tisch und verschwand wieder Richtung Tresen. Der Mantelträger saß abwartend auf seinem Stuhl und beobachte aus den Augenwinkeln die wenige Bewegung im Raum. Eine der Lampen erlosch neben ihm, sodass das flackernde dünne Licht des Raumes nur noch die Hälfte seiner Tischplatte bedeckte. Er griff nach seinem Becher und lehnte sich in seinem Stuhl zurück. Durch die Dunkelheit geschützt, trank er genüsslich daraus.

Einige Minuten vergingen, während der Inhalt des Kruges stetig weniger wurde. Mit dem letzten Schluck wollte die Gestalt dem Warten ein Ende bereiten und das Lokal wieder verlassen. Ein letztes Mal wurde der Krug angesetzt und dabei der Kopf weit nach hinten in den Nacken gelegt. Das kühle Getränk floss gerade langsam die Kehle hinunter, als ein ihr alter Bekannter an den Tisch trat.

»Wir wollt'n reden ...?«

Die Entscheidung

Thal wurde am nächsten Morgen durch das Rascheln von Papier geweckt. Im Halbschlaf versuchte er, die Geräuschquelle zu orten. Die verschlafenen Augen wanderten umher. Im Schleier des Schlafes erkannte er eine Gestalt. Müde rieb er sich die Augen.

»Ihr Freund hat hier in der Tat eine gute Arbeit geleistet. Ich weiß gar nicht, warum er aus seinem Talent nicht etwas mehr macht.« Der Wächter saß neben ihm. Eine Zeitung in der Hand. Er trug einen leuchtend gelben Anzug. Thal wurde beinahe geblendet von seiner Erscheinung. Seine Haare wie üblich gestriegelt und penibel genau an den richtigen Platz gelegt. Er und die Sonne strahlten um die Wette, als er sich wieder ein Fettgebäck in den Mund schob. Er schmatzte und leckte seine Finger.

»Echt jetzt? Jetzt kann ich nicht mal mehr allein schlafen?« Thal erhob sich genervt. Er wollte gerade davonstapfen, als er merkte, dass jemand fehlte. »Wo ist denn Gingst?«

Der Wächter ignorierte Thal und blätterte in der Zeitung. Er vergrub sein Gesicht darin so tief, dass Thal keine Regungen erkennen konnte.

»Na, Sie sind mir ja eine Hilfe. Arbeiten Sie auch so?«

Genervt knallte der Direktor die Zeitung zu.

»Ihr Freund ist zum Bäcker gegangen, er wollte noch Besorgungen machen. Wenn es Sie nicht stört, würde ich jetzt dann weiterlesen. Danke.« Selbstgefällig saß der dicke Herr Direktor auf dem Sack. Er schlug wieder die Zeitung auf.

»Wieso muss er denn zum Bäcker? Wir kriegen doch alles hierher. Oder haben Sie alles weggefuttert? Seit wann ist er denn weg?« Thal tigerte über die Dachterrasse.

Der Wächter schnaubte genervt auf und legte seine Zeitung wieder auf den Schoß.

»Ich glaube, es fehlten ihm Butterfinger. Hat er mir gleichwohl so nicht bestätigt.« Er blickte auf sein klobiges Zeiteisen, das er aus der Tasche zog. Es ähnelte stark einem Kompass. »Er ist vor exakt dreißig Minuten aufgebrochen.«

Thal sank beruhigt an einer Hauswand auf den Boden.

»Was ist denn nun der Plan für die nächsten Tage?« Er wartete auf eine Reaktion des Wächters. Dieser jedoch ließ sich nicht von seiner Lektüre abbringen.

»Wir warten jetzt schon seit geraumer Zeit. Wie lange soll es denn noch so weitergehen?« Keine weitere Reaktion des Wächters. Thal wanderte ungeduldig über das Dach. »Ich geh mich dann mal frischmachen.« Er drehte dem Wächter den Rücken zu und hörte, wie dieser seine Zeitung bewegte. Ein Blick über seine Schultern verriet ihm, dass er sich bereits erhoben hatte und bereit war, Thal zu folgen, die Zeitung unter seinen Arm geklemmt.

»Ach stimmt, Sie dürfen mich ja nicht aus den Augen verlieren.«

Thal stiefelte die Treppen hinunter und ging direkt in ihre Waschkammer. Laut knallend schlug er die Türe hinter sich zu, dem Wächter beinahe ins Gesicht. Als er wenig später frisch wie der Morgentau aus dem Zimmer kam, saß der Wächter bereits wieder in der Küche. Gingst war zwischenzeitlich eingetroffen und hielt ein Schriftstück in der Hand. Er legte eine kleine Papiertüte, die Thal von dem Bäcker her kannte, auf einen Tisch.

»Da bist du ja endlich. Es gibt Neuigkeiten.«

Gingst reichte die Rolle dem Wächter. Ganz gemütlich nahm dieser sie entgegen. Ohne große Hast rollte er die Rolle langsam auf. Thal war irritiert. Er hatte in diesem Hause noch nie Post erhalten. Er setzte sich auf einen der freien Hocker. Seine blauen Augen strahlten den Wächter erwartungsvoll an. Thal konnte sich gerade noch verkneifen, ihn zur Eile zu ermahnen, und übte sich in Geduld. Er wippte mit seinem Fuß nervös auf und ab.

Der Wächter lehnte sich langsam im Stuhl zurück und legte seine Hände mit der Rolle auf seinem Bauch ab. Thal versuchte, seine Atemgeräusche so gering wie möglich zu halten. Er durfte keines der nächsten Worte verpassen. Selten hatte er den Wächter so freudig grinsend gesehen.

»Das ist eine Einladung. Sie ... Wir werden gebeten, in den Palast zukommen. Der König hat seine Entscheidung getroffen.«

Thal wartete. Er hoffte, mehr Details zu hören zu bekommen. Er schwitzte leicht. Die Ungewissheit über den weiteren Inhalt des Schreibens machte ihn nervös. Er wippte stärker mit den Füßen.

»Ist das alles, was Sie jetzt sagen woll'n? Ich seh' doch, dass da mehr steht.« Gingst bemerkte die Unruhe seines Freundes und wollte ein paar weitere Informationen provozieren. Der Wächter war sichtlich genervt von dem Umgang, den die beiden mit ihm pflegten.

»Ich habe den Inhalt des Schreibens auf das Wichtigste heruntergebrochen. Ich habe nichts Weiteres zu sagen. Lesen Sie doch bitte einfach selbst!« Er warf die Papierrolle in Richtung Thal, der die Worte vor sich hinmurmelte, während er las.

»Ort Königspalast ... Werden abgeholt ... König ... Aufgaben verteilen ... Gemeinsames Essen ... Der Wächter und ich ... Gingst, du bist nicht eingeladen.«

Gingst schnaufte laut.

»Wie jetzt? Geht man hier so mit den besten Freund'n um?«

Thal wollte gerade seine Meinung kundtun, als der Wächter mit hochrotem Kopf und lauter Stimme dazwischenfunkte.

»Jetzt ist es aber auch mal gut. Wissen Sie eigentlich, wie hart wir Oberen schuften, damit die ganze Stadt funktionieren kann? Sie hingegen – und da sind Sie beide keinen Deut besser – schlagen sich hier durch das Leben und tun gerade das Nötigste. Sie profitieren von all dem, was wir schaffen, seien es die Wachen, die für Ihre Sicherheit sorgen, oder die Versorgung mit Essbarem. Und nun stellen Sie sich da hin, als müsste der König Ihnen den Hof machen.« Er schlug mit der Faust auf den Tisch.

Gingst, der sich gerade bereitmachen wollte, um etwas zu erwidern, wurde mit lautem Gebell zurechtgewiesen.

»Ich dulde keine weiteren Diskussionen mehr.« Der Direktor schnaubte, zupfte sein Gewand zurecht und atmete tief durch. »Wir müssen uns im Übrigen fertigmachen. Ich erwarte die Kutsche jeden Augenblick«, fügte er in seinem gewohnten Ton an.

Stillschweigend und irritiert entsprach Thal der Aufforderung des Wächters.

Thal und der Wächter machten sich bereit, abgeholt zu werden. Thals Auswahl war höchst beschränkt. Also zog er die Klamotten mit den wenigsten Löchern an: ein graues Hemd und eine dunkelblaue Hose. Er wartete bereits in der Küche, während der Wächter in der Stube noch sein hässliches Gesicht zurechtrückte. Es dauerte eine Weile, bis er so weit war.

»Wir gehen zum König. So nah war ich ihm noch nie. Welch eine Ehre für uns. Achten Sie unbedingt darauf, die

Etikette einzuhalten. Verbeugen Sie sich, wenn Sie ihm begegnen. Warten Sie mit dem Reden darauf, dass der König Sie um Ihre Meinung bittet. Platzen Sie nicht direkt mit der Türe ins Haus.«

Gingst und Thal blickten ihn verwundert an.

»Ehre? Den König zu treffen? Wieso denn das?« Thal war weniger aufgeregt, den König zu treffen, als es der Wächter war. Thal lachte. »Sie sind wohl sein größter Verehrer in der Stadt.«

Das Gesicht des Wächters färbte sich langsam rot. Scheinbar hatte Thal sein größtes Geheimnis gelüftet.

In diesem Moment klopfte es.

»Ihr müsst dann los.« Gingst konnte bereits erahnen, wer Einlass begehrte.

Tatsächlich waren sie bereits wenige Augenblicke später in einer prachtvollen Kutsche auf dem Weg in den Palast. Thal empfand die viele Aufmerksamkeit als ausgesprochen nervig und vergrub sich in dem Sitz, gerade so, dass man ihn von außen nicht wahrnehmen konnte. Seine Begleitung allerdings genoss die Fahrt in vollen Zügen und saß aufrecht auf der gepolsterten Sitzfläche, jedem interessierten Passanten winkte er zu. Erst als sie im ersten Ring immer weniger neugierige Blicke auf sich ziehen konnten, widmete er Thal wieder seine Aufmerksamkeit.

»Sie hängen da drin wie ein nasser Sack. Wenn wir dann jetzt gleich ankommen, benehmen Sie sich bitte entsprechend … Wobei, das wird ja schwierig werden. Sie sehen ja auch aus wie ein nasser Sack ... «

Thal ignorierte ihn. Das Gespräch würde zu keinem Ergebnis führen.

Sobald die Kutsche zum Stehen kam, sprang Thal bereits aus dieser heraus. Er hörte hinter sich noch ein Zischen des Direktors: »Etikette!«

Thal hingegen war sichtbar erleichtert, endlich zum eigentlichen Punkt ihres Besuches zu kommen. Die Hoffnung war groß, seinen Wächter bald loszuwerden. Der König sowie Buko standen, umringt von dem königlichen Gefolge, für den Empfang Thals bereit.

»Schön, dass Sie meiner Einladung gefolgt sind, Thal.« Der König wartete auf Thals Reaktion.

Thal blickte auf den König und wanderte mit seinem Blick zu Buko. Ein in schwarzem Samt verpackter Vertreter des Königs, der in dessen Rücken stand, deutete Thal permanent an, einen Knicks vor dem König zu machen. Thal schaute ihn auffällig fragend an. Unzählige Augenblicke später erst verstand er und knickte sich hastig ein. Gekonnt überspielte der König das fehlende Benehmen Thals. Nur Buko schnaubte leise und rollte mit seinen Augen.

»Gott zum Gruße, die edlen Herren. Es war gar keine Frage, dass ich hierherkomme. Immerhin freue ich mich, dass ich heute meinen Schatten loswerde.«

Thal griff mit beiden Händen nach der Hand des Königs und verbeugte sich. Eine Wache zückte bereits sein Schwert im Hintergrund, als Thal die Hand des Königs intensiv schüttelte. Buko deutete der Wache, dass er zurückbleiben solle. Auch Bukos Hand schüttelte Thal übertrieben ausgiebig, während er seinen Wächter beinahe kniend vor dem König sah.

»Haben Sie sich etwa beim Aussteigen gestoßen?« Gekonnt spielte er den besorgten Mitbürger. »Ich helfe Ihnen auf.« Er zog den Wächter an seiner Schulter wieder nach oben.

Der König lächelte, während Buko mit weit offenem Mund vor ihnen stand und Thal dabei beobachtete, wie er den Generaldirektor aufrichtete.

Ungeduldig blickte Thal umher. Die weiteren Begrüßungen der anderen nahm er wahr, als würde sein Kopf unter Wasser gedrückt werden. Erst als das Lachen des Königs zu ihm durchdrang, lachte Thal verlegen und automatisch mit.

Als der König wieder das Wort ergriff, richtete sich Thals Aufmerksamkeit wieder auf den Moment.

»Nun folgt mir, wir werden unser Anliegen in einer vertraulicheren Umgebung besprechen.«

Der König lief vorneweg. Er führte sein Gefolge die zahlreichen Stufen hinauf. Thal staunte über die langen Gänge des großen Eingangsbereiches. Die edlen, handgemalten Bilder zogen seine besondere Aufmerksamkeit auf sich.

»Handgemalt, von den größten Künstlern des Reiches«, bemerkte der König voller Stolz Thals Interesse. Mit einer unauffälligen Handbewegung deutete der König an, weiterlaufen zu wollen. Die Entourage folgte ihm die langen Gänge entlang, hinein in den Thronsaal.

Thal nahm, als er sich auf einen riesigen Tisch zubewegte, neben sich einen Windzug wahr. Er blickte sich um. Lautlos hatte sich eine Gestalt neben ihn geschlichen. Er blickte in das Dunkel des Umhanges und erkannte die Umrisse des Alchemisten neben sich. Freudig erinnerte er sich an die Begegnungen, die er mit ihm schon früher gehabt hatte. Wenngleich dieser kein Wort sagte, war er froh, eine vertraute Person bei sich zu haben. Er spürte, dass sie etwas verband. Obwohl er das Bedürfnis verspürte, ihn zu begrüßen, hielt er sich zurück. Eine innere Stimme verbat ihm, ihn anzusprechen. In der Gegenwart des Königs wollte er nicht preisgeben, dass sie sich kannten. Obwohl er sich vor eventuellen Fragen des Königs fürchtete, nutzte Thal einen kurzen Moment, in dem der König sehr vertieft in einem Gespräch mit Buko und dem Direktor war.

»Was machst du denn hier?« Nervös blickte sich Thal um, ob jemand ihn belauschen könnte.

»Als Wächter des zweiten Ringes habe ich die letzten Tage über Buko gewacht.« Obwohl er ähnlich leise redete wie Thal, schwang in seiner Stimme keine Furcht mit. Thal wurde die Rolle des Alchemisten in der Stadt schlagartig wieder ins Gedächtnis gerufen. Als er gerade eine weitere Frage stellen wollte, wurde er von einem lauten Schrei der Wachen davon abgehalten.

»Seine Hoheit ist soeben eingetroffen.«

Sie erreichten die Tafel. Des Königs Thron war am Kopf des Tisches aufgestellt. Der Alchemist und Buko orientierten sich zur linken Seite des Tisches. Thal und der Generaldirektor nahmen die rechte ein, nachdem sie gewartet hatten, welches die letzte freie Option war. Der König setzte sich zuerst.

»Ich will keine langen Reden schwingen. Ich denke, alle hier in diesem Raum wissen, warum wir heute hier sind. Ich habe mir lange Zeit überlegt, welche Aufgaben die beiden potenziellen Thronfolger zu erfüllen haben, um meiner Nachfolge gerecht zu werden.«

Bis auf den König standen alle vor ihren Stühlen und warteten darauf, sich setzen zu dürfen. Doch der König machte es sich erst in seinem Thron bequem. Er legte die Arme auf die Lehne und streckte seine Füße aus. Thal war irritiert. Er wusste nicht, ob dies noch zur Etikette gehörte oder ob es der alte Mann körperlich nicht mehr schaffte, länger zu stehen. Thal lehnte sich auf die Stuhllehne des vor ihm befindlichen Stuhls. Buko rang sichtbar nach Worten, um sich über Thal zu beschweren, konnte trotz der angestrengten Suche ganz offensichtlich aber keine finden.

»Setzt euch doch bitte.« Die Tonlage des Königs wurde ernster. Er wartete, bis alle Anwesenden Platz genommen hatten und der Lärm des Stühlerückens verstummt war.

»Buko, für dich haben wir eine schwere Aufgabe. Du wirst mit der Verlängerung des Friedensvertrages mit dem Waldvolk betraut. Nimm es nicht auf die leichte Schulter. Wir haben dunkle Tage mit den Wäldlern durchlebt und laufen Gefahr, dass uns noch schwerere entgegenkommen. Beweise diplomatisches Geschick und überzeuge sie, weiter unser Bündnis in Ehren zu halten. Sie sind uns ein wichtiger Handelspartner und Beschützer unserer östlichen Flanke.«

Thal beobachtete die Reaktionen. Buko war sichtlich erleichtert, mit entspannten Gesichtszügen grinste er abfällig in Richtung Thal. Hilfesuchend blickte sich Thal umher. Der Alchemist schien scheinbar zu schlafen. Thal nahm keine Bewegung von ihm wahr. Mit den Füßen ungeduldig wippend, wartete er auf die weiteren Ausführungen.

»Thal. Für dich haben wir eine recht *spezielle* Aufgabe. Du sollst die Prophezeiung der Wolkenläufer entschlüsseln und dem Königshaus einen Vertreter dieses Volkes präsentieren.«

Bukos Gesicht verzog sich zu einer fiesen Grimasse. Noch bevor Thal wusste, wie es um ihn geschah, erwachte der Alchemist aus seinem meditativen Zustand und wandte sich entschieden, noch bevor die Worte des Königs im Saal verhallt waren, an den Herrscher.

»Das ist unmöglich. Dieses Volk existiert doch nur in Märchen und Sagen. Wie... «

Der König sprang kochend vor Wut von seinem Thron.

»Genug! Der König hat entschieden. Beide Teilnehmer haben ihre Aufgaben erhalten. Derjenige, der seine Aufgabe am schnellsten erfüllt, hat gewonnen.«

Thal zuckte zusammen. Er hatte dem König einen solchen Ton nie zugetraut. Vermutlich hatte man seine Stimme noch jenseits des Tar Gebirges vernehmen können.

»Sie! Alchemist, Wächter des zweiten Ringes! Sie können froh sein, dass ich Ihr Amt zu schätzen weiß. Ansonsten hätte ich sie längst in die Odex Wälder verbannt oder den Urgern zum Fraß vorgeworfen. Wir sind fertig für heute. Es mögen nun alle unverzüglich den Palast verlassen.«

Thal grübelte still vor sich hin, als er mit den Anwesenden dem Befehl ihres Monarchen Folge leistete.

Was sollen denn die Wolkenläufer sein? Ich höre das zum ersten Mal. Und warum meint der Alchemist, dass es nur Märchen sind? Er versuchte sich zu erinnen. Ihm waren keine Märchen und Sagen über dieses Volk bekannt. Er erinnerte sich, dass er bereits in frühester Kindheit mit seinen Eltern in das Königreich gekommen war. Sie waren nicht mit den Gebräuchen und Geschichten hier vertraut gewesen. Somit waren sie nie an ihn weitergegeben worden.

Zumindest hat man schon von ihnen gehört. Das heißt für mich, dass irgendjemand eine Spur haben muss.

Als alle vier den Palast verließen, bemerkte er, wie sein Schatten wortlos mit Buko davoneilte. Thal stand nun allein mit dem Alchemisten vor den Toren des Palastes.

»Du solltest dich zügig auf den Weg machen. Es wird eine harte Aufgabe.« Die Stimme des Alchemisten kam aus dem Dunkel seiner Kapuze hervor. Gerade noch so laut, dass Thal sie wahrnehmen konnte.

»Du hast Märchen erwähnt. Was sollen das für Märchen sein? Gibt es die Wolkenläufer nicht? Was sind denn eigentlich Wolkenläufer?«

Der Alchemist schob Thal hektisch die Stufen hinunter.

»Alles zu seiner Zeit. Wichtig für dich ist, dass du keine Zeit verlieren darfst.« Er zwang Thal immer weiter die

Treppen hinunter. Thal bekam den Eindruck, sie könnten von jemandem belauscht werden. Gehetzt blickte er umher und versuchte die Bedrohung zu erfassen. Beinahe lief er Gefahr, die steilen Stufen hinunterzufallen. Er lehnte sich gegen den ihn fortlaufend antreibenden Alchemisten.

»Was ist denn jetzt los? Warum die Eile? Was hilft es denn, wenn ich hier die Treppen runterfalle?«

Der Alchemist stoppte abrupt. Aus der gesichtslosen Kapuze spürte Thal den brennenden Blick auf sich gerichtet. Er fühlte sich plötzlich unwohl. Rastlosigkeit befiel ihn. Er schwitzte. Herzrasen setzte ein. Auf einmal fand er sich in tiefster Dunkelheit wieder. Lediglich er und der Alchemist waren von einem leuchtenden Ring umgeben.

»Gut, dann folge mir. Ich erkläre dir alles, wenn wir bei dir daheim sind. Wir können nicht wissen, wer uns beobachtet oder belauscht.« Die Worte des Alchemisten waren klar und deutlich. Noch nie hatte er ihn so laut wahrgenommen. Beinahe klingelten ihm die Ohren.

Thal nickte zustimmend. Er rieb sich die Augen. Zu irreal schien ihm die Situation. Als er die Welt um sich herum wieder klar wahrnahm, fand er sich bereits vor den Toren des zweiten Ringes wieder.

»Wie sind wir hierhergekommen? Was war das gerade?« Thal war verwundert. Mit weit aufgerissenen Augen suchte er die Umgebung nach Antworten ab.

»Nennen wir es mal so etwas wie ›Hypnose‹. Ich habe dich schlicht und ergreifend betäubt.«

Thal stolperte dem davoneilenden schwarzen Umhang willenlos hinterher. Selbst wenn er gewollt hätte, hätte Thal nicht von ihm ablassen können. Fast so, als hätte er ihn an die Leine genommen, flogen sie förmlich durch den zweiten Ring bis zu Thals Hütte. Kaum hatten sie die Tür durchschritten, stand Gingst vor ihnen.

»Na, was kam raus?«

Thal zwang sich etwas aus seinem tranceartigen Zustand. Kurz schilderte er in Anwesenheit des Alchemisten, was geschehen war und welche Aufgabe er erfüllen musste. Gingsts Mund öffnete sich mit jedem Wort, das Thal herausbrachte, mehr und mehr. »Der Alchemist erwähnte Märchen und Sagen. Ich habe aber nichts dergleichen je gehört. Ist meine Aufgabe jetzt schwer oder nicht?«

Gingst musste laut lachen, als er Thals Frage hörte.

»Schwer isses nicht. Aber unmöglich. Die Wolkenläufer waren vor vielen, vielen Jahrhunderten noch in unserm Königreich. Viele ja auch in der Stadt. In der Zeit lebten alle möglichen Geschöpfe hier. Das muss in etwa zu der Zeit gewes'n sein, als die ersten Menschen den Thron erringen konnt'n.«

Thal hatte es sich auf einem der Stühle so gut wie möglich bequem gemacht. Er wusste, wenn Gingst Märchen erzählte, dauert es etwas länger.

»Wie auch immer. Nachdem immer mehr Menschen König geworden waren, kam es zu einem viel einnehmenderen Herrscher. Er wollte das Land für sich und seine Nachkommen behalten. Die Wolkenläufer, das Waldvolk und alle ander'n nicht-menschlichen Lebewesen waren ihm ein Dorn im Auge.« Gingst genoss offensichtlich die Aufmerksamkeit, die er erhielt. Er machte eine kleine Pause und musterte intensiv seine Zuhörer. »Alle, die nicht in sein Bild passten, wurden aus der Stadt getrieb'n. Zwar hat er sie nie verfolgt oder angegriff'n, hat jedoch durch höhere Steuern schlechtere Lebensumstände geschaffen, sodass die meisten freiwillig ihr Glück anderswo suchten. Die Wolkenläufer waren so ziemlich die ersten, die gingen. Seither wurde keiner dieses Volkes wiedergesehen.«

Thal wurde auf einmal klar, warum der Alchemist beim König so erbost gewesen war. Nun schaltete er sich in das Gespräch ein.

»Du sollst schlicht und ergreifend eine seit Jahrhunderten verblasste Spur finden. Keiner weiß, wo sie hin sind.«

»... oder ob's sie jemals gegeb'n hat ...«, fügte Gingst hinzu.

Thal wusste nicht, was er davon halten sollte. Er war zwiegespalten. Eine Spur finden sollte nun nicht so schwer sein. Was aber war, wenn sie gar nicht gefunden werden wollten? Jemand, der sich seit jeher aus allem herausgehalten hatte und versteckt hielt, würde wohl nicht an jeder Ecke mit sich werben.

»Wie dem auch sei. Geht schon mal packen. Wir müssen bald aufbrechen.« Erneute brummte es leise aber bestimmt aus der Kapuze.

»Wir? Du gehst mit?« Thal hatte nicht damit gerechnet, dass ihn jemand begleiten würde. »Kommt ihr dann beide mit?«

Gingst erhob sich von seinem Stuhl.

»Aber klar doch! Ich habe bereits alles gepackt. Ich wusste nicht, wohin es geht, also ist einfach mal alles dabei. Scheint genau richtig zu sein für unseren Ausflug.« Gingst präsentierte die zwei vollgestopften Taschen. Beide waren so prall gefüllt, dass Thal Angst hatte, sie würden explodieren, sobald er sie anfasste. Die minderwertigen Stoffe schienen kein Freund von hoher Belastung zu sein.

Thal setzte sich wieder. Er war froh, solche Freunde zu haben. Mit den beiden an seiner Seite konnte nur wenig schiefgehen.

»Nur bei der Verpflegung haben wir uns dann ein wenig vertan. Ich habe nicht mit einer dritten Person gerechnet ... « Gingst strafte den Alchemisten mit einem bösen Blick.

»*Ich* ziehe dann noch mal los und hole noch etwas für unseren Freund.« Er hielt die Hand hin und rieb die Finger aneinander. »Du kannst auch selber losgehen, wenn du mir das Geld nicht auslegen willst.«

Mit ein paar schweren Seufzern händigte der Alchemist Gingst ein kleines Säckchen voll mit Münzen aus.

Während Gingst loszog, um Verpflegung zu besorgen, setzte sich Thal in seinen bequemen Sessel. Kurz nachdem er sich gesetzt hatte, stand der Alchemist vor ihm. Er kam ihm immer näher. Auf einmal starrte Thal in zwei rote, böse leuchtende Augen. Noch bevor er vor Schreck aufschreien konnte, fiel er in einen unruhigen Schlaf. Er träumte. In seinem Traum hoppelte ein hasenähnliches Wesen durch einen weißen, leeren Raum und teilte ihm mit, dass sie sich Richtung Osten auf den Weg machen sollten und den Wald durchqueren müssten.

Als Gingst wieder zurückkam, sah er seinen Freund wild zuckend auf seinem Stuhl. Er packte ihn. Schüttelte ihn. Ohrfeigte ihn. Bis er endlich aus seinem tiefen Schlaf aufschreckte.

»Osten … Wir müssen Richtung Osten!«

Des Wächters Hilfe

Buko eilte, den Direktor im Schlepptau, auf schnellstem Weg aus dem Königspalast. Der Direktor versuchte keuchend hinterherzukommen. Obwohl die Kutsche seit ihrer Ankunft nicht bewegt worden war, stand das Gefährt schon wieder abfahrbereit da. Ohne Rücksicht auf den Direktor zu nehmen, stieg Buko in seine Kutsche ein. Nur wenige Augenblicke, kurz bevor die Pferde sich in Bewegung setzten, folgte der Direktor. Sich gerade noch in die bereits in Bewegung gesetzte Kutsche rettend, purzelte er in das Innere des Wagens. Buko ignorierte ihn, während er sich wieder aufrappelte und sich neben den Neffen des Königs setzte. Eine kurze wortlose Fahrt stand ihnen bevor.

Der Wächter zögerte. Er wartete darauf, dass Buko zuerst das Wort an ihn richtete. Nervös wanderte sein Blick in der Kutsche umher. Buko jedoch saß gedankenversunken auf seinem Platz und beobachte abwesend die Gegend. Als sie Bukos Burg erreichten, platzte es aus dem Wächter heraus.

»Ich kann Ihnen überaus nützlich sein.« Er merkte, wie er sich im Ton vergriffen hatte. Um nicht weiter zu provozieren, sprach er in höchst unterwürfigem Ton weiter. »Was darf ich denn für Sie tun? Ich kann *alles* für sie tun, damit Sie Ihre Aufgabe erfüllen.«

Buko blickte angewidert auf den Bankdirektor. »Sie sind so unförmig und schlapp, dass Sie mir wohl eher ein Klotz am Bein wären. Ich denke, ich habe noch genug andere Alternativen, die nicht ganz so peinlich in meine Droschke fallen.«

Die Kutsche stoppte. Sie waren bis an den Eingang des Hauses herangefahren worden. Ein Bediensteter Bukos öffnete umgehend die Tür und achtete penibel darauf, seinem Herren nicht in die Quere zu kommen. Alle an seinem Hofe wussten, dass Buko seinen Zorn über ein Fehlverhalten gerne mit Tritten und Schlägen an den Bediensteten ausließ.

Buko hasste es, wenn das niedere Volk ihn warten ließ. Er stieg zuerst aus. Den Bankdirektor ließ er beleidigt zurück, ohne einen Blick zurückzuwerfen. Er, der zukünftige König, zollte ihm, einem der wichtigsten Männer der Stadt, keine weitere Aufmerksamkeit.

Buko schaute sich suchend in seiner Auffahrt um. Sein Blick durchkämmte alle Sträucher, Bäume und beinahe jeden Grashalm mit einer Sorgfältigkeit, als hätte er seine wertvollste Uhr verloren. Sein Misstrauen gegenüber seinen Angestellten wuchs mit jeder Minute, die er nicht zuhause war, um sie argwöhnisch zu beobachten.

Während Buko sich in Bewegung setzte, um seinen Garten zu inspizieren, verzogen sich seine Angestellten schnell im Hause. Sie wussten, dass der Herr des Hauses gerne alleine um das Gebäude wanderte. Allesamt vermieden sie, in seine Richtung zu blicken.

Buko hatte bereits seine geschotterte Auffahrt verlassen und schlängelte sich durch ein Labyrinth aus Büschen, in dem er regelmäßig seine Ruhe suchte. Er war bereits tief in das Labyrinth vorgedrungen, als er eine schwarze Krähe im Gebüsch wahrnahm. Buko setzte sein unheimliches Grinsen auf. Er kannte den Vogel und wusste genau, wessen Erscheinen er ankündigte.

»Ich hoffe, es ging so weit gut?«, richtete er sein Wort in Richtung der Krähe und suchte nach seinem Gast.

Die Krähe saß bewegungslos in dem Baum und beobachtete Buko. Lediglich das Zirpen von ein paar Grillen durchbrach die Stille. Der Neffe des Königs lauschte. Jegliches Rascheln der Büsche oder Rollen von Steinen erweckten seine Aufmerksamkeit.

»Sie können mir ja bitte Antwort geben!« Seine tiefe Verbundenheit zu seinem Gast ließ ihn all seine Höflichkeit auffahren. Viel zu oft musste er die Dienste seines Gastes in Anspruch nehmen, als dass sich Buko einen Fehltritt erlauben wollte.

Buko ging um einen der Büsche, wo er glaubte, eine Bewegung wahrgenommen zu haben. Auch da war keine Menschenseele zu sehen.

Buko wollte sich gerade wieder umdrehen und zurück in sein Haus gehen, als er einen warmen Windzug in seinem Nacken spürte.

»Mit dem ›Bitte‹ hast du mich überzeugt. Das war nett«, flüsterte es ihm ins Ohr.

Auf einmal stand Buko eingeschlossen von dichtem Nebel da. Wie üblich achtete sein Gast sehr darauf, Gespräche unter vier Augen stattfinden zu lassen. Er drehte sich um und stand einer Gestalt in einem braunen Mantel gegenüber. Ihr Gesicht war durch eine Maske verhüllt. Die schwarzen Stiefel mit Schlamm und Schmutz bedeckt. Er erkannte trotz der Verhüllung eine seiner treuesten Begleiterinnen wieder. Eine Söldnerin. Freia war ihr Name.

»Ich habe getan, worum du mich gebeten hast.« Ihre Stimme war gerade noch so laut, dass Buko sie vernehmen konnte. Sie nahm die Maske ab. Ihr dunkles Haar verzierte ihr makelloses Gesicht. »Wir sind abgesichert«, ergänzte sie kurz. Buko wirkte erleichtert. »Wie ist denn dein weiterer Plan?«, wollte sie von ihm wissen.

Ein Gefühl des Unbehagens machte sich in Buko breit. Jegliche Nähe ließ ihn augenblicklich erschauern und er versuchte, ein wenig mehr Abstand zwischen ihnen zu schaffen. Geschickt schritt er zwei schnelle Schritte zur Seite, in Richtung eines weißen Holzpavillons. Bevor er sich umblicken konnte, stand Freia wieder in seinem Schatten. Gefolgt von der Krähe, die sich auf seinem Kopf niederließ.

»Ich habe keinen Plan.« Er kämpfte mit seiner Wut und versuchte seine Antwort neutral klingen zu lassen. »Wir fahren in den nächsten Tagen in den Wald und verhandeln ein neues Friedensabkommen. Das sollte doch nicht so schwer werden.«

Freia konnte ein Lachen nicht zurückhalten. »*Du* mit deinem Verhandlungsgeschick willst einen neuen Friedensvertrag schließen?« Sie steigerte sich immer mehr in ihren Lachanfall hinein. Freia vergaß für einen kurzen Augenblick ihre eigene Vorsicht und lachte so ungewöhnlich laut, dass sich sogar ihre Krähe erschrocken in den Schutz des Busches aufmachte. »Sei mir nicht böse, aber dafür braucht man Talent. Oder Erfahrung. Du hast beides nicht.« Sie wischte sich eine Freudenträne aus dem Augenwinkel.

»Sie werden nicht bezahlt, um mir kluge Ratschläge zu geben.« Buko war erbost über den Kommentar. Er war felsenfest überzeugt, dass er über das nötige Talent für eine solche Aufgabe verfügte.

»Frag doch einen Unternehmer oder den Handelsführer der Stadt. Dein Einfluss sollte groß genug sein, um sie für dich zu begeistern. Sie werden Schlange stehen, um dir zu helfen.« Sie verstummte. Anhand seines Blickes erkannte sie, dass der Gedanke auf taube Ohren stieß. Zu lange kannte sie ihn bereits. »Oder du gehst das Risiko ein, dass du deine Aufgabe in den Sand setzt? Mir egal.«

Damit hatte sie Bukos wunden Punkt getroffen. In der Tat hatte er noch nie verhandeln müssen. Er war es nicht gewohnt, mit anderen Menschen intensivere Gespräche zu führen. Es interessierte ihn einfach nicht, was andere zu sagen hatten.

»Vielleicht ... sollte ich doch noch einmal in mich gehen.«

Freia nickte eifrig. »Einer von den Wichtigen sitzt immer noch in der Kutsche. Fang doch direkt da mal an. Er wird's zumindest besser machen als du.«

Buko starrte sie mit entsetztem Blick an. Den Bankdirektor hatte er fast wieder vergessen. Sein Blick verfinsterte sich. Er packte Freia fest am Arm und versuchte, sie mit sich zu ziehen. Sie bewegte sich nicht. Wie eine Statue blieb sie an Ort und Stelle stehen.

»Hör zu: Wenn Thal seine Aufgabe erfüllen sollte, müssen wir das zu verhindern wissen. Unter keinen Umständen darf er gewinnen. *Freia,* Sie und unsere Notfalllösung müssen im Zweifel aushelfen.«

Er ließ von ihr ab und drehte seinen Kopf in Richtung der Kutsche.

»Ich sorge die nächsten Tage dafür, dass ich meine Aufgabe erfüllen werden.« Buko blickte wieder an die Stelle, an der Freia eben noch gestanden hatte. »Für mich ist das eine Leichtigkeit ...«

Doch sie war verschwunden. Auch die Krähe war nicht mehr im Busch zu sehen. Selbst die Fußabdrücke im Gras waren auf einmal verschwunden. Lediglich ein Nebelschleier war um ihn herum geblieben.

Nachdem sich der Nebel langsam gelichtet hatte, machte er sich auf den Weg zurück zur Kutsche. Diese stand verlassen in der Einfahrt seiner Burg. Die Pferde waren bereits abgespannt, als Buko einen Blick in den offenstehenden Innenraum warf. Er erschrak. Er hätte nicht mehr damit gerechnet, ihn immer noch hier vorzufinden.

»Was machen Sie denn noch hier?«

In der Kutsche saß immer noch der Direktor, kleinlaut, auf seinem Platz. Offensichtlich hatte er sich seit Bukos Abgang nicht mehr bewegt. Er schüttelte sich, fast so, als würde er aus einem Tagtraum erwachen. Hektisch rückte er seinen Körper zurecht. Wild blinzelnd suchte er nach der Stimme. Seine verschlafenen Augen blickten Buko aus seinem dicken Gesicht an.

»Ich möchte wirklich gerne helfen.«

Odex Wald

Thal und Gingst machten sich noch am späten Abend in Richtung Osten auf, wo der Odex Wald lag. Die dichte Blätterdecke ließ nur wenig Blicke ins Innere zu. Das grüne Monster inmitten der sonst gerodeten Umwelt schien förmlich alles um sich herum zu verschlingen.

Auf ihrem Fußmarsch über die Felder des Königreiches nächtigten sie meist unter freiem Himmel in hohen Feldern oder in abgelegenen kleinen Waldstückchen. Sie versuchten, weitestgehend unentdeckt bis zum Wald zu gelangen. Während der Reise malten sich die zwei Reisenden die Optionen aus. Durch den Wald zu laufen oder einen großen Bogen um die Wälder herum zu machen. Der große Umweg würde sie fünf weitere Tage Wanderschaft kosten. Zeit, die sie eigentlich nicht vergeuden konnten. Während Gingst unbedingt um den Wald herumlaufen wollte, bestand Thal darauf, den kürzesten Weg zu nehmen. Gingst befürchtete, auf wilde Kreaturen zu treffen, die nur darauf warteten, ihn auffressen zu können. Er war der Meinung, dass sie früh genug losgezogen waren, um auch einen weiteren Weg zu gehen. Thal hingegen wiederholte immer wieder die Worte des Alchemisten.

»Wenn du noch nicht mal weißt, wo du landen wirst, wie kannst du dann jetzt Zeit verschwenden? Hol dir lieber den Vorsprung, damit du am Ende noch etwas für einen Notfall hast.« Mantraartig wiederholte er diese Sätze. Je häufiger er sie wiederholte, desto mehr verfestigten sich die Worte zu seiner Meinung. Dennoch wollte er in Ruhe und ohne größere Diskussionen den Weg zurücklegen.

»Wir sind doch noch nicht mal da. Lass uns die Entscheidung treffen, wenn wir vor Ort sind.« Thal wollte sich vor Ort ein Bild machen. Er kannte den Wald nicht. Und er verstand Gingst nicht. Für ihn war es eine Aneinanderreihung von Bäumen. Was sollte da schon passieren? Er versuchte, seine finale Entscheidung so lange wie möglich nach hinten zu schieben. Er wollte, dass Gingst sah, dass es keinen Sinn machte, außen um den Wald zu wandern.

Es war heiß, als sie ohne Sonnenschutz das letzte Stück in Angriff nahmen. Die letzten beiden Tage waren sie mit wenig Wasser in der prallen Sonne gelaufen. Als die Vorräte zu Neige gingen, machte sich der Wassermangel bei Thal zuerst bemerkbar. Immer wieder sah er vor sich das Häschen aus seinem Traum. Es hoppelte vor ihm und wies ihnen den Weg. Thal hörte Stimmen.

»Beeil dich. Wir dürfen keine Zeit verschwenden.«

In seinem wirren Zustand vermutete er, dass der Alchemist neben ihm und Gingst lief.

Obwohl Thal den Weg nicht kannte, setzte er sich in seinem Wahn immer weiter von Gingst ab. Er hoffte, durch den Abstand etwas Ruhe von den Stimmen zu bekommen. Gingst konnte nur mit großer Mühe folgen. Erst als er kurz vor einem kleinen Hügel ein kleines Bächlein am Wegesrand erreichte, stoppte Thal. Als er seine Trinkflasche in dem klaren Wasser auffüllte, konnte Gingst wieder aufschließen.

Thal hatte bereits die ersten zwei Flaschen geleert, bevor Gingst ihn erreicht hatte. Gingst war sauer. Er ärgerte sich, dass er nur hinterherlaufen konnte.

»Woher willst du denn wiss'n, ob wir überhaupt noch richtig sind?«

»Intuition, Gingst. Ich höre auf mein Bauchgefühl.«

Gingst schüttelte verständnislos mit seinem Kopf. Er wollte gerade lospoltern, als ihn die Natur eines Besseren belehrte.

»Ich habe Durst, Thal.«

»Dann trinken wir was, Gingst.«

Gingst tat, wie man ihm vorschlug. Er hängte sich über den Bach und schlürfte genüsslich das Wasser. Thal konnte nicht anders und trat den im Wasser hängenden Gingst. Dieser verlor das Gleichgewicht und landete kopfüber im Wasser. Zu Thals Enttäuschung reagierte Gingst nicht sauer. Er lachte lauthals und ließ sich von der Strömung etwas treiben, ehe er auf dem Grund des Baches auflief. Auch Thal kugelte sich vor Lachen, als er seinen Freund im Wasser stranden sah. Erneut hörte Thal eine Stimme aus dem Nichts.

»Schluss jetzt mit der Blödelei. Noch mal über den Hügel und dann sind wir fast am Ziel.«

Abrupt stoppte sein Gelächter.

»Was ist denn los, Thal?« Gingst kicherte immer noch, während er im Wasser saß.

»Ich glaube, wir sollten weiter. Wir haben eine Aufgabe zu erfüllen.«

Die ernste Tonlage Thals machte Gingst Sorgen. Er kam langsam aus dem Wasser gekrochen, füllte dabei noch elegant seine Trinkflasche auf, bevor er sich neben Thal stellte. Der hatte sich gerade aufgerichtet und stöhnte vor Schmerzen, als Gingst ihn innig umarmte.

»Bäh, du Schwein. Das muss ja jetzt nicht sein. *Du bist kalt und nass.*«

Gingst musste wieder lachen.

»*Du* hast mich reingeschubst. Aber jetzt ist gut, lass uns auf die Aufgabe konzentrieren.« Er zwinkerte Thal grinsend zu.

Sie packten ihr Hab und Gut wieder in ihre Taschen. Die Beine schmerzten bereits von dem langen Marsch. Jeder Schritt brannte tief in den Muskeln, als sie den kleinen Hügel hinaufwanderten. Dieses Mal legten sie den Weg gemeinsam zurück.

Thal blickte sich suchend um in der Hoffnung, den Hasen noch mal wiederzusehen. Es hatte ihn beruhigt, jemanden bei sich zu wissen, der ihm den Weg zeigte.

Kaum hatten sie den Höhepunkt des Erdwalls erreicht, sahen sie den Odex Wald. Sie sahen vor sich nur noch Grün. Egal, ob sie nach links oder nach rechts schauten. Es war kein Ende des Waldes in Sicht. Wenngleich sie noch ein kurzes Stück vor sich hatten und sie etwas erhöht auf den Wald blickten, konnten sie die Ausmaße des Waldes bereits erahnen. Der Wald schien fast so breit wie lang zu sein. Sie standen vor einer grünen Wand. Es gab in der gesamten Front kein einziges Loch. Keine einzige Stelle, wo der Wald etwas lichter war. Eine perfekte Linie aus riesigen Bäumen stand schier unüberwindbar vor ihnen.

Thal und Gingst starrten mit offenen Mündern.

»Ich wusste nicht … « Gingst schluckte.

»Ich dachte … « Thal rang nach Worten. »Willst du immer noch außen rumgehen?«

Gingst stotterte vor sich hin. Immer noch schockiert über die Ausmaße des Waldes.

»Wir werden unter keinen Umständen drum herumlaufen. Unser einziger Weg führt mitten durch den Wald.«

Gingst verstand. Er nickte wortlos.

»Eins noch, bevor wir jetzt durch den Wald gehen.« Thals Blick wurde finster, als er sich an die letzten Worte des Alchemisten erinnerte. »Der Alchemist meinte vor unserer Abreise, dass die letzten Jahre zwischen den Waldvölkern und uns spürbar angespannt waren. Es gab einige Ungereimtheiten bei der Abwicklung von ein paar Geschäften mit dem König. Die Stimmung ist entsprechend gereizt. Es sollte unser Vorteil sein, wenn wir uns unauffällig durch den Wald bewegen. Bleiben wir am besten fern der Straße. Wir sollten vermeiden, dass man uns als feindlich einstuft.«

Thal und Gingst schritten voran in Richtung des Waldes. Mit jedem Meter, den sie näher an den Waldrand kamen, wirkten die Bäume größer. Sie verließen die große Straße, die um den Wald herumführte. Als sie direkt vor einem der Laubbäume standen, sahen sie kaum noch den Himmel vor sich. Vor ihnen war außer Blättern nichts mehr zu sehen. Die Bäume und Sträucher waren so dicht gewachsen, dass man nicht mehr hindurchschauen konnte. Die Baumkronen waren eng ineinander gewachsen, sodass kein Windzug auch nur am Dach des Waldes zu rütteln vermochte. Die Sonne schien von der Flora ausgeschlossen worden zu sein. Selbst für die Hauptverkehrsstraße, von der sie eben gekommen waren, wurde kein Einlass in den Wald gewährt.

»Irgendwie ist das schon unheimlich. Meinst nicht, es gibt einen anderen Weg? Ich finde es etwas komisch, dass wir vor einem Wald stehen und überhaupt keine Tiere hören.« Gingst tippelte von einem Bein auf das andere. Die Ungewissheit und die fehlende Geräuschkulisse machten ihm Angst.

Auch Thal war die Sache nicht ganz geheuer.

»Dahinter kann uns alles erwarten. Aber wir müssen da durch. Versuch einfach, nichts kaputtzumachen. Ich weiß nicht, wie sich der Wald rächt, wenn wir ihn zerstören.« Trotz seiner Zweifel streichelte er zärtlich über die Blätter. »Ich hoffe, du tust mir nichts, wenn ich jetzt eintrete. Ich will nichts Böses.« Er streckte beide Hände durch die Blätterwand, fühlte die Kälte des Waldes.

»Schau, alles ist gu…« Plötzlich öffnete sich die dichte Mauer und verschluckte ihn. Selbst seine Stimme schien mit in den Wald eingezogen worden zu sein. Sobald er vollständig von der Bildfläche verschwunden war, schloss sich die Lücke in den Sträuchern wieder.

»THAAAAAL!« Gingst geriet in Panik. Er verstand nicht, was da gerade passiert war. Er schritt schnell an die Stelle, an der sein Freund soeben noch gestanden hatte.

»Thaaal! Wo bist du denn hin? Sag doch was!« Er suchte hektisch nach einem Spalt in den Büschen. Drückte und riss an den Pflanzen. Keine Bewegung. Es war beinahe so, als wären sie tatsächlich an eine Wand gemalt worden. Doch auf einmal sah er zwei Schritte weiter einen kleinen Ast hervorstehen. Er rannte zu dem Astwerk. Griff danach.

»Freund! Halte durch, ich bin gleich bei dir.« Gingst riss mit aller Kraft, die er aufbringen konnte, an dem kleinen Holzstückchen. Da! Tatsächlich bewegte sich etwas. Er rüttelte weiter. Erkannte, dass sich ein winziger Spalt auftat. Er zog weiter an dem Strang.

»Das muss doch gehen …«

Der Spalt vergrößerte sich weiter. Er hatte ihn fast so weit, dass er sich durchzwängen konnte. Dann drückte er sich langsam durch den Spalt. Vorsichtig schaute er in den Wald.

Wie aus dem Nichts tauchten vor ihm scharfe Reißzähne auf. Gingst schrie lauthals. Eine wolfsähnliche Gestalt mit grün leuchtenden Augen und weit aufgerissenem Maul stand vor ihm. Er versuchte einen Schritt nach hinten zu machen und so wieder aus dem Wald zu entkommen. Vergebens trat er suchend nach hinten. Den Blick nach wie vor auf das Monster gerichtet. Als er ein Loch mit dem Fuß zu fühlen meinte, glaubte er, sich mit einem Bein außerhalb des Waldes zu befinden, und drehte sich um, um davonzulaufen. In dem Moment, als er losrennen wollte, spürte er von hinten einen tiefen Schmerz am Kopf und brach bewusstlos zusammen.

Stunden vergingen, ehe Thal seinen Freund wieder aufwecken konnte. Gingst lag tief schlafend vor ihm. Die Wunde am Kopf hatte Thal mit den wenigen Mitteln, die er zur Verfügung hatte, versorgt. Nur langsam erwachte Gingst aus seinem Schockzustand.

»Was war …? Wo bin ich? Ist es Nacht?« Gingst war verwirrt.

Thal grinste freudig, als er sah, dass sein Freund wieder zu sich kam. Er schnaufte erleichtert auf.

»Eigentlich war das ja ganz witzig anzuschauen.« Thal wartete noch einen Augenblick ab, um ihm die Chance zu geben, etwas wacher zu werden.

»Du, mein lieber Freund, hast dich recht ruppig hier durch das Gebüsch geprügelt. Als du dann fast hier unter dem Schutz der Bäume warst, hast du angefangen, wie ein Schweinchen auf der Schlachtbank zu quietschen, und wolltest umdrehen, hast einen Ast losgelassen, den du eben noch beiseite gedrückt hast, der dich dann wiederum von hinten erschlagen hat.« Thal musste lachen. »Keine Ahnung, was dich geritten hat, aber der hat dich voll von hinten erwischt.« Thal hatte zwischenzeitlich Tränen vor Lachen in den Augen. »Ich habe zwar noch versucht dir zuzurufen, dass du sanft vorgehen sollst. Du warst aber so am Werkeln, dass du mich wohl nicht mehr gehört hast.«

Sichtlich verwirrt setzte sich Gingst auf. Der Schädel dröhnte ihm, fast so, als hätte er ein Fass Met allein geleert.

Er fasste sich an den Kopf und spürte, dass er unter seinem Verband blutete. Er griff sich seine Tasche.

»Was ist denn eigentlich in dich gefahren? Warum wolltest du denn wieder zurück?« Thal bohrte noch ein wenig in den Ereignissen der letzten Stunden.

»Ich weiß es net mehr. Muss wohl an dem Schlag auf den Kopf liegen. Lass uns weitergehen.«

Thal drückte sich an einem Baum nach oben. »Ja, das ist in Ordnung. Ich konnte auch etwas schlafen, nachdem ich dich versorgt hatte.« Erneut musste er lachen.

Sie zogen weiter. Überraschenderweise verlief die Straße, nachdem man den Wald betreten hatte, einfach weiter. So, als hätte es die Wand aus Bäumen nie gegeben. Sie folgten dem Rat des Alchemisten, hielten sich fern des Weges und folgten einer kleinen Spur durch das Dickicht, gerade so breit, dass sie hintereinander laufen konnten. Sie vermuteten, dass es sich um den Pfad der Wildtiere handelte. Zwar hatten sie die Straße immer im Blick, vermieden es aber, dieser zu nahe zu kommen.

Nach wenigen Kilometern kehrten Gingsts Sinne wieder zurück.

»Was ist denn das für 'n Lärm? Wo kommen die ganzen Vögel und Grillen her? Ist das ein Wasserfall, den ich da höre?« Gingst war sich nicht mehr sicher, ob er sich das alles einbildete oder es tatsächlich passierte.

»Also, ehrlich gesagt hat mich das auch überrascht. Sobald ich durch die Büsche gekrochen kam, habe ich das auch sofort gehört. Es scheint fast so, als würde nichts aus dem Wald nach außen dringen können.«

Sie marschierten durch das weiche Moos.

»Ist dir die Kühle des Waldes nicht aufgefallen?« Gingst bemerkte tatsächlich, dass er trotz der langen Strecke nicht mehr schwitzte.

Im Inneren des Waldes war es ähnlich stark bewachsen wie sie es von außen vermutet hatten. Völlig ungestört konnten sie ihren Weg durch den Wald gehen. Trotzdem blickten sie sich hektisch bei jedem Rascheln um. Sie rechneten jederzeit damit, angegriffen zu werden. Bei jeder kleinsten Bewegung im Busch zuckten sie zusammen und versuchten sich in Sicherheit zu bringen.

»Findest du es nicht auch komisch, dass wir fast ungestört parallel zur Straße laufen können?« Thal wurde langsam skeptisch.

»Schau dich mal um. Vor uns sieht es fast so aus, als wären wir auf einem Trampelpfad.« Er deutete auf den freien Weg vor sich. »Hinter uns aber ist alles dicht bewachsen.« Er drehte sich um und zeigte Gingst seine Beobachtung. »Es ist fast so, als würde der Wald wollen, dass wir dem Weg folgen.«

Es raschelte erneut in einem der Büsche hinter ihnen.

»Glaubst du eigentlich, dass es Werwölfe oder so was gibt?«

Thal war überrascht über Gingsts Frage.

»Glaubst du, das in dem Busch sollte einer sein? Ich hab' keine Ahnung, was hier im Wald alles unterwegs ist.«

Gingst wurde nervös. Er schob Thal an. »Dann lass uns schau'n, dass wir schnell wieder aus dem Wald rauskommen. Ich will nicht herausfinden, was da ist.«

Auch Thal empfand es als klüger, die Flucht zu ergreifen. Beide liefen zügig den Pfad entlang. Wenig auf ihre Umwelt achtend, stiefelten sie durch den scheinbar friedlichen Wald, ehe die Nacht einbrach. Je später der Abend wurde, desto dunkler wurde es im Wald. Es wurde so dunkel, dass sie bald nicht mehr die Hand vor Augen sehen konnten.

»Lass uns hier irgendwo ein Lager aufschlagen.« Thal war müde. Die paar Stunden, die ihm fehlten, weil er Gingst versorgt hatte, wirkten sich überraschend stark auf seine Wachsamkeit aus.

Etwas abseits ihres Pfades fanden sie eine kleine Lichtung. Mitten im saftigsten Grün lag eine kleine Freifläche. Wenig bewachsen. Von den großen Bäumen hingen kleine Ableger wie ein Perlenvorhang herunter. Gingst schmiss seine Tasche direkt auf den Waldboden, während Thal die Umgebung aufmerksam musterte. Im Wald war es spürbar dunkler geworden.

»Ist das hier ein Nest?« Thal musterte den Baum, an dem ein kleiner grauer Bienenstock hing.

»Für Bienen ist es aber viel zu klein. Ich hoff, es sind keine Bienen.« Gingst hatte offensichtlich genug Schmerzen für einen Tag erlitten.

»Lass uns lieber unser Bett etwas höher errichten. Wer weiß, was hier nachts noch Zuneigung sucht.«

Beide begannen damit, eine Plane zu einer Hängematte umzufunktionieren, und spannten diese am Rande der Lichtung zwischen zwei kleinere Bäume. Als das Nachtlager aufgeschlagen war, verputzten Thal und Gingst einen kleinen Teil ihres Vorrates. Gingst reichte Thal Aran, ein Gemisch aus Mehl, Milch und Früchten.

»Das habe ich aus der letzten Lieferung des Königs eingesteckt.«

Gingst war es, der in der Dämmerung ein kleines Lagerfeuer entzündete, damit sie ihr Aran über der Glut etwas anbraten konnten.

Sobald der größte Hunger gestillt war und die Nacht den Wald in tiefste Finsternis gehüllt hatte, stiegen die beiden auf ihre improvisierten Schlaflager. Die Baumdecke, die an dieser Stelle des Waldes etwas dünner bewachsen war, präsentierte den dunklen Himmel. Die Sterne standen weit über ihnen. Vereinzelt rauschten Sternschnuppen an ihnen vorbei.

»Wann hast du das letzte Mal einen solch klaren Himmel gesehen? Selbst die Luft riecht hier reiner.«

Aber Gingst war schon längst eingeschlafen und drehte sich ohne Antwort weg. Thal hingegen starrte noch lange in die wolkenlose Nacht.

Es war noch tief in der Nacht, als sie von lautem Rascheln in den Büschen geweckt wurden. Sie vermuteten ein Tier und griffen nach ihrem Gepäck. Die Dunkelheit erschwerte es ihnen, irgendetwas zu erkennen. Thal blickte nach oben in der Hoffnung, dass nur eine Wolke die Strahlkraft des Mondes für einen kurzen Moment verdeckte. Bald, so glaubte er, würden sie im Mondschein mehr erkennen können. Er suchte die Lücke zwischen den Baumkronen. Trotz konzentrierten Suchens konnte er sie nicht mehr finden. Es schien beinah so, als hätte der Wald sich wieder verschlossen. Das Rascheln kam immer näher. Thal und Gingst versuchten, sich ruhig zu verhalten. Ihr Lagerfeuer war schon lange erloschen. Lediglich ein paar kleine Glutreste konnte Thal erkennen. Inzwischen raschelte es auf der gesamten Lichtung.

»Was ist das?« Gingst versuchte so leise wie möglich zu sein. Er fürchtete, wieder von einem wilden Tier angegriffen zu werden.

Thal spürte, wie sich sein Brustkorb hektisch auf und ab bewegte. Als sich Gingst erneut bewegte, unterdrückte er einen aufkommenden Schrei. Schweißperlen rannen ihm den Rücken hinunter. Mit weit aufgerissenen Augen suchte er die Umgebung ab und lauschte. Ganz plötzlich war es wieder still um sie herum.

»Ist es jetzt vorbei?« Gingst versuchte, Thal dazu zu bewegen, einen kurzen Blick über den Rand ihrer Plane zu werfen, um zu berichten, was um sie herum geschah. Er stieß Thal energisch den Fuß in den Rücken und schob ihn an die Kante ihrer Plattform. Thal beugte sich widerwillig nach vorne. Außer dem Knistern der Plane war nichts mehr zu hören. Nicht einmal einen Windzug spürte er auf seiner Haut. Fast so, als wäre die Zeit angehalten worden.

Vorsichtig robbte er weiter auf die Kante zu. Da war es wieder. Es hörte sich so an, als wäre es direkt unter ihnen. Thal musste nur noch ein weiteres Mal nach vorne gleiten, ehe er einen Blick auf den Boden werfen konnte.

Ein greller Lichtstrahl, begleitet von einem lauten Knall, durchzuckte die Dunkelheit. Thal wollte die Gunst des Augenblickes nutzen und blickte nach unten, um herauszufinden, was die Ursache für den Tumult war. Er glaubte, eines der umliegenden Lagerfeuer als Quelle des Lichtstrahls zu erkennen, und lenkte seine volle Aufmerksamkeit auf diese Stelle. Eine Rauchschwade in Form eines menschlich scheinenden Kopfes stieg ihm aus der Glut des Feuers entgegen. Lange haarähnliche Schwaden umspielten zwei riesige gekringelte Hörner. Die Hitze schlug ihm ins Gesicht. Er roch verbrannte Haare. Das völlig entstellte Antlitz des Rauchkopfes riss seinen Mund auf und schnappte nach ihm.

Thal schrie vor Schreck auf und versuchte blindlings nach hinten auszuweichen. In seiner halsbrecherischen Aktion stieß er gegen Gingst. Während sie gemeinsam Mühe hatten, nicht aus der Balance zu kommen, brachen die Äste, die die Plane gerade noch hielten. Beide stürzten in die Tiefe und schlugen hart auf dem Boden auf. Völlig benommen blieben beide auf dem staubigen Waldboden liegen.

Benebelt von dem harten Aufprall brauchte Thal einige Momente, bis er sich umsehen konnte. Dann glaubte er zu erkennen, wie um ihn herum hunderte oder gar tausend kleine Figuren, kaum größer als seine Hand, auf sie zu marschiert kamen. Mit ihrem holzigen Anblick sahen sie aus wie kleine ausgestanzte Plätzchen aus Rinde.

In seinem paralysierten Zustand spürte er, wie die Winzlinge ihn fest und eng zusammenknoteten und ein miefiger Sack die letzte Helligkeit raubte. Der kratzige Stoff rieb über Thals Gesicht und ließ die Luft unter seiner Kopfbedeckung zunehmend feucht und warm werden.

Lange nachdem sich Thal wieder fassen konnte, fand er sich gefesselt und mit verbundenen Augen wieder. Er spürte seinen Freund neben sich. Thal und Gingst saßen zusammengebunden in einem sich bewegenden Gefährt. Sie waren so eng miteinander verknotetet, dass es ihm nicht möglich war, seine Umgebung zu ertasten.

»Gingst? Lebst du noch?« Keine Reaktion.

»Mach kein Blödsinn!« Thal zappelte energisch. Immer noch keine Antwort. Er verstärkte seine Bemühungen. Wie ein Fisch auf dem Trockenen strampelte er.

»Gingst! Sag doch ... «

Er spürte einen Schlag auf seine Schläfe. Sofortige Bewusstlosigkeit setzte ein. Ihm wurde es schwarz vor Augen.

Des Neffen Unterhändler

Buko nutzte die Zeit und führte diverse Gespräche mit den Mächtigen und der geistigen Elite von Erbess. Er lud Professoren, Geschäftsinhaber und sogar einige Künstler zu persönlichen Treffen. Nach schier endlos dauernden Gesprächen ob des Werdeganges jedes einzelnen provozierte er seine Gäste derart, dass keiner seinen Anforderungen gerecht werden konnte.

Einer nach dem anderen musste sich dem Gespräch stellen und Bukos Spiel durchlaufen. Er war auf der Suche nach jemandem, der ihn begleitete, um seine Wichtigkeit auch personell zu zeigen. Obwohl er nie an Verhandlungen beteiligt gewesen war, zweifelte er nicht an seinem Geschick. Dennoch benötigte er jemanden, dessen Begleitung ihn weiter aufwertete.

Die Professoren fielen aufgrund ihrer Konservativität durch. Er wirkte neben ihnen zwar wie ein motivierter Jungspund, allerdings befürchtete er, dass sie nicht die beste Wahl waren, um das Eis zwischen ihm und den Vertretern des Waldvolkes zu brechen. Ihre besserwisserische Art gefiel ihm nicht. Er fühlte sich von oben herab behandelt. So war es nicht verwunderlich, dass diese Gespräche meist mit einem verärgerten Gast endeten.

Nach den Professoren lud er sämtliche Geschäftsführer auf sein großzügiges Anwesen. In ihrer Gegenwart fühlte er sich bereits wohler. Er verstand die Sorgen und Nöte des Handels und gab sich bereits als der neue König. Wenngleich diese Gesprächsrunden deutlich angenehmer waren und wesentlich länger dauerten, hatte er bei jedem der Gespräche einen fahlen Beigeschmack. Bei den Geschäftsinhabern vermutete er, dass ihre Gier der Erfüllung seiner Aufgabe im Wege stehen könnte.

Buko waren der Inhalt der Verhandlungen und die vielen Details des Ergebnisses gleichgültig. Er wollte seine Aufgabe erfüllen. Mit allen Mitteln und mit jeglichen faulen Kompromissen, die das Waldvolk mittragen konnte. Eine Unterschrift musste am Ende seiner Reise unter einem Stück Papier stehen.

Trotz der vielen Kandidaten, die sich zwischenzeitlich die Klinke in die Hand drückten, blieb die größte Hoffnung unerfüllt. Sein Ziel, schnell einen geeigneten Kandidaten zu finden und sich somit die leidigen Geschichten ersparen zu können, hatte er noch nicht erreicht. So kam es, dass nach schier endlosen unpassenden Kandidaten Buko den Direktor der Bank einlud.

Widerwillig und getrieben von seinen bisherigen Misserfolgen entsandte er eines Morgens einen seiner Haushälter, um die Einladung zu überbringen. Am nächsten Tag sollte der Direktor pünktlich vor der Burg erscheinen.

Am Tage seiner Unterredung stand der Herr Direktor deutlich zu früh vor Bukos Türe. Das breite Grinsen in seinem Gesicht strahlte mit der Sonne um die Wette. Die Hitze stand drückend in den Straßen der Stadt. Der Streik des Windes sorgte für nass geschwitzte Hemden und schattensuchende Einwohner. Jeder noch so kleine Unterstand wurde genutzt, um sich eine kurze Auszeit von der brennenden Sonne zu gönnen.

Der Direktor hatte einen seiner Lehrlinge verdonnert, ihn mit einem Schirm durch die Stadt zu begleiten. Sein wandelnder Unterstand war ihm durch die sandigen Wege bis hin zur Burg gefolgt. Für den Notfall gerüstet, schleppte der dürre Lehrling eine Ersatz-Garderobe mit sich. Sollten die Schweißflecken des Herrn Direktors allzu sichtbar sein, wäre noch genug Zeit, um sich umzuziehen.

Buko kam gerade aus seinem letzten Termin mit dem Leiter einer Großbäckerei, einem Herrn Miche, der offensichtlich auch gerne mal selbst von seinen Waren kostete. Ein Aufeinandertreffen der beiden hätte man in den Weiten der Burg durchaus vermeiden können. Buko hingegen war stets darauf bedacht, seine Kandidaten seine Überlegenheit spüren zu lassen. Seine Begrüßung der Gesprächspartner fiel immer wieder mit denselben Phrasen und leeren Worten aus. »Wir haben heute nur wenig Zeit, der Inhaber der Metzgerei ist schon auf dem Weg hierher« oder ähnliches waren seine Aussagen gegenüber den neu eintreffenden Kandidaten. Um seinen Worten Nachdruck zu verleihen, bestellte er den darauffolgenden Anwärter etwas zu früh zu sich. Sollte es mal keinen nachfolgenden Termin geben, hatte er jemanden vom Hauspersonal in feinsten Gewändern gut vor seinem Arbeitszimmer platziert.

Tatsächlich erzielte das die gewünschte Wirkung. Zum einen bemerkte Buko eine auffällig unterwürfige Haltung, was natürlich auch daran liegen konnte, dass sie dem künftigen König gegenübersaßen, und zum anderen sprach sich die Reihe an Gesprächen schnell herum. Jeder, der etwas auf sich hielt, musste zu einem solchen Besuch eingeladen worden sein. Diejenigen, die nicht eingeladen wurden, zweifelten schon bald an ihrem Einfluss. Durch die Vielzahl der potenziellen Unterhändler war Eile zwar das Gebot der Stunde, Buko jedoch hielt sich durch sein Vorgehen die Option, angefangene Gespräche auch deutlich zu verkürzen, offen.

»Ich muss sie jetzt leider verabschieden, mein nächster Termin steht leider schon an«, war außerordentlich schnell zu seiner Generalbegründung geworden, wenn er Gespräche abbrechen wollte. Das ein oder andere Mal ertappte er sich sogar dabei, wie er mit dieser Begründung die Anweisungen an das Personal verkürzte.

Alle folgten seiner Einladung. Nur einer sagte Buko ab. Der Leiter der königlichen Zeitung vertröstete ihn. Er arbeite bereits an der heldenhaften Geschichte nach Bukos Rückkehr und könne sich nur schwer freischaufeln.

So kam es, dass sich der Leiter der Bäckerei und der Direktor in der großen Halle begegneten. Sie schritten aufeinander zu und schüttelten sich die Hände.

»Herr Direktor, schön Sie zu sehen. Ich hoffe, es geht Ihnen soweit gut?«

»Herr Miche, natürlich, bei dem schönen Wetter und den Möglichkeiten, die sich uns heute bieten.«

»Wo Sie von Möglichkeiten sprechen: Haben Sie denn bereits meinen Antrag geprüft?«

Buko konnte nicht glauben, was er dort hörte. Seine Burg sollte kein Handelsplatz für faule Kredite einer Bank werden. Er war so verdutzt, dass er lediglich ein genervtes Schauben von sich geben konnte. Der Direktor verstand sofort und nickte Buko zu. Mit einer dezenten Handbewegung signalisierte er, dass er sich um die Situation kümmern würde.

»Herr Miche, wenn Sie uns volles Mitspracherecht gewähren, dann können wir über alle Gelder sprechen, die Sie benötigen.« Er streckte ihm die Hand entgegen. Der leitenden Bäcker zögerte. »Wir wollen das ja nicht ausnutzen, lediglich etwas mehr Kontrolle in der Hinterhand haben. Und sollte etwas aus dem Ruder laufen, können wir ja weiter mit ein paar Airgead aushelfen ...« Airgead war das gängige Zahlungsmittel in Erbess. Die höchste Einheit der Währung.

»Dann freue ich mich, einen so starken Partner an meiner Seite zu haben.« Der Bäcker schlug ein und bedankte sich vielmals, bevor er Bukos Burg verließ.

Sobald die beiden alleine waren, konnte sich Buko nicht mehr zurückhalten.

»Ich bin begeistert. Auch wenn Sie nicht danach aussehen, aber Sie sind das, was ich brauche.« Der Direktor strahlte über diese Aussage. »Das Gute ist: Neben Ihnen sehe ich immer weltmännisch aus. Holen Sie Ihre Sachen, wir machen uns direkt auf den Weg.«

Umgehend sprang der Direktor von dannen, um seine beste Kleidung zu holen. Da diese gerade erst aus Thals Hütte abgeholt worden war, lag sie noch abreisefertig in seinem Hause bereit.

Nach nur wenigen Stunden war Bukos Reisegruppe zum Abmarsch bereit. Drei Kutschen waren voll bepackt, wobei Buko es bevorzugte, eine Kutsche für sich zu beanspruchen. Es war schon später Nachmittag, als der Tross loszog. Unter dem Einsatz der vollsten Leistungsfähigkeit der Pferde würden sie im Morgengrauen die Waldgrenze erreicht haben.

Der Kerker

Thal kam in einer Zelle zu sich. Er war gefangen. Dicke Stäbe umgaben ihn. Er konnte nicht erfühlen, woraus die Zelle gefertigt war. Er hatte gerade mal so viel Platz, dass er aufrecht sitzen konnte. Es war eisig kalt. Tief in der Nacht, der frostige Wind heulte um die Zelle. Thals Zelle schwang im Wind. Ängstlich blickte er durch seine hölzernen Gitterstäbe. Er atmete flach. Mit jedem Atemzug hatte er das Gefühl, weniger Luft zu bekommen. Hektisch suchte er die Umgebung ab. Er suchte in der Dunkelheit nach etwas, das ihm einen Anhaltspunkt auf seinen Aufenthaltsort geben konnte. Weit entfernt konnte er ein paar brennende Fackeln erkennen, die durch das tiefe Schwarz der Nacht zu tänzeln schienen. Kalte Luft zog durch seinen Käfig und ließ die Behausung wippen. War er auf Wasser? Oder warum bewegte sich der Untergrund?

»Thal? Bist du da?«

Er erkannte die Stimme seines Freundes. Gingst klang verängstigt.

»Ja! Wo bist du?«

»Unter dir.«

Thal verstand nicht. Er blickte nach unten, erkannte allerdings nur seinen Zellenboden.

»Wie, unter mir? Ich sehe da nichts.«

»Schau schräg nach unten. Links von dir. Du musst nah an die Gitterstäbe kommen.«

Thal tat, wie Gingst ihm geheißen hatte. Und da sah er ihn. Seine Zelle hing unter ihm. An einem dicken Seil. Bei näherer Betrachtung erkannte er, dass es kein Seil war. Es war ein Ast. Und unter Gingst erkannte er weitere Käfige. Weiter unten sah er voll beleuchtete Brücken. Viele Brücken. Ein regelrechtes Netz an Brücken. Alle voll beleuchtet. Die Brücken waren zwischen Bäumen gespannt.

Thal blickte nach oben. Hier erkannte er nichts außer Blättern. Sie waren gefangen im Zentrum des Waldvolkes. Auf einmal, ohne Vorankündigung, senkten sich die Zellen von Thal und Gingst hinab. Absolut geräuschlos schwebten die Käfige nach unten. Bis auf die Höhe der ersten erreichbaren Brücke. Sie hingen nach wie vor noch hoch oben in den Baumkronen, konnten aber bereits die Wärme der Zivilisation spüren. Die Hitze der Fackeln machte die eisige Kälte erträglicher. Thal drückte sich an den Rand der Zelle, um mehr der Wärme abzubekommen. Er schaute direkt in die Flamme. Sofort stockte ihm der Atem.

»Gingst, schau dir die Fackel an. Das ist kein Feuer, das sind Käfer.« Fasziniert von dem leuchtenden Ball betrachtete Thal das Gebilde. Es sah aus, als würden die Käfer in einem durchsichtigen Nest leben. Einige von ihnen krabbelten außerhalb des Nestes, andere flogen um die Nester herum. Der Großteil jedoch schien in der durchsichtigen Hülle Wege zu buddeln oder Nahrung zu sammeln.

Eine Wache marschierte über die Brücke. Als sie die beiden erreicht hatte, hob sie eine Hand und blies etwas aus dem moosbewachsenen Gesicht in Richtung Thal und Gingst. Es kitzelte ihnen in den Nasen und sie verfielen wieder in einen tiefen Schlaf.

Der Tiefpunkt der Nacht war weit überschritten, als es am Rande des Lagers zu einer gewaltigen Explosion kam. Geweckt durch den Lärm der Explosion und das laute Geschrei der Wachen, standen Thal und Gingst in ihren Zellen. Adrenalin pumpte durch ihre Adern, als Sirenen einsetzten. Der anstehende Morgennebel setzte sich über den Baumkronen ab. Bald war der Nebel so dicht, dass sie ihre Hand vor Augen nicht mehr sahen. Selbst die nicht allzu weit entfernte Brücke verschwand gänzlich in der Suppe. Sie nahmen in der Ferne noch zwei weitere dumpfe Schläge wahr und erkannten die letzten schattigen Umrisse auf der Brücke entlanghetzen, ehe die Stille wieder einkehrte. Der Nebel war nun so dicht, dass selbst die Brücke nicht mehr zu erkennen war.

Thal nahm ein Flüstern wahr.

»Gingst, warst du das?«

»Nein. Ich habs aber auch gehört.« Unverständliches Geflüster drang weiterhin durch den Nebel. »Es kommt, glaub ich, von der Brücke.« Gingst versuchte die Stimme zu orten.

Erneut begannen sich die Käfige zu bewegen. Dieses Mal dorthin, wo sie die Brücke in Erinnerung hatten. Das Geflüster wurde etwas deutlicher. Sie verstanden allerdings die Sprache nicht.

Thal drückte sich an das andere Ende der Zelle.

»Was passiert hier?«

Abrupt stoppte das Flüstern. Thal vermutete die Quelle direkt vor seiner Zelle. Er kniff die Augen zusammen, erkannte aber nichts.

Schlagartig lichtete sich der Nebel um Thals Zelle. Das Tor stand offen. Er riss die Augen auf, als aus dem Nichts ein gesichtsloser Kapuzenumhang auftauchte und direkt auf ihn zu ging. Thal wollte gerade einen Schrei absetzen, als die Gestalt ihm schnell die Hand auf den Mund drückte.

»Thal? Was passiert da drüben?« Gingst rüttelte lautstark an seiner Zelle.

»Beruhigt euch! Macht nicht so einen Lärm!« Auch um Gingsts Zelle löste sich der Nebel, sodass er den Alchemisten erkennen konnte.

»Thal, sei ruhig, es ist nur unser Wächter.«

Thal verstummte augenblicklich. Er erkannte den Umhang des Wächters. Dieser murmelte unverständliche Worte, die Thal beunruhigten. Der Alchemist legte seine Hand an die Stäbe der Zelle. Thal beobachtete das Geschehen aus sicherer Entfernung, während sein Gegenüber immer weitere Wortfetzen sprach.

»Was wird das eigentl…«, wollte Thal gerade in Erfahrung bringen, als ihm mit einem schrillen Schrei der Boden unter den Füßen entzogen wurde. Seine Zelle löste sich in brennende Stränge auf und verschwand in den Baumwipfeln.

Thal landete sanft auf festem Untergrund. Der Alchemist packte ihn am Arm und half ihm beim Überqueren des Handlaufes der Brücke. Thal spürte sofort deren Schwanken. Er musste sich auf einer Hängebrücke befinden. Sehen konnte er nichts, denn immer noch umgab ihn tiefster Nebel. Er spürte die Feuchtigkeit der feinen Tropfen auf seiner Haut, als der Alchemist mit ihm flüchtete. Dabei stieß er Thal unsanft die Brücke entlang.

»Was ist denn mit Gingst?«, fragte Thal völlig verdutzt und wehrte sich vehement gegen das Drücken des Alchemisten, wurde jedoch wie von einer Schaufel immer weiter nach vorne getrieben.

»Wir können ihn doch nicht zurücklassen!«

Doch Thal wurde weiter nach vorne gepeitscht. Je näher er dem Ende der Brücke kam, desto klarer konnte er durch die weiße Wand sehen. Wortlos schubste der Alchemist ihn weiter.

»Moment mal! Wie kann es denn sein, dass ich AUF die Brücke klettern musste. Ich hätte doch fallen müssen!« Thal konnte durch einen Bruch in der Nebeldecke sehen, dass sie nach wie vor noch weit oben in der Baumkrone waren.

Unvermittelt endete der Druck des Alchemisten. Er stand nun da. Starrte auf Thal.

»Hab ich was Falsches gesagt? Ich finde es nur komisch, dass ich nicht gefallen bin.«

Ein müdes Schnaufen kam aus dem dunklen Kapuzenumhang, bevor Thal einfach stehen gelassen wurde. Der Alchemist kehrte nun um und steuerte schnurstracks auf Gingsts Käfig zu. Erneut begann er zu murmeln. Thal, nachdem er bereits wusste, dass ihm keine Gefahr drohte, schlich sich langsam an. Er wollte verstehen, wie der Alchemist den Käfig in Flammen aufgehen lassen konnte. Er lauschte, darauf bedacht, nicht zu laut zu atmen. Viel zu weit entfernt war er noch, als dass er auch nur ein Wort hätte verstehen können. Er schlich weiter an den Käfig ran. Immer weiter in den tiefen Nebel hinein. Er spürte deutlich die Kälte, die ihn jetzt umgab.

»... cealla ...«, konnte er wahrnehmen. Er starrte mit weit aufgerissenen Augen in das weiße Nichts. »... fuasgail ...«, vernahm er nun deutlich, ehe der schrille Schrei Gingst aus der Gefangenschaft entließ. Die Brücke schaukelte wie wild bei Gingst' Versuch, diese zu erklimmen.

»Lasst uns nun los.« Das gesichtslose Dunkel des Alchemisten kam wie aus dem Nichts aus dem Nebel. Fast so, als hätte jemand im Theater den Vorhang weggezogen, standen Gingsts und Thals Nasenspitzen der Kapuze gegenüber. Thal unterdrückte einen Schrei, um keine Aufmerksamkeit auf sich zu ziehen.

»Aber was war das? Wie kannst du ...?«

»Nicht jetzt! Lasst uns gehen, Fragen können wir später klären, wenn wir hier erst mal raus sind.«

Thal und Gingst folgten wortlos. Im Lager war es ruhig. Sie schlichen sich aus dem Nebel an einen der vielen Baumstämme, die eine Treppe nach unten hatten. Eine Treppe, die in die Ränder der Bäume geschlagen worden war. Eine Etage war in etwa fünf Meter hoch, schätzte Thal, als er die hölzerne Wendeltreppe hinunterstieg. Er vermutete, dass sie beinahe 40 Etagen vor sich hatten. Alle Plattformen waren mit einer Hängebrücke verbunden und vernetzten die weit auseinander stehenden Bäume. Neben den Brücken waren auch ganze Wohn- und Lebensbereiche zwischen die Bäume gespannt.

Thal blickte staunend zwischen den gewaltigen Bäumen umher. Die Übergänge zwischen den Bäumen wirkten wie ein gewaltiges undurchdringbares Spinnennetz. Die gigantischen Ausmaße ängstigten Thal und er fühlte sich einen Moment lang, als hätte er ein riesiges Wespennest betreten.

Es war erstaunlich ruhig im Lager. Sie begegneten weder Wachen noch anderen Arten von Kämpfern. Thal war überrascht, dass so viele Menschen ohne Wächter auskommen konnten. Wenn er ganz genau hinhörte, vernahm er lediglich ein paar Geräusche aus den Wohnunterkünften im Wind. Er war sich nicht sicher, ob es Stimmen waren. Die Geräusche ähnelten mehr einem Knarzen und Krachen.

Lautlos huschten sie die Treppen hinunter. Ein kalter Schauer fuhr Thal den Rücken hinab. Als Letzter in der Reihe fühlte er sich permanent beobachtet und rechnete jederzeit damit, von Wilden attackiert zu werden. Aus dem entfernten Teil des Lagers hörte er immer wieder laute Knalle, die, wie er vermutete, von einem Angriff herrührten.

»Was ist, wenn die Angreifer uns einkesseln und wir ihnen voll in die Arme laufen?« Thal versuchte den Alchemisten, der vorneweg spazierte, auf die Lage aufmerksam zu machen. Viel zu einfach schien ihnen die Flucht bisher zu gelingen.

»Das werden sie nicht.« Der Alchemist hielt sich wie gewohnt kurz. »Wir sind gleich unten angekommen. Wenn wir da sind, dann orientiert euch gleich nach links. Nach zehn Schritten kommt ein Gebüsch. Es sieht ein wenig aus wie ein riesiger Butterfinger. Lauft da einfach durch.« Die Freude in seiner Tonlage war kaum zu überhören.

Thal bereitete die Leichtigkeit ihres Anführers allerdings etwas Kopfzerbrechen. Als sie den Fuß des Baumes erreicht hatten, sahen sie das angesprochene Gebüsch. In der Tat sah es mit ein wenig Fantasie aus wie eine der beliebten Süßspeisen.

»Boah, voll gut. In der Größe möchte ich auch einen haben.« Gingst war begeistert und vergaß beinahe, dass sie eben noch in einer Zelle hoch über dem Boden gehangen hatten.

»Gingst, es bringt dir überhaupt nichts, wenn du einen derart großen Butterfinger bekommst, wenn du nicht mal zwei kleine davon essen kannst. Man muss nichts besitzen nur des Besitzens wegen. Los jetzt, wir müssen hier durch«, ermahnte der Alchemist noch, bevor er sich im Schutze der Dunkelheit sanft durch das Geäst drückte. Thal und Gingst taten es ihm gleich und verrenkten sich fast bei dem Versuch, keinen der Äste zu brechen.

Hinter dem Gebüsch erstreckte sich ein langer Tunnel mit großen steinernen Stufen, die leicht abschüssig vor ihnen lagen.

»Wir sind so gut wie raus aus dem Lager«, erklärte der Alchemist, noch bevor er davonstürmte. Thal und Gingst folgten sprachlos dem im Wind wehenden Umhang.

Bukos Aufgabe

Mit der aufgehenden Sonne traf Buko im Wald ein, um seine Aufgabe abzuschließen. Im Gepäck hatte er den Bankdirektor, Bedienstete und seine persönliche Leibgarde. Eine Schar von Menschen und Kutschen stand mitten unter dem Zentrum des Waldvolkes.

Buko wusste nicht um die Geschehnisse der letzten Nacht. Der Geruch von einem erlöschenden Feuer lag in der Luft. Das Lager war noch in heller Aufregung, sodass man die Neuankömmlinge argwöhnisch begutachtete und sie nicht aus den Augen ließ.

»Ich will augenblicklich mit jemandem sprechen, der hier etwas zu melden hat!« Bukos Worte lösten bei den vorbeiziehenden Arbeitern keine Reaktionen aus. Ohne ihn auch nur eines Blickes zu würdigen, gingen sie zügig an ihm vorbei. Allesamt waren sie mit der Beseitigung der verbrannten Flächen beschäftigt.

Buko stieg auf eines der Trittbretter seiner Kutsche. Erhöht stand er nun da. Gerade so, dass er auf Augenhöhe mit ihnen war und direkt in die verwachsenen Gesichter blicken konnte.

»Ich bin hier, um den neuen Friedensvertrag zu verhandeln.« Buko war sichtlich erbost über die mangelnde Beachtung. Ein Anflug von Zorn bebte in seiner Stimme. »Ich bin der Thronfolger des Königs. Ihr hohles Gemüse! Jetzt reißt mir aber gleich der Geduldsfaden. Ich erwarte, dass mir jemand antwortet.«

»Herr, ich glaube, die verstehen Euch nicht.« Der Direktor mischte sich ein, als er bemerkte, dass keiner der Anwesenden auch nur eine Reaktion zeigte. »Vielleicht sollten wir einfach da hoch.« Der Direktor wollte gerade auf die größte Behausung in den Ästen zeigen, als er von einem der Arbeiter unterbrochen wurde.

»Wir verstehen euch sehr wohl. Allerdings ignorieren wir Leute, die sich offensichtlich nicht zu benehmen wissen.« Der Arbeiter war riesig. Im wahrsten Sinne des Wortes stand ein Baum vor ihnen. Zumindest war er ähnlich stark mit Laub bewachsen wie der Wald selbst. Die Züge in seinem hölzernen Gesicht und die menschenartige Gestalt waren das einzige, was ihn menschlich erscheinen ließen.

»Wir ...« Buko konnte ein Räuspern nicht unterdrücken. »Ich fordere euch auf, mich zu euren Anführern zu bringen.«

Der riesige Waldmensch schaute ihn an und stellte einen schaufelartigen Gegenstand neben sich ab.

»Das wäre dann wohl ich. Craobh ist mein Name. Wie ihr freilich unschwer erkennen könnt, räumen wir hier gerade auf.«

Buko blickte ihn fragend an. »Was soll das heißen? Ihr als Anführer räumt auf?« Bukos Gesichtsausdruck ähnelte einer der unbeleuchteten Straßenlaternen im zweiten Ring.

»Das soll heißen, *ihr* müsst warten, bis wir hier fertig sind.« Craobh sprach mit seiner tiefen, brummigen Stimme.

»Ich bin hier, den Friedensvertrag neu auszuhandeln. Ihr wollt doch sicherlich weiter mit uns in Frieden leben?« Buko legte all sein Geschick in die Stimme, überzeugt, seine Aufgabe heute noch abzuschließen.

Unbeeindruckt von Bukos Mission zuckte Craobh mit den Schultern und ließ sie stehen. Er schüttelte sich kurz, verlor dabei ein paar Blätter und machte sich wieder auf den Weg.

»Was sollen wir jetzt machen?«, erkundigte sich der Direktor.

»Wenn er meint, keine Zeit für uns zu haben, dann setzen wir uns hier hin und warten. Ich fahre doch nicht zwei Mal hier raus in den Dreck. Am besten bleiben wir hier, so kann er uns sehen. Er wird bald ein schlechtes Gewissen bekommen.« Buko setzte sich genervt wieder in seine Kutsche, sehr darauf bedacht, von Craobh gesehen werden zu können.

So saßen sie einige Zeit in der Kutsche und beobachteten die Arbeiten. Buko schimpfte lauthals, während sich die Leibgarde die Füße in den Bauch stand. Je länger sie warten mussten, desto ungehaltener wurde Buko. Keiner der arbeitenden Waldmenschen machte den Anschein, auch nur an eine Pause zu denken. Auch Craobh ließ sich nichts anmerken, registrierte aber jede der Aussagen Bukos.

Die Verwüstungen der Nacht schienen nicht weniger werden zu wollen. So schien es fast, als würden Buko und sein Gefolge noch eine Ewigkeit hier festsitzen.

Ein kleiner wandelnder Strauch brachte Craobh dazu, seine Arbeiten zu unterbrechen. Viel mehr noch: Der Kleine überreichte Craobh etwas. Kurz darauf stürmte er zu Buko und dem Direktor. Beide erhoben sich und rissen die Augen weit auf, als der waldige Riese vor ihnen stand. Ihre Verwirrtheit stand ihnen ins Gesicht geschrieben. Craobh streckte Buko wortlos ein Papierstück entgegen. Buko griff danach und las.

»Das haben wir oben auf einer Brücke neben zwei Zellen gefunden, in denen gestern noch zwei Menschen – zwei Eindringlinge – gefangen waren.«

Buko erkannte seine Aufgabenstellung des Königs. Das königliche Papier wog schwer in seinen Händen. Er wusste nicht, wie es hierher hatte gelangen können. Er hatte nicht einmal gewusst, dass dieses Schriftstück existierte. Dennoch war es ihm ein Rätsel, warum Craobh wegen dieses Zettels seine Aufräumarbeiten abbrach.

»Jetzt sind die Zellen offen und die Gefangenen entkommen.«

Bevor Craobh sein letztes Wort ausgesprochen hatte, lichtete sich Bukos Schleier der Unwissenheit. Augenblicklich ergriff er die Flucht. Seine Leibgarde begann, umgehend angreifende Wachen des Waldvolkes abzuwehren und ihrem Herrn den Weg freizukämpfen. Der Direktor, der noch nicht verstanden hatte, warum der Tumult ausgebrochen war, wurde vom Anführer des Volkes mit einem einzigen heftigen Hieb über den davonstürmenden Buko geschleudert. Buko sah, wie er weit vor ihm aufschlug, und versuchte sich wiederaufzurichten. Einer der Wächter stand wie aus dem Nichts plötzlich neben Buko und machte sich gerade daran, mit einem riesigen Ast auf ihn einzuschlagen.

»Ich bin der Neffe des Königs, ihr könnt mich nicht einfach ...« Buko verstummte, als eine Krähe an seinem Kopf vorbei flog. Der Vogel störte Bukos Angreifer so weit, dass er von ihm abließ und wild fuchtelnd versuchte, den Vogel in die Flucht zu schlagen.

Buko sah am Rande des Lagers Freia aus einem nahe liegenden Waldstück auftauchen. Geschickt überwältigte sie den Angreifer und leitete Buko auf den Fluchtweg. Gekonnt kämpfte sie mit zwei kleinen Schwertern gegen die Angreifer. Sie schwang ihre Waffen mit einer derartigen Geschwindigkeit durch die Luft, dass man beinahe das Surren vernehmen konnte.

Dem Direktor, der sich noch nicht vollständig aufrichten konnte, half sie ganz nebenbei auf die Beine. Sein Anzug war nun voll mit Schmutz und an einigen Stellen war der feine Stoff gerissen. Stolpernd und unter Schmerzen folgte der Direktor Buko, während Freia ihnen den Rücken freihielt. In der Hektik des Chaos verloren die Wachen und auch Craobh die beiden hohen Herren aus den Augen. Unter hohen personellen Verlusten konnten Buko und der Direktor gerade noch aus dem Wald entkommen.

Stark dezimiert musste Buko mit seinem Unterhändler und Freia weiterziehen. Sie hatten sich durch einen dicht bewachsenen Pfad den Weg aus dem Gefechtsbereich erkämpfen können und waren dank Freias Führung schnell außer Gefahr. Wenngleich alle drei die ein oder andere Schramme hatten einstecken müssen, waren sie im Großen und Ganzen unversehrt.

»Ich weiß nicht, wie meine Aufgabe da hingekommen ist, dennoch müssen wir jetzt mit aller Energie verhindern, dass Thal die seine erfüllt.«

Entkommen

Nachdem sie unbemerkt aus ihrer Gefangenschaft geflüchtet waren, führte sie der Alchemist aus dem Revier des Waldvolkes. Zwar begegneten sie auf dem Weg noch einigen Spähern, konnten diesen aber geschickt ausweichen. Thals Aufmerksamkeit war nach den letzten Erfahrungen deutlich geschärft. Er blickte sich immer wieder in alle Himmelsrichtungen um. Meist war er der Erste, der auffällige Bewegungen um sie herum wahrnahm. Wenngleich er das eine oder andere Eichhörnchen für einen Verfolger hielt, konnten sie ihre Reise ohne weitere Zwischenfälle fortsetzen. Vorneweg marschierte der Alchemist und leitete sie durch den Wald. Trotz seiner Warnungen vor Beginn von Thals und Gingsts Reise, den Weg zu meiden, schlenderte er offen und ohne jegliche Deckung über die breite Waldstraße. Die trockene, sandige Straße ließ bei jedem Schritt, den sie taten, eine kleine Staubwolke aufsteigen.

»Weiß er, wo wir hingeh'n? Der schlendert hier durch die Gegend, als hätte er vergessen, dass wir eben noch in einer Zelle gesess'n hab'n. « Mürrisch kickte er einen der herumliegenden Steine über den Weg.

»Ohne ihn wären wir wahrscheinlich immer noch oben in den Bäumen.« Thal war es bei dem Gedanken, schutzlos auf dem goldenen Tablett serviert zu werden, auch etwas mulmig zumute.

»Ich wett mit dir, er hat uns nur rausgeholt, damit wir von schlimmeren Wesen gefangengenommen werden. Thal, das waren wandelnde Bäume. *Bäume,* Thal! Die können überall sein.«

Thal blickte sich um. In der Tat hätte sich jemand aus dem Waldvolk leicht hier verstecken können. Zumal die Dämmerung wieder eintrat. Durch das dichte Laubwerk der Bäume war es ohnehin ständig recht dunkel und kühl. Thal befürchtete, dass die Dunkelheit sie noch sehr viel schneller einholen würde, als ihnen lieb war. Er beschleunigte, um den Alchemisten einzuholen.

»Wie weit wollen wir denn noch gehen, ehe wir Rast machen? Wir sind müde und es wird gleich dunkel.« Thal vernahm als Antwort nur ein Grummeln. Noch weit entfernt. Er drehte den Kopf, um nun dem Geräusch mit den Ohren zugewandt zu sein. »Regnen wird es auch gleich.« Er konnte den Donner nun deutlich wahrnehmen. Am lauter werdenden Geschrei der Vögel erkannte er, dass bald ein heftiges Gewitter einsetzen würde.

»Nicht mehr lange. Da hinten ist ein Gutshof. Da sind Reisende gern willkommen und wir können dort sicher die Nacht verbringen.« Der Alchemist deutete in die Ferne zwischen den Bäumen. Kurz keimten in Thal Zweifel an dem Alchemisten auf. Als er sich allerdings daran erinnerte, wie der Alchemist ihm mehr oder weniger aus der Gosse geholfen und ein Leben in Erbess ermöglicht hatte, wuchs in ihm wieder die Zuversicht, ihr Abenteuer gemeinsam zu bestehen. »Was ist das zwischen den Bäumen? Feuer?«

»Das ist ein Licht, Thal.« Süffisant lachte er.

Das Ziel nun vor Augen, fiel es Thal wesentlich leichter, seine letzten Kraftreserven für den Weg zu aktivieren. Die letzte Mahlzeit lag inzwischen bald einen Tag zurück. Ihr Marschgepäck hatten sie in der Gefangenschaft zurückgelassen. Erfreulicherweise verspürten sie ihr Hungergefühl aufgrund der eigenen Aufregung erst jetzt, als sie wieder in

Sicherheit gelangt waren. Gingst, der bislang schmollend auf Distanz gegangen war und wie ein alter Hund hinterhergewatschelt war, meldete sich aus der bereits angebrochenen Dunkelheit zu Wort.

»Wenn unser Ziel da vorn das Licht ist, dann hoff ich, es gibt was zum Beißen.«

»Reichlich.« Überraschend freundlich wurden die Sorgen von Gingst beiseitegeräumt. Die Hoffnung auf Lebensmittel, ein warmes Bett und darauf, sich eventuell waschen zu können, beschleunigte den Gang so sehr, dass sie den restlichen Weg schneller schafften. Kurz bevor sie ihr Ziel erreicht hatten, brach der ultimative Anreiz, noch schneller zu gehen, los. Ein Gewitter, das sich bereits Stunden vorher angekündigt hatte, hatte sie nun eingeholt und eiskalt von oben begossen. Dicke Regentropfen hämmerten durch die Bäume nach unten. Fast so, als würde sich der Wald für den Regen öffnen, kamen sämtliche Regentropfen ungefiltert am Boden an. Der sandige Boden verwandelte sich recht schnell in eine schlammige, rutschige Piste. Vor Wasser triefend, erreichten die drei den Gutshof.

»Wie hast *du* es denn geschafft, kaum nass zu werden?« Kälte, Hunger und die nassen Klamotten schlugen Gingst aufs Gemüt, als er den schwarzen Umhang des Alchemisten sah. Tatsächlich war dieser kaum nass geworden.

»Magie … «, lachte der Alchemist laut.

Ungläubig schnaufte Gingst und klopfte sachte an die Türe. Es war bereits spät und im Gutshof hatte die Dunkelheit bereits Einzug gehalten. Die einzige Lichtquelle hing direkt über ihnen. Eine Kerze flackerte bei den Schwingungen der Laterne. Der immer stürmischer werdende Wind ließ die Pfützen um ihre Füße schnell anwachsen.

»M… Ma… Macht da jemand auf oder können wir reingehen?« Gingst bibberte vor Kälte. Das kalte Regenwasser hatte ihre Füße bereits in ein Gefühl von eisiger Watte gepackt.

»Du musst richtig klopfen.« Der Alchemist hob seinen Arm und schlug mit der flachen Hand auf die Tür. Thal und Gingst lachten, als sie das hohle Klopfen hörten.

»Oh, verzeihen Sie, Herr, ich wusste nicht, dass man die Türe streicheln mu…« Gingst wurde durch das Knarren der Türe unterbrochen. Die Wärme des geschlossenen Raumes tanzte ihnen entgegen und umarmte sie gänzlich.

»Wieso so ruhig?« Auch wenn seine Kapuze seine Reaktionen verbarg, verriet seine Tonlage, dass der Alchemist sich ein Grinsen nicht verkneifen konnte. Thal klopfte Gingst aufmunternd auf die Schulter und folgte dem Alchemisten in den Gutshof. Der Gutsherr, ein alter grauhaariger Mann, stand im Gang und begrüßte die Neuankömmlinge.

»Freut mich, dass du bei dem Wetter den Weg zu mir finden konntest.« Er kam auf den Alchemisten zu.

»Und du, mein Freund, wie ist es dir so ergangen, he? Wie ich sehe hast du auch ein paar Freunde mitgebracht, he?« Er deutete auf Thal und Gingst.

»Das erzähle ich dir nachher. Jetzt würden wir erst einmal gerne eintreten und uns etwas stärken.«

Der Gutsherr lachte verständnisvoll. »Aber natürlich, gar kein Problem, he.«

Thal fiel auf, dass der Hausherr unkontrolliert mit dem Kopf zuckte. Ehe er sich weitere Gedanken über diese Eigenheit machen konnte, kam der Wirt schon auf ihn zu und streckte ihm seine Hand entgegen.

»Ich bin Reih, Besitzer dieser schönen Behausung, he.« Ein ehrliches Grinsen überzog sein Gesicht, als er die Türe hinter den Dreien schloss.

Auch Thal und Gingst stellten sich vor, bevor sie zunächst auf die Zimmer gebracht wurden.

Nachdem Thal sich in seinem eigenen Zimmer eingerichtet und umgezogen hatte, steuerte er die erste Mahlzeit seit gefühlten Wochen an. Er war zu hungrig, als dass er sich hätte hinlegen können. Der leere Magen hätte ihn in der Nacht, trotz seiner Erschöpfung, wach gehalten.

Auf dem Weg nach unten musste er über eine hölzerne große Treppe, auf der er Gingst traf. Die breiten Stufen schlängelten sich elegant an der Hauswand entlang. Das Gasthaus war rundum in dunklem Braun gehalten. Es gab fast nichts, was nicht aus Holz war.

»Ist dir aufgefallen, dass unser Hausherr immer so schaut, als würde er ein Auge zukneifen? Sein Mund hängt auch so komisch. Und warum schwimmt er mit seinem Kopf durch die Gegend? Ist das normal?«

Doch Gingst war mit seinen Gedanken schon bei den wichtigen Themen.

»Meine Füße tun weh, Thal.«

»Dann zieh die Schuhe aus, Gingst.« Thal deutete auf seine Füße. »Es ist sauber genug, um hier ohne Schuhe zu gehen …« Thal genoss es, ohne seine klobigen Schuhe durch die Hütte zu wandern.

Der dritte im Bunde saß bereits am Tisch, als Thal und Gingst den Speiseraum betraten, und plauderte mit dem Wirt. Sie setzten sich neben die beiden und lauschten dem Alchemisten, der gerade über die jüngsten Geschehnisse erzählte. Wie sie vom Waldvolk geflohen und dann hier gelandet waren.

»Thal, erzähl doch mal. Was ist deine Aufgabe, he?«, fragte Reih, als er zwei Schüsseln eines heißen Eintopfs servierte. Sogar das Geschirr war in diesem Haus aus Holz.

In freudiger Erwartung hatten Thal und Gingst die Esswerkzeuge schon bereitgehalten und griffen hastig nach den großen Schüsseln. Thal schaufelte ein paar Löffel des

Eintopfes in sich hinein, bevor er sich daran machte, von seiner Aufgabe zu erzählen. Reih lauschte interessiert, ohne ihn zu unterbrechen. Thal erläuterte gerade, wie er von Hasen geträumt hatte und wie sie im Osten die Antwort finden würden, als Reih ihn unterbrach.

»Bist du dir sicher, dass es ein Hase war, he?«

Thal unterbrach sein Kauen und überlegte. »Na ja, es hoppelte, es war klein und es hatte Löffel. Es sah vielleicht komisch aus, aber was soll es sonst gewesen sein?«

Reih erhob sich aus seinem Stuhl und stampfte in Richtung einer Wand, an der unzählige Bilder von Personen, Tieren und der Landschaft hingen. Er griff nach einem der Bilder, das am unteren Ende der Wand hing, pustete etwas Staub vom Rahmen und kam zurück an den Tisch. Dann stellte er Thal, der noch genüsslich seinen Eintopf schlürfte, das Bild auf den Tisch.

»Sah es so aus, he?«

Reihs Zucken irritierte Thal. Angestrengt zwang er sich, sich auf das Bild zu konzentrieren. Intensiv musterte er das darauf abgebildete Tier.

»Das ist es tatsächlich. In meiner Erinnerung sah es aber echt mehr wie ein Hase aus …«

Reih wusste, dass Thal dieses Tier wohl nie zuvor gesehen hatte.

»Das, Thal, ist ein Ruar. Ruars ähneln auf den ersten Blick wohl eher einem Meerschweinchen. Obwohl sie ein wenig überdimensioniert scheinen, ist die Ähnlichkeit verblüffend, he. Anders als eure bekannten Meerschweinchen haben Ruars allerdings lange hasenartige Ohren. Außerdem ziert das Ruar ein buschiger mittellanger Schwanz. Mit dem Hoppeln gebe ich dir recht, he. Aber du darfst dich nicht nur auf das beschränken, was du kennst. Auf deiner Reise musst du mehr Fantasie haben.« Reih schaffte es, bei dem

Wort »Fantasie« das erste Mal die zwanghaften Bewegungen seines Kopfes zu unterdrücken. »Die Sage der Wolkenläufer besagt, dass ein Ruar dir den Tod bringen wird ...« Thal riss die Augen weit auf. Reih genoss sichtlich Thals schockierten Gesichtsausdruck. Hämisch grinste er und versuchte die richtigen Worte zu finden. Ein paar Mal setzte er an, um weitere Infos zu teilen, unterbrach sich dabei aber immer wieder selbst äußerst gekünstelt. »... wenn du dich dem, was kommen wird, nicht stellst, eh«, fügte Reih hinzu.

Thals Schock wich nun Neugier. Er kannte die Sage der Wolkenläufer nicht. Ihm wurde bewusst, dass sie recht unvorbereitet losgezogen waren. Bis vor wenigen Stunden hatte er sich unter dem Waldvolk ein Zeltlager mit ein paar Menschen vorgestellt. Zwischenzeitlich war er von einem Baum festgenommen worden und eine Zelle hatte sich durch gutes Zureden in Luft aufgelöst.

»Was besagt denn die Sage überhaupt?«

Reih blickte ihn durch sein zugekniffenes Auge eindringlich an. »Haben dir deine Eltern nicht davon erzählt, he? Na gut. Die Wolkenläufer sollen ein Stammesvolk im Himmel sein. Ich glaube, dass mit Himmel irgendein hoher Turm in einer Stadt oder vielleicht ein hoher Baum im Wald gemeint ist, aber das sind bloße Vermutungen. Am nahesten Punkt zum Himmel würde sich für denjenigen, der sich als würdig erweist, die Wahrheit um die Wolkenläufer offenbaren, he. Jedenfalls besagt die Sage, dass die Planeten am weitesten entfernten Punkt zueinander den Zugang zum Himmel ermöglichen. Das mal die Kurzform. Niemand hat sie je gesehen oder ist einem begegnet.«

Thal lauschte gespannt, hatte aber keine Ahnung, was dies für ihn bedeuten sollte. Er dachte an hohe Bäume oder Häuser. Im Wald selbst hatte er keinen einzigen Baum gesehen, der höher als die anderen schien. Vielleicht war ein anderer Wald gemeint. Die Theorie des Gebäudes bereitete ihm Bauchschmerzen. Das höchste Gebäude, das er kannte, war das Schloss des Königs. Aber welcher der Türme war höher als der andere? Er hatte sich nie mit der Architektur der Stadt beschäftigt. Und was wäre, wenn es nicht seine Stadt wäre? Thal versank immer tiefer in seine Gedankenwelt. Die Optionen abwägend, alle Städte und Wälder in Gedanken abklappernd, bemerkte er nicht, wie eine angeregte Diskussion zwischen Reih und dem Alchemisten aufkam. Er versuchte sich zu erinnern, ob er jemals einen anderen Ort als Erbess besucht hatte, konnte aber trotz aller Anstrengung keine Erinnerungsschnipsel an hohe Gebäude in seinem Gehirn finden. Langsam aber sicher spürte er, wie der Nebel der Müdigkeit ihn umhüllte und seine Augen schwer werden ließ.

»Berg!« Gingst sprang vom Tisch auf, als er lautstark scheinbar den gesamten Gutshof über seine Erkenntnis informieren wollte.

Thal zuckte bei Gingsts Worten zusammen. Die Müdigkeit rann an ihm hinunter wie die Wassertropfen nach einem erfrischenden Bad im Quellsee. Überrascht starrten alle Anwesenden Gingst an. Mit leerem Magen hatte Gingst sich bisher nicht an dem Gespräch beteiligen können. Doch nun war er gesättigt und scheinbar kam erstaunlich langsam seine Fähigkeit zu sprechen wieder.

»Was, Berg? Berg wie Berg oder soll das ein Haus sein? Wo soll das sein?« Thal war gereizt, ihm alles aus der Nase ziehen zu müssen.

»Na, wenn es ein Volk im Himmel ist, dann vermute ich, dass es auf dem Berg ist. Die Spitze des Gebirges liegt doch in den Wolken.«

Stille trat ein. Alle am Tisch schienen den Gedankengang zu verarbeiten.

Thal wusste nicht, ob das ein guter oder schlechter Einwand war.

»Es würde zumindest Sinn machen. Und wenn ihr keinen anderen Anhaltspunkt habt, dann würde ich vermutlich da anfangen. Ich hoffe, ihr habt viel Zeit. Der Gipfel ist nur schwer zugänglich, he.« Reihs Einwand war berechtigt.

»Verdammt, Zeit dürften wir keine haben. Buko wird bestimmt schon im Lager sein.« Verzweiflung lag in Thals Stimme.

»Er wird seine Aufgabe vermutlich auch nicht erfüllen.« Der Alchemist zauberte ein Fragezeichen in Thals Gesicht. »Ich habe, als wir beim König waren, beide Aufgabenstellungen mitgenommen. Deine, Thal, sowie Bukos. Bukos Aufgabe liegt nun allerdings bei euren Zellen. Mich würde es überraschen, wenn sie die noch nicht gefunden hätten. Wenn mein Plan funktioniert hat, so werden sie denken, dass Buko seinen Brief verloren hat, als er euch befreit und den Schaden angerichtet hat.«

Thal schlug mit seiner rechten Hand auf den Tisch. »Das bringt uns etwas Zeit. Selbst wenn er weiter verhandeln könnte.« Thal sprang dem Alchemisten um den Hals. Er nahm so viel Schwung, dass er sie beide beinahe auf den Boden geschmissen hätte.

»Schon gut, Junge, jetzt beruhigen wir uns und gehen alle schlafen. Wir treffen uns morgen früh wieder hier.« Kaum hatte er das ausgesprochen, war er auch schon auf dem Weg nach oben.

Thal und Gingst blieben wortlos sitzen. Auch Reih hatte sich bereits unbemerkt in seine Kammer hinter dem großen Raum verzogen. Soeben hatten Thal und Gingst das Geschirr auf der riesigen Anrichte abgestellt und die ersten Gedanken an die wohlverdiente Ruhe verschwendet, als sie durch eines der Fenster eine Gestalt vorbeihuschen sahen.

Verfolgung

Buko, Freia und der Direktor hatten sich, nachdem sie aus dem Lager entkommen waren, an die Verfolgung von Thal gemacht. Da durch den Wald nur ein Weg herausführte, war es ein Leichtes für sie gewesen, die Richtung der drei zu bestimmen. Aton kreiste in sicherer Entfernung über ihren Köpfen, ohne Anstalten zu machen, den Schatten der Bäume zu verlassen. Wachend folgte er dem Dreiergespann auf dem Weg. Als er auf ihrer Schulter landete und nervös mit den Flügeln schlug, verstand Freia, was ihre Krähe bedrückte.

»Wir müssen sie einholen, bevor das Gewitter ihre Spuren verwischt.« Freia deutete auf die dichte Blätterdecke, hinter der sie eine Schlechtwetterfront aufziehen vermutete.

Buko wirkte erschöpft. Die Kämpfe und die Flucht waren neu für ihn.

»Ich seh nur Wald, da kommt kein einziger Tropfen durch.« Sein Stresspegel schwang deutlich in seiner Stimme mit und war bis auf das Äußerste ausgereizt.

»Glaub mir, der Wald findet Wege, wie er sich selbst erhält.« Freia schob den Direktor an, der es sich gerade auf einem alten Baumstumpf gemütlich machen wollte. »Wir sollten zumindest außer Reichweite der Späher kommen.« Die Lüge lag schwer auf Freias Zunge, allerdings sah sie keinen anderen Weg, schnell die Verfolgung aufzunehmen.

»Späher?« Augenblicklich konnte sich Buko die Notwendigkeit einer zügigen Weiterreise ausmalen.

»Ja, der Wald wimmelt in dieser Gegend nur so von Spähern.«

Bukos Pupillen weiteten sich, als er Freias Worte vernahm. »Hmm.« Er räusperte sich.

»Nun, dann lasst uns schleunigst Land gewinnen.« Der Direktor, der es trotz Freias Gegenwehr geschafft hatte, sich auf dem Boden hinzulegen, schnaubte vor Erschöpfung.

In aller Eile gruben sich Bukos Füße in den staubigen Weg, mit der Absicht, so schnell wie möglich von seinen ehemaligen Handelspartnern wegzukommen. Aton verstand das Zeichen des Aufbruches und schwang sich wieder in die Lüfte. Den Direktor vor sich her schiebend, folgte Freia grinsend. Zu viert folgten sie den Fußabdrücken, die auf der Straße hinterlassen worden waren.

Bukos stetig wachsendes Tempo führte nach einigen Kilometern dazu, dass bei allen körperliche Erschöpfung eintrat. Insbesondere der Direktor kämpfte mit seiner Masse und forderte bald ohne Unterlass eine Pause. Sein permanentes Gejammer ging Buko nach kurzer Zeit dermaßen auf die Nerven, dass er ihm anbot, ihn mit einer Keule zu erschlagen und ihn zurückzulassen. Wenig begeistert folgte der Direktor von da ab schweigend. Auch der Vorschlag, dass er sich allein auf den Rückweg machen könnte, stieß auf wenig Zustimmung.

»Ich bleibe lieber in Freias Nähe. Für den Ernstfall«, war seine Antwort auf den Vorschlag Bukos.

Da sie während des Sturmes keine Möglichkeit hatten, sich unterzustellen, trieb Freia die zwei Herren trotz der unentwegt sinkenden Motivation an. Sie kannte die Gefahren des Waldes. Mit einer angsteinflößenden Besessenheit marschierte sie Kilometer um Kilometer. Als hätte sie nie etwas anderes getan, wirkte sie, als würde sie über den sandigen Weg gleiten. Mit Freia vorneweg und Aton als

Nachhut marschierten sie, bis die Dunkelheit langsam über sie hereinbrach.

In dem Moment, als der letzte Sonnenstrahl aus dem Wald gesogen wurde, begann das Unvermeidbare. Der Regen setzte ein. Aton flatterte noch Schutz suchend auf Freias Schulter, allerdings schon viel zu spät. Die dicken Tropfen hämmerten bereits auf ihre Köpfe ein.

»Wir müssen nun endlich eine Pause machen. Es macht doch keinen Sinn mehr. Ich kann kaum noch etwas sehen.« Der Direktor schrie mit aller Verzweiflung gegen den immer lauter werdenden Regen an.

In der Tat war die Sichtweite auf ein Minimum geschrumpft. Für die zwei Nachzügler verschwamm Freias Silhouette zusehends.

»Freia! Wir sollten zumindest zusammenbleiben!« Bukos Geduld war in Anbetracht des unbequemen Wetters nun völlig aufgebraucht. Der Zorn stand ihm tief ins Gesicht geschrieben, als er versuchte, schnellen Schrittes den Anschluss an Freia zu halten. Mit verzweifeltem Gestöhne und leicht humpelnd versuchte auch der Direktor, im Blitzlicht des Unwetters die beiden nicht aus den Augen zu verlieren. Freia marschierte unterdessen unbeirrt weiter. Das Ziel vor Augen, ignorierte sie weitestgehend den Donner, die Blitze und die Kommentare ihrer Mitreisenden. Schweigend und hin und wieder von dem Krächzen der Krähe begleitet, wanderte sie den Weg entlang.

»*Du* hast mich geholt, damit wir *deine* Aufgabe erfüllen. *Unsere* Aufgabe ist nun, Thal und Gingst einzuholen und zu verhindern, dass sie auch nur den Hauch einer Chance haben. Folgt mir oder dreht um«, sprach sie genervt, als Buko sich vollends auf die Seite des quengelnden Direktors gestellt hatte. Sie sprach mit so erhitztem Gemüt, dass sich der

Herr Direktor genötigt fühlte, seine Hand auf Bukos Schulter zu legen und ihn zu besänftigen.

»Ich vermute, dass wir uns mit dem Schicksal abfinden müssen«, flüsterte er in der Hoffnung, dass die Stimmung nicht noch weiter sinken würde.

Sein Erfolg gab ihm zwar recht, allerdings erreichte die Dunkelheit bald eine Tiefe, die sie ihre Hand vor Augen nicht mehr erkennen ließ. Viel schlimmer war, dass sie auf dem schmierigen Untergrund weder Spuren noch Hindernisse erkennen konnten. Schritt für Schritt tasteten sie sich vor.

Der Direktor bemerkte bald eine Leichtigkeit in Freias Gang in das Ungewisse. Still lauschend versuchte er, sich hinter Freia in Hörweite zu positionieren. Sobald er eine Veränderung in ihrem Gang wahrnehmen konnte, tastete er sich alarmiert und ganz vorsichtig weiter. So gelang es ihm, den ein oder anderen Stein oder diverse Löcher im Boden zu umgehen.

»Ich möchte ja nur ungern stören.« Peinlich berührt zupfte er an Freias Mantel. »Kann es sein, dass die Krähe uns den Weg weist?«

»Wie kommen Sie darauf?«

»Immer dann, wenn sich Aton bewegt oder einen Ton von sich gibt, weichen wir Steinen oder Löchern aus?«

Freia stoppte. Der Direktor spürte Blicke auf sich. Blicke, die in ihm ein seltsames Gefühl auslösten. Ein Grummeln, ein Gefühl, dass er zu viel gefragt hatte. Ohne einen erkennbaren Grund stieg Hitze in ihm auf. Im Dunkeln meinte er, das Glänzen von Freias Augen wahrzunehmen. Starr hielt sie den Blick.

Es war nicht ihr Blick, der ihn störte. War es Buko, der in ihm das Gefühl auslöste? Er suchte die Gegend ab, kniff die Augen weiter zu, um in der Dunkelheit besser sehen zu können. Erfolglos. Er konnte Buko nicht finden. Das schwarze Tuch hatte sich über sie gelegt. Er suchte an der Stelle, an der er ihn das letzte Mal vermutet hatte. Schmollend war er wortlos rechts neben Freia hergelaufen. Sein lautes Stolpern hatte der Direktor stets deutlich wahrnehmen können. Jetzt aber war es still um ihn herum. Er hörte weder die Schritte noch sein Fluchen.

»Eure Hohheit?«, fragte er vorsichtig. Sein flaues Gefühl wollte ihn nicht verlassen. Keine Reaktion. »Mein Herr?«, wiederholte er die Frage. Lauter dieses Mal.

»Ja! Worauf warten wir denn?« In gewohnt genervter Art und Weise polterte es aus Buko heraus. Dem Klang der Stimme nach zu urteilen, stand er wie erwartet neben Freia. Das Gesicht von dem Gespräch abgewendet.

Obgleich der Direktor eine gewisse Erleichterung verspürte, verließ ihn das wachsende Gefühl der Beunruhigung nicht. Auf dem vermutet richtigen Weg suchte er die umliegenden Gebiete ab. Außer weiterer Dunkelheit konnte er nichts sehen. Hier und da erhellte ein Blitz den Wald, etwas Ungewöhnliches fiel ihm aber auch nicht im taghellen Licht des Unwetters auf. Als er sein Gefühl fast schon als Magenverstimmung abgetan hatte, blickte er erneut in Freias Gesicht. Unverändert hatte sie den Blick auf ihn gerichtet. Ihrem Blick ausweichend, suchte er weiter die Gegend ab. Da war es. Der Grund für sein Unbehagen. Weiße, leuchtende Punkte starrten ihn an.

»Was zur Hölle …« Er verstummte. Zwanghaft versucht der Direktor, seinen Satz zu vollenden, wurde aber von irgendetwas Unerklärlichem zurückgehalten. Wie ferngesteuert brabbelte er verständnisloses Gewäsch. Atons weiße Augen hielten ihn in hypnotischem Bann. Erst als sich Freia wieder von ihm abwandte und der Direktor dadurch aus dem Sichtfeld der Krähe verschwand, kam er wieder zu sich.

»... ist das?«, beendete er seinen Satz. Aus dem Schleier der Verwirrung entrissen, realisierte er, was soeben geschehen war.

»Wir laufen weiter.« Freias Ton machte unmissverständlich klar, dass die Fragerunde fürs Erste hier beendet war.

Langsam setzte sich das Gespann wieder in Bewegung. Buko lief unverändert neben Freia her. Der Direktor allerdings versuchte, sich im Rücken Freias unsichtbar zu machen.

Die halbe Nacht marschierten sie durch. Ungeachtet des Regens und des einsetzenden Windes liefen sie ohne größere Pausen durch den Wald. Zielstrebig dem schlammigen Untergrund folgend. Erst als der Regen sich langsam aus dem Wald verzog, stoppte Freia. Ohne Vorwarnung blieb sie stehen.

»Wir sollten ein Lager für den Rest der Nacht aufschlagen.«

Die Erleichterung war ihren Begleitern anzuhören.

»Wo sollen *wir* uns denn hier hinlegen? Habt ihr denn keine bessere Idee als das?« Buko ergriff überheblich als Erster das Wort.

»Hmm ... Nehmt das.« Freia suchte emotionslos in ihrer Manteltasche. Nach einem kurzen, übertrieben gespielten Kramen in der Tasche reichte sie den Herren jeweils ein aufgerolltes Band.

»Was soll denn dieser Unsinn?« Bukos zornige Stimme wies Freia darauf hin, dass sein Geduldsfaden kurz vor dem Zerreißen stand.

Aton spürte den aufkommenden Streit und schwang sich in die Baumkronen, in Sicherheit.

»Ihr spannt die Seile zwischen den Bäumen. Nehmt am besten diesen Knoten.« Freia griff wieder nach Bukos Seil, um den Knoten zu demonstrieren. Um ausreichend Licht zu haben, zauberte sie aus der anderen Manteltasche einen kerzenartigen Gegenstand, den sie mit einem Streichholz entzündete. Schlagartig flackerte ein Licht auf, das so hell wie mehrere Fackeln war.

Die erschöpften Gesichter leuchteten bleich im Licht der Kerze. Froh, endlich wieder etwas sehen zu können, grinste der Direktor bis über beiden Ohren. Das Haar saß nun noch wilder auf dem Kopf und Bukos Gesicht war mit Schlammspritzern bedeckt.

Freia hingegen wirkte nach wie vor frisch und munter. Gekonnt zeigte sie den beiden Herren einen recht simplen und effektiven Knoten, der ihre Lasten über die Nacht hinweg tragen sollte.

»Hängt es dort, dort und dort auf.« Sie deutete auf drei Bäume, deren Äste ineinandergriffen. »Den Rest mache ich dann.«

Buko überreichte dem Direktor die Rolle und deutete ihm kommentarlos, an welcher Stelle er für ihn das Nachtlager errichten sollte. Ohne Widerworte machte sich dieser ans Werk und kontrollierte akribisch, dass er auch die Anweisungen Bukos umsetzte. Unvermittelt verschwand Freia im Wald, die Kerze ließ sie zur Hilfestellung für die Männer zwischen den Bäumen stehen.

»Das empfinde ich doch als *außerordentlich faire* Arbeitseinteilung.« Bukos herablassende Art sorgte für ein wortloses Augenrollen beim Direktor, der sich daran versuchte, einen Baum hinaufzuklettern.

Bukos geschickte Hand half ihm, schnell das Seil zwischen den Bäumen zu spannen. Noch glich es mehr einem Netz als einer Liegefläche. Gespannt wartete er aber darauf, dass Freia ihr Werk vollbrachte. Amüsiert betrachtete er den Direktor, der mit seinem Seil kämpfte. Mit mehr oder weniger Elan spannte Buko auch Freias Seil zwischen die Bäume. Mit geübten Handgriffen hatte er auch dies schnell erledigt und zurrte die Schnur noch eben fest, als er im Augenwinkel sah, wie auch der Direktor sein Seil angebracht hatte.

»Na, hoffen wir mal, dass das Seil die ganze Nacht hält«, stellte er hämisch fest, als er den Baum hinunterkraxelte. Als er unten ankam, hatte Freia in der Zwischenzeit bereits Äste und Blattwerk zwischen die Seile gefädelt, sodass eine Liegefläche entstanden war. Um einem erneuten Regenschauer entgegenzuwirken, hatte sie auch an ein Schrägdach aus Ästen gedacht.

»Zumindest liegen wir nicht auf dem Boden und werden nicht noch nasser.«

»Pah ...« Bukos arrogantes Gelächter gab unmissverständlich zu verstehen, dass er der Meinung war, nicht noch nasser werden zu können. Völlig durchnässt waren sie gezwungen, im Freien, fernab jeglicher Zivilisation, die Nacht zu verbringen. Mit einem bösen Blick beendete Freia aber auch diese Diskussion, bevor sie ausufern konnte. Reumütig stieg Buko in sein Schlaflager und beäugte die ungeschickten Versuche des Direktors, sich ebenfalls schlafen zu legen. Nur das Geraschel Freias, die noch ihren Schlafplatz herrichtete, brauchte länger. Buko wollte sie eben noch maßregeln, den Lärm bald einzustellen, hielt es dann aber für klüger, sich für den Rest der Nacht zurückzuhalten. Seufzend beobachtete er Freia, die die letzten Äste zurechtrückte und nach getaner Arbeit das Licht löschte. Lediglich Atons letztes aufgeregtes Landen auf Freias Nachtlager verzögerte Bukos Reise in die Traumwelt.

Der Feuerstaub

Thal und Gingst waren sich nicht sicher, ob der Schatten, den sie vor dem Fenster wahrgenommen hatten, menschlicher Gestalt gewesen war.

»Hast du das auch gesehen?« Thal wirkte verzweifelt. Seine Hoffnung, etwas Ruhe und Schlaf zu finden, wurde durch den Eindringling zunichtegemacht.

Das Licht brannte noch im Gutshof. Thal vermutete, dass man ihre Schatten von außen definitiv gesehen haben musste. Der Regen hatte zwar vor geraumer Zeit schon aufgehört, allerdings hörte man das Heulen des Windes in den Ritzen des Gemäuers. Was auch immer zu so später Stunde durch die Wälder irrte, er oder es musste sie gesehen haben.

Gingst blickte sich mit weit aufgerissenen Augen um.

»Da draußen ist irgendjemand.« Er flüsterte. Behutsam ging er auf die einzige brennende Lampe im Raum zu. »Lass uns lieber das Licht löschen.« Eine Diele knarzte laut unter seinem Fuß. Sein Ärger darüber stand ihm ins Gesicht geschrieben. Mit einer waghalsigen Verrenkung versuchte er, sein Gewicht auf das andere Bein zu verlegen, löste dadurch aber das nächsten Knarren des Bodens aus. »Verdammt!«, zischte Gingst und machte einen Hüpfer auf die Lampe zu.

Erstaunlich geschmeidig landete er wie eine Katze auf allen vieren, griff nach der Lampe und pustete das Licht aus. Dunkelheit umhüllte sie wieder. Thal versuchte, sich geräuschlos an eines der Fenster zu begeben. Das Butzenglas stülpte der Außenwelt eine verschwommene Kapuze über. Mit einem seltsamen Gefühl der Sicherheit lugte Thal aus dem Fenster. Gespenstisch ruhig lag die Welt vor ihm. Durch das dicke Glas nicht entdeckt werden zu können, ließ die Zuversicht so extrem wachsen, dass er, ohne darauf zu achten, entdeckt werden zu können, durch jedes Fenster hindurchspähte. Trotz all seiner Bemühungen konnte er aber weder den Schatten noch Bewegung vernehmen.

»Es ist einfach viel zu dunkel. Durch die Fenster sehe ich nichts.«

Nun kehrte auch die Stille im Gutshof ein. Keiner der beiden sprach ein Wort. Wohlwissentlich, was sie als nächstes unternehmen würden, zögerten sie. Niemand wollte das Unvermeidliche aussprechen. Einige Augenblicke, in der die ungesagten Gedanken förmlich zu knistern begannen, vergingen.

»Sollen wir mal nach draußen schauen?« In Lauerstellung hatte Gingst die letzten Minuten hinter einem der Tische verharrt. Immer darauf bedacht, nicht zu nahe an die Fenster zu gelangen.

»Öhm, wenn wir … DU nichts gesehen hast, gibt es doch eigentlich keinen Grund … «

»Das ist es ja eben. Ich habe nichts gesehen. Wie sollen wir dann wissen, ob da was ist?« Thal wartete einen Augenblick ab. Keine weitere Reaktion. Gingst versteckte sich nach wie vor hinter dem Tisch. Ohne weiter das Gespräch zu suchen, ging Thal zur Türe.

»Halt. Das kannst du doch nicht machen! Was, wenn da wirklich jemand ist?«

»Dann wissen wir es bald«, sagte Thal, als er eine Laterne vom Haken neben der Tür nahm und den Riegel umlegte.

»Verdammt!« Gingst stürzte fast über den Tisch, als er auf Thal zusprang.

»Dann werden wir halt beide sterben. Was solls?«

»Na also, das ist doch eine gute Einstellung. Soll ich die Laterne gleich entzünden oder erst später?« Thal versuchte Gingst das Gefühl zu vermitteln, in die weitere Planung eingebunden zu werden.

»So laut, wie du redest, kannst du auch gleich die Hütte anzünden.« Gingst flüsterte und deutete mit wedelnden Armen an, dass Thal ebenfalls seine Lautstärke etwas zurückfahren sollte.

Es knackte. Vor der Tür. Ganz deutlich vernahmen beide ein Knarren dort. Gingst wedelte erneut. Dieses Mal wollte er Thal signalisieren, den Riegel wieder vor die Türe zu schieben.

Wieder knackte es. Gingst duckte sich vorsichtshalber. Seine hektischen Bewegungen ließen die Dielen des Bodens wieder lautstark schreien.

»Ich glaub, er steht vor der Tür.« Gingst deutete seinem Freund, sich ruhig zu verhalten.

»Da ist ein Schatten.« Thal sah es nun deutlich vor sich. Er hatte sich zu einem Fenster direkt neben der Tür gelegt und erkannte in einem seltsam flackernden Licht eine wenig menschlich wirkende Gestalt.

»Er steht nur da und schaut auf die Tür.« Thal merkte sofort, dass er deutlich zu laut gewesen sein musste. Die Gestalt auf der anderen Seite der Holztüre drehte sich ihm zu, kaum hatte er die letzten Worte ausgesprochen.

»Oh oh …« Thal duckte sich.

»Was ist los? Was passiert da?« Gingsts Panik schwang fast greifbar durch die Luft. Jetzt erkannte er es auch. Durch die schummrige Beleuchtung drückten sich die Umrisse eines seltsamen Wesens gegen die Scheibe. Die einzelnen Fragmente des Fensters knirschten bedenklich.

»Was ist das denn für ein Dämon?« Gingst entfuhr ein verzweifelter Schrei, als das Fenster beinahe zu brechen drohte. Er robbte unter den nächstbesten Tisch. Bei dem Versuch, sich aus der Schusslinie zu bringen, schlug er sich zwar den Kopf an, schluckte seinen schmerzerfüllten Schrei aber dieses Mal hinunter. Als er den Tisch gerade so positionieren konnte, dass er sich ausreichend Schutz durch die Tischplatte erhoffte, hörte er ein lautes metallenes Hämmern an der Tür.

»Thal!« Ohne aufzublicken, schrie er voller Inbrunst nach seinem Freund. Das stetig lauter werdende Klopfen schmerzte Gingst in den Ohren. Mit zugehaltenen Ohren wiederholte er Mal um Mal Thals Namen.

Auf einmal erhellte sich der Raum. Ein vertrautes Licht. Gingst blickte sich um. Mehrere Lampen wurden entzündet. Gingsts Blick wanderte schnell zur Tür. Dort sah er Thal. Den letzten Schlag ausführend, stand er vor der Türe. Den Riegel bereits wieder vorgeschoben. Mit einem blechernen Topf und einem Holzlöffel, die zur Dekoration am Eingang hingen, schlug er die zwei Gegenstände zusammen. Mit all seiner Kraft hatte er eine solche Lärmkulisse erzeugt, dass Reih aus seiner Kammer gekommen war und die Lichter entzündet hatte.

»Ja bist du denn irre?« Gingst schnaubte zornig.

»Wieso? Das Ding ist weggerannt.«

»Wie? Weggerannt? Einfach so?«

»Was ist denn hier eigentlich los, he?« Reih stand mit hochrotem Kopf vor ihnen. Seiner Nachtruhe beraubt, kochte er Wut.

»Ich glaube, wir sollten uns erst mal um die Hütte draußen kümmern. Danach ist noch Zeit für Erklärungen.« Der Alchemist stand wie aus dem Nichts auftauchend bereits im

Türrahmen. Die Tür weit aufgerissen, blickten Thal und Gingst nun auf das unheilvolle Licht.

»FEUER!« Gingst griff aus Reflex nach einem Krug, der eben noch in Reichweite stand.

»Feuer, heh?« Reih lief so schnell er konnte durch die Türe nach draußen.

Tatsächlich brannte seine kleine Hütte mit Feuerholz für die Wintertage lichterloh. Vom Brandstifter keine Spur. Thal kam bereits mit dem ersten Eimer Wasser angerannt und kippte diesen in die Flammen. Das Wasser verpuffte und eine kleine Wolke traf Thal mitten ins Gesicht. Thal rechnete fest mit heißem Wasserdampf, der ihm sein Gesicht verbrennen würde, spürte allerdings nur einen feinen Staub in seiner Nase. Schmerzhaft bahnte sich dieser den Weg durch seine Atemwege. Sein schmerzerfüllter Schrei hallte durch die Nacht.

Gingst wollte seinem Freund bereits zu Hilfe eilen, wurde von Thal allerdings mit wild fuchtelnden Armen weggescheucht. »Steht nicht nur rum. Helft lieber! Wir brauchen mehr Wasser.«

Plötzlich brach hektisches Treiben aus. Mehr und mehr Eimer wurden in das lodernde Feuer gekippt. Unkontrolliert rannten sich die drei über den Haufen, bis Thal sich wieder gefangen hatte und die Löscharbeiten koordinierte.

»Der Alchemist holt das Wasser. Gingst nimmt es entgegen und übergibt es an Reih. Ich kippe es dann ins Feuer.«

Erst durch das Bilden der Kette gelang es ihnen, ihre Aktivitäten in die richtigen Bahnen zu lenken. Eimer um Eimer wurde das Feuer kleiner. So klein, dass sie es bald unter Kontrolle und daraufhin gelöscht hatten.

»Ich glaube, wir brauchen kein Wasser mehr, he.«, verkündete Reih voller Stolz, als lediglich ein paar kleine Rauchwölkchen aufstiegen. »Vielen Dank, dass ihr geholfen habt, das Feuer zu löschen, he.« Die Erschöpfung war ihnen allen deutlich anzumerken. »Aber wie kam es dann dazu, heh?«

Gingst ratterte die Ereignisse herunter. Seine heldenhafte Rolle beschönigte er zwar ein wenig, verlor sich aber rasend schnell in Details. Ein fast nicht enden wollender Fluss an Worten brach aus ihm heraus. Erst als er sich nicht erklären konnte, warum der »Dämon« verschwunden war, unterbrach er sich.

»Wie bist du denn eigentlich darauf gekommen, dass der Krach helfen könnte?«

Thal grinste, als Gingst ihm die Frage gestellt hatte.

»Das war eigentlich recht simpel.« Sein Grinsen wurde breiter als Reihs Rücken. »Als du geschrien hast wie ein kleiner Schuljunge, erschrak die Gestalt. Ich dachte mir, noch etwas mehr Lärm könne ja dann nicht schaden. Glücklicherweise hat es geholfen.«

»Erstaunlich, he.« Nachdenklich verließ Reih den Tisch, an dem sie sich niedergelassen hatten. Als er nach einigen wenigen Augenblicken wiederkam, legte er ein kleines Päckchen auf den Tisch.

»Nehmt diesen Kompass mit. So könnt ihr das Tar-Gerbirge nicht verfehlen, immer Richtung Süden, he.« Reih überreichte Thal einen alten Kompass.

»Jetzt sollten wir aber wieder in die Betten.« Der Alchemist hatte bislang still den Ausführungen gelauscht, machte nun aber einen auffällig müden Eindruck. Keiner der Anwesenden wollte die Nacht noch weiter in die Länge ziehen und so verkrochen sie sich in ihre Betten.

Die Erschöpfung überkam Thal umgehend, als er sich auf das Bett legte, und entließ ihn in einen tiefen Schlaf.

Das Tar Gebirge

Äußerst früh am Morgen wurde Thal unsanft aus seinem Bett gerissen. Ein ohrenbetäubender Lärm riss ihn aus seinem tiefen Schlaf. Es war so früh am Tage, dass es noch stockfinster in seinem Zimmer war.

»Von dem Lärm wird der ganze Wald ja noch wach. Was ist das?« Schlaftrunken versuchte er, eine der Kerzen zu entzünden.

»Ich bin das«, vernahm er aus der Finsternis, ohne die Stimme erkennen zu können.

Schlagartig war Thal hellwach. Das Adrenalin ließ ihn hektisch über eines der Nachtkästchen tasten. Trotz seines Versuches, leise nach der Kerze zu suchen, schien der Verursacher des Geräusches das wahrzunehmen. Es wurde still. Das laute Klopfen und Krächzen stoppte. Mit weit aufgerissenen Augen versuchte er, im Dunkeln etwas zu erkennen. Vergeblich. Es war so still, dass er nicht mehr wusste, ob er sich das gerade nur eingebildet hatte oder ob tatsächlich jemand im Raum war. Er hörte auf zu suchen und lauschte, ob er jemanden atmen hörte.

»Suchst du das?« Vor ihm ging ein Licht an. Ein irres Grinsen tauchte vor ihm auf. Vor Schreck schmiss Thal ein Kissen nach ihm, als er aus dem Bett fiel. Das Licht erlosch augenblicklich. Thals Herz raste. Er versuchte, sich von der Fratze weg zu bewegen. Er robbte über den Boden immer weiter in Richtung Tür. Hoffte er. Sein Orientierungssinn war wie weggeblasen von der Angst. Er konnte nicht sagen, ob er sich von der Türe weg oder zu ihr hin bewegte. An seiner Seite spürte er, dass er gegen etwas gekrabbelt war. Im nächsten Moment erfühlte er, dass es sich um Beine handelte. Er sprang auf vor Schreck. Scheinbar würde er ihm nicht entkommen. Dann ging das Licht an. Der Raum war hell erleuchtet. Geblendet tat sich Thal schwer, seinen Angreifer zu erkennen.

»Beruhige dich, Junge. Wir sollten aufstehen.« Vor ihm stand der Alchemist ist seiner dunklen Kutte.

»Erschreck mich doch nicht so!« Thal fiel ein Stein vom Herzen, als er erkannte, wer da vor ihm stand. »Ich wäre fast gestorben vor Angst.«

»Ich fand es eigentlich ganz witzig.« Lachend verließ der Alchemist den Raum. »Gingst ist jetzt an der Reihe.«

Thal brauchte ein paar Minuten, bevor er sich von dem Schock erholt hatte. Einen Augenblick später hörte er Gingst schreiend über den Gang stürzen.

Als sie im Morgengrauen nach einem schnellen Frühstück und der Versorgung mit genügend Ausrüstung für den langen Weg das Gasthaus verließen, hatte sich Gingst soweit gesammelt, dass er die Erkenntnisse seiner Nacht mitteilen konnte.

»Ich hab eine Karte der Umgebung mitgenommen und ich hab, als ihr geschlafen habt, den Reih noch ein wenig ausgefragt. Ich weiß jetzt *alles*.« Gingst grinste freudig.

Der Weg, den sie einschlugen, war alles andere als kurz und leicht. Wenngleich sie unweit des Gebirges waren, konnten sie es im Wald nicht erkennen. Es war äußerst hilfreich, mit der Karte und dem Kompass voranzukommen. Gingsts neue Erkenntnisse über die Sage waren auf dem noch etwas sumpfigen Weg im Wald eine willkommene Abwechslung.

»Der Teil ›Wer sich als würdig erweise‹ hat mich noch beschäftigt. Soweit ich das jetzt verstanden habe, soll es auf dem Weg nach oben eine Prüfung geben. Die kannst du aber nicht so einfach beantworten oder erkämpfen. Nein, du musst sozusagen dafür geboren sein.« Auch in den weiteren Ausführungen Gingsts konnte Thal nicht schlauer aus den Rätseln werden. Thal sog die Informationen gerne auf, war sich aber nicht sicher, wie er sie anwenden sollte.

Ihre Reise verging zügig mit der Ablenkung der Spekulation und Interpretation der Sage. So schnell, dass sie fast nicht mitbekamen, dass sie den Wald bereits verlassen hatten. Die wenigen Bäume um sie herum boten ihnen ein bekanntes und vertrautes Bild. Das einzige, was sie an der Form nicht kannten, war das riesige Gebirge, das sich vor ihnen auftat. Obwohl sie noch einen weiten Weg zu gehen hatten, schien das Ausmaß der Berge jetzt schon enorm.

»*Da* sollen wir rauf? Ganz rauf?« Thal staunte. Er hatte gehofft, dass die Reise bald zu Ende sein würde. Der Anblick des riesigen Gebirges ließ seine Motivation sinken. Wie ein Ackergaul, der immer wieder Tag für Tag nur die Felder bearbeiten muss, ohne Aussicht auf Abwechslung, fühlte er sich.

»Scheint so, als bestehe deine Prüfung darin, die Wolkengrenze zu überwinden. Dann ist das Auffinden der Läufer ja nur noch ein Klacks.« Der Alchemist strömte über vor Energie und ließ keine Zweifel aufkommen, dass der einzige Weg zur Erfüllung der Aufgabe im Besteigen des Berges bestand. Jegliche Einwände Thals und Gingsts wiegelte er freundlich, aber bestimmt ab.

»Mir kommt es ja fast so vor, als würdest du nur bergsteigen wollen. Was ist, wenn ich so gar nicht König werden will?« Thals Wille schwand.

»So wirst du auch nie König. Und so, Thal, wird sich auch nichts ändern. Dann werden sie weiterhin im ersten Ring in Palästen wohnen, während ihr den Dreck in der Stadt entfernt.«

Die drei schleppten sich über die Wege an den Feldern. In Sichtweite des Waldes gingen sie so lange weiter, bis sie den Fluss erneut überqueren mussten. Eine recht stabile Brücke ließ sie den Fluss sicher passieren.

Am Ende des Tages hatten sie den Fuß des Berges erreicht und konnten vor Einbruch der Dunkelheit die ersten Höhenmeter gutmachen. Sie schliefen auf einer Wiese im Schutze von hoch gewachsenen Gräsern. Die Sonne des Tages hatte auch die letzte Feuchtigkeit aus dem Feld gebrannt, sodass sie gemütlich und trocken die Nacht verbringen konnten.

Eindrucksvoll ragte der Berg in die Höhe des aufgehenden Tages. Wenngleich sie deutlich später aufbrachen als am Tag zuvor, war die Sonne noch nicht voll am Himmel zu sehen.

»Die erste Strecke können wir auch mit der aufgehenden Sonne zurücklegen. Sobald wir die schwierigeren Stellen erreicht haben, sollte die Sonne dann über uns stehen.« Motiviert spazierte der Alchemist wieder vorne weg.

Thals und Gingsts Beine schmerzten. Die vielen Kilometer, die sie bereits zurückgelegt hatten, hatten die ersten Blasen hinterlassen und ihre Muskeln brannten bei jedem Schritt. Ungeachtet ihres Gejammers schien der Alchemist seine Berufung gefunden zu haben und gab ein zügiges Tempo auf dem steinigen Boden vor.

Je näher sie dem Gipfel kamen, desto größer wurden die Steine auf ihrem Weg. Die Wege wurden deutlich enger und so langsam verschwand jegliches Grün an ihrer Seite. Der

Aufstieg war anstrengend und ihr Anführer schien vergessen zu haben, eine Pause einlegen zu wollen. Über Stunden stiegen sie über Stock und Stein. Die am Himmel stehende Sonne brannte erbarmungslos auf ihre Köpfe herab. Der Schweiß rann ihren Rücken literweise hinunter.

»Wächter, können wir nicht eine kleine Pause einlegen?« Thal befüllte gerade seine leere Falsche an einem kleinen Rinnsal aus Tauwasser, als der Alchemist stehen blieb.

»Das ist vielleicht gar nicht verkehrt. Wir können hier noch mal etwas trinken und die nächste Schicht an Kleidung herauslegen. Schaut, da oben liegt schon Schnee.«

Thal freute sich über den Kommentar. Nur noch wenige Stunden, dann waren sie am Ziel. Gingst schmiss sich ohne mit der Wimper zu zucken auf einen riesigen Felsbrocken. Er stöhnte.

»Thal ich bin müde.« Gingst sah wirklich nicht mehr frisch aus.

»Dann schlaf, Gingst.« Bevor Thal seinen Satz beendet hatte, war Gingst schon hoch über dem Abgrund eingeschlafen. »Ich denke, wir haben die Zeit.« Thal war über den fordernden Ton seiner Aussage selbst überrascht, sah aber, dass er den Alchemisten damit davon abhalten konnte, Gingst aufzuwecken. Er setzte sich neben Thal und schwieg.

Unsanft mussten sie Gingst aus seinem Nickerchen reißen, als die Zeit gekommen war, weiterzugehen. Die Pause hatte ihnen gut getan. Ein wenig erholter schritten sie nun den engen Pfad nach oben.

Die letzten Kilometer zogen sich. In der steigenden Höhe lag nun immer mehr Schnee. Je höher sie kamen, desto tiefer sanken sie in den kalten Sumpf. Der steile Anstieg auf dem immer glatter werdenden Untergrund machte ihnen zu schaffen. Mit aller Kraft kämpften sie sich den Berg hinauf. Meter um Meter gewannen sie an Höhe. Die Hände schmerzten nun von der eisigen Kälte.

Als das Gelände langsam abflachte, fragte Thal frierend: »Haben wir es bereits geschafft?« Er hatte die Hände tief in seinen Klamotten vergraben. Erschöpfung lag in seiner Stimme.

»Ich weiß es nicht, Thal.« Gingst klang ähnlich angeschlagen.

»Schaut, der Pfad führt uns zu einer Höhle. Dort sind wir dem Wetter nicht mehr ausgeliefert«, deutete der Alchemist den beiden. Seine Umrisse erschienen verschwommen zwischen den dicken Schneeflocken.

Der Wind peitschte besonders aggressiv auf den letzten Metern vor der Höhle in ihr Gesicht. Tosend pfiff er an ihren Köpfen vorbei. So laut, dass sie fast ihre Schritte unter sich nicht mehr wahrnehmen konnten. Obwohl der Weg zum Eingang immer breiter wurde, war der Untergrund dermaßen uneben und wackelig, dass sie Schwierigkeiten hatten, sich auf den Beinen zu halten. Ein seltsam beklemmendes Gefühl beschlich Thal, als er den ersten Blick in das Innere der Höhle werfen konnte. Auch dort lag Schnee. Lediglich der Wind schien wie durch Zauberhand an dem Eingang vorbei zu wehen.

Als sie den Schutz der Höhlenwände erreicht hatten, verstummte der Wind. So als ob sie vor einer Bühne säßen, schoss das Schneegestöber an ihnen vorbei. Isoliert und geschützt standen sie einfach da und bewunderten das Schauspiel.

»Wenigstens ist der kalte Wind weg.« Gingst freute sich offensichtlich.

»Stimmt, es ist spürbar wärmer.«

»Das ist schön, dass ihr euch darüber freut. Lasst uns direkt weitergehen.« Der Alchemist drängte mit eindringlicher Tonlage. »Das ist mir etwas suspekt hier oben.«

Verwundert schauten ihn Thal und Gingst an.

»Was genau?« Thal bohrte nach. Er teilte sein Gefühl, konnte sich die Gründe dafür aber nicht erklären.

»Für eine Höhle sehe ich wenig Stein.«

Thal blickte sich um. Er sah überhaupt keine gesteinsartigen Materialien. Lediglich ein Loch in einem weißen Haufen Schnee. Viel zu akkurat, um natürlich entstanden zu sein. Die glatte Oberfläche schimmerte glasig. Thal trat auf die nahe liegende Wand zu.

»Das ist Eis.« Seine Finger glitten über die kalte Wand. »Die ist gefroren«, ergänzte er.

»Du meinst wie der Aufgang hierher? Müsste der Schnee hier nicht mal oberflächlich angeschmolzen gewesen sein?« Gingst blickte ihn verwundert an.

»Kann es gar nicht. Wenn es hier zu feucht wird, würden die Wände in sich zusammenfallen.« Der Alchemist hatte sich schon tief in den Schneetunnel vorgewagt. Wie ein schwarzer Punkt glitt er durch den Schnee.

»Kommt schon. Wir müssen weiter.« Der Alchemist versuchte Thal und Gingst, die noch die Eiswand bewunderten, wieder zum Weitergehen zu bewegen. »Hier gehts lang.«

Langsam setzten sich die zwei in Bewegung. Sie durchschritten den Eingang zum wurmartigen Tunnel. Ein kurzer Gang lag vor ihnen, den sie durchschreiten mussten. Der harte, kalte Untergrund ließ darauf schließen, dass auch der Boden bis ins Tiefste gefroren war. Sanfte Ringe in den Wänden und dem Boden des Tunnels boten genug Halt, um nicht hinabzurutschen. Stufenartig bohrten sie sich durch das Eis.

»Wie kommen diese Stufen hierher?«, fragte Thal neugierig.

»Das werden wir hoffentlich nicht herausfinden müssen. Natürlich sieht mir das nicht aus.« Der Alchemist musterte den Tunnel eindringlich. Er klopfte gegen das Eis. Ein überraschend hoher Klang durchdrang das Eis. »Das ist interessant.« Nachdenklich strich er über das Eis.

Gingst, der sichtlich begeistert war von dem glockengleichen Klingeln, klopfte wie wild gegen das Eis. Sanfte Glocken läuteten entfernt analog zu Gingsts Klopfen.

»Du solltest das dringend lassen!« Der Alchemist stürzte sich auf Gingsts tanzenden Hände.

Noch bevor er ihn erreichen konnte, hatte Gingst eine weitere Symphonie in das Eis gehämmert. Mit stolzgeschwellter Brust starrte er den Alchemisten fragend an, als der seinen Arm umklammerte und ihn von der Wand zog.

»Aber warum?«, quengelte Gingst.

»*Du* weißt doch gar nicht, woher das Läuten kommt. Du kannst doch nicht den ganzen Berg über unser Kommen informieren.«

Gingst verstand nicht. Beleidigt riss er sich los und stiefelte vorneweg.

»Das versteh ich jetzt aber nicht.« Thal mischte sich von hinten in das Geschehen ein.

»Wer weiß, ob wir jetzt nicht jemanden oder irgendwas gewarnt haben.« Der Alchemist schluckte hörbar. »Lass uns lieber zusammenbleiben.«

Das Klingeln verstummte in der Ferne. Der Alchemist drückte Gingst tiefer in den Tunnel hinein. Immer weiter schob er ihn vor sich her, um keine weitere Aufmerksamkeit zu provozieren. Thal ging neben den beiden her. Er suchte die weißen, kalten Wände ab. Er wusste nicht, ob oder wonach er suchte. Er spürte lediglich, dass sie nicht allein den eisigen Tunnel entlang schritten. Bald wusste er nicht mehr, ob die Schauer auf seinem Rücken von der Kälte oder dem Gefühl des Beobachtetwerdens kamen. Halb gehend, halb rutschend gelangten sie an das Ende des Tunnels.

»Stop!«, flüsterte der Alchemist und stellte sich ihnen in den Weg.

Sie vernahmen ein deutliches Plätschern. Offensichtlich von sich bewegendem Wasser.

»Ist das Wasser?« Thal traute seinen Ohren nicht.

»Hört sich fast so an, als würde jemand im Wasser planschen.« Gingst versuchte, sich an dem Alchemisten vorbei zu drücken. Unter Einsatz seiner gesamten Kräfte konnte dieser Gingst gerade noch davon abhalten, blind aus dem Schutze des Tunnels vorzutreten.

»Sei doch nicht blöd. Lass uns doch erstmal schauen, was da ist.« Der Alchemist zauberte einen kleinen Spiegel aus seinem Mantel. »Am besten gucken wir damit erst einmal um die Ecke«, erklärte er unter den fragenden Blicken von Thal und Gingst.

»Wieso hast du denn einen Spiegel dabei?«, wollte Thal wissen. »Und willst du jetzt deinen Arm mit dem Spiegel einfach um die Ecke halten?« Thals provokative Frage ließ den Alchemisten innehalten.

»Dann machen wir das auf Gingsts Art und Weise.« Kaum hatte der Alchemist seinen Satz beendet, packte er Gingst im Genick und stieß ihn mit einem kräftigen Stoß aus dem Tunnel. Gingst stolperte auf die eisige Fläche vor ihm. Die dünne Schneeschicht, die den eisigen Untergrund bedeckte, wirbelte auf, als Gingst auf dem Boden rutschte. Aufgeregt versuchte er, die Gefahren abzuwägen, und blickte sich hektisch in alle Himmelsrichtungen um. Er robbte ziellos über den Schnee und versuchte sich aufzurichten. Obwohl er das ein oder andere Mal beinahe wegzurutschen drohte, gelang es ihm schließlich, sich wieder auf zwei Beine zu stellen. Thal und der Alchemist erkannten nicht, wohin er schaute. Gingst jedoch starrte wortlos mit offenem Mund nach links.

»Was ist denn da?« Thal fragte mit ungeduldigem Ton.

Gingst konnte den Blick nicht abwenden von dem, was er sah. »Da …« Gingst hob seinen Arm und deutete auf etwas.

»Ja? Was denn?« Thal wurde lauter.

Gingst starrte unbeirrt in dieselbe Richtung.

»Jetzt reicht es dann aber auch.« Der Alchemist, der das Schauspiel bislang still beobachtet hatte, trat seinerseits aus dem Tunnel. Auch er richtete seinen Blick sofort nach links. Durch den Stoff seiner Kapuze konnte Thal die Reaktion nicht erkennen. Der starre Blick geradeaus ließ aber darauf schließen, dass auch er etwas entdeckt hatte.

»Ja, was ist denn …« Thals Neugierde packte ihn. Er trat aus dem Tunnel.

Vor ihm tat sich eine gewaltige Halle aus Eis und Schnee auf. Vereinzelte massive Schneesäulen stützten die Decke ab. Er drehte sich ebenfalls nach links und reihte sich zwischen seinen Begleitern ein.

Ein gigantischer Bergsee lag vor ihm. Das tiefblaue Wasser durchdrang die Einfachheit der weißen Umgebung wie ein Musikstück die Stille der Nacht. Ein kleiner Wasserfall löste das Plätschern aus, das sie eben noch im Tunnel hatten wahrnehmen können. Stetig floss das Wasser über die Klippe nach unten. Mit weit aufgerissenen Augen betrachteten sie für einige Zeit wortlos die Umgebung.

»Schmelzwasser«, vermutete Gingst.

»Dafür müsste es wohl wärmer sein«, stellte der Alchemist Gingsts Aussage infrage, während er seine kalte Hand in die Luft hielt.

»Wie geht es denn nun weiter? Wo müssen wir hin?«

Die drei standen verloren in der eisigen Halle. Gingst versuchte, indem er seinen Standpunkt veränderte, weitere Tunnel oder Gänge zu entdecken.

»Ich sehe keine weiteren Ausgänge«, stellte er verwundert fest.

»Dann gehen wir mal zu dem See.« Thal folgte nickend dem Alchemisten, der bereits davoneilte.

Kommentarlos trottete auch Gingst den beiden hinterher. Sie liefen gesammelt auf den See zu. Außer dem Plätschern des Wasserfalles lag dieser still vor ihnen. Das dunkle Wasser verschlang ausnahmslos jeden einfallenden Lichtstrahl. Es war so dunkel, dass man nicht erahnen konnte, was sich unter der Wasseroberfläche abzuspielen vermochte. Gemeinsam suchte der kleine Trupp den Rand des Sees nach einem weiteren Hinweis ab.

Der See schien sich am Ende der Halle um eine der Wände zu winden. Abgesehen davon konnten sie keine weiteren Besonderheiten entdecken. Die Abwesenheit von weiterem Leben machte sie nervös. Zu still und zu wenig Bewegung. Nicht ein einziges unerwartetes Auftauchen eines Fisches oder anderen Wassergetiers ließ auf Leben innerhalb und außerhalb des Sees schließen.

»Was ist das für eine Stimme?« Thal vernahm ein Flüstern aus einer der Ecke.

»Stimme?«, fragte Gingst verwundert. »Hat dir die Kälte das Hirn eingefroren?« Gingst verstand seinen Freund nicht. Er konnte nichts dergleichen vernehmen.

»Von dahinten kommt doch so ein melodisches Gesinge.« Thal deutete in die Richtung, aus der er die Stimme zu vernehmen glaubte. An Gingsts Blick erkannte er aber, dass er wohl allein mit seiner Wahrnehmung dastand.

»Du kannst ja gerne schauen gehen. Ich bleibe hier und mach ein kleines Päuschen.« Demonstrativ setzte sich

Gingst auf den kalten Boden. Sein Gesichtsausdruck verriet, dass der Boden kälter war als erwartet.

»Ah, das ist bequem.« Mit gespielter Lässigkeit versuchte er, seine intuitive Körpersprache zu überspielen.

Thal blickte den Alchemisten an. »Hörst du nichts?«

Verneinend schüttelte er den Kopf. »Wir warten hier auf dich.«

Überrascht schaute Gingst den Alchemisten an. Auch Thal war über diesen seltenen Moment der Übereinstimmung überrascht. Täuschte er sich vielleicht? Nein, er hörte die Stimme zu deutlich. Er zögerte. Nachdenklich stand er vor dem sitzenden Gingst und dem wartenden Alchemisten. Das Für und Wider abwägend, blickte er abwesend an Gingst vorbei auf den See.

»Wenn du etwas hören solltest, dann schau nach. Da musst du jetzt aber allein durch.«

Der wissende Unterton in der Stimme des Alchemisten machte Thal stutzig. Er warf ihm einen erwartungsvollen Blick zu und hoffte, weitere Informationen zu bekommen. Ohne einen Blick auf sein Gesicht werfen zu können, war es ihm unmöglich zu deuten, ob sein Begleiter etwas wusste oder Thals Angst den Unterton nur hineininterpretiert hatte.

Der stetige Klang der Stimme würde ihn in den Wahnsinn treiben.

»Ich schau mir das jetzt einfach an.« Thal nahm allen Mut zusammen und zog alleine los, auf die unbekannte Stimme zu. Mit jedem Schritt in Richtung der kahlen Wand wurde sie deutlicher. Eine klangvolle, schöne Stimme hörte er. Sie summte. Eine Melodie, die ihm fremd war, die aber zugleich seltsam vertraut in sein Ohr wehte.

Thal drehte sich um, um zu schauen, ob einer seiner Gefährten ihm gefolgt war. Gingst hatte sich zwar zwischenzeitlich wieder erhoben, bewunderte aber mit dem Alchemisten wild gestikulierend den See. Thal sah nur ein Winken und ging unverändert weiter auf die Wand zu. Als er sie erreicht hatte, verstummte die Melodie plötzlich. Er konnte mit der Hand nun an der Eismauer entlangfahren. Langsam tastete er sich vor zu der Stelle, wo er meinte, die Stimme zuletzt wahrgenommen zu haben. Seine Finger glitten über die glatte Wand. Kaum eine Macke konnte Thal im Eis erfühlen und wenn, handelte es sich nur um sanfte Beulen in der sonst so geraden Oberfläche. Langsam aber stetig tastete er sich vor. Immer noch kein Laut von der Stimme. Es kam ihm beinahe endlos vor, wie er sich über die Eisschicht arbeitete. Irgendwo hier hatte er doch eben noch jemanden summen hören. Resignation machte sich in ihm breit. *Ein paar Meter noch*, dachte er sich. Er war schon kurz davor sich einzugestehen, dass er sich geirrt hatte, als er in der Wand plötzlich eine Kante spürte. Er fühlte weiter. Eine scharfe, spitze Kante mitten in der Wand. Er umfasste sie. Es fühlte sich beinahe so an, als würde er ein scharfes Messer umgreifen. Thal wollte die Unregelmäßigkeit genauer unter die Lupe nehmen. Doch als er mit der anderen Hand das fortlaufende Eis ertastete, griff er weit ins Leere. Hinter dieser Schicht war Leere. Die nächstgelegene Schicht des Eises war einige Schritte entfernt. Aus der Entfernung sah es so aus, als wäre es ein nie endender Kreis. Jetzt, wo er nah genug dran war, erkannte er, dass er einen Durchgang entdeckt hatte.

Er ging ein paar Schritte in die Mitte des Ganges und sah eine ebenso hohe Decke wie in der großen Halle. Der Durchgang führte am Ende des Weges zu einem enger werdenden Tunnel, der ähnlich groß wie derjenige war, durch den sie gekommen waren. Die Wand selbst war komplett durchsichtig. Von dieser Seite aus erkannte er erstaunlich scharf, wie sich der Alchemist und Gingst mit dem Rücken zu ihm angeregt unterhielten. Er wollte ihnen fast zurufen, als er sein Spiegelbild erblickte. Die verschwommene Silhouette seiner selbst stand vor ihm. Das flimmernde Licht ließ ihn tänzelnd vor sich erscheinen. In gespenstischem hellem Blau sah er sich am Rande des Weges stehen.

Thal ging sich selbst entgegen. Sein Spiegelbild jedoch blieb stehen. Er wartete auf sich selbst. Verwundert über den seltsamen Spiegel schritt er weiter voran. Fremdartig plastisch stand er sich nun selbst gegenüber. Er begutachtete jeden Zentimeter von sich. Die verwaschenen und ausgefransten Klamotten. Seine Äderchen im Gesicht. Und selbst seine Barthaare waren eine exakte Kopie. Eine angenehme Wärme strahlte seine Kopie aus. Er wollte sich gerade seinen müden Augen widmen – die strapaziöse Reise hatte sichtliche Spuren hinterlassen –, als sich die Stimme wieder meldete.

»Hast du vorhin gegen die Wände geklopft?« Thals Ebenbild sprach zu ihm.

Er erschrak und sprang weit von dem Spiegellicht weg. Die Stimme eines kleinen Mädchens sprach sanft zu ihm.

»Was bist du denn?« Der Schock schwang in seiner Frage mit.

»Ich bin ein Narrenfeuer.«

Thals Ebenbild verpuffte wieder. Eine warme Nebelschwade umgab ihn nun. Er genoss den kurzen Moment der wohligen Wärme um sich herum. Die Kälte der letzten Stunde hatte sich tief in die Knochen gefressen. Die Verpuffung des Narrenfeuers ermöglichte es ihm, kurzzeitig wieder bis in die letzte Faser aufzutauen. Schlagartig fühlte er sich wieder putzmunter und aufgeweckt. Als das Narrenfeuer sich wieder sammelte, stand ein Mädchen vor ihm. Sie reichte ihm gerade mal bis zur Hüfte und das helle lange

Haar hing glatt herunter. Die Augen waren durch und durch schwarz.

»Hast *du* vorhin gegen die Wände geklopft?«, wiederholte sie mit eindringlicher Stimme ihre Frage.

»Nein. Ich war das nicht. Das war mein Freund.«

»Dein Freund? Wieso bringt er dich so in Gefahr?« Sie klang erstaunt.

»Gefahr? Welche Gefahr? Er wusste es nicht besser. Wieso können dich die anderen nicht hören?« Thals Fragen prasselten unkontrolliert aus ihm heraus.

Das Narrenfeuer flackerte sanft vor sich hin.

»Wir Narrenlichter sind die Warnung vor den Eiswürmern.«

Thal verstand nicht so recht, was sie ihm mitteilen wollte. Er bedachte sie mit seinem fragenden Blick.

»Wir warnen all diejenigen, die gewarnt werden sollen, vor den Würmern. Siehst du die Tunnel?«

Thal nickte.

»Sie haben sie gemacht. Sie schlängeln sich durch das Eis auf der Suche nach Nahrung.«

»Durch die Tunnel? Wie viele passen denn da durch?« Thals Kloß im Hals schnürte ihm beinah die Worte ab. Bei der bloßen Vorstellung, einem solchen Wum zu begegnen, schlotterten ihm die Knie. Er prüfte den vor ihm liegenden Tunnel. »Sind sie hier? Jetzt gerade?«

»Durchaus denkbar«, antwortete die kindliche Gestalt.

»Wieso soll ich gewarnt werden?«

»Du hast Fähigkeiten, die du noch nicht entdeckt hast. Sei klug und mutig und lerne kennen, was du noch nicht erahnen kannst.«

»Was sind das für Fähigk…«

Ein schweres Beben ließ die Halle erschüttern. Vereinzelte kleine Brocken aus Eis rollten von den Wänden.

»Das ist einer von ihnen. Nehmt das Boot und flüchtet über den See.«

Ein erneutes Beben brachte Thal ins Schwanken.

»Boot? Welches Boot?« Doch das Narrenfeuer blieb ihm die Antwort schuldig. Er spürte die Wärme des Narrenfeuers erneut. Es war wieder im Nichts verpufft.

Thal hörte ein Grummeln aus dem Tunnel. Er wollte nicht abwarten, um mit eigenen Augen zu sehen, ob die Würmer tatsächlich so groß waren wie angekündigt. Und so rannte er, so schnell er konnte, weg von dem Tunnel. Er bog gerade um die Ecke der Eiswand, als Gingst ihm entgegenstürmte. Wild fuchtelnd deutete Thal ihm, dass er umdrehen müsse.

»Sucht das Boot. Hier muss ein Boot sein.«

Gingst verstand Thal wohl nicht. Er blieb einfach stehen, als Thal an ihm vorbeischnellte.

»Was ist denn los?«, schrie Gingst ihm noch hinterher.

Als Gingst erneut durch den Spalt schaute, schlängelte sich ein monströser Wurm auf sie zu. Riesige Augen erspähten Gingst und ein ebenso großes Maul schnappte nach allem, was sich bewegte. Die graue Haut des Wurmes war über und über mit Brandmalen versehrt. Das graue Monster richtete sich auf. Mit dem Maul konnte er fast die Hallendecke berühren. Gingst stand wie angewurzelt vor ihm und wartete voller Schrecken darauf, was als Nächstes passieren würde.

»Gingst! Beweg dich da weg!« Thal schrie ihn aus seiner Starre.

Kurz bevor der Schatten Gingst erreichte, begann er endlich, schreiend davonzurennen. Ein Pfeifen im Wind deutete an, dass sich das Ungeheuer fallen ließ. Thal erkannte, als er einen Blick über die Schulter werfen konnte, dass er sich nicht nur fallen gelassen hatte, sondern auch direkt einen gewaltigen Satz nach vorne gemacht hatte. Mit einem gewaltigen Knall landete der Wurm auf dem Boden. Durch das Beben des Aufpralls hoben Thal und Gingst vom Boden ab und landeten erst einige Meter weiter wieder, gerade so, dass sie noch einige Meter vor dem Wurm aufkamen.

Der Wurm robbte sich langsam weiter durch den Gang und richtete sich für den nächsten Sprung auf. Thal, der sich zuerst wieder auf die Beine bringen konnte, rannte Gingst entgegen und zog ihn am Arm nach oben. Gemeinsam sprinteten sie die letzten Meter auf die Kante der Plattform zu.

»Wo ist das Boot?« Thal schrie in der Hoffnung, dass der Alchemist es bereits gefunden hatte.

Immer höher stieg der Wurm auf. Dieses Mal wurden beide von seinem Schatten erfasst, dessen Ende direkt auf der Kante des Eises und noch einige Meter vor ihnen lag. Thal und Gingst mobilisierten ihre letzten Reserven, rannten immer weiter. Die Angst im Nacken und vollgepumpt mit Adrenalin spürten sie keinen Schmerz oder Erschöpfung mehr.

»Wenn sich der Wurm fallen lässt, dann rennen wir beide nach rechts. Das ist schneller, als zum Ende zu rennen.« Thal keuchte seine Anweisungen mit der letzten Luft, die ihm blieb.

Gingst, der keine Luft mehr übrig hatte, um zu antworten, nickte mit weit aufgerissen Augen. Wieder pfiff der herabfallende Wurm im Wind.

»Gleich ist es soweit.« Sie hatte das Ende des Plateaus fast erreicht.

»Warte noch.« Gingst wurde langsamer.

»Komm schon. Nur ein paar Meter.«

Das Pfeifen wurde lauter. Der Wurm fiel immer schneller.

»Noch ein bisschen.« Gingst biss die Zähne zusammen und holte das Letzte aus sich heraus.

Kurz bevor die beiden abdrehen wollten, ging Gingst die Puste aus. Völlig erschöpft stolperte er und überschlug sich auf dem Eis. Thal, der es aus dem Augenwinkel noch erkennen konnte, bremste hart und kam zum Stehen, als die riesige graue Hautfläche auf ihn zuraste. Mit letzter Kraft nahm Thal Anlauf und sprang ab. Mit den Händen voraus stieß er den keuchenden Gingst in die Rippen. Durch den Aufprall flutschte Gingst aus der Gefahrenzone. Doch nun lag Thal auf dem Bauch. Er wuchtete sich auf alle viere, strampelte, was das Zeug hielt. Doch seine Füße fanden keinen Halt, entglitten ihm bei jedem Schritt. Ein oder zwei Mal schlug das Knie schmerzend auf dem Boden auf. Er blickte nach oben und sah die graue, schuppige Haut auf sich zurasen. In höchster Not und mit einem verzweifelten Hechtsprung versuchte er, unter dem Wurm hervorzutauchen, erkannte aber, dass er es nicht mehr rechtzeitig schaffen würde.

Plötzlich verspürte er eine tiefgehende Wärme. Er glaubte an sein Ende. Laut scheppernd krachte der Wurm über ihm nieder.

»THAAAAAL.« Gingst konnte seinen Augen kaum trauen, als er seinen Freund von der riesigen Gestalt begraben sah. Eine Träne kullerte ihm über die Wange, als er auf die Stelle zurannte, wo Thal gerade noch gelegen hatte. Mit aller Wucht drückte er gegen den Wurm. Trotz seiner Bemühungen schien dieser ihn überhaupt nicht wahrzunehmen. Gingst schob, rannte mit Anlauf gegen das Tier. Ohne Ergebnis. Bei einem erneuten Versuch spürte er, wie unter seinen Füßen der Boden schwammig wurde. Das Eis blubberte, beinahe so, als würde heiße Lava unter ihm ihren Weg bahnen. Gingst stampfte kraftvoll auf. Mit dem Stoß brach der Boden unter seinen Füßen weg. Er fiel, oder rutschte vielmehr, durch die Bodendecke in das Eis. Mollig warm war es hier. Noch bevor er einen Schrei des Erschreckens von sich geben konnte, rutschte er gegen Thal, der unter dem Schwung des Aufpralls zu Boden ging.

»Wo sind wir hier? Wie hast du das gemacht?«

Thal rappelte sich auf.

»Sie hat mich gerettet.« Thal zeigte in die Luft.

»Das ist nichts, Thal.«

»Doch, das Narrenfeuer. Siehst du das denn nicht?«

Gingst starrte in die flimmernde Luft, die er erkennen konnte.

»Das da?« Gingst griff vor sich. »Ahhh, das ist ja heiß.« Schnell zuckte die Hand wieder in Tasche. Erst jetzt erkannte er, dass die warme Luft einen Ausweg aus dem Eis schmolz.

»Du siehst sie nicht?«

»Sie?« Gingsts erstaunter Blick verriet, dass er Thal keinen Glauben schenkte. Lediglich die nun freigelegte Öffnung in der Eisdecke unterstützte Thal in seiner Behauptung.

»Dank dir.« Thal stieß sich aus dem Eisloch heraus und rutschte, gefolgt von Gingst, über das Eis.

»Wir müssen das Boot finden.« Thal rang nach Luft, er versuchte über den Boden zu robben. Auf allen vieren und auf dem Eis schlitternd versuchte er mit Gingst, Abstand zu dem Monster zu gewinnen.

»Hör!« Gingst hatte zwischenzeitlich wieder genug Luft in den Lungen, um Thal auf die lauten Schreie aufmerksam zu machen. Sie kamen aus dem See. Dann sahen sie es: Der Wurm war kopfüber im Wasser gelandet. Tausende Narrenfeuer stiegen aus dem Wasser auf und attackierten den Wurm. Dabei sahen sie aus wie eine flackende Flamme, die auf einem Stück Holzkohle aus dem Kamin dem Feind entgegen geritten kam. Wie wild schossen die Lichter aus dem See. Lediglich die kindlichen Gesichtszüge im Feuer erinnerten Thal an das Wesen, dem er eben noch begegnet war. Schmerzerfüllte Schreie durchdrangen die Halle. Der Wurm zappelte wie wild.

»Wir müssen hier weg.« Thal raffte sich auf und zog Gingst die letzten Zentimeter nach oben. Sie liefen zügig über die dünne Schneeschicht. Haarscharf verpasste ein Schwinger des Wurmes ihre Köpfe, als er sich vor Schmerzen wand. Immer weiter liefen sie davon.

»Da seid ihr ja.« Der Alchemist stand am Rande des Sees und zog hinter einer der säulenartigen Stützen ein Ruderboot hervor. »Ich habe das Boot gefunden«, sagte er mit freudiger Stimme.

Thal und Gingst packten das Boot und zogen es über die Eisfläche hin zu dem See. Zügig ließen sie es zu Wasser. Unter dem Schutze der Narrenfeuer bestiegen sie das hölzerne Gefährt. Thal beobachtete aus sicherer Entfernung, wie sich der Wurm unter den Attacken der aus dem Wasser schießenden Lichter krümmte.

»Wer paddelt?« Der Alchemist reckte entspannt das Paddel des kleinen Bootes in die Luft.

Thal und Gingst blickten sich ungläubig an. Noch erschöpft von ihrer Flucht, richtete sich Gingst bedrohlich auf und wollte den Alchemisten beinahe aus dem Boot werfen.

»Ja, ich verstehe schon.« Der Alchemist setzte sich und paddelte los. Mit einer erstaunten Leichtigkeit brachte er das Gefährt in Bewegung. Mit hoher Geschwindigkeit grub sich das Bötchen durch das Wasser.

Als sie um die größte Säule gebogen waren, erreichten sie nach kurzer Zeit das Ende des Sees. Sie stiegen aus dem Boot, zogen es weit genug auf das Land und stiefelten weiter Richtung Gipfel. Mit weiten Schritten mussten sie sich über den Weg kämpfen. Die Schuhe voller Schnee raubten ihnen dabei die letzten Energiereserven. Am Ende ihrer Belastbarkeit spürten sie, wie sich dichter Nebel um sie legte. Sie waren kurz davor, den Gipfel zu erreichen. Ihre feuerroten Nasen leuchteten wie ein Leuchtturm auf hoher See.

Im dichten Schneegestöber erreichten sie schließlich den Gipfel des Berges. Außer Felsbrocken und Schnee gab es nichts an diesem Ort.

»Wo sollen wir hier was finden?« Thal blickte sich in der lebensfeindlichen Umgebung um. Die Schneeflocken beschränkten ihre Sicht auf wenige Meter. Der eisige Wind brannte unangenehm in den Augen. Thal stiefelte auf einen kleinen Felsvorsprung zu und betrachtete die Umgebung. »Da hinten ist es etwas windstiller. Lasst uns da in Deckung gehen.«

Sie schritten langsam die letzten Meter zu dem Unterstand. Dort angekommen, war es fast windstill. Der Gesteinsbrocken, hinter dem sie Schutz suchten, war einer von vielen, die kreisförmig um sie herum lagen. Die Steinformation erstreckte sich an der östlichen Seite bis zu einem tiefen Abgrund. Erstaunlicherweise tobte innerhalb des Steinkreises kein Sturm. Keine einzige Schneeflocke fiel in den Kreis. Der Sturm tobte an ihnen vorbei.

»Schaut, dort in der Mitte, da scheint was geschrieben zu stehen.« Gingst stürmte voran.

Als der Alchemist und Thal aufschlossen, konnten sie auf dem Boden eine Inschrift erkennen.

»Was soll das für eine Sprache sein? Ich kann es nicht lesen.« Gingst hatte seinen Vorsprung genutzt, um zu erkennen, dass es sich um eine für sie fremde Sprache handelte.

»Keine Ahnung, ich habe das noch nie gesehen.« Thal musterte die in den Boden gehauene Schrift. Wenngleich er die Worte nicht verstand, kamen ihm einige davon furchtbar vertraut vor.

»Ich erinner mich, das Wort ›Òinseach‹ bei Reih gelesen zu haben. Ich weiß aber nicht, was es bedeuten soll.« Thal überlegte angestrengt.

»Das ist die Sprache der Wolkenläufer.«

Thal und Gingst blickten den Alchemisten an.

»Und was steht dann hier?« Thal starrte ihn gespannt an.

»Hier steht: ›Nur wer bereit ist, tief zu fallen, ohne zu stürzen, wird emporsteigen. Aber sei kein Narr, ohne den richtigen Saft wirst Du tiefer fallen, als es Dir recht ist.‹«

Zusammenkunft

Beschäftigt mit des Rätsels Lösung, merkten die drei nicht, dass Buko und sein Gefolge ebenfalls eingetroffen waren. Über einen weitaus kürzeren, aber deutlich gefährlicheren Weg hatten sie die Zeit etwas gutmachen können und sie beinahe eingeholt. Völlig vertieft in die angeregte Diskussion, was mit »Saft« gemeint sein könnte, bemerkten die drei nicht, wie sich Buko angeschlichen hatte.

Als sie das Gasthaus im Wald erreicht hatten, waren Thal, Gingst und der Alchemist bereits aufgebrochen. Da die Straßen wieder getrocknet waren, war es ihnen nicht möglich gewesen, sie weiter zu verfolgen. Erst eine erzwungene Antwort des Wirtes hatte ihnen dazu verholfen, die Spur weiter zu verfolgen. Sie waren der vermuteten Reiseroute der Gruppe gefolgt. Erst als sie eine Pause einlegt hatten, konnten Bukos Mannen wieder aufholen. Ständig in Sichtweite und doch unentdeckt, waren sie ihnen unauffällig gefolgt. So kam es, dass sie sich jetzt hinter einen der größeren Steine drängten, um sie zu belauschen.

Der Direktor hatte sich auch während des Aufstieges als größte Bremse herausgestellt. Zitternd vor Erschöpfung ließ er sich nun an einem der Felsen auf den eisigen Boden gleiten.

»Jetzt holt er sich den Tod.« Freia blickte besorgt auf den rundlichen Mann, der sich sichtlich das letzte Mal irgendwo hingelegt hatte.

»Jetzt kümmern wir uns erst einmal um die drei«, zischte Buko ihr entgegen.

»Ist das denn wichtiger? Was glaubst du eigentlich, was du bist?«

Bukos Augen funkelten wie wahnsinnig. Ein breites Grinsen zauberte sich in sein Gesicht. Freia schluckte und war sichtlich irritiert.

»Ich? Ich bin das Leben und der Tod. Ich bin Heilung und Verwesung.« Dann lauschte Buko wieder dem Geschehen in der Mitte des Ringes.

Freia starrte ihn mit offenem Mund an. Ungläubig folgte sie seinem Blick. Thal, Gingst und der Alchemist schienen noch nicht viel weitergekommen zu sein. Sie rätselten nach wie vor über wirre Satzbrocken.

Bevor Buko auf wilde Ideen kommen konnte, kippte der noch eben sitzende Direktor um. Er stieß in seiner unkontrollierten Bewegung einige Steine an, die unverzüglich ins Rollen gerieten. Thal, Gingst und der Alchemist wurden hellhörig und verteilten sich in die verschiedensten Himmelsrichtungen, um den Ruhestörer zu stellen. Thal orientierte sich an dem nahe gelegensten Rand, während Gingst und der Alchemist schnurstracks auf Freia und Buko zugingen. Noch bevor der Alchemist um die Felsen schauen konnte, wurde er von Freia mit einem Schlag niedergestreckt. Reflexartig hatte sie auf die unklare Situation reagiert und den Alchemisten mit einem gezielten Schlag bewusstlos geschlagen. Gingst und Buko waren schon eng umschlungen und rangelten auf dem Boden. Buko lupfte Gingst gekonnt aus und nahm ihn nun in den Schwitzkasten. Thal, der gerade noch an der anderen Seite Ausschau gehalten hatte, erkannte den am Boden liegenden Alchemisten und wollte zur Hilfe eilen. Noch bevor er sich auf den Weg machen konnte, spürte er einen Tritt in den Magen. In seiner Hektik nahm er die heranstürmende Freia gar nicht mehr wahr. Er sackte in sich zusammen, konnte sich aber gerade noch auf den Beinen halten. Er versuchte sich noch zu schützen, um einen eventuellen zweiten Schlag abzuwehren, hatte aber bereits den nächsten Tritt gegen den Kopf einstecken müssen.

Thal, der nun völlig benommen über das Plateau torkelte, versuchte sich an einem der Steine abzustützen. Er streckte die Hand nach dem Stein aus und lehnte sich auf diesen. Durch ein bereits zugeschwollenes Auge verschätzte er sich allerdings und fiel an ihm vorbei. In seiner Benommenheit hatte er den Rand des Plateaus angesteuert. Er lag nun fast kopfüber über dem Abgrund.

»So gefällt mir das.« Buko hatte im Augenwinkel den Kampf zwischen Freia und Thal verfolgt. Als er sah, dass Thal außer Gefecht gesetzt war, ließ er von Gingst ab. Er schlenderte auf den an Boden liegenden Thal zu.

»Gut gemacht.« Er zwinkerte Freia zu.

Beschämt wich sie ihm aus. Thal konnte sich in seinem benebelten Zustand wieder vollständig auf das Plateau rollen, hatte aber immer noch mit dem Tritt Freias zu kämpfen. Buko stand über Thal und breitete die Arme aus. Er legte seinen Kopf in den Nacken, um tief einzuatmen.

»Ich sagte doch, ich bin der Tod.« Er grinste, drehte sich noch mal zu Freia um und schaute sie an, als er Thal mit seinem Fuß über die Klippe rollte.

»THAAAAAAALLLLL!« Gingst schrie panisch, als er auf die Klippe zurannte. Ehe er sie erreichen konnte, hatte Freia ihn schon mit einem gezielten Schlag gegen den Hals aus dem Lauf geholt. Mit einer Umdrehung in der Luft schlug er an der Stelle auf, an der Thal eben noch gelegen hatte.

Mit schallendem Gelächter stand Buko nun vor Gingst. »So schnell kann es gehen.«

Gingst röchelte. Der Abgrund lag nun drohend nahe vor ihm. Mit hochrotem Kopf und um Luft kämpfend, suchte er den Alchemisten. Immer noch regungslos lag dieser am Boden. Buko wischte sich noch eine Träne weg und versuchte, das Wort wieder an Freia zu richten, die nun mit leerem Blick auf den Boden starrte.

»Ich sagte doch, ich bin… « Buko zuckte zusammen, als er mitten im Satz eine Stimme vernahm.

»Freunde?«

Alle wussten umgehend, wer da um Aufmerksamkeit bat. Gingst war der Erste, der es realisierte. Mit einem Satz sprang er an den Abgrund des Plateaus. Da sah er ihn. Thal konnte sich gerade noch an einem kleinen Felsvorsprung festkrallen. Die Finger schmerzten bereits von dem Gestein, das sich tief in seine Hände bohrte. Gingst griff nach Thal.

»Kann mir bitte jemand helfen?« Gingst keuchte schwer, als er versuchte, Thal hochzuziehen. Mangels Halt drohte aber auch er hinunterzurutschen. Er kämpfte weiter mit voller Kraft, um Thal Stück für Stück nach oben zu bringen.

Die Stille um sie herum machte Gingst stutzig. Er blickte um sich. Aus seinem Augenwinkel erkannte er Buko, der von einem dreckigen, zerrissenen Anzug in Schach gehalten wurde. Der Direktor hatte sich wieder gefangen und hielt Buko nun ein Messer an den Hals.

»Zieh ihn hoch!«, brüllte der Direktor. Das zerzauste Haar wackelte unkontrolliert mit seinen Bewegungen. Gingst, völlig überrascht von der unerwarteten Unterstützung, hielt für einen Moment inne.

»Gingst, ich warne dich! Du erinnerst dich an unsere Abmachung. Stoß ihn in die Schlucht, sonst wirst du in der Stadt nicht mal mehr die Pferdeäpfel wegschaufeln.«

Gingst riss die Augen weit auf. Er blickte Thal an, der mit fragendem Blick an seinen Armen baumelte.

»Es ist nicht, wie es scheint …«, murmelte Gingst Thal entgegen.

»Tu es!«, schrie Buko. »Warum zögerst du? Die Abmachung war, dass du alles Mögliche tust, um Thal darin zu hindern, seine Aufgabe zu lösen.«

Thal war geschockt, als er Buko über die Klippe erkannte. Gingst ließ den Kopf sinken.

»Ich kann doch nicht … Ich kann doch nicht …«, murmelte er zu sich selbst.

Bevor er eine Entscheidung getroffen hatte, passierte etwas Seltsames. Der Schneesturm war ohne Vorwarnung unterbrochen worden. Als Gingst in die Schlucht schaute, war es beinahe so, als wäre alles um ihn herum zum Stehen gekommen. Die Schneeflocken standen in der Luft und die gerade noch so dichte Wolkendecke öffnete ihre Pforten. Lediglich Thals weit aufgerissene Augen zuckten, flackerten ihm panisch entgegen. Gingst hatte einen freien Blick auf den weiten Horizont. Er sah direkt über sich, wie beide Planeten am Himmel den entferntesten Stand zueinander gefunden hatten. Gingst staunte, als er einen hellen Blitz am Himmel wahrnahm. Thal, der nicht sehen konnte, was um ihn herum geschah, flehte seinen Freund an.

»Bitte, zieh mich nach oben …« Dem Tode so nah, füllten Tränen Thals Augen.

Gingst, der durch Thals Worte aus seinem Staunen gerissen wurde, blickte Thal mit warmen Augen an. Gingst grinste sanft, als er Thal zuflüsterte: »Du wirst irgendwann verstehen, warum ich das tun musste.« Kaum hatte er seinen Satz beendet, ließ er Thals Hände los und ihn so in die tief hängenden Wolken fallen. Thals sich entfernender Schrei ließ Buko freudig aufheulen. Freia wie auch der Direktor stürmten ungläubig auf den Abgrund zu. Rasend vor Wut packte sich Buko den Direktor am Kragen.

»Das klären wir, wenn wir in der Stadt sind. Meine gute Laune werden Sie mir jetzt nicht verderben.« Zufrieden zog Buko inklusive Gingst und Gefolge wieder Richtung Erbess, um den Verlust von Thal bekanntzugeben. Den Alchemisten ließen sie auf dem Gipfel des Tar Gebirges zurück.

Bukos Rückkehr

Das Gefolge um Buko kam früh am Morgen nach langer Wanderschaft in Erbess an. Trotz der Erschöpfung steuerten Buko und Gingst direkt auf den Königspalast zu. Freia hatte sich nach dem Abstieg schnell von der Gruppe abgesetzt und war im Wald verschwunden.

Der Direktor schaffte es zwar, mit ihnen mitzuhalten, die feindliche Stimmung ihm gegenüber veranlasste ihn aber, auf Abstand zu gehen. Als er den Weg in die Stadt erahnen konnte, nutzte er die Tatsache, dass Buko sich nur noch selten nach ihm umschaute, und verschwand in einem der hohen Maisfelder. Gleichgültig nahm Buko den Verlust zur Kenntnis und verbot Gingst umzudrehen, um nach ihm zu suchen. Erleichtert kauerte sich der Direktor im Maisfeld zusammen und wartete, bis die zwei außer Sicht- und Hörweite waren.

Ihre Aufgabe bestand nun darin, den König über den Ausgang des Wettstreites zu informieren. Dies verfolgten sie auch mit aller Eile. Buko und Gingst kehrten unbemerkt in die Stadt zurück. Die frühe Rückkehr war so überraschend, dass man Buko am Tor zum ersten Ring gar nicht erkannte. Mit Gingst im Schlepptau und nach der aufreibenden langen Reise glich er eher einem Landstreicher als dem zukünftigen König. Die Kleider verdreckt und an einigen Stellen bereits zerrissen. Durch die Löcher in der Hose blitzten die käsigen Beine hervor. Das Gesicht voll mit Schmutz von den Nächten auf dem kalten und harten Boden. Beinahe hätten sie ihm den Einlass verwehrt. Nur seine bekannt freundliche Art ließ die Wachen das Tor öffnen.

»*Ich* bin der Neffe des Königs. Machen Sie Platz!« Bukos Stimme verlor sich in den weitläufigen Straßen des ersten Ringes.

»Lass ihn durch. Selbst die zerrissenen Lumpen sind mehr wert als das, was die da unten je besitzen werden.«

Eine weitere Wache erkannte Bukos Zugehörigkeit. Gleichgültig und monoton äußerte er seine Erkenntnisse. Auch Buko kam der Mann erstaunlich bekannt vor. Es war derselbe Wachmann, der ihn vor der Wahl bereits an der Hofeinfahrt erkannt hatte und passieren ließ. Erneut wies er einen seiner Männer an, Buko durch das Tor zu lassen.

Die Erschöpfung stand den Wachen ins Gesicht geschrieben. Dunkle Augenringe deuteten auf die ein oder andere Zusatzschicht hin. Buko versuchte ihm freundlich zuzunicken. Der Wächter reagierte emotionslos auf den Neffen. Er winkte Buko und Gingst durch und verrichtete weiter seinen Dienst am Tor.

»Sie sind ja offensichtlich übermäßig beliebt hier«, stellte Gingst nüchtern fest.

Buko war gerade im Begriff, sich über Gingsts Kommentar aufzuregen, als er die Nutzlosigkeit einer Diskussion mit ihm erkannte. Seine Gedanken kreisten um die Botschaft, die er seinem Onkel nun übermitteln musste. Er spielte die Worte, die er sagen könnte, in seinem Kopf durch, als sie die Stufen des Palastes betraten. Das Schloss lag gespenstisch ruhig in freudiger Erwartung vor ihnen. Buko und Gingst marschierten durch den großen Palast und warteten darauf, dass die Botschaft um seine Ankunft an den König herangetragen wurde.

Der König kam wenige Augenblicke später in den Saal, in dem die beiden warteten.

»Ah, da ist er ja. Schön, dass du es …« Er hielt inne, als er Buko näher betrachtete. »Was ist denn mit dir passiert?« Er deutete auf Bukos zerrissene Klamotten.

»Mein Herr, weder ich noch Thal konnten die Aufgabe erfüllen.« Bukos Worte ließen den König aufhorchen. Er unterdrückte sichtlich einen Wutanfall. »Das Lager des Waldvolkes wurde in der Nacht vor meiner Ankunft angegriffen. Ich bin schlicht und ergreifend zum falschen Zeitpunkt eingetroffen.«

»Angegriffen? Von wem?« Der König war überrascht über die Neuigkeiten und beugte sich Buko entgegen.

»Das weiß ich nicht, wenn sie aber merken, wie abhängig sie von uns sind, dann werden wir die Verhandlungen wiederaufnehmen.«

Ludowin lehnte sich wieder in seinen Thron. Er kraulte nachdenklich sein Kinn.

»Wo ist Thal?« In seiner Stimme flatterte eine Spur der Erleichterung mit.

»Das, mein König, ist eine tragische Geschichte. Ich habe Gingst, seinen besten Freund, auf meinem Rückweg entdeckt.« Er deutete auf Gingst, den der König bislang weitestgehend ignoriert hatte. Jetzt, mit der neuen Erkenntnis über den Unbekannten, richtete sich der König in seinem Thron auf und prüfte ihn mit durchdringendem Blick.

»Thal hat auf dem Gipfel des Tar Gebirges nach dem Wolkenläufer gesucht.« Buko sprach mit fester Stimme, um die Aufmerksamkeit des Königs wieder auf sich zu lenken. »Bei der Suche überraschte sie ein Sturm. Nachdem sie zwei Tage auf dem Gipfel ausgeharrt hatten, ging ihnen die Verpflegung aus.«

Der König lauschte Bukos Ausführungen. Musterte durchgehend Gingst und suchte nach Bestätigung in dessen Reaktionen.

»So waren sie gezwungen, den Abstieg im tiefsten Sturm zu wagen.« Gingst blickte zu Boden, er versuchte, den Blicken des Königs auszuweichen. »Auf der Hälfte des Weges rutschte Thal auf einem vereisten Felsen ab und fiel die steile Felswand hinunter.« Gingst blickte suchend nach einem Punkt, den er fixieren konnte, durch den Saal.

»Gingst.« Der König sprach mit fester Stimme. Gingst zuckte unmerklich zusammen, als Ludowin das Wort an ihn richtete. »Hat es sich so zugetragen?« Der König suchte nach Bestätigung.

Gingst zögerte, nach den richtigen Worten suchend.

»Eure Hoheit, mein König….« Gingst schluckte. Sein Blick huschte durch den Saal und begegnete dem finsteren Gesichtsausdruck von Buko, der ihm andeutete, keine Zweifel aufkommen zu lassen. »Ja, es hat sich genau so zugetragen. Auch wenn die Ausführungen der grausamen Situation nicht gerecht werden.« Gingst packte all seine schauspielerischen Fähigkeiten aus und presste eine Träne aus den Augen.

Buko schaute zufrieden den König an. Dieser war voll von seinen Gedanken eingenommen und bemerkte das freudige Gesicht seines Neffen nicht.

»Das sind keine guten Nachrichten.« Der König drehte sich weg. Der wildlederne braune Mantel um seine Schultern ließ ihn wie einen der Landjäger, die durch die Wälder streiften, wirken. »Nun, das hat es bisher nicht gegeben.« Alle Beteiligten im Saal wussten, dass bislang zumindest alle Teilnehmer wieder den Weg nach Erbess gefunden haben. »Thal wird in die Annalen unserer Herrscher eingehen. Er ist der erste Tote, den dieser Wettstreit gefordert hat.« Gingst schluckte laut. Irritiert unterbrach der König sein monotones Selbstgespräch. »Wir werden eine angemessene

Zeit trauern. Und da Buko der einzige Rückkehrer ist … wirst du, Buko, mein Nachfolger werden.«

Innerlich feierte Buko seinen Triumph. Er konnte das Bedürfnis, einen Luftsprung zu machen, gerade noch unterdrücken, als er von Gingst einen kaum spürbaren Schlag in die Rippen bekam. Buko besann sich wieder seiner Rolle als Thronfolger des Königs.

»Mein Herr, auf meiner Reise ist unter anderem der Hauptmann der königlichen Garde umgekommen. Darf ich vorschlagen, diesen tapferen Bewohner der Stadt als seinen Nachfolger anzustellen?«

Der König, der das erste Mal von dem Verlust des Hauptmanns hörte, war spürbar überrascht.

»Ich wusste nicht, dass er überhaupt dabei war.« Konzeptionslos und ohne eine spontane angemessene Reaktion stimmte er Bukos Vorschlag zu und ernannte Gingst umgehend zum Hauptmann der königlichen Garde.

In der Stadt herrschte tiefste Trauer, als das Volk über den Verlust von Thal informiert wurde. Der König entsandte zügig einige Boten, die die Botschaft in der Stadt wie auch im restlichen Königreich streuten. Überall in der Stadt war Thals Zeichnung auf gelblichem Pergament an Tore und Mauern genagelt. Thal grinste freudig von dem Papier auf den Betrachter herab. Fast so, als hätte man ihn bei einer der Feiern mit Gingst verewigt. Darunter wurden alle, die lesen konnten, über sein Ableben informiert. In eleganter Schrift stand geschrieben:

Thal ist tot!
Er verstarb bei der Erfüllung seiner Aufgabe im Gebirge.
Eine Prüfung der Umstände wird derzeit durchgeführt.

Der König ordnet eine Trauerzeit von einer Woche an, in der nicht gearbeitet oder gefeiert werden soll.

All die Hoffnung, die er ihnen gegeben hatte, war mit der Meldung über seinen Tod im Keim erstickt worden.

Die Woche verging nur langsam. Lediglich die nötigsten Arbeiten wurden verrichtet oder die dringendsten Termine wahrgenommen. Alle anderen Tätigkeiten blieben liegen. Aus Gründen der Pietät ruhten auch die Tätigkeiten im ersten Ring. Selbst die wichtigste Handelsroute wurde für eine Woche nicht befahren.

Nach Ablauf der sieben Tage ging das Leben in der Stadt weiter. Zumindest im ersten Ring kehrte man schnell zur Normalität zurück. Im zweiten Ring allerdings schien der Verlust noch lange nicht verarbeitet worden zu sein.

Zugang

Thal fiel. Er fiel tief. Sein Schrei prallte von den kahlen Felswänden ab. Wolken rauschten an ihm vorbei. Wohlwissentlich, dass dies die letzten Sekunden auf Erden waren, versuchte er in seiner höchsten Not, nach irgendetwas zu greifen. Er hoffte, eine Wurzel im Gestein zu finden oder einen Baum, der seinen Aufprall verhindern würde. Während er wild strampelnd in der Luft hing, sah er plötzlich das Ruar aus seinem Traum. Er erinnerte sich an die Worte Reihs: »Die Sage der Wolkenläufer besagt, dass ein Ruar dir den Tod bringen wird.«

Die Sage schien sich zu bewahrheiten. So kurz vor dem Ziel brachte ihm dieses kleine Tier also die Botschaft des Todes. Jegliche Hoffnung verflüchtigte sich. Thal beruhigte sich und war bereit, diese Welt zu verlassen. Kaum hatte er mit seinen hektischen Bewegungen aufgehört, fiel ihm auf, dass die Wolken nicht mehr an ihm vorbeizogen. Vielmehr schien er auf einer der Wolke zu liegen. Er lag weich. Fast so, als läge er in seinem Bett.

Das Ruar hoppelte ihm entgegen. Ein weiterer Satz von diesem Abend fiel ihm ein. »... wenn du dich dem, was kommen wird, nicht stellst.« Ihm war klar, er musste sich nun stellen. Noch bevor er sich weitere Gedanken machen konnte, hüpfte das Tier auch wieder von dannen. Kurze Verwirrtheit kehrte ein. Er wusste nicht, ob es vor ihm weglief oder er ihm folgen sollte. Er tastete sich langsam mit seinen Füßen nach vorne. Sachte verlagerte er Schritt für

Schritt immer mehr Gewicht auf den ihm unbekannten Untergrund. Immer schneller folgte er dem Tier. Er eilte durch das strahlende Weiß, bis er eine Treppe in den Wolken entdeckte. Das Ruar war bereits auf der letzten Stufe und wartete. Wartete darauf, dass Thal die Stufen emporstieg.

»Bin ich schon tot oder kommt das erst noch?« Die Unwissenheit stand ihm deutlich ins Gesicht geschrieben.

Er stieg die Treppe nach oben und fand mitten im Nebel eine Stadt. Um ihn herum standen Bäume, die voll erblüht in allen nur vorstellbaren Farben leuchten. Schneeflocken fielen ihm auf die Nase. Thal rätselte, welche Jahreszeit hier wohl gerade herrschte.

Bevor er sich Gedanken über die faszinierende Umwelt machen konnte, verlangte die Stadt seine volle Aufmerksamkeit. Unweit von ihm stand eine gewaltige Ansammlung an Gebäuden, Palästen und Burgen. Strahlender als alles, was er je zuvor gesehen hatte. Er schlenderte langsam in Richtung der Stadt. Das Ruar wies ihm unverändert den Weg.

Ihm fiel als Erstes auf, dass es keinerlei Mauern um die Stadt herum gab. Die ersten Häuser, er vermutete Wohnhäuser aufgrund ihrer geringen Größe, standen direkt vor ihm. Sie waren wie in Erbess außergewöhnlich dicht aneinandergebaut.

»Hier scheint es nur einen Ring zu geben. So was würdest du bei mir nicht finden.« Er redete mit sich selbst, ohne Erwartung einer Antwort. Aber was war das? Hatte ihm das Ruar gerade zugenickt? Thals ungläubiger Blick verflog. »Ich bin wohl immer noch geschockt.«

Er ging, ohne einer Wache zu begegnen, durch die großzügigen Straßen. Die Sauberkeit der Kopfsteinpflasterstraßen beeindruckte ihn. Sein Blick wanderte umher. Es war ruhig. Kein Mensch war zu sehen. »Schlafen die Einwohner der Stadt am Tage? Wird es überhaupt dunkel?« Thals Liste an Fragen wurde länger und länger. Er versuchte, nichts zu verpassen, und blickte hektisch in alle Gassen oder Straßen. Er war so abgelenkt von all den neuen Eindrücken, dass er nicht merkte, dass er leise verfolgt wurde.

In sicherer Entfernung beobachteten sie Thal. Die goldenen Rüstungen glänzten so auffällig, dass sie Thal fast blendeten. Thal allerdings war von der Stadt so fasziniert, dass er blindlings in ihre Arme lief. Obwohl er ihre Sprache nicht verstand, konnte er mittlerweile den Zusammenhang zwischen den Inschriften und ihren Worten herstellen. Das Ruar verließ ihn auch in dieser Situation nicht, was dazu führte, dass er sich ohne Gegenwehr abführen ließ. Solange er sich stellte, vermutete er, würde ihm das Schlimmste erspart bleiben.

Die Wachen begleiteten Thal. Sie gingen in Richtung des höchsten Gebäudes der Stadt. Thal war sich sicher, dass dort das Oberhaupt regieren würde. Er schaute sich um. Die Männer in den goldenen Rüstungen waren gänzlich verdeckt. Allerdings fiel Thal auf, dass sie unterschiedlich groß waren. Während der eine deutlich größer und breiter als Thal war, war der andere kaum hüfthoch und extrem schmal. Keinen Mucks gaben sie von sich. Sie marschierten stumm in ihrer Formation auf ein Gebäude zu. Entgegen seinen Erwartungen war das Ziel nicht das größte Gebäude in der Stadt. Sie spazierten vielmehr durch eine für ihn nicht weiter auffällige Wohngegend. Ein hölzernes Tor inmitten einer Aneinanderreihung von Häusern versperrte ihnen den Weg. Das Mauerwerk um das Tor herum unterschied sich in keiner Weise von den Häusern in der Umgebung. Das helle Gemäuer reihte sich nahtlos an. Lediglich das Fehlen von Fenstern verriet Thal, dass es sich hier um eine Mauer handeln müsste, die hinter sich etwas verbarg.

Einer der größeren Wächter klopfte gegen das Tor. Augenblicklich öffnete sich dieses. Grelle Beleuchtung schien Thal entgegen. Er konnte nicht erkennen, was hinter dem Tor lag. Die Silhouetten diverser Körper zeichneten sich im Licht ab. Wo auch immer er war, es schien zumindest mehr los zu sein als auf den Straßen. Thals Augen tränten. Er versuchte sich von der hellen Leuchtquelle wegzudrehen. Aber in seinem Rücken spürte er die kalte, harte Rüstung seiner Bewacher. Durch ihre Helme waren sie von dem hellen Licht geschützt. Einer von ihnen packte ihn nun sanft an seinem Arm und steuerte ihn aus dem Lichtkegel zu einer kleineren burgartigen Festung.

Noch bevor er sich an die Abwesenheit des Lichtes gewöhnt hatte, fand er sich mit dem Ruar zusammen in einem Thronsaal wieder. Ein kleines Feuer verbreitete Wärme in dem Raum. Wenngleich das Feuer nicht groß war, ließ das Flackern der Flammen den Raum gemütlich erscheinen. Überall im Raume hingen grüne Fahnen. Weiße Wolken auf weißem Grund, lediglich durch dünne blaue Linien erkennbar gemacht, umspielten die schwarze Silhouette eines herabsteigenden Wolkenläufers und formten das Wappen der Wolkenläufer. Zwischen den Fahnen verdunkelten Mosaikfenster den Raum. Auch hier war weitestgehend das Motiv von den Fahnen wiederzufinden. Als sich eine Tür öffnete, betrat eine große schmale Gestalt den Raum. Sie überragte Thal um mindestens zwei Köpfe. Das schummrige Licht des Feuers ließ nicht erkennen, ob es eine Frau oder ein Mann war. Die weichen, fast schwingenden Bewegungen ließen Thal vermuten, dass er einer Frau gegenüberstand. Eine weitere Person folgte ihr. An seinem Umhang konnte Thal einen alten Bekannten festmachen. Es war der Alchimist, den er Stunden zuvor noch an der Spitze des Berges am Boden liegend gesehen hatte. Die große Gestalt setzte sich auf einen weich wirkenden Thron. Das dunkle Grün wirkte im Vergleich zu den sonst eher helleren Tönen bedrohlich. Die sanfte Form des Thrones entschärfte diesen Eindruck.

Nachdem sie dem Feuer nun deutlich näher gekommen waren, erkannte er die weichen Gesichtszüge sowie helles Haar, das sie ganz schlicht zu einem Zopf nach hinten gebunden hatte.

»Weißt du, Thal, wo du bist?« Ihre Stimme klang hypnotisierend. Ohne große Emotionen schaute sie ihn an.

»Woher kennen Sie meinen Namen?« Und an den Alchemisten gewandt: »Wie kommst du denn hierher? Ich habe dich doch eben noch auf dem Berg gesehen? Wieso war keiner wach außer den Wachen auf der Straße? Wieso sitzen sie nicht in dem großen Schloss?« Die Fragen sprudelten nur so aus ihm heraus.

Der Alchemist hob seine Hand. Thal unterbrach seinen Schwall an Fragen. Der Alchemist hob nun beide Hände und fasste an seine Kapuze. Das erste Mal, seitdem Thal ihn kannte, warf er sie elegant nach hinten ab. Thal blickte gespannt auf ihn. Erkannte aber in den Strahlen des Feuers lediglich einen schwarzen Kopf. Thal schluckte. Es sah fast so aus, als wäre der Alchemist ein kopfloser Geist, der nur aus seinem Umhang bestehen würde. Mit einer erneuten Handbewegung zog er sich aber eine weitere eng anliegende Haube ab. Das erste Mal konnte Thal direkt in sein Gesicht blicken. Er war alt. Tiefe Falten gruben sich in das Gesicht. Obwohl er sein Gesicht stets verdeckt hielt, war er keineswegs blass. Sein lichter werdendes graues Haar hing wild zerzaust von seinem Kopf. Das irre Grinsen, das Thal im Gutshof vor sich gesehen hatte, hatte er immer noch aufgesetzt. Allerdings wirkten lediglich die weit nach hinten gerissenen Mundwinkel wie die eines Hofnarren, der zur Belustigung beitragen sollte. Die müden alten Augen blickten fast traurig aus dem faltigen Gesicht.

»Ich bin die Königin der Wolkenläufer« hörte Thal, der noch immer mit offenem Mund auf seinen Wächter blickte. Langsam wanderte der Blick auf die Königin zurück.

»Vielen Dank, Geàrr, danke für deine Bemühungen.«

Thal war irritiert, mit wem sie sprach. Er hob eine Augenbraue und wollte gerade fragen, ob sie ihn meinte, als das Ruar nickte.

»Jederzeit gerne, meine Königin.«

Das Tier hatte gesprochen. Thals Kiefer klappte weit auf. Geàrr hoppelte von dannen unter dem staunenden Blick Thals.

»Lass uns reden, Thal. Es gibt einiges, was neu für dich sein wird.« Sie schmunzelte. Ihr Ton war plötzlich freundlich und herzlich. Thal wusste, dass seine Verwirrung deutlich in seinem Gesicht stehen musste. »Das große Schloss ist ausschließlich für die Einwohner der Stadt frei zugänglich. Es gehört uns allen«, begann sie ihre Ansprache. Sie führte weiter ihre Rolle und die des Alchemisten aus. Er erfuhr, dass der Alchemist der Gesandte ihres Volkes war und man ihn hier unter dem Namen Gelia kannte. Sie ging auf die Fragen Thals im Hinblick auf die Tierwelt und insbesondere auf das Ruar ein. Es war eine der vielen Arten, die vom König von Erbess verbannt worden waren. Darüber hinaus gäbe es noch diverse andere Lebewesen, die er in seiner Stadt als Wesen der Schattenwelt kenne. Sie erklärte ihm, dass er seit geraumer Zeit bereits beobachtet wurde und dass auch seine Vergangenheit bekannt sei. Der Tod seiner Eltern, seine Wahl zum Vertreter des Volkes und sein jüngstes Abenteuer. Während sie redete, bemerkte Thal seine optische Ähnlichkeit zu ihr.

»Wir haben dafür gesorgt, dass du gezogen wirst.« Die Königin sprach mit ernster Miene.

»Was soll das heißen: ›Wir haben dafür gesorgt …‹?« Die bedeutungsschweren Worte der Königin irritierten Thal.

»Wir haben die Kugel, die deinen Namen enthielt, mit Sand beschwert. So ließ sie sich nicht von den vielen Namen nach oben treiben und rollte immer an die Stelle, wo am Ende der Name gezogen wird.« Begeistert von ihrer einfallsreichen Idee erhellten sich ihre Miene sowie ihre Stimme.

»Das heißt, ich bin nur hier, weil ihr betrogen habt?« Thals erzürnte Stimme überraschte die Königin. Ihr stolzer Gesichtsausdruck wurde von den Fragen, die ihr in die Gedanken schossen, weggewischt.

»Wie? Freust du dich nicht?«

»Worüber? Darüber, dass ich aufgrund eures Betruges in diese Lage geraten bin? Oder darüber, dass ich trotz des gefährlichen Weges noch hier stehen kann?«

»Sieh es nicht als Betrug. Sieh es viel mehr als Möglichkeit, die dir geboten wurde. Vielmehr solltest du dir jetzt die Frage stellen, was du mit deiner Rolle bewirken möchtest.« Thals Blick entspannte sich, während er die Worte verarbeitete. »Bedenke, Thal. Sie gehen in Erbess gerade davon aus, dass du vom Gipfel des Tar Gebirges gefallen bist. Niemand erwartet deine Rückkehr. Es liegt an dir, ob du weiterhin um die Krone des Königs kämpfen willst oder hier in den Reihen Deinesgleichen dein Leben führen willst.«

Nachdenklich begutachtete Thal den Thronsaal. Sein Blick wanderte vom Thron ausgehend über die warm wirkenden Wände und landete bei der großen Fahne mit dem Wappen der Wolkenläufer. Begleitet von diversen Tauben stieg dieser vom Himmel herab. Thal schien es fast so, als bewegten sich die Wolken permanent. Kurz wollte er sich nach der wundersamen Abbildung erkundigen, da verwarf er den Gedanken schnell wieder, weil die Königin wieder das Wort ergriff.

»Es ist jetzt die Zeit gekommen, um gemeinsam deine Aufgabe zu Ende zu bringen.« Selbstsicher schwang ihre Stimme durch den Saal. Ihre Worte klangen wie Musik in Thals Ohren und verliehen ihm ein schnell wachsendes Gefühl von Sicherheit und Vertrautheit. Ungewohnt entschlossen hatte er das Bedürfnis, seine Aufgabe zu vollenden.

»Du bist auf deiner Reise nicht alleine.« Fragend, ohne einen Ton von sich zu geben, wartete Thal gespannt auf weitere Ausführungen der Königin. Sie zögerte, blickte auf Gelia, der seinerseits plötzlich angespannt wirkte. »Du dachtest lange Zeit, dass du allein auf der Welt wärst.« Thal wandte seinen Blick ab und schaute bedrückt auf den steinernen Boden des Thronsaals. »Als deine Eltern sich mit dir auf dem Land niedergelassen hatten, führten sie über Jahre hinweg ihr Leben in ihrer kleinen Idylle, in ihrem kleinen Paradies, fern unserer Wolken. Stets aber im ständigen Austausch mit uns.«

Für Thal waren die Worte neu. Er erinnerte sich nicht mehr an die längst vergangenen Tage. Verdrängt in den letzten Winkel seines Gedächtnisses und unter Leid und Schmerz erschlagen, fand er keinen Zugang mehr zu diesem Teil seiner Erinnerungen.

»Ihr … Du bist einst Teil unserer Gemeinschaft gewesen.« Ihm war unklar, ob die Worte der Königin etwas Gutes bedeuteten. Er kannte die Wolkenläufer erst wenige Augenblicke und wusste nicht, wofür sie standen oder ob er sich hier wiederfinden konnte. Schwer atmend folgte er den Ausführungen.

»Eines Tages stoppten die Nachrichten.« Thal bemerkte eine unterdrückte Traurigkeit in ihrer Stimme. Ohne eine Miene zu verziehen, fuhr sie fort. »Wir fanden später heraus, dass ein künstlich herbeigeführtes Feuer euer Haus erfasst hatte und auch beinahe dich das Leben gekostet hatte.« Sie atmete schwer und erwartete eine Reaktion von Thal. Nichts. »Dein Großvater konnte dich damals aus dem Gebäude retten.«

Thal blickte auf. Tausende Gedanken strömten ihm durch den Kopf. Lebte sein Großvater etwa noch? Oder warum hatte er über die Jahre nichts mehr von ihm gehört? Wie konnte er in den Gassen der Stadt allein gelassen werden? Thal wusste nicht, ob er froh oder sauer sein sollte.

»Wer … Wo kann ich ihn finden?« Die Sätze lagen schwer auf Thals Zunge, kamen nur zäh aus seinem Mund.

»Er steht direkt neben mir.« Sie deutete mit einem sanften Lächeln auf Gelia.

Gelia kam die Treppen vom Thron auf Thal zu. Die schmalen grauen Lippen hatte er zu einem Schmunzeln verzogen. Ihm war die Ungewissheit des Augenblicks deutlich in sein Gesicht geschrieben. Thal war sich nicht sicher, wie er reagieren würde, wenn er vor ihm stehen würde. Schritt für Schritt kam die Auseinandersetzung mit seiner Vergangenheit auf ihn zu. Thal erinnerte sich an die verzweifelten Tage, als er auf der Straße um das Überleben kämpfen musste. Gerettet durch den Alchemisten, der nun sein Großvater war, hatte er zwar überleben können, war aber voll und ganz auf sich gestellt gewesen. Thal überlegte, ob sein Großvater der Auslöser für die wohl dunkelste Zeit in seinem bisherigen Leben war.

Plötzlich fiel ihm Gingst wieder ein. Die Tage, die sie gemeinsam verbracht hatten. Voller Freude und Harmonie.

Hatte er zumindest gedacht. Gingst war keinen deut besser als diejenigen, die ihn hängengelassen hatten.

Gelia stand nun fast vor ihm. Mit aller Kraft versuchte er, das Gute an seiner Situation herauszufinden. Geblendet von seinen jüngsten Erinnerungen, platzte es aus ihm heraus. »Und auf einmal habe ich einen Großvater. Jahrelang habe ich im Dreck gelebt und niemand war für mich da.« Tränen schossen ihm in die Augen. Gelia, der nun vor ihm stand, wirkte wenig überrascht von der Reaktion.

»Thal, ich verstehe deinen Ärger.« Die Ernsthaftigkeit kehrte wieder in Gelias Gesicht zurück. »Lass dich nicht von deiner Vergangenheit vereinnahmen. Unsere Vergangenheit darf nicht dazu führen, dass wir nicht mehr gemeinsam miteinander auskommen.« Er packte Thal an den Schultern und drückte ihn herzlich. »Es war das Beste für uns alle. Schon recht bald wirst du sehen, warum es keine andere Möglichkeit gab.«

Freias Rückkehr

Freia verließ den Wald unbemerkt und mit weitem Abstand zu Bukos Gefolge. Mit aller Sorgfalt versuchte sie, so viel Raum wie möglich zwischen sich und Buko zu gewinnen. Wenngleich sie Buko immer sehr zugeneigt gewesen war, war sie nun schwer enttäuscht über die Entwicklungen auf ihrer gemeinsamen Reise.

Zielstrebig steuerte sie den Rand der Stadt an. Sie kannte alle Wege dort wie ihre Westentasche. Selbst die Stadt unter der Stadt war ihr vertraut genug, um sich dort jederzeit unbemerkt bewegen zu können. Sie kannte die Stellungen der Wachleute und wusste, wie und wann sie sie am besten umgehen konnte.

Ohne Umwege huschte sie durch den zweiten Ring, bis sie einen Bretterverschlag erreichte. Ein altes zerfallenes Haus, das fast nicht mehr zu begehen war, war beinahe bis zur Unkenntlichkeit vernagelt worden. Spuken solle es in dem Haus. Erzählte man sich zumindest in der Stadt. Keiner hatte es je gewagt, einen Fuß dort hineinzusetzen. Als ein paar Bewohner gespenstische Gestalten um das Haus wahrgenommen hatten, war es mit Holz abgeriegelt worden, sodass nichts ins oder aus dem Gebäude kommen konnte.

Freia kannte die Geschichten um fast durchsichtige Gestalten, die in der Nacht in der Gegend unterwegs sein sollten. Sie glaubte die Geschichten nicht, zu viel hatte sie bereits gesehen und erlebt. Sie wusste, dass es für alles eine Erklärung gab.

Sie riss ein paar Bretter von einem Seiteneingang. Gerade so breit, dass sie mit etwas Mühe durch das Loch kam. Geschickt verwischte sie mit den Brettern ihre Spuren. Bis zum nächsten Windstoß würde mit Sicherheit keiner mehr über diesen Zugang Eintritt finden.

Sie ging durch einen dunklen Raum. Schutt lag am Boden wild verteilt. Glassplitter der alten Fenster knirschten unter ihren Füßen. Im Dunkeln tastete sie sich langsam nach vorne. Auf der Treppe, die in den Keller führte, knarzten die Stufen laut, als sie den ersten Schritt machte. Als Freia den sandigen Kellerboden unter ihren Füßen spürte, erhellte nur noch das Zwielicht aus dem ersten Geschoss einen trostlosen Raum. Sie tastete sich weiter an der Wand entlang. Immer wieder hielt sie inne, da sie glaubte, im Dunkel etwas wahrgenommen zu haben. Erst als sie den Atem anhielt und sicher war, dass sie allein war, setzte sie sich wieder in Bewegung. Sie tastete sich weiter vor, bis sie gegen etwas Hölzernes stieß. Sie kippte den gefundenen Schrank und versuchte ihn etwas zu drehen. Ihre Muskeln brannten, als sie das Möbelstück endlich etwas angehoben bekam. Laut stöhnend drehte sie den Schrank von der Wand weg, sodass ein Spalt entstand, aus dem Licht in das Innere des Kellers drang. Freia wurde davon geblendet. Tränen schossen ihr in die Augen. Als sie genügend Platz zwischen der Wand und dem Schrank geschaffen hatte, schritt sie hindurch und betrat die Schattenwelt von Erbess.

Mit höchster Wachsamkeit ging sie durch die Tunnel unter der Stadt. Die erste Ebene unter den Tunneln war genau genommen die Kanalisation. Als vor hunderten von Jahren die Stadt nur noch für Menschen freigegeben worden war, flüchteten die wilderen Einwohner unter die Erdoberfläche.

Von der Kanalisation aus bohrten sie sich diverse Tunnel und Gänge und Höhlen. Der Sonne entwöhnt, waren einige schon bald unfähig, an der Oberfläche zu wandern. Blind durchwanderten sie Tunnel und suchten Essbares. Nur wenn sie nichts mehr fanden, suchten sie die Oberfläche in der Nacht auf. Die Menschen waren dumm genug zu glauben, dass ihre Zusammenrottung auf engsten Raum Schutz bot.

Die Urger verbreiteten den meisten Schrecken unter und über der Stadt. Selbst Freia vermied es, direkt mit ihnen in Kontakt zu treten. Zu ungewiss war der Ausgang eines Kampfes mit ihnen, da sie im Zweifel nie allein durch die Tunnel der Stadt wanderten.

Freia schlich langsam und darauf bedacht, äußerst leise zu sein, voran. Wenngleich das knöchelhohe Wasser sie bei jedem Schritt zu erkennen gab, versuchte sie das Plätschern nicht in der ganzen Kanalisation widerhallen zu lassen. Je tiefer sie in den Ortskern unter der Stadt gelangte, umso mehr Schutt und Müll verdickte das Wasser. Bald schon kämpfte sie sich durch schmatzenden Schlamm. Sie wusste, dass sie nun auch ein leichtes Opfer für alle Angreifer war.

Der Schlamm umschloss schwer ihre Stiefel und verlangsamte ihren Gang. Es knackte hinter ihr. Sie stoppte augenblicklich. Vereinzelte schwache Lichtstrahlen hüllten den Tunnel in gespenstisches Licht. Sie horchte. Hoffte, einen Hinweis auf die Ursache des Geräusches zu bekommen. In einem der abknickenden Tunnel hörte sie etwas auf sich zukommen. Sie vernahm die schmatzenden Schritte. Ihr Puls raste. Sie kauerte sich gegen die Wand. Der Lautstärke nach schätzte sie das, was auf sie zukam, wesentlich größer und schwerer als sich selbst ein. Die Gestalt kam näher. Freia machte sich bereit. Sie verlangsamte ihren Atem. Schlagartig wurde sie ruhiger. Sie richtete ihre Waffe zurecht und sprang nach einem Rohr, das an der Decke über ihr verlief. Klammerte sich mit aller Kraft an das Rohr. Es war kalt und nass und die Beine, die sie eng um das Rohr geschlungen hatte, drohten wegzurutschten. Immer fester presste sie sich gegen das Rohr, während die Schritte immer näher kamen.

Es hatte die Tunnelöffnung erreicht. Freia blickte nach unten. Ihr stockte der Atem. Das Blut gefror ihr förmlich in den Adern bei dem Anblick der Gestalt. Zwar war es kein Urger, aber sie sah im einfallenden Licht einen Mann oder eine Frau, sie konnte es nicht genau erkennen, dessen Gesicht völlig entstellt war. Blutüberströmt torkelte das Wesen durch den Tunnel. Es bemerkte Freia nicht. Ohne auf die Umwelt zu achten, schlappte es unter ihr vorbei. Einen kurzen Augenblick überlegte sie, ob sie dem Wesen folgen sollte, entscheid sich dann aber, es passieren zu lassen. Sie wollte in keinen Kampf mit einem Gegner geraten, den sie nicht kannte. Die Klamotten der Gestalt hingen in Fetzen herunter. Vermutlich hatte es gerade einen Kampf gegen einen der Schattenweltler verloren. Tiefe Wunden sah Freia an ihr. Sie bluteten stark und sie vermutete, dass sie wohl nicht mehr lange unter den Lebenden weilen würde.

Die Gestalt steuerte auf einen weiteren Tunnel zu und verschwand im Nichts. Die sich entfernenden Schritte waren deutlich zu hören. Freia wartete, um der unheimlichen Gestalt noch einen kleinen Vorsprung zu geben. Ein weiteres Aufeinandertreffen wollte sie vermeiden. Kurz bevor sie wieder herunterspringen wollte, hörte sie weitere Schritte. Weitaus schnellere. Die eines Jägers. Stürmisch und wild kamen sie auf sie zugesteuert. Die immer näher kommende Bestie knallte wieder und wieder an den Wänden entlang. Freia hörte ein Grunzen. Sie erkannte das Geräusch, drückte sich gegen das Rohr. Ihr Atem ging flach und leise. Sie wusste, wer sich da auf sie zubewegte. Machte sich bereit. Sie wusste, sie musste sich dem Kampf stellen.

Das Wesen hatte den Übergang ihres Tunnels bereits erreicht und hielte inne. Es war ein Urger. Er witterte. Witterte Freia, wie sie schwitzend über ihm hing. Sie zog sich ein letztes Mal an das Rohr. Es knarrte etwas. Der Urger folgte dem Geräusch. Mit angelegtem Kopf lauschte er. Freia hielt die Luft an. Sie hörte das laute Schnaufen des Urgers. Er witterte sie, wusste Freia. Langsam, aber sicher kam er auf sie zu. Mit dem nächsten Schritt war er unter ihr. Sie verlor ihn aus den Augen. Machte sich bereit, jeden Augenblick von den messerscharfen Krallen angeschnitten zu werden.

Das laute Schnüffeln des Urgers verstummte. Es blubberte unter ihr. Scheinbar wühlte er tief mit der Schnauze im Dreck. Und dann hörte sie ihn im nächsten Gang verschwinden. Er jagte sein Opfer, das eben noch in den Tunnel geflüchtet war.

Freia sprang aus ihrem Versteck. Kaum auf dem Boden aufgekommen, begann sie so schnell wie möglich durch den Tunnel das Weite zu suchen. So schnell sie konnte, entfernte sie sich vom Tunnel, in dem die zwei Bestien gerade verschwunden waren.

Die halbe Stadt hatte sie unterirdisch durchquert, ehe ihr ein vertrauter Geruch in die Nase stieg. Bestialischer Gestank. Gestank, in dem sie nicht mehr zu riechen war. Sie fühlte sich sicher. Erschöpft nahm sie sich ein paar Sekunden Zeit, um den Schrecken zu verarbeiten. Überall, wo sie den Geruch hier unten wahrnahm, wusste sie sich in Sicherheit. Wer nichts sehen konnte, musste sich auf seinen Geruchssinn verlassen. Ohne Geruch mussten sich die Urger auf ihr Gehör verlassen und ohrenbetäubenden Lärm gab es in den Tunneln genug. Das Blut der ersten Gestalt hatte den Urger zwar von ihr abgelenkt, allerdings wusste sie um ihr Glück, dass sie soeben gehabt hatte.

Sie ging weiter, immer tiefer in den Gestank. Wenige Augenblicke später fand sie sich in der bekanntesten Kaschemme unter der Stadt wieder. Wie üblich nahmen die wenigsten Gäste Notiz von ihr, als sie durch die Mauer gekrochen kam und sich suchend zwischen den Gästen umschaute. Die dreckigen Schuhe hinterließen deutliche Spuren auf dem Boden. Weder die Gäste noch die Wirtin würdigten sie eines Blickes. Sie steuerte auf einen im Dunkeln sitzenden Herrn zu. Das bärtige Gesicht war ein ungewohnter Anblick. Die sonst so glatten Haare standen wild zerzaust zu Berge.

»Schön, dich so munter zu sehen.« Freia war spürbar erleichtert, den Direktor lebend zu sehen.

»Munter? Schau mich an!« Er wirkte resigniert.

»Deswegen treffen wir hier ja aufeinander.« Freia ließ die Wirtin wissen, dass sie ebenfalls einen Krug voller Bier haben wollte.

»Du lässt dich doch jetzt nicht gehen?«, fragte der aufmerksame Direktor überrascht.

»Doch, heute schon«, sagte sie, als die Wirtin ihr den Krug brachte. Freia riss ihr das Gefäß aus der Hand und stürzte es in einem Zug hinunter.

»Noch einen«, bestellte sie bei der bereits davoneilenden Wirtin und strich das Haar aus ihrem Gesicht.

»Mir fällt auf, dass du etwas verdreckt bist?«

»Darüber möchte ich gerade nicht sprechen, lass uns lieber über andere Themen reden.«

»Andere Themen? Ich lebe hier in einer Kaschemme an einem Ort, den ich vorher gerade mal von Erzählungen her kannte.« Der Direktor kniff die Augen säuerlich zusammen. Auch er kippte seinen restlichen Inhalt die Kehle hinunter und hielt den leeren Krug der Wirtin entgegen. »Das einzige Thema, über das wir uns unterhalten müssten, wäre, wie ich Buko eins auswischen kann.«

»Da wären wir schon zwei.«

»Wie meinst du das, Freia?«

»Er darf nicht König werden. Das muss verhindert werden.«

Der Nachschub gelangte unbemerkt auf den Tisch.

»Erzähl weiter, wie stellst du dir das vor? Jetzt, wo Thal tot ist, gibt es *keine* Möglichkeit, das zu verhindern.«

»Wir zwei alleine mit Sicherheit nicht.« Freia grinste. »Aber wir sind nicht die Einzigen, die hier sitzen.«

Der Direktor schaute sich in der Kneipe um.

»Freia. Ich weiß, wie es da im Umfeld des Königs zugeht. Er wird sich nicht für ein paar Trunkenbolde interessieren.« Er versuchte mit ernster Miene seinen Zweifel zu untermauern.

»Du hast es in der Vergangenheit geschafft, das zu ignorieren. Jetzt bist du einer davon. Und du darfst nicht nur die zehn Leute hier sehen. Da oben sind auffällig viele Trunkenbolde.« Er war wenig überzeugt davon. »Du siehst nicht überzeugt aus?«

»Das bin ich bei weitem nicht. Wie willst du denn die Leute für dich gewinnen?«

Freia dachte auffällig gespielt über ihre nächsten Worte nach. »So schwer ist das nicht. Es gibt verschiedene Wege. Wir sollten sie alle nutzen.« Sie zauberte aus dem Nichts ein Blatt Papier und ein Stück Schreibkohle unter den staunenden Augen des Direktors hervor.

»Wie …?«

»Psst …! Konzentrieren wir uns auf das Wesentliche.« Sie griff nach dem Stift und begann zu schreiben. Das Haar fiel ihr ins Gesicht, als der Stift über das Papier hüpfte. Die saubere Handschrift wirkte furchtbar kindlich und unpassend für die sonst so draufgängerische Frau.

»Was soll das werden?« Ungeduldig rutschte der Direktor auf seinem Stuhl hin und her. Vergeblich versuchte er, die auf dem Kopf stehenden Buchstaben zu entziffern.

Freia begann, sanft mit einer Hand auf den Tisch zu klopfen. Die Lippen bewegten sich zum rhythmischen Wippen des Kopfes. Der Direktor entschied sich, das Spiel zu beobachten, und lehnte sich zurück. Die Minuten zogen sich. Leicht schlummernd hielt sich der Direktor gerade noch so auf seiner Sitzgelegenheit. Wartend darauf zu erfahren, worauf Freia hinauswollte. Das Kinn schlug wiederholt auf der massiven Brust auf, bis Freia ihn zurück aus seiner Traumwelt holte.

»Es ist eigentlich gar nicht so schwer.«

Der Direktor streckte sich und versuchte, die Müdigkeit aus seinem Gesicht wegzuwischen.

»Nehmen wir doch einfach mal diese Kneipe. Unser Mikro-Erbess.«

Offensichtlich interessiert blickte sich der Direktor um. Schlagartig war er hellwach und gespannt auf die Dinge, die sich Freia ausgedacht hatte. Sie schob das Blatt Papier über den Tisch. Er las die saubere Schrift aufmerksam. Das Papier war zentriert und ohne auch nur einen zittrigen Buchstaben oder einen falschen Punkt beschrieben. Als er das Dokument vollständig durchgelesen hatte, konnte er sich die erkennbare Verwunderung nicht verkneifen.

»Du willst …?« Er blickte erneut auf das Stück Papier. »Das ist ein …?«

» … Lied«, vervollständigte sie seinen Satz.

»Und wie soll uns das helfen?«

»Lass es mich zeigen. Du musst mir aber dabei helfen.«

Interessiert nickte er zustimmend.

»Dann zeige ich dir erst mal, was ich mir vorgestellt habe.« Sie sprach mit so lauter Stimme, dass jeder im Raume sich augenblicklich belästigt fühlen musste.

Peinlich berührt versuchte der Direktor den Blicken der Anwesenden aus dem Weg zu gehen. Freia spürte das erboste Kopfschütteln hinter ihr. Sie kniete sich auf ihre Bank und begann wieder, rhythmisch auf den Tisch zu hämmern. Dieses Mal deutlich lauter, sodass jeder Blick im Raum auf sie gewandt war.

»Steigt hinauf, steigt hinauf, kommt hoch in diese Stadt …«, trällerte sie passend zu ihrem Trommeln. » ... zu der Stadt, der Zugang uns verwehrt. Steigt hinauf, steigt hinauf, unser Bann hängt an uns allzu lang. Verjagt, versklavt verstecken wir uns hier unten auf dem Gang …« Sie deutete dem Direktor, nun einzusteigen. Widerwillig versuchte er sich seinem Versprechen zu entziehen, bemerkte aber, dass im Hintergrund einer der Tische angefangen hatte, im Takt zu klatschen.

» ... Steigt hinauf, steigt hinauf, kommt hoch in diese Stadt ...« Der Direktor wie auch Freia sangen lauthals ihr Lied. Immer weitere Gäste stiegen in das rhythmische Hämmern und Klatschen ein. »Verbannt werden wir nicht mehr sein, wir stehen hier nicht allein, gemeinsam erheben wir uns im Lichtschein.«

Freia spürte, dass der Zeitpunkt gekommen war, um ihr Publikum in den Bann zu ziehen. Sie griff nach dem Papier, das der Direktor in der Hand hielt. Zog es aus seinem Griff und schleuderte es in die Luft.

Plötzlich vervielfältigte sich ihr Text, sodass jeder im Raum mitlesen konnte. Als sie das dritte Mal ihren Refrain anstimmte, sang ein beeindruckender Chor aus Trunkenbolden, Gaunern und Obdachlosen mit ihr. Der Direktor, erstaunt von der aufgeheizten Stimmung, starrte mit offenem Mund in die Menge. Freia grinste ihn während der weiteren Strophen vielsagend an. Als Freias Stimme verstummte, hörte sie, wie die Männer das Lied wiederholten. Der Alkohol floss nun erstaunlich schnell die Kehlen hinunter. Freudig strahlend kam Freia auf den Direktor zu, der sich eben noch sein weiteres Glas an den Mund führen wollte.

»Ich habe gehört, Thals Behausung ist frei geworden. Lass uns dort einfach mal schauen, wie weit wir einen Plan schmieden können.«

Thals Zimmer

Thal bezog verwirrt eines der Zimmer im Volkspalast. Es war bequem eingerichtet. Ein großes Bett, ein kleiner Tisch und ein eigenes Bad. Der rustikale Boden aus Holz knarrte, wenn sich Thal auf ihm bewegte. Erstaunlicherweise waren hier viele Gäste beherbergt. Diese tauschten sich permanent aus. Die einen gingen, dafür kamen andere.

Thal war glücklich, eines seiner Familienmitglieder gefunden zu haben. Mit den Gesprächen seines Großvaters kamen auch längst vergangen geglaubte Erinnerungen wieder. Das Verhältnis zu Thals Eltern war tief und innig gewesen. Er hatte sich nicht beklagen können und war glücklich, ein Teil dieser Familie gewesen zu sein. Sie hatten unauffällig recht weit entfernt auf einem kleinen Hof in einem kleinen Dorf gelebt, für sich und ohne weitere Berührungspunkte zum restlichen Königreich. Lediglich Thal hatte darauf gedrängt, sich eine Zukunft in der großen Stadt aufzubauen. Er arbeitete hart und lang in der Hoffnung, selbst einmal in ferner Zukunft in Erbess erfolgreich zu werden. Eines Tages allerdings, es war tief in der Nacht, vernahm er Geräusche im Haus. Noch ehe er verstand, was vor sich ging, wurde er von dunklem Rauch umhüllt. Das Haus stand lichterloh in Flammen. Da er die giftigen Dämpfe des Feuers in seinem tiefen Schlaf nicht als bedrohlich wahrnehmen konnte, bemerkte er erst viel zu spät, in welcher misslichen Lage er sich befand. Es wurde ihm schwarz vor Augen.

Thal fand sich wenige Stunden später unversehrt im Schutze des Alchemisten wieder. Er brauchte einige Tage, um sich zu erholen. Anders als seine Eltern konnte Thal aus den Flammen des Hauses gerettet werden. Er hatte den Alchemisten vorher nicht gekannt. In der Tat war die Zeit, in der dieser ihm wieder zur Genesung verholfen hatte, der erste Kontakt. Er war es auch gewesen, der ihn in Erbess wieder laufen gelassen hatte. In der Hoffnung, im Epizentrum der Macht schnell seine Fähigkeiten einbringen zu können, war Thal in die große Welt vorgedrungen. Bitter enttäuscht hatte er aber bald feststellen müssen, dass es ihm nicht so einfach fallen sollte, ein ähnliches Leben aufzubauen. Erst als er Gingst getroffen hatte, konnten sie sich gemeinsam aus dem Dreck der Stadt ziehen.

Bei dem Gedanken an Gingst wurde Thal sauer auf ihn. Gingst, sein Freund, der ihn die Klippen hatte herunterstürzen lassen. Thal sprach den Umstand, dass er noch am Leben war, einem glücklichen Zufall zu. Lediglich die Aussicht, jeden Abend in diesem Zimmer verbringen zu könnte, stimmte ihn in diesen Momenten fröhlich.

Die Königin hatte ihn rasch in Beschlag genommen und versuchte ihm seine und die Geschichte der Wolkenläufer beizubringen. Thals Eltern waren von ihr in das Dorf entsandt worden, um dort ein waches Auge auf die Welt zu haben. Dies war zu einer Zeit gewesen, lange nachdem das Königreich Erbess bereinigt worden war. Zu der großen Bereinigung hatte gehört, dass die Stadt Erbess wie auch die weiteren Ländereien von vielen Arten befreit wurde. Lediglich das Waldvolk hatte es geschafft, im Schutze des Waldes innerhalb des Königreiches zu leben. Die Wolkenläufer hatten sich auf den höchsten Punkt der Welt zurückgezogen und versucht, ihr eigenes friedliches Leben zu führen. Dies war auch im weitesten Sinne gut gegangen. Allerdings war das Leben für nichtmenschliche Lebewesen so unerträglich geworden, dass im Schutz der Wolken bald ein Zufluchtsort für alle geschaffen wurde, die nicht aktiv gegen die Könige vorgehen wollten. Nur die stärksten und gefährlichsten Geschöpfe flüchteten in den Untergrund der Stadt.

Die morgendlichen Lehrstunden der Königin waren für Thal aufschlussreich und interessant. Allerdings wurde es ihm nicht klar, was die Wolkenläufer so anders machen sollte. Er erkannte optisch nur wenig Unterschied zu Buko, dem König und Gingst.

Nach einigen Tagen wurde es Thal zu langweilig, immer nur die Geschichte zu studieren.

»Was ist denn jetzt eigentlich das, was uns besonders macht?« Er fragte eindringlich in der Hoffnung, mehr über seine Umwelt zu erfahren. Warum sah er über sich nie ein Wölkchen hängen? Wie konnte es zur selben Zeit schneien und blühen?

»Neben mir lebt ein Znom, bei dem erkenne ich den Unterschied, ich weiß aber nicht, was mich oder uns besonders macht.« Der Znom erinnerte Thal beinahe an einen Hund. Da er ihn auf zwei Beinen kommend begrüßte, wusste er, dass er diesem Wesen noch nicht begegnet war. Da Thal neben seinem Zimmer und den Räumlichkeiten des Regierungsgebäudes bisher nicht viel mehr gesehen hatte, war es ihm fast nicht möglich, mehr über seine neue Heimat zu erfahren. Es war fast so, als wäre er absichtlich so beschäftigt gehalten worden, um bewusst nur Zeit im Palast zu verbringen.

»Du hast recht, Thal. Du musst mehr über uns und die anderen Völker erfahren.« Freundlich nickte die Königin. Ihr ehrliches Lächeln wirkte fast hypnotisch auf Thal. Vielleicht war das der Grund, warum er nicht aggressiver die Flucht nach draußen suchte. »Wir haben deinen Großvater außergewöhnlich stark in Anspruch genommen die letzten Tage. Das wird sich aber ändern. Geh auf dein Zimmer, er wird dich abholen. Lerne kennen, was du noch nicht gesehen hast. Nur dann, wenn du deine Fragen beantwortet hast, kannst du mir weiter zuhören.«

Thal strahlte. Er wusste nicht, wie die nächsten Tage ablaufen würden, allerdings freute er sich auf all das Unbekannte, das ihn erwartete.

»Einen Gefallen musst du mir allerdings tun, Thal.« Schlagartig wurde ihre Stimme ernster. Aus dem Gesichtsausdruck verschwand die Freundlichkeit. Sie reichte ihm ein kleines hölzernes Kästchen. »Du musst schreiben.«

Thal war nun völlig verwirrt. Was sollte er schreiben? Vielleicht die Geschichte der Wolkenläufer? Sie schien seine Gedanken erahnen zu können.

»Schreib für dich nieder, wie deine fehlerfreie Welt aussehen würde. In dem Kästchen findest du eine Schreibfeder.« Thal öffnete das überreichte Kästchen. In der Tat fand er eine Feder. Anstatt eines Federkiels hielt er allerdings ein Miniaturschwert in der Hand. »Alles, was du damit schreibst, würde in Erfüllung gehen, wenn deine Worte überzeugend genug sind.« Thal nickte zweifelnd, während die Königin ihn ermahnte. »Solltest du das Schwert zum Kampfe nutzen, würdest du zwar ohne Zweifel gewinnen …« Thal lauschte. Begeistert hob er seinen Blick auf die Königin und erwartete, weitere Bedingungen seiner Wunderwaffe vorgetragen zu bekommen. Er ertappte sich, wie er kurz an den König und Buko dachte, die er nun ohne Schwierigkeiten aus dem Weg würde räumen können. »… allerdings wird es deine Worte ins Gegenteil umkehren, sobald du damit tötest.«

»Oh …« Enttäuscht blickte er wieder auf die Feder. »So oder so muss ich mein Königreich zu Papier bringen?«

»Ja, da wirst du nicht drum herumkommen.«

Thals erste Begeisterung wich tiefgehender Überforderung. Er wusste nicht, wie er anfangen sollte. Es war ihm auch noch ein Rätsel, warum es nicht ausreichte, sich das Königreich vorzustellen oder ein Bild zu malen.

Gelia holte ihn aus seinen Gedanken, als er wild gegen seine Zimmertür klopfte.

»Los gehts, Thal. Lass uns rausgehen.«

Thal folgte wortlos dem Alchemisten. Ihn ohne seinen Kapuzenumhang zu sehen, war ungewohnt. Sie betraten eine große Straße vor dem Palast. Thal erkannte, dass sich die Stadt auf verschiedenste Ebenen verteilte. Die Stadt war in ein Tal gebaut. Sie glich beinahe einem Kessel, in dessen Zentrum der Palast stand.

Thal wollte gerade loslaufen, als Gelia ihn am Arm packte und zurückhielt.

»Entschuldigen Sie, machen Sie uns bitte nicht direkt kaputt.«

Thal verstand nicht. Vor ihm stand niemand. Es war auch keine Kutsche zu sehen, die ihm hätte gefährlich werden können. Gelia deutete nach unten. Vor Thal liefen kleine Menschen gerade mal auf Knöchelhöhe entlang. Mit offenen Mund stand er da.

»Das sind Holzmännchen.«

Thal erinnerte sich an eine Situation im Wald, als er dieser Art völlig benebelt schon einmal begegnet war.

»Ich glaube, ich habe das schon mal gesehen …«

»Die Holzmännchen wachen im Odex Wald, Thal. Die Behausung sieht so ein wenig aus wie ein Bienenstock. Dient aber lediglich dazu, sie auf die Welt zu bringen.«

Thal hatte die Geschehnisse im Wald fast verdrängt, die Bilder hatte er aber nun deutlich vor Augen.

»Was haben die denn für eine Aufgabe?«

»Die Holzmännchen? Erinnerst du dich an die gigantischen Bäume im Wald.«

Thal nickte.

»Das ist der Anfang. Sie kommen im Wald auf die Welt und verteilen sich dann.«

»Das heißt, dieses kleine Kerlchen wird irgendwann mal einer dieser Bäume?«

»Ja, im Grunde trifft es das. Sie ziehen aus, sehen die Welt, lernen sie und uns mit all den Eigenheiten kennen und verstehen und am Ende ihrer Tage kehren sie zurück. Sie leben dann im Wald wie Craobh, arbeiten dort und am Ende ihrer Tage schlagen sie Wurzeln. Der Wald versteht uns, wir aber den Wald nicht.«

Thal betrachtete die Gruppe von kleinen hölzernen Geschöpfen. Unter sie hatten sich auch einige fast durchsichtige Figuren gemischt. Sie waren kaum größer als die Holzmännchen, ihre geleeartigen Körper schimmerten in den Sonnenstrahlen.

»Was sind die anderen für Wesen?«

»Wir nennen sie Wassermännchen.« Gelia grinste wissend. »Sie sind wohl die klügsten Geschöpfe in unserer Welt. Das Wasser vergisst nicht. Wenn wir nicht achtsam genug mit ihnen umgehen, werden sie uns auf ewig unsere Verfehlungen vorhalten.« Gelia zwinkerte Thal zu.

Die freudig strahlenden Gesichter dieser jungen Wesen fielen ihm auf. *Ein aufgewecktes kleines Kerlchen,* dachte er sich, als er dem davontänzelnden Wassermännchen hinterherschaute.

»Er heißt Liten.«

Gelia pfiff dem Wassermännchen hinterher. Liten drehte sich um und spähte Gelia aus. Als er ihn erkannte, rannte er freudig auf die beiden zu.

»Gelia!« Das freundliche Wesen sprühte vor Freude und zerrte jegliche düsteren Gedanken aus Thals Gehirn.

»Liten, das ist Thal. Er ist neu hier in der Stadt. Willst du ihm eventuell ein wenig zur Hand gehen? Du weißt ja, wie das ist.«

Liten nickte zustimmend. »Aber natürlich. Hallo Thal«, wandte Liten sich an Thal. »Ich wohne im Volkspalast. Und wo wohnst du? Wir haben da unsere kleine Ecke, wo wir untergekommen sind ...« Ein Redeschwall brach aus dem kleinen Wassermännchen hervor. Ohne auch nur eine Antwort abzuwarten, hatte er seine halbe Lebensgeschichte erzählt.

Nur Gelias Einwand unterbrach ihn. »Wir müssen noch etwas erledigen. Trefft euch einfach im Palast und führt das später weiter aus. Ich bin sicher, Thal hat noch einiges zu erzählen.«

»Alles klar. Ich warte dann da. Bis später, Thal.«

»Nettes Kerlchen.« Thal verarbeitete noch die letzten Worte Litens, die gerade erst in Thals Gehirn angekommen waren.

»Wir wollten noch mal wohin?«, fragte Gelia.

»Wie kann es zeitgleich blühen und schneien?«

Gelia musste lachen über Thals Gedankensprung.

»Dafür gehen wir genau dahin, wo du das gesehen hast.«

Sie spazierten gemütlich durch die Stadt. Auf den Straßen war nun wesentlich mehr Verkehr als an dem Tag, an dem er das erste Mal hier durchgegangen war.

»Wo waren denn alle, als ich angekommen bin?«

»Bei uns, Thal, musst du eins wissen: Nach drei Tagen Arbeit werden zwei Tage Pause eingelegt. Du hattest Glück und bist an einem der freien Tage angekommen. Darüber hinaus fand noch ein Volksfest statt und die Stadt hatte gefeiert.«

Thal konnte sich nicht vorstellen, dass die vielen Pausen gut waren. Er war es gewohnt, die Ruhephasen so gering wie möglich zu halten. Stillstand, so hatte er schnell gelernt, war die Bremse des Wachtums. Er schmunzelte ungläubig.

Gelia, der das Schmunzeln richtig deutete, konnte Thal nicht in diesem Glauben lassen. Stolz setzte er erneut an, immer darauf bedacht, Thals Sicht nicht zu verdecken.

»Schau mal, Thal, wie sauber es ist.« Noch bevor Thal ein Gegenargument bringen konnte, war Gelia zu höchster Diskussionslaune angelaufen und brachte direkt die Antwort auf seinen Punkt. »Das machen die Einwohner hier selbst – von sich aus. Sie bringen sich auch mehr ein bei der gemeinschaftlichen Erziehung aller Kinder. Wer viel mehr Zeit hat, ist viel mehr daran interessiert, gemeinsam etwas auf die Beine zu stellen.« Thal antwortete mit einem verlegenen Lächeln. »Der Volkspalast, in dem du nächtigst. Der wurde gemeinsam erbaut. Ohne einen Befehl unseres Königs oder der Königin. Jeder kann den Palast nutzen, wie er mag …« Gelia unterbrach sich, um ein kurzes Lachen von sich zu geben. »Natürlich müssen wir uns alle irgendwo abstimmen. Bedenke aber eins.« Gelia musterte ihn, als erwarte er die Antwort von ihm. Seine Augen funkelten vor Begeisterung. Begeisterung wohl, ihn als Idioten dastehen zu lassen, dachte sich Thal. »Diesen Palast gibt es bereits so lange, wie ich denken kann. Und er ist noch im allerbesten Zustand, sodass auch viele nachfolgende Generationen ihn nutzen können werden.«

Thal war zwar positiv beeindruckt von den Ausführungen, konnte sich aber beim besten Willen nicht vorstellen, wie das funktionieren sollte.

»Alles, was du hier siehst …«, Gelias Arm schwenkte über die Straßen der Stadt, »… ist unser Stolz. Erschaffen von unseren Ahnen, erachten wir es als unsere Aufgabe, alles so gut wie möglich in Schuss zu halten.«

Ein großes Gebäude fiel Thal plötzlich in einer kleineren Gasse auf. Blauweiße Fahnen wehten im Wind.

Gelia bemerkte die neugierigen Blicke seines Enkels. »Illusionisten ...« Thals fragender Blick verriet, dass er noch nie mit etwas Ähnlichem in Berührung gekommen war. »Da treffen sie sich zum Forschen.«

»Was kann ich mir darunter vorstellen? Zauberei?«

»Im Grunde schon Magie, Zauberei oder wie man es benennen will. ›Illusionisten‹ hört sich wohl am geheimnisvollsten an. Aber im Grunde habe ich in dem Gebäude auch etwas Zauberei erlernt.«

Thal saugte alle Informationen auf, die er von Gelia über diesen Ort bekommen konnte, und bemerkte kaum, dass sie bereits das Ende der Stadt erreicht hatten. Es war windstill. Auch kein Schnee fiel vom Himmel. Die Bäume standen noch da, wo Thal sie in Erinnerung hatte. Ohne die weißen Flocken von oben hatte der Ort allerdings seinen Zauber verloren. Mit offenem Mund stand er vor den Bäumen und suchte verwirrt den Himmel ab.

»Dann lass uns anfangen«, sagte Gelia, bevor Thal plötzlich in die Tiefe fiel. Um ihn herum wurde es weiß. Kaum einen Meter weit konnte er sehen. Die Panik packte ihn wieder und lähmte seinen fallenden Körper. Er wusste nicht, wie tief er gefallen war, landete aber etwas unsanft auf seinen Beinen. Gelia kam langsam eine Treppe herabgestiegen. Die Lichtstrahlen der Sonne ließen ihn gottgleich erscheinen.

»Weißt du, wo du bist?«

Thal wusste es in der Tat nicht. Er erkannte auch nicht das Geringste um sich herum. Lediglich den Großvater vernahm er deutlich. Unwissend schüttelte er den Kopf und war gespannt auf die weiteren Ausführungen, die ihn erwarteten.

»Dann beginn hier zu graben.« Gelia trat auf eine Stelle unter sich.

»Graben? Mit den Händen?« Ungläubig starrte Thal seinen Großvater an.

»Aber natürlich mit den Händen. Ich habe keinen Spaten in meiner Hosentasche mitgebracht.«

Thal kniete sich auf den Boden. Erneut suchte er Gelias Blickkontakt. Erst als dieser mit seinem sanften Lächeln und hochgezogenen Augenbrauen Thal dazu motivierte, fing er an. Mit einer Mischung aus Angst und Spannung griff er in den Boden und rupfte einige feuchte Teile heraus. Thal spürte das watteartige Material in seinen Fingern.

»Bist du dir sicher, dass ich einfach an dem Boden herumrupfen kann, ohne dass ich auf etwas stoße, was ich nicht sehen möchte oder mich gar verletzen könnte?«

Gelia wartete, bevor er sich rührte. Fast machte er den Eindruck, als würde er über Thals Frage nachdenken. Dann zog er skeptisch eine seiner Brauen nach oben, ehe er nickend und mit einem Wink seiner Hand andeutete, dass Thal weiter graben sollte.

Thal schob den stetig nasser werdenden Boden um sich herum zur Seite. Je tiefer er kam, umso mehr hatte er das Gefühl, den Boden gar nicht mehr genug greifen zu können, um ihn beiseitezuschieben. Thal grub mit aller Mühe weiter, bis er etwas Dunkles erkennen konnte. Motiviert, bald erkennen zu können, was er sehen sollte, schaufelte er immer weiter, bis er ein klares Bild von dem erkennen konnte, was sich unter ihm befand. Er schreckte auf und versuchte soweit wie möglich von dem Loch im Boden wegzukommen. Auf dem Hintern sitzend, robbte er panisch immer weiter nach hinten.

»Keine Angst, Thal. Das soll so sein.« Gelia versuchte, den aufgebrachten Thal zu beruhigen. Gelia blickte selbst durch das Loch und lachte. »Es ist schon eine Weile her. Aber wenn ich das jetzt so sehe, ist es tatsächlich etwas beängstigend.«

Thal verdaute seinen ersten Schock, als er die offensichtliche Gelassenheit seines Großvaters wahrnahm. Erneut schaut er durch das eben aufgerissene Loch im Boden. Tief unter sich erkannte er den Rand des Gebirges.

»Wir heißen nicht Wolkenläufer, weil wir uns im Gebirge verstecken, Thal.« Die sanfte Stimme Gelias beruhigte ihn zunehmend. »Im Gebirge leben Gebirgsteufel. *Wir* sind auf dem höchsten Punkt der Welt – deswegen konnte man uns auch nie finden. Das ist auch der Grund, warum dein bisher Bekanntes nicht immer zutreffend sein wird.«

»Sind wir *auf* den Wolken?« Wenngleich er die Antwort erahnte, musste Thal es aus Gelias Mund hören.

»Ja, Thal, wir stehen – oder wenn man es genau nehmen will, liegst du – auf einer Wolke.«

Schweiß rann augenblicklich Thals Stirn hinunter.

»Wieso können wir auf der Wolke gehen? Wie hab' ich das denn erlernt?«

»Nun, dafür braucht es ein wenig Unterstützung unserer Zauberkunst, das wirst du aber die nächsten Monate erlernen.« Gelia wirkte plötzlich gehetzt, fast so, als hätte er sich von Thals Panikattacke anstecken lassen. »Lass uns nun zurückgehen. Es wird Zeit, etwas zu essen.«

Aus dem Nichts formte sich eine Treppe, die bis an die Oberfläche der Wolken reichte. Der Schock, aus luftiger Höhe auf die Erde herunterzuschauen, saß noch tief.

Schweigend verbrachten sie die meiste Strecke des Weges. Erst als Thal das Haus der Illusionisten erkennen konnte und feste Straßen wieder unter sich hatte, konnte er das Erlebte Revue passieren lassen. Ein Thema beschäftigte ihn bereits den ganzen Tag. Wie ein nerviger Holzsplitter bohrte sich die Frage unter seine Haut. Jetzt, wo er sich wieder beruhigt hatte, musste er dieses kleine hölzerne Teil aus seiner Haut ziehen und das Thema ins Gespräch bringen.

»Warum soll ich meine Vorstellung eines perfekten Königreiches niederschreiben?«

»Das ist einfach, Thal. Lediglich in dem geschriebenen Wort, das nachvollziehbar wiederverwertet werden kann, ist so viel Wert, dass du dich verbindlich dazu verpflichtest. Gesagt werden kann viel. Was du aber einmal zu Papier gebracht hast, kann von jedem gelesen und bewertet werden …«

»… oder falsch interpretiert werden«, unterbrach Thal.

»Das ist richtig. Die Wahrheit der Worte liegt immer bei dem Leser. Wenn deine Worte allerdings von der Mehrheit als gut befunden werden, dann kannst du der Überbringer einer großartigen Zukunft werden.«

Thal verstand, wusste aber gleichzeitig um den hohen Aufwand, den er betreiben musste, um sich klar zu werden, wie seine perfekte Welt aussehen sollte.

»Du hast nur dieses eine Buch. Denke vorher nach, was du schreiben willst. Einmal geschrieben, steht es in deinem Buch. Es ist nicht so, dass du mit einem kleinen ›Ups‹ und einem weiteren Buch aus deiner Verantwortung kommst.«

Thals Alltag war nun geprägt von einem straffen Zeitplan. Sein Tag war bis auf ein paar wenige Minuten verplant. Erfreulicherweise wurde er bereits früh am Morgen durch die Wachablösungen auf dem Regierungspalast geweckt. Sein Zimmer lag exakt auf der Höhe des Tores, sodass dessen Öffnen bereits ausreichte, um ihn aus dem Schlaf zu reißen.

Er tat sich schwer, morgens in die Gänge zu kommen und verfluchte jeden Morgen das Öffnen des Tores und das Protokoll der Wachübergabe. Da er nicht anders konnte – die Beschallung dauerte mindestens eine Stunde –, nutzte er den frühen Morgen, um ein wenig seine Umgebung zu erkunden. In den ersten Stunden des Tages schlenderte er dann gemütlich durch die Stadt. Unweit des Volkspalastes war eine Einkaufsgasse. Neben Bücherläden, ein paar Bäckereien und diversen Lebensmittelhändlern fand er viel Sonderbares vor. Die ersten Läden dort waren von der Kleidung der Wolkenläufer geprägt. Diverse Modelle und Ausführungen an Mänteln fand er vor. Gerade als er eines Morgens an einem Laden vorbeispazierte, öffnete dieser seine Türen. Die helle massive Häuserwand verleitete Thal, den Laden näher zu betrachten. Kurzerhand entschied er, sich beraten zu lassen. »Madame Shīsu« stand in großen Messingbuchstaben über der gläsernen Tür. Kaum hatte er das Funkeln des Schriftzuges in voller Pracht wahrgenommen, verspürte er tief in sich eine nie zuvor dagewesene Vertrautheit. Beinahe wie ferngesteuert lief Thal in ihren Laden. Er wusste um die Unebenheiten in dem Boden und wusste auch, dass die Eingangstür beim Öffnen etwas mehr Einsatz erforderte. Die dunkle Holzverkleidung an den Wänden ließ den Laden edel erscheinen. Die Kleidung hing geordnet an Kleiderstangen rundherum an den Wänden. In der Mitte stand eine massive, ebenso dunkle Verkaufstheke. Die Hochstühle luden ein, sich intensiver mit dem Personal zu unterhalten. Es war Thal unklar, wofür man ein längeres Gespräch beim Kauf eines Mantels benötigte. Aus Erbess war er es gewohnt, eher weniger Zeit für einen Einkauf einzuplanen. Was wohl auch daran lag, dass sie nie über das nötige Kleingeld verfügt hatten, um auch nur daran denken zu können, längere Zeit in einem Laden zu verbringen. Nur dem Met war Thal nie abgeneigt gewesen. Hierfür war die

Haushaltskasse immer gut gefüllt, um mehrere Stunden in einer der Kneipen zu verweilen.

Eine reife elegante Dame legte in einem Hinterzimmer gerade Stoffe zurecht, als die Türe hinter ihm ins Schloss fiel und mit einem lauten Klingeln den neuen Gast ankündigte. Wie einstudiert, unterbrach sie die Arbeit und wackelte aus dem hinteren Teil des Ladens auf Thal zu. Ein dünner dunkelgrüner Umhang schwang elegant mit ihren Bewegungen.

Freundlich grinste sie Thal an. »Guten Morgen, wie kann ich helfen?« Das freundliche Wesen nahm Thal direkt in Beschlag. Ihr blondes kinnlanges Haar floss sanft um ihr Gesicht. Die Schönheit ihrer jungen Jahre war nicht eingegangen. Vielmehr schmeichelten die dünnen Falten ihrem Gesicht.

»Ich bin erst seit wenigen Tagen in der Stadt …«, stammelte er etwas unbeholfen, »… und mir ist aufgefallen, dass es hier so viele Läden mit diesen Kapuzenumhängen gibt. Warum gibt es so viele?«

Die Frage amüsierte sie offensichtlich. Die blauen Augen leuchteten Thal an. Kurz fühlte er sich, als hätte er die falsche Frage gestellt und er spürte, wie die Hitze ihm in den Kopf stieg.

»Seit ein paar Tagen, sagen Sie? Gehe ich recht in der Annahme, dass Sie nur an diesem Ort auf Wolken gelaufen sind?« Thal nickte zustimmend, beruhigt von der vertrauenerweckenden Stimme. »Nun ja, hier in der Stadt ist es aufgrund der vielen Gebäude noch recht warm. Wenn wir aber höher steigen wollen, dann kann es durchaus etwas kälter werden.« Sie kicherte, als hätte sie das Selbstverständlichste auf der Welt von sich gegeben. »Wenn wir flach über der Erde laufen, kann es durchaus regnen oder spürbar heiß sein. Hier bei mir finden Sie Umhänge und Mäntel für alle Höhenlagen – je nachdem, wie hoch und in welcher

Region der Erde Sie am meisten unterwegs sind.« Sie deutete elegant auf eine Wand, an der einige ihrer Mäntel hingen.

Kaum hatte Thal seinen Blick von ihr abgewandt, nahm er einen Hauch von Lavendel wahr. Er blickte um sich und stellte erschrocken fest, dass sie direkt neben ihm stand. Noch bevor er seine Frage auch nur in Gedanken formulieren konnte, präsentierte sie bereits den ersten Mantel.

»Dieser hier ist ideal, wenn man nur recht selten den Laden verlässt.« Sie drehte sich einmal im Kreis und kicherte erneut. Ihr Umhang wehte im Wind. Thal hatte sich nie etwas aus Mode gemacht, somit fand er viel mehr Gefallen an der Frau als an der Ware.

»Andere wie dieser hier sind perfekt, sollten Sie hoch hinauswollen. Hier können Sie auch eine Maske über das Gesicht ziehen. Die Nase soll ja nicht wegfrieren.« Sie präsentierte einen dunklen dicken Mantel. Einen, wie Gelia ihn trug.

»Ich denke, ich werde mir das gar nicht leisten können. Wie gesagt, bin ich erst seit ein paar Tagen hier und werde erst durch die Königin und Gelia diese Welt kennenlernen.«

»Gelia?« Offensichtlich kannte sie Thals Großvater.

»Ja, er ist mein Großvater.«

Sie zog die dünnen Augenbrauen weit nach oben. »Ahhh … So ist das. Wenn das dein Großvater ist, dann müsstest du Thal sein?«

Thal nickte erneut. Ein großes Fragezeichen stand ihm in sein Gesicht geschrieben. »Woher …«

»Ich kannte deine Eltern. Ich war eng mit ihnen befreundet, bevor sie uns verlassen haben und mit dir auf die Erde gezogen sind. Lass dich anschauen, Junge!« Sie trat auf ihn zu und umarmte ihn innig.

Thal fühlte sich etwas fehl am Platze, ließ es aber über sich ergehen. Sie roch intensiv nach Parfüm. Auffällig süßlich. Der Geruch blieb ihm auch noch in der Nase hängen, als sie die Umarmung löste und ihn eindringlich musterte.

»Ich kenn dich, seitdem du so klein warst.« Sie deutete ihre Kniehöhe an.

Thal war peinlich berührt. »Ich kann mich eigentlich nur an die letzten paar Jahre erinnern.« Er lachte. Da er nicht wusste, was er sagen sollte, fand er es eine gute Idee, über sich selbst zu lachen.

»Oh, hatte es mit dem Brand zu tun? Ich habe davon gehört. Schrecklich Sache.«

»Brand?«, fragte Thal irritiert.

Schlagartig wurde Madame Shīsu glühend rot im Gesicht. Sie räusperte sich. »Ähm … Ja, das ist so …« Sie drehte sich von Thal weg. »Du sagtest, du kannst dir keinen Mantel leisten? Ich hätte da einen Vorschlag.« Sie versuchte, das Thema zu wechseln.

Thal stieg darauf ein. Immerhin konnte er Gelia alle Fragen stellen, die ihm einfielen. »Vorschlag?«

Madame Shīsu war sichtlich erleichtert, dass er auf ihren Vorschlag einging. »Wenn du mir diese Woche ein paar Botengänge machen könntest, dann würde ich dir diesen Mantel schenken.« Sie packte einen grauen von der Kleiderstange. »Der sollte eigentlich recht gut passen. Für große Höhen würde er zwar nicht ausreichen, die Fasern der Wasserlilien halten Feuchtigkeit aber von dir ab.« Sie strahlte, als sie ihr Produkt präsentierte.

Scheinbar hatte Madame Shīsu ihre Berufung in ihrem Laden gefunden. Thal wusste nichts über Fasern oder Mäntel. Er fragte sich auch, wofür er den Mantel benötigen würde. Mehr von ihr erfahren zu können, war aber Grund genug für ihn.

»Damit bin ich einverstanden. Was soll ich machen?«

»Das ist sehr schön, mein Junge. Pass auf! Du müsstest dieses Päckchen die Straße heruntertragen. Ich habe die ganze Woche ein paar Lieferungen, die in der Stadt verteilt werden müssten.«

»Wenn ich das morgens zur selben Uhrzeit machen kann, dann könnte ich das gerne übernehmen.«

Sie freute sich und schob ihm ein in Papier gewickeltes Päckchen über die Theke. Es war leichter als erwartet. Thal vermutete, dass es sich um Sommerumhänge handelte. Bevor er näher darauf eingehen konnte, gab sie ihm einen Zettel. Mit schöner Schrift stand »Feuerwächter – Königsallee 201« auf dem grünen Papier geschrieben.

»Das ist gerade mal ein paar hundert Meter von hier entfernt. Einfach die Straße hinunter.«

»Das werde ich schon finden, vielen Dank«, sagte er noch, bevor er den Laden verließ. Thal hörte hinter sich die Klingel läuten und schaute aus Reflex wieder in den Laden. Madame Shīsu winkte noch zum Abschied. Thal marschierte von dannen. Es kam ihm offensichtlich gelegen, eine Aufgabe gefunden zu haben. Da er schon früh morgens aus dem Bett gerissen wurde, konnte er auch gleich etwas erledigen.

Er zog an den Geschäften mit den Umhängen und Mänteln vorbei. Zwischen Läden für Scherzartikel fand er vereinzelte Geschäfte der Illusionisten. Er sah Kessel, Bücher und verschiedenste Gläser in den Schaufenstern. Einen Besen suchte er vergeblich. Vielleicht war das Bild von den Magiern doch nicht so, wie er es im Kopf hatte. Thal bemerkte, dass er gar nicht wusste, wie lang die Straße war. Bei dem Lebensmittelladen für »ausgestorbene Arten« schaute er auf die Hausnummer, die auch hier überall angebracht war. Er hatte die Hausnummer 21 erreicht. Vielleicht hätte er sich nicht mit »ein paar hundert Meter« abspeisen lassen sollen oder vorher nachschauen, in welchem Teil der Stadt er war. Er legte einen Zahn zu, achtete kaum noch auf die Läden und steuerte hastig durch die Straße. 180. 182. 184. Bald hatte er sein Ziel erreicht. Thal hatte die Hausnummer bereits wieder vergessen und musste erneut auf den Zettel schauen. »201« stand dort. Das Wort »Feuerwächter« fiel ihm ins Auge. Er hatte bei Madame Shīsu gar nicht weiter darauf geachtet und stellte nun fest, dass er sich keinen Reim darauf machen konnte. Er kannte zwar die Wörter, wusste aber nicht, was sich hinter der Kombination verbarg. Waren es Brandbekämpfer? Thal stellte sich einen Haufen Leute vor, die vor einem Kamin saßen und auf ein Feuer aufpassten. Vielleicht war das Feuer der Treibstoff, der die Erde am Laufen hielt.

Er erreichte das Gebäude mit der Hausnummer 201. Thal erwartete ein feuerrotes Gebäude, wurde aber bei dem Anblick bitter enttäuscht. Es war weiß wie die Wolken, auf denen er ging. Selbst das Tor war weiß. Thal dachte, dass dies wohl das weißeste Gebäude war, das er je gesehen hatte, bis er versuchte, einen Blick durch ein Fenster neben dem Tor zu werfen. Auch die Fenster waren weiß. Ernüchtert griff er nach dem Türklopfer. Ein wütend dreinblickender Elefant. Thal hob den Rüssel des Elefanten an. Der Elefant begann zu tröten. Thal sprang einen Schritt zurück und versuchte sich die Ohren zu bedecken. Ihm kam es beinahe so vor, als würde eines der Tiere direkt neben ihm stehen. Der Elefant schüttelte sich und lies seinen Rüssel fallen. Als dieser aufschlug, drang ein gewaltiges »Gong« aus dem Inneren des Gebäudes.

Thal wartete gespannt auf die Feuerwächter. Wenige Augenblicke später öffnete sich das Tor. Ein recht unspektakulär aussehender Mann erschien im Rahmen. Glatzköpfig und ohne Bart stand er dort und blickte Thal grimmig an. Er war von Ruß verdreckt.

»Was willst du denn jetzt so früh?« Er hörte sich genauso grimmig an, wie er ihn anblickte.

»Guten Morgen, ich …« Thal hielt inne, als sich der Blick des Feuerwächters verfinsterte. Er räusperte sich. »Ich bringe ein Paket von Madame Shīsu.« Thals feste Stimme beeindruckte den Feuerwächter scheinbar, zumindest sah er nicht mehr ganz so erbost über seine Anwesenheit aus.

Thal reichte ihm das Paket und wollte bereits umkehren, als er es sich anders überlegte. »Was machen eigentlich Feuerwächter?«, fragte Thal frei Schnauze heraus.

»Was wir machen? Schau nach oben«, forderte der Glatzkopf, während er das Paket entgegennahm.

Thal schaut in das sanfte Blau des Himmels. Er suchte nach etwas, das ihm die Tätigkeit der Feuerwächter erklären konnte. Von der Tür her sah er eine Hand von unten auftauchen.

»Das machen wir.« Es wurde unerträglich hell, als er die Hand vor sich sah. Er hörte, wie die Türe zugeknallt wurde. Die Augen tränten ihm von dem hellen Licht. Es roch schlagartig etwas verbrannt. Thal schnupperte und versuchte den Geruch zu orten. An irgendwas erinnerte er ihn. Er glaubte, den gleichen Geruch schon einmal wahrgenommen zu haben, als Gingst in der Hütte versucht hatte, das erste Mal ein Feuer zu machen. Er hatte ausschließlich feuchtes Holz dafür verwendet. Da dies logischerweise nicht funktionierte, hatte er ein leicht entflammbares Öl benutzt. Durch die Stichflamme waren sämtliche Haare auf Gingsts Arm verbrannt. Der Geruch kam dem jetzt auftretenden Gestank recht nahe.

Auf einmal platzte der Knoten. Es waren Haare, die da gerade ankokelten. Seine Haare. Er zog sich schnell das Hemd über den Kopf und erstickte die Flammen.

»Na, vielen Dank dafür.«

Der Elefant ertönte erneut. Thal erschrak und nahm die Beine in die Hand. Da er spät dran war und so schnell wie möglich von dem Feuerteufel verschwinden wollte, legte er schnell die Strecke zu Madame Shīsu zurück. Erschöpft und verschwitzt stürmte er in den Laden. Wieder klingelte die Glocke an der Tür. Madame Shīsu saß gerade an ihrer Theke und schnitt Stoffe zurecht.

»Da bin ich wieder. Ich habe das Paket abgegeben bei dem Irren.« Thal schnaufte schwer.

»Das freut mich, Thal. Ich hoffe, du hast das Geld mitgebracht.«

Thals Mund schnellte gefühlt auf den Boden.

»Das Geld?«, fragte er.

»Ja, Thal, auch hier verkaufen wir Dinge.«

Thal spürte Verzweiflung aufkommen. Er wusste, dass er einen riesigen Fehler begangen hatte. Er hatte aber auch nicht mehr die Zeit zurückzugehen, um das Geld zu verlangen. Außerdem hatte er Angst um sein Resthaar.

»Ich hab es … Also ... Ich ...« Thal stammelte vor sich hin.

Madame Shīsu schaute immer fragender. »Ich habe nicht nach dem Geld gefragt.« Er kniff die Augen zusammen und machte sich bereits auf die Standpauke gefasst.

»Okay, ich wurde sowieso schon bezahlt.« Sie lachte laut. Thal blickte in ihre Richtung, verstand aber nicht, was sie ihm sagen wollte. »Ich habe gescherzt, Thal. Ich wurde schon bezahlt. Alles gut.« Sie kicherte wie ein kleines Kind, das sich freute, den ersten Witz seines Lebens erzählt zu haben. Thal jedoch fiel sichtlich ein Stein vom Herzen.

»Nun denn. Ich gebe dir schon mal deinen Mantel, in der Hoffnung, dass du morgen wiederkommst.« Sie wischte sich eine Lachträne aus dem Auge.

Sie überreichte Thal den grauen Kapuzenumhang, der scheinbar für alle Lebenslagen geeignet war. Der Stoff fühlte sich außergewöhnlich weich an. Er war dick genug, um der Kühle in der Höhe entgegenzuwirken, ohne dass Thal darin sofort schwitzen würde.

Als er sich verabschiedet hatte und um die Ecke gebogen war, probierte er seinen neuen Umhang aus. Er fühlte sich hervorragend an. Auf einmal fühlt er sich den Wolkenläufern zugehörig. Obwohl er noch weit davon entfernt war, außerhalb des sicheren Zaubers der Stadt über die Wolken zu spazieren, sah er zumindest wie einer von ihnen aus. Er hastete schnell zurück in den Volkspalast. Er wollte zumindest seinen neuen Mantel auf sein Zimmer bringen. Es blieb ihm nur noch wenig Zeit, um zu Gelia zu gelangen. Gelia wartete schon auf ihn, als Thal die große Halle betrat.

»Du bist spät dran.«

»Ich habe Madame Shīsu kennengelernt.« Thal hatte auf einmal Gelias ungeteilte Aufmerksamkeit. Sein Großvater wirkte fast so, als würde er auf weitere Ausführungen Thals warten.

»Ich habe für sie etwas zu den Feuerwächtern gebracht. Was sind Feuerwächter?«

»*Du* warst schon bei den Feuerwächtern?« Gelia glaubte seinen Ohren kaum. »Das erklärt deinen verbrannten Haarschopf.« Thal hatte seine verbrannten Haare bereits vergessen und versuchte sein Spiegelbild zu sehen. »Du solltest das bei Gelegenheit korrigieren lassen.« Gelia schmunzelte immer noch vor sich hin. »Nun ja, die Feuerwächter sind im Grunde, wie der Name es vermuten lässt, die Wächter des

Feuers.« Thal gab ihm gut sichtbar zu verstehen, dass er kein Wort verstanden hatte. »Sie wachen über die Sonne.«

»Über die Sonne? Unsere? Was gibt es da zu bewachen?«

»Das ist etwas komplizierter. Aber im Grunde wachen sie darüber, dass es bei uns beziehungsweise unter uns nicht zu heiß wird. Sie kühlen unsere Erde herunter. Dazu müssen sie auch häufiger Messungen durchführen. Oft kommen sie etwas zu nahe an die Sonne heran. Was dazu führt, dass die Feuerwächter etwas angespannt sind.«

»Das kann ich bestätigen.« Thals Erinnerungen an den garstigen Herrn waren noch frisch.

»Madame Shīsu hat die Auslieferung dann gekonnt weitergegeben. Ich hoffe, du bekommst was dafür.« Thal nickte eifrig. »Wie dem auch sei. Lass uns anfangen.« Gelia erhob sich stöhnend von seinem Stuhl. »Du musst wissen, Thal, dass du Wolken immer dann erzeugen kannst, wenn es um dich herum feucht genug ist.« Er verschüttete ein Glas Wasser, das eben noch auf dem Boden gestanden hatte. »An Orten, wo es sehr trocken ist, geht das natürlich auch. Aber es zieht die Flüssigkeit dann aus dem feuchtesten in der Umgebung, also dir.« Er hob die Hand leicht an und ließ vor sich eine Wolke erscheinen. Thal war erstaunt über die aus dem Nichts erscheinende Wolke.

»Wie geht das? Was muss ich tun, damit ich auch Wolken erzeugen kann.«

»Übung ist die korrekte Antwort darauf. Konzentriere dich und versuch die Feuchtigkeit zu bündeln. Du ziehst im Grunde die Luft in dich hinein und versuchst zeitgleich, einen Druckausgleich zu machen.«

Thal versuchte direkt, die Anweisungen umzusetzen. Er zog die Luft mit lautem Getöse ein und versuchte den Druck auszugleichen. Er begann augenblicklich zu husten.

Gelia, der Thal beobachtet hatte, lachte laut. »Netter Versuch, aber weniger hektisch.«

Thal versuchte es erneut. Dieses Mal wesentlich leiser und etwas kontrollierter. Es tat sich nichts.

»Probier es weiter.«

Thal schaute ihn skeptisch an. Allerdings gab Gelia ihm nur das Zeichen weiterzumachen. Er wiederholte die Schritte. Er atmete die kühle Luft ein und baute den Druck in seinem Magen auf. Eine kleine, kaum wahrnehmbare Nebelschicht tauchte vor ihm auf.

»Hast du *das* gesehen?« Thal schrie freudig erregt.

»Mach weiter!«

Thal versuchte es wieder. Dieses Mal hielt er den Druck länger. Vor ihm erschien eine dichte Wolke. Er übte und übte.

Stunden später war er erschöpft und spürte die Anstrengung in seinen Muskeln.

»Wie kann ich auf ihnen gehen?« Voller Tatendrang konnte er es kaum erwarten, die nächste Stufe zu nehmen.

»Probiere es aus. Tritt drauf.«

Thal war skeptisch. Das konnte nicht das einzige Geheimnis sein. Er erzeugte eine neue Wolke. Wie ihm gesagt worden war, setzte er einen Fuß auf die Wolke. Verlagerte sein Gewicht langsam darauf. Als er seiner Wolke genug vertraute, trat er auf diese. Tatsächlich stand er für den Bruchteil einer Sekunde auf seiner ersten erzeugten Wolke, bevor er zu Boden rauschte.

»Das ist das Geheimnis, Thal. Entweder bist du ein Wolkenläufer oder nicht. Wie lange dich deine Wolke trägt, ist aber eine Frage der Wiederholungen. Wie deine Muskeln am Körper hält sie dich besser, je länger und regelmäßiger du übst.«

Thal verstand, was er tun musste, und war bereits daran, einen erneuten Versuch zu starten, als ihm sein Großvater die Hand auf die Schulter legte.

»Es wird bereits dunkel. Du solltest etwas essen und Pause machen.«

Thal hatte im Eifer seines Trainings gar nicht mitbekommen, wie lange er schon an seiner Wolke bastelte. Tatsächlich spürte er auf einmal, wie hungrig und müde er war. Für diesen Tag brachen sie ihr Training ab.

Tag ein, Tag aus trafen sich die zwei, um gemeinsam zu üben. Bald konnte er ohne Hilfe auf seinen Wolken gehen, konnte sie zu seinem Schutze einsetzen oder damit angreifen. In seinem Großvater fand er seinen Lehrer, der ihn in die Fähigkeiten der Wolkenläufer einführte. Seinen Meister im Kampf mit den Wolken fand er aber durch ein immer besser werdendes Verhältnis zu seinem Zimmernachbarn. Der Znom namens Gladio war eine der Wachen aus dem Regierungsgebäude. Er war für die Kampfausbildung aller Rekruten verantwortlich. Täglich übte Thal nach seinen Gesprächen mit der Königin und den Unterrichtseinheiten mit seinem Großvater den Kampf mit den Wolken. Gladio war so bewandert in den Kämpfen, dass er es auch schaffte, Schlechtwetterwolken über Thal einbrechen zu lassen. So kam es mit dem Voranschreiten seiner Trainingseinheiten dazu, dass Thal immer wieder nass wie ein Pudel in seinem Zimmer landete. Da die Dunkelheit in diesen Höhen viel schneller hereinbrach, saß Thal ungewöhnlich früh am Tage vor seinen Notizen. Die Königin hatte ihm genau ein Buch zur Verfügung gestellt, das er beschreiben durfte. Da sein Wort unwiderruflich in das Buch geritzt wurde, verbrachte er viel Zeit mit den Gedanken über dessen Inhalt. Bevor er seiner Schreibfeder Vertrauen schenkte, wollte er seinen Titel auf den Einband des Buches schreiben.

Als er nach der Feder griff, fühlte sich die Klinge erstaunlich gut zwischen seinen Fingern an. Sie war weder zu leicht noch zu schwer, weder zu klein noch zu groß. Es war fast so, als wäre sie für ihn angefertigt worden. Er bezweifelte fast, dass man mit ihr überhaupt töten konnte.

Thal griff nach dem Buch, das er von der Königin erhalten hatte. Es war dunkel verpackt, lag schwer in seiner Hand und fühlte sich seltsam an. Es war furchtbar glatt. Er spürte kein raues Papier unter seinen Fingern, es war viel feiner. Fast so, als wären die Seiten gewebt. So eng, dass er nur ganz wenige Unebenheiten auf der Seite spüren konnte. Er setzte die Feder an den Einband des Buches und dachte nach. Wie sollte er sein Meisterwerk benennen? Tausende Titel fielen ihm ein. »Thals Welt«, »Friedenswerk« und viele weitere. Letzten Endes entschied er sich für einen passenden Titel. Er wollte Kernpunkte seines Buches benutzen. Thal setzte die Feder mit unsicherer Hand an den Deckel des Buches. Als er mit der Feder in der Hand auf dem Rücken des Buches da saß, dachte er plötzlich daran, was wäre, wenn er sich verschreiben würde. Kurz dachte er daran, alles vorher auf ein Blatt Papier zu schreiben. Auf seine Frage reichte Liten ihm einige Blätter Saorga, bei denen Thal die Gräser noch durchschimmern sehen konnte. Papier, das aus Bäumen gewonnen wurde, war für Liten tabu.

Thal beschloss, den Titel schon einmal auf das Buch zu schreiben. Er hatte das S seines Titels bereits angesetzt und stoppte, als ihn die Folgen eines Schlechtwetterangriffs durch Gladio einholten. Wie aus dem Nichts musste er aus dem tiefsten Inneren niesen. Die Hand auf dem Buchdeckel verrutschte so schnell, dass dieser nun mit einer schlangenartigen Linie überzogen war. Die Feder brannte sein Werk mit glühenden Zeichen auf den Buchdeckel. Verärgert blickte Thal auf den Unfall. Er fluchte laut und ärgerte über sich selbst, als die leuchtende Linie langsam verblasste.

Nachdem er alle Möglichkeiten über das Einbinden des Ausrutschers in den Titel verworfen hatte, suchte er um Rat bei seinem Großvater. Zügig rannte er durch den Palast in die Verwaltungsgebäude, in denen er seinen Großvater normalerweise antraf. Hinter etlichen Schriftstücken versteckt, brütete dieser.

»Mir ist etwas Furchtbares passiert.« Thal polterte in den Raum.

Gelia blieb, ohne auch nur aufzuschauen, sitzen. »Schön, dich zu sehen.« Er hob langsam seinen Blick. »Wie kann ich dir denn helfen?« Gequält erhob er sich aus seinem Stuhl.

Thal zeigte ihm das Buch. Gelias' gellendes Gelächter machte Thal nun auf seinen Großvater sauer.

»Thal, ich glaube, deine größte Angst war, dass du dich verschreiben könntest. Jetzt ist es schon auf dem Einband geschehen. Das heißt doch, dass das Schlimmste, was dir passieren konnte, schon geschehen ist – dann geh befreit an den Inhalt des Buches.«

Thal verarbeitete die Worte seines Großvaters. Er ließ Gelia ohne weiteres Gespräch zurück und ging wieder in sein Zimmer. Wie so häufig sollte der alte Mann recht behalten. Liten war zwischenzeitlich zurückgekommen und hatte es sich auf dem Schreibtisch bequem gemacht. Zwischen Saorga und einem Stift lag er dort. So leise wie möglich machte sich Thal daran, einen passenden Inhalt zu finden. Er griff nach dem Stift und einem Blatt Saorga und dachte nach. Langsam kratzte der Stift auf dem Blatt, als er die ersten Worte versuchte niederzuschreiben.

»Ich bin wach, du musst nicht leise sein.« Liten schwang sich elegant auf und beobachtete Thal, wie er Worte um Worte kritzelte. »Kannst du das auch in schön?«

Liten ignorierend brachte Thal Strich um Strich auf seine Notizzettel. Er kämpfte mit den Zeilen. Die Worte weigerten sich, seinen gewünschten Inhalt wiederzugeben. Er saß die halbe Nacht an seinem Schreibtisch, bevor er sich entschloss, eine Pause einzulegen.

In den frühen Morgenstunden wachte er voller Tatendrang auf. Dieses Mal begann er zu zeichnen. Er zeichnete die Stadt, zeichnete die Menschen der Stadt und wie wohl sie sich in Zukunft fühlen sollten. Es vergingen zwei weitere Tage, bevor sich das Bild seines Reiches zusammenfügte. Schlagartig, als er das letzte Bild an seine Wand heftete, wusste er, wohin die Reise gehen sollte. Er sah nun sein Königreich vor sich. So detailliert und reich an Vorstellung, dass es ihm ein Leichtes war, die passenden Worte zu finden. Er schrieb daraufhin wie ein Wilder. Allabendlich setzte er sich an seinen Tisch und schrieb. Er schrieb so lange, bis er sein Werk Monate später vollendet hatte.

Eines Morgens, als er wieder seine tägliche Besprechung mit der Königin besuchte, legte er ihr das Buch vor.

»Bist du fertig?« Erstaunt und verwundert über die Geschwindigkeit, in der er das Buch angefertigt hatte, klärte sie ihn freudig auf. »Wir werden das Buch nun hier und in deinem Königreich verteilen. Deine Aufgaben können wir gemeinsam erfüllen. Wir hoffen aber, dass du den Nerv deines Volkes triffst und eine neue, offenere Gesellschaft erschaffst.«

Thal fand die Idee gut, war allerdings überrascht. »Wollen Sie das Buch nicht lesen?«

»Das muss ich nicht, Thal, du musst nicht mich überzeugen.«

Und dann wurde sein Buch mithilfe der Wolkenläufer vervielfältigt.

Im Untergrund

Freia und der Direktor bezogen noch in derselben Nacht Thals und Gingsts Hütte. Die Eingangstüre war beim Verlassen derart verrammelt worden, dass sich Freia schwertat, die großen Holzblöcke und Steinbrocken aus dem Weg zu bekommen. Gemütlich stand der Direktor daneben und starrte summend in die leeren Gassen der Straße. Der Tag bahnte sich seinen Weg durch die Stadt und befreite minütlich mehr und mehr Häuser aus dem Griff der Finsternis. Die ersten flackernden Lichter der Häuser schienen durch vereinzelte Ritzen auf die Straße und erhellten etwas die dunklen Wege.

»Ein klein wenig Hilfe wäre dann schon nett.« Freias wütende Aufforderung riss den Direktor aus seiner Trance.

»Oh ja. Natürlich. Ich genoss nur etwas die sommerliche Stimmung«, versuchte er sich zu erklären.

Leicht beschwipst drückte er seinen massigen Körper gegen einen der größeren Steine und kippte diesen mit beachtlicher Leichtigkeit aus dem Weg.

»Ich bin beeindruckt!« In Freias Ton schwang ihre Überraschung deutlich mit.

Völlig außer Atem richtete sich der Direktor auf und atmete langsam. »Du hast mich wohl unterschätzt!« Mit schmerzverzerrtem Gesicht drehte er sich von ihr weg, damit sie seine Schwäche nicht sehen konnte.

»Na, dieser Stock ist dann aber zu leicht für Sie.« Grinsend sah sie zu, wie der Direktor einen kleinen Ast beiseite warf.

»Das ist nur für den Stand.«

Mit breiter Brust nahm er sich den letzten massiven Holzbalken vor und drückte mit aller Kraft dagegen. Unter großem Stöhnen und lautem Knarren kippte dieser um und legte den Weg zur Hütte frei. Das Zwielicht drang von außen herein und beleuchtete den Gang schwach. Dem ersten Eindruck nach war es still im Gebäude. Nur die Schritte der beiden knarrten auf dem Holzboden.

»Da vorne kann ich eine Lampe entzünden.« Der Direktor drückte sich an ihr vorbei. »Vor unserer Abreise habe ich hier ein paar Tage wohnen müssen.« Tatsächlich fand er an der angesprochenen Stelle eine kleine Öllampe, die er mit einem der danebenliegenden Streichhölzer geschwind entzündete.

Das Licht der Lampe fraß sich durch die dunklen Räume. Sie waren, wie zu erwarten gewesen war, leer. Allerdings auch deutlich leerer als vermutet. Im Grunde war das Haus bis auf das Nötigste ausgeräumt worden. Gingst hatte in der Zwischenzeit alles, was noch verwertbar war, aus dem Haus in den Palast bringen lassen. So fanden Freia und der Direktor eine fast leere Unterkunft vor. Nur Thals Hab und Gut stand noch unverändert an Ort und Stelle.

»Die Sitzmöglichkeiten von der Dachterrasse wurden offensichtlich nach unten gebracht«, fiel dem Direktor auf. Verlassen standen sie mitten in dem sonst leeren Raum.

»Gibt es denn da oben sonst noch etwas, was interessant sein könnte?«

»Nicht dass ich wüsste. Als ich dort oben war, standen noch lediglich die paar Liegen dort.«

Freia war kurz geneigt, selbst nachzuschauen, als der Direktor ihr die Hand auf die Schulter legte.

»Das war sehr beeindruckend heute.« Er versuchte einen warmherzigen Blick aufzulegen, sein schiefer Gesichtsausdruck glich aber eher dem eines Narren. Die Mundwinkel komisch eingefroren und die Augen weit aufgerissen, schaute er sie an. Das flackernde Licht wirkte unheimlich verrückt, als er versuchte, sein Haar wieder ordentlich auf den Kopf zu streichen. Freia erschrak beinahe, als er die Lampe höher hielt. Ihr kurzes Zucken irritierte ihn, sodass er einen Schritt nach hinten machte.

»Ich werde dann hier unten noch ein paar Stunden schlafen, du kannst oben Thals Zimmer nehmen«, bot der Direktor Freia an. Wortlos nahm sie das Angebot an und stieg die Treppen hinauf.

»Ein paar Stunden Schlaf, dann treffen wir uns wieder hier.« Elegant schwang sie nach oben und ließ den Direktor, der ihr sehnsüchtig hinterherschaute, im Gang stehen.

Freia vernahm Schritte über sich. Kurz dachte sie, sie würde noch träumen. Ein kalter Windzug, der durch die vielen Ritzen des Gebäudes zog, strömte über ihre Haut. Am Fenster erkannte sie Aton. Die Krähe klopfte mit dem Schnabel an das Fenster. Schlaftrunken wie sie war, konnte sie nicht heraushören, um wie viele Personen es sich handelte. Sie rollte sich aus dem Bett und versuchte, geräuschlos in Deckung zu gehen. Langsam aber sicher erreichte sie die Tür, wo sie auch ihre Waffen abgelegt hatte. Hastig zog sie ein paar kürzere Schlagstöcke aus ihrem Mantel. Die kurzen Waffen waren ideal für den Kampf auf engem Raum. Sie war jetzt hellwach und hörte deutlich zwei Personen auf der Dachterrasse.

Es war immer noch dunkel. Oder schon wieder. Sie wusste nicht, wie lange sie hier geschlafen hatte. Kurz rätselte sie, warum sie die beiden nicht schon beim Hinaufgehen gehört hatte. Hörte dann aber, wie jemand die Treppe von oben her betrat. War es womöglich der Direktor, der dort oben war? Wer konnte dann aber die zweite Person sein? Freia kauerte sich hinter die Türe, um weitere Informationen über die Gäste zu bekommen. Wortlos stiegen sie die Treppe herab. Schwerfälligen Schrittes kamen sie Stufe für Stufe näher. Sie bewegten sich so langsam vorwärts, dass Freia den Eindruck hatte, sie würden etwas Schweres die Stufen herabtragen. Der Besuch war kurz davor, ihr Stockwerk zu erreichen, als auf dem Gang etwas zu Boden rauschte. Ein dumpfer Aufschlag zeugte von der Schwere des Gegenstands. Sie versuchte durch den Spalt zwischen der Türe etwas von den beiden Unbekannten zu erkennen. Der Gang war durch ein schwebendes Licht hell erleuchtet. Das Licht kreiste über zwei bis zur Unkenntlichkeit verhüllte Gestalten. Die langen Umhänge reichten bis auf den Boden und sie mussten beim Hinabsteigen der Stufen darauf achten, nicht über diese zu stolpern. Zwischen sich trugen sie eine riesige Holzkiste. Freia versuchte zu erkennen, was gerade auf den Boden gefallen war, und suchte den Gang zwischen den Zimmern ab. Nichts. Sie konnte weder den Boden noch den gefallenen Gegenstand erkennen. Der Boden war vollständig mit Nebel bedeckt. Die schweren Stiefel des ersten Unbekannten tasteten sich nach der nächsten Stufe. Was auch immer sie verloren hatten, es schien für die beiden nicht von besonderem Wert zu sein.

Als sie den Gang erreicht hatten, strömte der Nebel in Freias Zimmer. Augenblicklich dachte sie beim Geruch des Gases an den frühen Morgentau. Zügig bedeckt sie Mund und Nase, um nicht mehr davon einzuatmen. Sie lehnte sich gegen die Wand, um für den Fall, dass sie das Bewusstsein verlieren sollte, keinen Lärm auszulösen. Nichts geschah. Vorsichtshalber hielt sie sich bedeckt und beobachtete weiter. Unter dem Knarren der Dielen stiegen sie die nächste Treppe hinab.

Als der Nebel sich lichtete, waren die beiden samt Fracht aus dem Blickwinkel verschwunden. Freia hielt inne und wartete, ob sie etwas erkennen konnte. Vergeblich. Zwar schien das Licht von unten herauf, reichte aber nicht aus, um viel zu erkennen. Sie tastete sich langsam um die Türe herum. Der Nebel hatte ihr Zimmer bereits wieder verlassen. Lediglich eine letzte feuchte Schicht spürte sie zwischen den Zehen. Mit nackten Füßen konnte sie nicht nach unten gehen. Sie kannte die Absichten des Besuches nicht und wusste nicht, ob es zum Kampfe kommen würde. Hastig griff sie nach ihren Stiefeln, die sie neben dem Bett abgestellt hatte. Der harte Holzboden blieb leise, als sie in die Stiefel schlüpfte und sie fest verschnürte.

Ein lauter Knall lenkte ihre Aufmerksamkeit wieder auf die Eindringlinge. Dem Lärm nach zu urteilen, war die große Kiste ungebremst zu Boden gelassen worden. Freia nutzte die Gunst der Stunde und huschte schnell in den Schatten der Wand. Sie stand nun direkt neben der Türe und vernahm erneut Schritte. Leichter dieses Mal. Fast so, als hätte sich einer der beiden der Stiefel entledigt. Hastig eilten die Schritte die Stufen hinauf. Dem weiteren lauten Poltern entnahm sie, dass die Person die letzten Stufen nach oben gefallen war. Weitere Schritte folgten ihr. Freia vermutete, dass sie sich noch im Hause umschauen wollten. Sie sah nun deutlich den Schatten der ersten Person, die sich aufrichtete und sich auf direktem Wege auf zu ihrem Zimmer machte.

Freia holte aus. Mit einem gezielten Schlag an die Schläfe des Angreifers streckte sie diesen nieder. Als der zweite Angreifer seinen Kumpanen in den Raum fallen sah, beschleunigte er seinen Aufstieg und floh die Treppe förmlich hinauf. Die Schritte hämmerten schwer auf die Stufen. Freia ließ sich etwas in die Knie sinken, um den nächsten Schlag weniger vorhersehbar zu gestalten. Sie blickte kurz auf den am Boden liegenden Mann. Erschrocken stellte sie fest, dass Kleidung und Form des Mannes ihr auffällig bekannt vorkamen. An den Füßen hatte er keine Schuhe. Vor ihr lag der Direktor. Sie wunderte sich, warum er die Schuhe ausgezogen hatte, konnte sich aber keine weiteren Gedanken darüber machen, denn der zweite Angreifer flog bereits in den Raum herein. Dicht gefolgt von der vermummten Gestalt. Wieder holte Freia mit ihren Stöcken aus. Dieses Mal stellte sich ihr Gegenüber als wesentlich besser vorbereitet heraus. Mit einer schnellen Handbewegung wischte er ihre Schlagfolge weg.

Plötzlich erlosch das Licht des Angreifers. Absolute Stille kehrte ein. Sie versuchte so leise wie möglich zu atmen, um die zweite Person im Raum ausfindig zu machen. In der Hocke vorwärts tastend, vermied sie, allzu schnell greifbar zu sein, und hoffte darauf, dass die Geräusche vom Boden dem Direktor gehörten. Sie tastete sich an seinem Bein entlang und riss die Augen weit auf, um mehr erkennen zu können.

Es dauerte eine Weile, bis sie sich an die Dunkelheit gewöhnt hatte, konnte aber trotzdem weder Schritte noch Bewegungen wahrnehmen. Es war totenstill. Mit einem Schlag auf Knöchelhöhe versuchte sie, eine Reaktion zu provozieren. Nichts. An der Stelle, wo sie eben noch den Gegner vermutet hatte, sauste der Schlagstock durch Leere.

Der Direktor begann zu keuchen. Scheinbar erholte er sich von Freias Treffer. Kurz überlegte sie, ihn erneut zur Ruhe zu zwingen, als der Raum unerwartet in gleißendes Licht getaucht wurde. Suchend blickte sie sich nach der Lichtquelle um, allerdings ohne Erfolg, denn schon war der Raum wieder in dichten Nebel gehüllt. Sie konnte die Hand vor Augen nicht mehr erkennen. Schritte. Freia lauschte. Wieder kam jemand die Treppe hoch. Wie war das möglich? Der Direktor lag am Boden und die weitere Person musste noch im Raum sein. Sie hörte ein Klingeln über sich. Der sanfte Klang eines Glöckchens tänzelte durch den Nebel. Freia blickte auf. Von oben herab kam der verhüllte Angreifer hinuntergerauscht und begrub sie unter sich. Als sie versuchte sich freizustrampeln, hatte sich auch schon die dritte Person eingefunden.

»Wen haben wir denn hier?«

»Ich habe sie nicht herbestellt«, sagte eine weibliche Stimme über ihr. Mit geschickten Händen legte sie Freia Manschetten an Hand- und Fußgelenke an. Auf ihren Pfiff hin erschwerten sich die Fesseln und der Holzboden schien diese auf magische Art zu verschlingen. Freia war bewegungsunfähig gefangen.

»Wer seid ihr und was macht ihr in Thals Hütte?« Freia versuchte sich von der schweren Last der Fesseln zu befreien.

»Woher kennt ihr denn Thal?«, fragte die männliche Stimme der beiden.

»Wir haben gesehen, wie er gestorben ist, als er bei seiner Aufgabe, die Wolkenläufer zu finden, von dem Gipfel des Tar Gebirges geworfen wurde.«

»Gestorben ...?« Die weibliche Unbekannte lachte, als sie die Frage stellte, wurde aber von ihrem männlichen, deutlich kleineren Begleiter in die Rippen gestoßen.

Dieser übernahm ihren Einwand direkt.

»Gestorben! Ja. Das ist ein Verlust für uns alle.«

»Woher kanntet ihr ihn denn?« Stutzig geworden, beobachtete Freia die beiden genau.

»Er hat uns vor seinem Ableben beauftragt, ein Buch zu vervielfältigen.«

»Buch? Was denn für ein Buch?«

»*Sein* Buch.«

»Sein Buch?« Freias Überraschung war deutlich herauszuhören.

»Ja, er hatte ein Buch geschrieben, das wollten wir ihm heute bringen. Wir wussten nicht, dass er von uns gegangen ist …«

»Sind bei euch alle Botengänger bis zur Unkenntlichkeit vermummt?« Freia zweifelte an den Ausführungen und zuckte wieder wie wild, um sich von den Fesseln zu befreien. Vergeblich versuchte sie ihre Hände herauszuziehen. Die Manschetten bewegten sich keinen Millimeter.

»Du hast recht«, sagte die männliche Stimme, als sie einen Schritt auf sie zu machte und wieder einen Pfiff von sich gab. Die Fesseln fielen von ihr ab und rollten zu ihm.

»Mein Name ist Gladio.« Er legte seinen Mantel ab und präsentierte sein haariges Gesicht. »Das ist Erbu. Sie begleitet mich. So eine Kiste Bücher ist doch echt schwer.«

Erbu verneigte sich vor Freia, die sich nun kniend um den Direktor kümmerte.

»Der ist aber ohne unser Zutun zusammengebrochen«, bemerkte Gladio weltmännisch.

Freia tätschelte dem Direktor über das runde Gesicht. Nach ein paar Augenblicken kam er zu sich. Eines seiner Augen war blau und zugeschwollen.

»Das sieht nicht so gut aus.« Erbu verließ den Raum und sauste die Treppe hinunter.

»Wer sind die jetzt?«, fragte der Direktor keuchend vor Schmerzen.

»Die liefern Bücher aus.«

»Wer liefert denn mitten in der Nacht Bücher aus?« Der Direktor schimpfte lautstark über diese Neuigkeiten.

»Wir hatten Zeit«, erklärte Gladio wenig glaubwürdig.

»Und Sie sieht keiner, was?« Erbu kam die Treppen wieder hochgestürzt. »Hier, schmier das auf die eingeblutete Stelle.« Sie reichte Freia, die nach wie vor noch vor dem Direktor die Stellung hielt, eine Schale.

»Was ist das?« Der Direktor zuckte zusammen, als er den penetranten Geruch der grünen grobkörnigen Salbe vernahm.

»Das sind nur Kräuter, nicht giftig.«

»Sie beide klären mich jetzt auf der Stelle auf, was Sie sind und was Ihre Aufgabe ist. Ich lass mir vorher nichts ins Gesicht schmieren.«

Gladio wiederholte seine Geschichte widerwillig. Erklärte darüber hinaus noch ihre Herkunft und wie es dazu gekommen war, dass sie das Buch vervielfältigen sollten.

»Wir begegneten Thal im Lager des Waldvolkes. Dort hat er uns davon erzählt und wir haben gerne geholfen. Leider hat es etwas länger gedauert, als wir dachten. Aber ich kann mir bildhaft vorstellen, dass Thal dennoch gewollt hätte, dass das Buch gelesen wird.«

Freia und der Direktor schauten sich an. Das Buch war völlig neu für sie und sie kannten Thal zu wenig, um es bestreiten zu können.

»Er hat echt viel Zeit und Gedanken in das Buch eingebracht«, ergänzte Gladio.

»Vielleicht können wir helfen?«, bot der Direktor an, während er sich die Heilsalbe über das geschwollene Auge rieb.

»Ihr? Helfen? Wobei?« Gladio verstand ihn nicht. Selbst Freia schaute ihn mit fragendem Blick an.

»Na, wenn Thal will, dass die Welt das Buch liest, dann können wir das ja in der Stadt in Umlauf bringen.«

Kurz dachte Gladio über das Angebot nach. Er ging im Raum auf und ab. Mit jedem Schritt schien der Boden immer lauter das Unausgesprochene vorgeben zu wollen.

Plötzlich blieb er stehen und drehte sich mit einem Grinsen zum Direktor um. »Das ist eigentlich eine sehr gute Idee.« Gladio drehte sich mit einer gekonnten Drehung weg und ging strammen Ganges aus dem Raum. »Folgt mir! Unten warten die Schätze.«

Freia half dem Direktor wieder auf die Beine. Zu ihrem Erstaunen stellte sie fest, dass sein Auge wieder vollständig verheilt war. Binnen Minuten war die Schwellung verschwunden und der Blauton bis auf ein paar kleine fleckige Stellen komplett verdrängt.

»Ist was?«, fragte er, als er ihren erstaunten Blick sah.

»Nein, nichts. Nichts.« Freia fühlte sich ertappt.

Hintereinander stiegen sie unter den aufmerksamen Blicken von Erbus die Treppen hinab.

Als sie unten angekommen waren, hatte Gladio sich schon aufgestellt, um die angesprochenen Bücher Freia und dem Direktor zu präsentieren. Die Kiste stand mit geöffnetem Deckel mitten im Raum. Es war den beiden ein Rätsel, wie der kleine Gladio und die dürre Ebru diese Massen an Büchern die Treppe herunterbekommen hatten.

Der Direktor krallte sich direkt eines der Bücher. Eine schlangenartige Linie verzierte den Einband. Die Schlichtheit des Werkes verstörte ihn etwas.

»Es fühlt sich komisch an«, bemerkte er, als er die Inhaltsangabe der Kapitel überflog.

»Das ist das Buch.« Gladio hob eines davon in die Lüfte. »Es fühlt sich komisch an, weil es auf Saorga gedruckt wurde.«

»Sa… was?« Der Direktor versuchte nicht, seine Unwissenheit zu überspielen.

»Saorga! Das ist Papier aus Gräsern.« Erbu, die es sich bereits auf den Stufen der Treppe bequem gemacht hatte, schüttelte genervt den Kopf.

Der Direktor steckte seine Nase tiefer in das Buch. Er hatte sich die für ihn interessantesten Überschriften gemerkt und las nun aufmerksamer die Kapitel durch.

»Jedenfalls …« Gladio zögerte und warf das Buch Freia zu. »Ich bin sicher, ihn würde es sehr freuen, wenn ihr das Buch hier in Umlauf bringen könntet. Er hat seine Schuld bei uns bereits vor seiner Abreise beglichen und es wäre eine Verschwendung, die Kiste hier so einfach stehen zu lassen.«

Freia nickte. Und erhoffte sich die Zustimmung des Direktors. Dieser war jedoch bereits voll in die Seiten vertieft und hatte die letzten Gespräche nicht mitbekommen. Nur hier und da vernahm man ein interessiertes »Hmmm« oder ein tieferes Schnaufen von ihm.

»Wir haben noch sehr viel mehr davon. Aber für den Anfang sollte das reichen. Es wird bestimmt für viele Leute lehrreich sein.« Gladio verließ Freia und den Direktor und verschwand in Begleitung von Erbu wieder nach oben.

»Mach schon, das wird mir deutlich zu schwer.« Dem Direktor schnürten die Gurte eines Stoffbeutels in die Schultern. Freia werkelte an einem Tor, in der Hoffnung, Zugang in die Schattenwelt zu bekommen. Auf dem Weg hierher hatten sie eine Spur aus Büchern hinterlassen. Sie hatten sie auf Fensterbretter oder vor Türen und in Hinterhöfe gelegt, mal mehr, mal weniger gut versteckt. Die Kiste im Haus war immer noch bis zum Zerplatzen gefüllt. Leider war es ihnen aber durch die wenigen Taschen, die sie im Haus fanden, nicht möglich gewesen, noch mehr mitzunehmen. Sie brauchten Hilfe. Freia hatte schnell die passende Lösung zur Hand und wollte im Untergrund nach Freiwilligen suchen.

»Bist du dann soweit?« Er tänzelte unruhig hin und her, um seine Schultern zu entlasten.

Mit einem leisen »Klick« schaffte es Freia endlich, das Tor zu öffnen. Die Scharniere blockierten etwas, sodass Freia sich dagegenlehnte, um es aufzustoßen.

»Und da geht es in die Schattenwelt?«, fragte der Direktor, als er eine Tasche übergab. Vor ihnen lag ein leicht abfälliger Gang, der in einen Hinterhof führte. »Woher kennst du denn die ganzen Zugänge so genau?«

Freia wuchtete sich die schweren Bücher über die Schulter, bevor sie antwortete. »Ich kenne die Gefahren der Schattenwelt, seitdem ich klein bin. Wir sind dort unten aufgewachsen.«

Ein überraschter Laut entglitt dem Direktor.

Freia führte den Direktor über den Hof zu einer Treppe, die blickgeschützt zu einer weiteren Türe führte. Sie liefen die Treppe hinunter. Freia stellte ihr Gepäck auf der letzten Stufe ab und machte sich wieder an das Schloss. Dieses Mal hörten sie das Öffnen der Tür wesentlich schneller. Als die Tür aufschwang, schwappte ihnen der modrige Geruch eines Kellers entgegen. Der Schimmel tobte sich offensichtlich im Gemäuer aus. Die warme Luft, die ihnen entgegenströmte, verstärkte den Eindruck nur.

»Kommen Sie schon, wir haben, denke ich, mittlerweile Schlimmeres erlebt.« Freia bemerkte das vor Ekel verzerrte Gesicht des Direktors. Sie griff nach ihrer Tasche und marschierte durch die Öffnung in der Wand voraus, gefolgt von dem Direktor, der sich notdürftig mit seinem lumpigen Anzug versuchte, die Nase zu bedecken. Nach einem kurzen, ereignislosen Marsch durch die Abwässer der Stadt fanden sie sich vor ihrer altbekannten Kaschemme wieder.

»Ist das dein Stammlokal?« Der Direktor war verwundert darüber, dass sie hier gelandet waren.

»Das letzte Mal waren die Herren da drin nicht so kommunikativ. Ich musste singen.«

Als sie durch die Wand die Kneipe betraten, war es erstaunlich leer. Nur ein paar altbekannte Gestalten saßen wie üblich vor ihren Gläsern.

»Hier ist so viel Bewegung in dem Laden, es könnte ein Gemälde sein.«

Freia lachte auf den Einwand des Direktors hin. Sie klatschte in die Hände, um ihre Anwesenheit zu signalisieren. Schlagartig erwachten zwei der versteinerten Statuen aus ihrem Schlaf. Sie brachen aus der Wand heraus und gingen wortlos auf sie zu. Zwei Hünen standen nun vor ihnen. Muskelbepackt und mit leerem Blick warteten sie.

»Was sind die?« Der Direktor versteckte sich hinter Freia.

»Das da?« Feia deutete auf die zwei Gestalten. »Das sind Nephilim«, sagte sie so beiläufig als sei es das Normalste auf der Welt.

»Nephilim? So was wie Untote? Jagen die nicht nach …«

»Menschen, um sie zu fressen?« Freia lachte erneut, dieses Mal, weil das Offensichtliche ihm nicht einzufallen schien. »Das sind Märchen. Zwar neigen sie dazu, aggressiv zu sein, ich habe sie aber zähmen können. Untot sind sie aber, ja.«

Freia schnippte. Die zwei Giganten neigten sich nach vorne. In einer fremden Sprache flüsterte sie ihnen leise etwas zu. Ein kurzes Grunzen der beide signalisierte ihr Verständnis. Ohne zu hinterfragen, krallten sie sich die Bücher und marschierten durch die Mauer davon.

»Was war das?«

»Na ja, wer eigentlich nicht mehr unter uns sein sollte, denkt weniger. Eigentlich habe ich die hier für den Notfall abgestellt, aber ich glaube, jetzt können sie sich nützlich machen.«

Entdeckung

Auch Monate nach der Meldung von Thals Tod wirkte das Leben im zweiten Ring der Stadt lethargisch. Im Königspalast war die negative Stimmung zwar nicht zu spüren, allerdings meldete sich Buko bei seinem Onkel zu Wort. Er wurde mit der Entwicklung der Stadt beauftragt und verfolgte diese mit Nachdruck. Zu seinen Aufgaben gehörte auch sicherzustellen, dass die Kammern des Palastes zu jeder Zeit bis an die hohen Decken gefüllt waren.

»In unseren Kammern kommt seit Wochen weniger Getreide an«, ließ er den König wissen.

In der Tat waren alle Waren, die überwiegend aus dem zweiten Ring bereitgestellt wurden, spürbar zurückgegangen. Doch nicht nur bei der Nahrung war eine Veränderung sichtbar. Ebenso bei der Reinigung der Stadt. Überall blieb der Müll liegen. Der König und Buko suchten nach Gründen. Ihr Rätselraten dauerte bis tief in die Nacht, ohne dass sie zu einem Ergebnis kamen. Erschöpft brachen sie die Diskussion ab und beschlossen, einen ihrer Späher in den zweiten Ring zu entsenden. Er sollte herausfinden, was der Grund für die mangelnden Ergebnisse war.

Es vergingen etliche Tage und die Kammern des Königs leerten sich zunehmend. Wenngleich es keinen Mangel gab, war der König an den Anblick von freien Ecken in den Kornkammern nicht gewöhnt. Zu seinem Erstaunen blieb man außerdem im ersten Ring auf vielen Litern Met sitzen. Das Interesse an alkoholischen Getränken war so weit zurückgegangen, dass man bald darüber nachdachte, etliche Fässer zu verschenken.

Es vergingen Tage, ehe der Späher zurückkam und Bericht erstattete. Nach einer kurzen Unterhaltung des Spähers mit dem König wurde dieser schnell erneut entsandt. Buko, der gespannt die Rückkehr erwartet hatte, konnte sich keinen Reim auf die Stille des Königs machen. Auch die nächsten Tage schwieg dieser. Zurückgezogen und in sich gekehrt vermied er den Kontakt zu Buko. Er versteckte sich früh am Tage in seinen Privatgemächern und wurde bis zum nächsten Tage nicht wiedergesehen. Nur für äußerst dringende geschäftliche Angelegenheiten war er zu sprechen.

Buko versuchte in seiner Unerfahrenheit, über ein verstärktes Aufkommen der königlichen Armee ein entsprechendes Zeichen zu setzen. Er ordnete eine dauerhafte Präsenz in beiden Ringen an. Wer nicht arbeiten war, sollte kontrolliert werden. So kam es, dass einige Tage später der König zu einem Gespräch lud. Buko und Gingst wurden an die Tafel gerufen.

»Ich glaube, wir haben den Grund für die leeren Kammern gefunden.«

Buko und Gingst erkannten sofort, dass der König hochgradig erzürnt war. Gebannt lauschten sie den nächsten Worten.

»Hier …« Mit einem lauten Knall schmiss er ihnen ein kleines Buch entgegen. Auf dem Einband erkannten sie eine Schlange. Genau genommen sahen sie nur eine Linie, die sich über das Buch wand. Weder Titel noch Autor waren auf dem Einband zu erkennen. Obwohl es augenscheinlich ein noch neues Buch war, konnte man erkennen, dass es bereits durch viele Hände gelaufen war. Eselsohren und Risse in den Seiten verrieten, dass dieses Buch lebte oder zumindest der Inhalt in einige Köpfe eingesetzt worden war.

»Ich habe es gelesen. Der Inhalt ist zumeist wirr. Es wird von Gleichheit geredet, vom gemeinsamen Leben mit wilden Kreaturen. Und mein absoluter Höhepunkt ...« Der König griff nach dem Buch und blätterte hastig durch die Seiten, bis er die Stelle gefunden hatte, die ihn scheinbar in Rage versetzte. Er richtete sie auf. »Wir alle werden König sein.« Der Blick des Königs wurde finster. »Alle werden wir König sein«, wiederholte er mit fester Stimme. Die Anspannung des Königs war deutlich spürbar. Buko wie auch Gingst rechneten jeden Augenblick damit, dass er den Thronsaal in Stücke zerlegen würde.

Gingst überlegte, woher dieses Werk stammen konnte. Ein gemeinsamer Abend kam ihm ins Gedächtnis. Beschwipst vom Met und einem leeren Magen hatte sich Thals Gedankenwelt über Gingst ergossen. Er sah Thal vor sich, angetrunken und philosophierend über das Leben in Erbess. Den Satz »Wir alle werden König sein« grölte er lauthals in das fast leere Zimmer in ihrer Behausung und rammte seinen ebenso leeren Krug in die Höhe. Dieses Buch konnte nur von Einem stammen, Thal musste der Verfasser dieser Worte sein. Seine unruhig zappelnden Finger versuchte Gingst hinter seinem Rücken zu verstecken.

»Der Verfasser dieses Buches ...« Gingst blickte panisch auf Buko und versuchte seinen Verdacht über Augenzwinkern mitzuteilen. »... ist THAL.« Der König brüllte Thals Namen vor Zorn. »Ihr beide habt gesagt, dass er die Klippen hinuntergefallen ist.«

Gingst wusste, dass ihre Glaubhaftigkeit nun verloren war. »Viel...« Er stammelte und versuchte die Situation zu erklären.

Der König allerdings fiel ihm direkt ins Wort. »Ihr beide … « Er beruhigte sich etwas und sprach mit ruhiger Stimme. »… werdet dafür Sorge tragen, dass alle Bücher aufgespürt und *vernichtet* werden.«

Buko, der wusste, wie er den König normalerweise beruhigen konnte, hatte die Zeit genutzt, um seine Ausrede zu finden. »Ich vermute, mein König, dass dieses Buch eventuell vor dem Tod Thals geschrieben wurde. Einer seiner Gefolgsleute muss dies wohl in Umlauf gebracht haben.«

Nachdenklich nickte der König leicht und rieb sich das Kinn.

»Wir werden uns dennoch darum kümmern, dass dieses Schundwerk nicht mehr weiter verbreitet wird.«

Der König stimmte nickend zu, sein Gesichtsausdruck deutete allerdings darauf hin, dass er noch auf weitere Ausführungen wartete.

»Gingst wird mit Leibgarde und der Armee auf die Suche gehen. Darüber hinaus senden wir weitere Späher und Gingst wird *höchstpersönlich* die Bücher verbrennen.« Buko stieß Gingst gegen das Schienbein.

»Ja… Jawohl mein Herr, das werden wir.« Er griff sich dabei an seinen nicht vorhandenen Hut und stieß mit seinen Hacken unter dem Tisch zusammen.

»Das ist ein Plan.« Der König war zufrieden mit dem, was er hörte. »Dennoch werdet ihr zwei mir jeden Tage Bericht erstatten.«

»Wenn ich noch einen Vorschlag unterbreiten dürfte ...« Der böse Blick des Königs brannte auf Bukos Haut. Entspannte sich aber nach kurzer Zeit. Mit einer abfälligen Handbewegung deutete er an, dass Buko fortfahren solle. »Mir ist der Inhalt des Buches nicht bekannt, wenn wir aber einen Punkt davon aussuchen …« Der König lauschte nun aufmerksam. »Wenn wir diesen einen Punkt als ›gut‹ darstellen, ihn dann aber völlig überspitzt und in keinem Verhältnis eskalieren lassen …«

Der König nickte verstehend. Seine Begeisterung zeigte sich recht deutlich in einem breiten Grinsen. »… dann ist der ganze Rest nicht mehr glaubwürdig«, vollendete er Bukos Satz.

Zerstörung

Thals Tag war ab sofort bis zur letzten Minute verplant. Die Zeit, die er bisher auf das Schreiben seines Buches verwendet hatte, nutzte er nun, um verstärkt seine neue Umgebung zu erforschen. Neben dem intensiven Kampftraining mit Gladio war er an der Magie höchst interessiert. Immer häufiger suchte er Kontakt zu den Illusionisten der Stadt. Die Zutrittsberechtigen des Gebäudes nahmen sich selbst als Forscher wahr. Als Forscher des Natürlichen, Übernatürlichen und allem, was unter den Begriff »Zauberei« fiel.

Das Gebäude wurde überraschend gut bewacht. Thals erste Lektion war, dass sich die Geschichten, die er in der Stadt gehört hatte, als überwiegend wahr herausstellten. Thal, der sich mithilfe der Königin zu allen Bereichen der Stadt Zutritt verschaffen konnte, nutzte die Möglichkeit und spazierte meist ungehindert durch die Straßen und Einrichtungen. Seinen ersten Besuch im Zentrum der Magie hatte er, als ein Termin mit seinem Großvater überraschend abgesagt wurde. Die Königin nutzte die frei gewordene Zeit und führte ihn, in Begleitung von Liten, zu den Illusionisten. Isa, die das Forschungsgebäude leitete, begrüßte sie am frühen Vormittag in ihren heiligen Hallen.

Isa hatte eine wild zerzauste Haarmähne auf dem Kopf. Zum Teil waren die Haare an den Spitzen derartig angekokelt, dass die Frisur wie die alten Häuser in Erbess schief auf dem Kopf hing. Sie sprach hektisch und so schnell, dass Thal Schwierigkeiten hatte, ihr zu folgen. Oftmals überholten sie ihre Gedanken und sie ließ ihre Gäste mit halb vollendeten Sätzen einfach stehen. Eine Führung durch das Gebäude ließ Thal aus dem Staunen nicht mehr herauskommen. Tatsächlich wurde hier Magie angewandt.

»In den Büchern sahen die Zauberer aber etwas anders aus«, protestierte Liten, der entgegen seiner Erwartung keine Umhänge oder Mäntel fand. Auch Spitzhüte fand er nicht. Ihr furchtbar langweiliges Äußeres ließ nicht auf den Zauber der Einrichtung schließen. Lediglich die blauen Arbeitswesten verrieten sie als zusammengehörig.

»Wir forschen hier. Wir sind keine Hexen oder Zauberer aus den Märchenbüchern«, antwortete Isa gelassen auf Litens Äußerung. Offensichtlich war es nicht das erste Mal, dass diese Erwartung enttäuscht wurde. Ihre Unterhaltung über die vorherrschende Kleidungsordnung wurde durch einen dumpfen Knall, gefolgt von einem Beben unterbrochen. Fast ununterbrochen hörten sie laute Explosionen im Gebäude.

»Darf ich fragen: Was geht denn hier die ganze Zeit in die Luft?« Auch diese Frage von Thal überraschte Isa wenig.

»Ich zeige es euch.« Isa führte sie von dem recht gemütlich eingerichteten Bereich des Gebäudes – man fühlte sich wie in einem gigantischen Wohnzimmer – in einen klinisch sauberen und gut gekühlten Gang.

»Ist das eine Vorratskammer oder warum ist es hier so kalt.« Litens Mundwerk war wieder deutlich schneller, als Thal recht war. Er versuchte ihn noch im Satz zu übertönen, war dann aber selbst an der Antwort interessiert. Mit großen Augen blickten sie Isa an und warteten wie ein Hund auf seine Belohnung auf die Antwort. Isa lachte kurz und deutete ihnen an, ihr weiter zu folgen.

Auf der rechten Seite des Ganges waren durch Schutzgläser getrennte Räume erbaut worden. Immer wieder wurde der Gang durch die Feuerbälle erhellt. Der Druck innerhalb der Kammer war so groß, dass sich die Wände sichtbar nach außen drückten. Wenngleich die Explosionen zum Teil starke Verwüstungen anrichteten, waren sie jederzeit hinter den Schutzgläsern sicher.

»Was forscht man hier?« Thal war neugierig. Er dachte an eine Form der Kriegsführung, die hier entwickelt werden sollte. Vermutlich sollte sichergestellt werden, dass im Falle eines Angriffes die Zerstörung auch recht groß sein würde, war seine Vermutung beim Anblick der Zerstörung in den Kammern.

»Hier forschen wir an der massenhaften Aufforstung von Wäldern. Wir können bereits … Oh! Da, schaut.« Isa deutete auf einen ähnlich wirr aussehenden Herrn hinter dem Schutzglas. Er stand vor einem Haufen Erde und hielt seine Hände darüber. Wie aus dem Nichts spross ein kleiner Baum. Erst ganz langsam und dann immer schneller folgte das Gewächs seinen Händen. Thal erinnerte das an den Odex Wald und die vielen Bäume, die Richtung Sonne wuchsen.

»Wow, das ist ja voll interessant«, platzte es aus dem kleinen Wassermännchen heraus, als der Forscher einen Stuhl bestieg. Kaum hatte der Baum ihn wieder eingeholt, stieg er auf einen Tisch und endete auf einem der mittelgroßen Schränke. Vor ihnen stand jetzt ein offensichtlich gesunder Baum.

Isa klatschte vor Begeisterung in die Hände. Amüsiert von ihren quietschenden Geräuschen, die sie dabei von sich gab, versteckte sich Liten hinter Thals Bein, um unbeobachtet grinsen zu können. Ehe sie sich versahen, wollte Isa sie schon durch die nächste Abteilung führen.

»Sie können zwar was?« Thal hatte nicht vergessen, dass sie ihnen noch etwas hatte erzählen wollen.

»Oh! Wo war ich? Ja! … Wir können zwar schon einzelne Bäume wachsen lassen, aber bei einer größeren Anzahl geht alles in die Luft. Wie alles in dieser Abteilung hier …« Sie hielt inne und schaute in den langen Gang. Gedankenverloren verzog sie das Gesicht. Thal spürte, dass sie wohl gerade eine Idee zu haben schien.

»Wie alles in dieser Abteilung. Hier erforscht man die Heilung von Krankheiten, Regenerierung von zerstörten Wäldern und alles, was im weitestenden Sinne wiederherstellt.« Die Königin vollendete Isas Satz.

»Wiederherstellen führt zu einer solch großen Zerstörung?« Große Augen und Thals ungläubiger Gesichtsausdruck rissen Isa aus ihren Gedanken.

»Wiederherstellen erfordert mehr Energie. Das führt dazu, dass im Zuge der Wiederherstellung, wenn man es falsch macht, fast mehr zerstört als wiederhergestellt wird.« Sie strahlte freudig darüber, Thal etwas beigebracht zu haben.

»Wenn wir zerstören wollen, ist es meist so, dass wir forschen und einfach nichts passiert. Solange bis … Oh, wir sollten weiter.« Isa schob ihre Gäste unvermittelt weiter durch den Gang. Zügig hasteten sie über den kahlen, weißen Boden. Thal sah im Vorbeieilen in einem der Forschungszellen, wie ein dort liegender Mensch in Flammen aufging und zu Staub zerfiel.

»Hier forschen sie am Tod selbst.« Die Königin flüsterte Thal zu und zwinkerte. »Wir dachten, dass wir hier bereits weiter sein würden …« Sie unterbrach sich einen Augenblick. »Aber das Gebiet ist einfach zu komplex.« Mit einem überdeutlichen Räuspern machte sie der Gruppe die Bedeutung der nun folgenden Worte klar. Mit fester Stimme griff sie einen Satz Isas auf. »Wenn sie zerstören wollen, passiert solange nichts, bis …?« Sie zog ihre Frage auffällig in die

Länge. Isa, die noch vor ihnen durch die Gänge marschierte, stoppte und drehte sich zu Thal.

»Solange, bis wir dann ein Ergebnis in Form von einer Explosion, Schmelzung und allem was du dir vorstellen kannst, haben.« Ihre Freude war aus ihrem Ton verschwunden. Dieses Forschungsgebiet lag ihr spürbar wenig am Herzen. Ihr Ton ließ darauf schließen, dass sie gezwungenermaßen mit für das Thema verantwortlich war. »Seitdem wir Gladio für unsere Ausbildung haben, forschen wir auf dem Gebiet.« Ihre Abneigung verbreitete sich wie die Explosionen in den Forschungszellen. Ihre Stimmung kippte so schnell, dass Liten mit Freuden an Thals Bein hochkletterte, um sich hinter dessen Kopf auf der Schulter in Sicherheit zu bringen.

Auf einer breiten Treppe folgten sie nun den schier unendlichen Stufen, bis sie fast im obersten Stockwerk des Gebäudes angekommen waren.

»Nun denn, hier erforschen wir die Schattenwelt.« Isa öffnete eine auffällig dicke Türe, die diese Abteilung abschottete. Als wäre nichts gewesen, verbreitete sie mit ihrer Art wieder freudige Begeisterung. Als die Tür ins Schloss fiel, bemerkte Thal die Stille. Die Geräusche der Explosionen waren augenblicklich verschwunden. Auch das Zittern des Bodens war hier nicht zu spüren.

»Hier ist es ja auf einmal so leise.« Thal verfiel automatisch ins Flüstern.

»Das war auch ein immenser Aufwand. Wir forschen, wie wir einen Zugang zu ihnen bekommen. In dem Fall forschen wir Politik und ...« Sie deutete dieses Mal auf eine Art Bibliothek. Um sie herum waren die Wände voll mit Büchern und Karten. Das dunkle Mobiliar und der weiche rote Teppich weckten in Thal die Lust, sich ein Buch zu schnappen und zu lesen. Auf den hölzernen Tischen lagen

Notizen, weitere Karten und Zeichnungen. Zwei haarige, bärenartige Wesen saßen in großen massiven Sesseln. Auch hier trugen sie die Westen. Beide hatten Bücher in der Hand und waren scheinbar vertieft in ihre Lektüre.

»Die zwei hier sind gerade beschäftigt. Wir sollten sie lieber nicht stören. Aber ich kann das erklären.« Isa kicherte. Sie schien über alle Abteilungen bestens Bescheid zu wissen und freute sich, die Ergebnisse ihrer Abteilung Außenstehenden mitzuteilen. Sie referierte gekonnt und mit ein paar kleinen Ergänzungen der Königin über die Machtverhältnisse unter der Stadt Erbess.

»Die Schattenwelt wurde beherrscht von den Urgern«, begann Isa ihren Vortrag. »Wisst ihr, was Urger sind?« Thal wollte ihr gerade antworten, als sie wieder das Wort ergriff. »Ach, ich erzähl es einfach noch mal. Urger sind affenähnliche Geschöpfe, zumindest kopfabwärts und der Gangart nach. Ihre Köpfe aber ähneln nicht dem eines Affen. An der Stelle, wo ein Affe seinen Mund hat, haben diese Geschöpfe eine spitze Schnauze mit enorm scharfen Reißzähnen. Dahinter verbergen sich große schwere Mahlzähne, die stark an ein Mühlwerk erinnern. Mit diesem Gebiss lassen sich leicht die stärksten Geschöpfe der Stadt töten oder mindestens schwer verletzen.« Sie versuchte eine ernste Miene aufzusetzen, ihr Ausdruck verriet allerdings, auf welcher Stufe sie diese Spezies sah. »Der größte Vorteil der Wesen aus der Schattenwelt soll die Empfindlichkeit gegen Licht sein. Das verhindere für die Bewohner der Stadt, dass sie überfallen werden. Zumindest diejenigen, die nicht nachts in der Stadt unterwegs sind.« Während sie über die Herrschaft der Urger in der Schattenwelt berichtete, spürte Thal, wie Liten auf seiner Schulter eingeschlafen war. Ungeachtet dessen holte Isa weiter aus und unterbrach sich nur selten, um kurz nach Luft zu schnappen.

Thal wurden alle hierarchischen Strukturen vermittelt. Bis zum Ende des Tages hatte er alle Gefahren, die er bisher nur erahnen konnte, erklärt bekommen. Da man Thal nun auch bei den Wachen kannte, bot sie ihm an, gemeinsam und deutlich detaillierter durch alle Bereiche ihrer Einrichtung zu laufen.

»Dies habe ich bisher nur deinem Großvater angeboten und er war recht talentiert in dem …« Sie verstummte einen kurzen Augenblick. »Aber wir sehen uns dann, wann immer du Fragen haben solltest.«

Die nächsten Tage wurde Thal in der Tat immer wieder in der Forschungseinrichtung gesehen, nachdem er all seine versprochenen Botengänge erledigt hatte. Er war begeistert von der Magie, die hier praktiziert wurde. Jeden seiner Tage begann er damit, in die Abteilung der Wiederherstellung zu schauen. Er beobachtete die Forscher Tag ein Tag aus. Jeden ihrer Handgriffe studierte er aufmerksam.

»Wenn du nicht hier bist, um es auch zu versuchen, warum verschwenden wir dann unsere Zeit hier?«, merkte Liten an, als sie wiederholt einen Tag in stiller Beobachtung vor den Forscherzellen warteten. Das stundenlange Sitzen schlug dem kleinen Wassermännchen stark auf sein Gemüt. Erst als Thal ihn bat, nach interessanten Dingen im Gebäude zu suchen, besserte sich seine Laune.

Nachdem Thal bereits den vierten Tag in Folge eine Forscherin intensiv beobachtet hatte, kam sie auf ihn zu.

»Kann ich Ihnen weiterhelfen?«

Die Forscherin, bisher gut verhüllt in weißen Gewändern, strich mit einem Schwinger die Gesichtsmaske von ihrem Kopf. Schuppige Haut trat unter der Maske hervor. Thal wich einen Schritt zurück und kramte in seinem Gedächtnis nach ihm bekannten Tieren. Irgendwo hatte er die Form des

Schnabels mit der ausgeprägten Maulhöhle schon einmal gesehen. Die Anstrengung seiner Gedankengänge spiegelte sich in seinem Gesicht wieder.

»Sie sind …« Thal suchte nach den richtigen Worten.

»Ich bin eine Forscherin hier. Ja, das ist korrekt.« Das schuppige Gesicht ließ keine Reaktionen erkennen. In den schwarzen Augen verlor er jeglichen Bezug zur Gefühlswelt. Auch die monotone Stimmlage verriet ihre Stimmungslage nicht.

»Sie sind eine Schildkröte.« Einen kurzen Moment dachte Thal, er würde ein Blitzen in ihren Augen erkennen. Unangenehmes Schweigen legte sich über den Moment, ehe sie weitersprach.

»Du bist witzig. Schildkröten sind deutlich kleiner als ich, sie können nicht sprechen und ich habe noch keine hier forschen sehen.« Thal wurde rot. Obwohl sie immer noch erschreckend nüchtern sprach, hatte er das Gefühl, sie verärgert zu haben. »Der Fairness halber muss ich sagen, dass meine …« Sie unterbrach sich kurz, um das richtige Wort zu suchen. »… dass meine Gattung irgendwie schon in diese Artenfamilie passt. Wir sind allerdings außerordentlich weiter entwickelt.«

Thal bereute schon, die Frage gestellt zu haben. Fast hätte er sich gewünscht, selbst einfach zu explodieren.

»Warum beobachtest du mich?«

Froh über den Themenwechsel stieg Thal auf die Frage ein. »Ähm ... Mich interessiert das Forschungsgebiet.«

»Oh, das stimmt, ich finde es auch extremst spannend. Die Wundheilung liegt mir sehr am Herzen.«

Thal wollte erfragen, warum sie so enorm an ihrem Gebiet hing, entschied sich aber anders. Das Risiko, sich erneut in die Nesseln zu setzen, war ihm zu groß.

»Was muss man tun, um hier forschen zu dürfen?«

»Ich denke, eine gewisse Leidenschaft für das Thema an den Tag legen und natürlich Talent haben.«

»Das wars?« Thal war überrascht, keine Titel, Zeugnisse oder Empfehlungen vorlegen zu müssen. »Was hast du davor gemacht?«

»Ich? Ich war Buchhalterin des Todes.«

Thal versucht die bedeutungsschweren Worte zu verarbeiten. »Des Todes? Der Tod? Er hat einen Buchhalter?«

»Er hat sogar eine ganze Verwaltung. Aber ich habe festgestellt, dass mir diese Aufgabe nur wenig Freude bereitet.« Sie bemerkte Thals verwirrten Blick und fuhr schnell fort, bevor er weitere Fragen stellen konnte. »Du kannst alles machen, wenn du nur willst. Soll ich dir zeigen, was ich mache?«

Begeistert nickte Thal. Gemeinsam gingen sie zurück in die Forscherzelle.

»Ich bin im Übrigen Mazon.« Sie führte Thal an ihren Platz. Vor ihnen standen verschiedenste Kübel. Erde, Samen und auch ein Stück Fleisch, das von einem Messer auf das Übelste zugerichtet worden war.

»Ist das dein Mittagessen?«, fragte Thal und deutete auf das Fleisch.

»Sei nicht albern«, ermahnte sie ihn, ohne sich im Ton zu vergreifen. »Das ist meine Forschungsarbeit. Ich versuche aus diesem Stück wieder ein lebendiges Tierchen zu machen.«

»Fang ich damit auch an?«, fragte er mit weit aufgerissenen Augen.

»Nein, du fängst ganz einfach an.« Sie griff nach einem der Töpfe, befüllte ihn mit Erde, die lose neben ihr lag, und bedeckte dann den Samen ebenso damit. »Du versucht den Samen wachsen zu lassen.«

»Wäre es nicht Magie, wenn ich keinen Samen darin hätte?«

Mazon schüttelte ihren Kopf. Das erste Mal in dem Gespräch hatte er das Gefühl, ihre Gedanken lesen zu können. Sie müsste ihn wohl für sehr blöd halten. »Nein, das ist noch viel zu früh. Du musst erst lernen, mit den Kräften umzugehen.«

»Das hört sich gut an«, bemerkte Thal. »Bekomme ich einen Zauberstab oder so was?« Erneut hatte er das Gefühl, dass sich im tiefen Schwarz ihrer Augen ein helles Zucken zeigte.

»Sei nicht albern. Zauberstäbe braucht man nur, um Klischees zu erfüllen. Du hast Hände, nutze sie.« Sie entblößte die Klauen, die sie bislang unter weißen, weiten Ärmeln und Handschuhen bedeckt gehalten hatte, packte Thal und positionierte ihn direkt vor dem Pflanzenkübel. Mit überkreuzten Beinen saß er da und schaute in den Topf mit Dreck, während Mazon sich nun direkt hinter ihn stellte.

»Atme tief ein und aus«, befahl sie ihm.

Er tat wie befohlen und atmete. Er zog die kühle Luft so tief ein, dass sein Bauch aussah, als hätte er einen Ball verschluckt. Je häufiger er atmete, umso mehr hatte er das Bedürfnis, nach dem Sinn und Zweck dieser Übung zu fragen. Er kam sich lächerlich vor. Nach drei weiteren tiefen Atemzüge merkte er, wie er sich entspannte. Der viele Sauerstoff in seinen Lungen beruhigte ihn. Kaum hatte er die Veränderung festgestellt, spürte er Mazons harte Klauen in seinem Nacken. Eiskalt rann es ihm den Rücken hinunter.

»Entspann dich«, flüsterte sie leise in sein Ohr.

Thal brauchte einige weitere tiefe Atemzüge, bis er merkte, wie er ruhiger wurde. Selbst Mazons warmer Atem in seinem Nacken störte ihn plötzlich nicht mehr. Langsam ließ er sich auf den Boden sinken.

»So ist es gut«, hörte er sie noch sagen, bevor es links und rechts um ihn herum schwarz wurde. Wie am Ende eines Tunnels sah er den Topf mit Erde vor sich, hell erleuchtet. Thal vernahm aus der Entfernung ein unverständliches Wortgemisch. Plötzlich spürte er Hitze in sich aufsteigen. Ihm wurde so heiß, dass er förmlich zu verbrennen drohte. Als er das Gefühl hatte, innerlich bereits zu kochen, sah er vor sich dünne Lichtfäden und Sterne durch den Tunnel auf den Topf zuschwimmen. Als das Licht den Topf umhüllte, spürte er, wie die Hitze entwich. Je kälter er wurde, umso funkelnder war sein Ziel vernebelt.

Nach nur wenigen Sekunden normalisierte sich sein Blick wieder. Der Tunnel sowie Mazon waren verschwunden. Thal blickte sich in den Raum um.

Stille hatte sich im Gebäude ausgebreitet und durch die Fenster konnte er erkennen, dass es draußen bereits dunkel geworden war. Vor ihm stand der Topf. In ihm ein kleines Bäumchen. Thal staunte. Fragen schossen ihm in den Kopf. Wo war Mazon und wie lange hatte er hier gesessen?

»Oh, du hast es geschafft? Da bin ich ehrlich gesagt überrascht«, durchbrach Mazons monotone Stimme die Stille, als sie durch die durchsichtige Schutzschicht in die Zelle gelaufen kam. Sie drückte Thal zur Seite und betrachtete sein Werk.

»Habe ich das etwa gemacht?«

»Ja, das hätte ich nicht erwartet. In dir muss das Gnarm außergewöhnlich stark sein.«

»Gnarm?« Thal hörte das Wort das erste Mal. »Was ist das?«

»Du hörst das erste Mal von Gnarm?«

Thal war es fast so, als würde er Mazons Verwunderung wahrnehmen können.

»Gnarm steckt in jedem von uns. Viele sagen, es sei die Fähigkeit, Magie anzuwenden. Ich sage, es ist die Fähigkeit, Leben zu schaffen …« Erneute Stille kehrte ein, als sie einige Utensilien in einen weißen Schrank verpackte. »Oder zu vernichten«, setze sie fort, als sie die letzten Papierbögen weggelegt hatte. »Merke dir, was du heute getan hast, und übe weiter daran. Mach dies aber bitte nur hier in diesen Räumlichkeiten«, ermahnte sie ihn und drängte darauf, das Gebäude zu verlassen.

Als Thal in seinem Zimmer eintraf, schnarchte Liten bereits leise in seinem kleinen Bettchen. Wachgehalten von den Gedanken an das Gnarm und Litens Schnarchen schaffte er es erst Stunden später, Liten in das Land der Träume zu folgen.

Nach vielen heftigen Explosionen, die er auslöste, schaffte er es bald, die ersten kleinen Bäumchen ohne große Zwischenfälle wachsen zu lassen. Mazon, die ihm mit Rat und Tat zur Seite stand, betonte ihre Begeisterung für sein Talent. Schnell schaffte er es, das Gnarm so zu beherrschen, dass er auch bei dem ein oder anderen Husten zügig Abhilfe schaffen konnte. Alle seine Mentoren in den einzelnen Bereichen waren begeistert und baten ihn, doch weiter bei ihnen zu bleiben. Thal allerdings musste alles im Hause gesehen haben. Wenngleich ihn die Schattenwelt wenig interessierte, wurde ihm klar, dass es bestimmt sinnvoll wäre, in den Bereich der Zerstörung zu schauen.

Wie er an seinem ersten Tage bereits mitgeteilt bekommen hatte, entsprach der Ablauf in der Zerstörungsabteilung exakt den Worten Isas. Thal war damit beschäftigt, Bewegungen zu erlernen, mit denen er am Ende auch eine zerstörerische Energie aufbringen konnte. Er glaubte ihnen nicht. Tag um Tag führte er wilde Verrenkungen aus, um die Energie zu entfachen. Tag um Tag hatte er dasselbe Ergebnis. Nichts. Er begann, an sich zu zweifeln, und glaubte einfach nicht, dass er zum Zerstören geschaffen war. Als er gerade abbrechen wollte, begegnete er am frühen Morgen einem der Bären aus der Bibliothek. Zumindest sahen sie sich verdammt ähnlich. Aus Ehrfurcht vor den großen Tieren grüßte er wie immer freundlich. Üblicherweise grunzten sie ihn an und zogen von dannen, ohne ihn auch nur eines Blickes zu würdigen.

»Guten Morgen, der Herr.« Thal verbeugte sich regelrecht, nur damit sein Gegenüber mit einem Grummeln weiterzog und ihn stehen ließ. Aber an diesem Tag war etwas anders. Der Bär sah etwas anders aus. Seine Gesichtszüge waren weicher und er wirkte wesentlich friedlicher und entspannter.

Mit sich im Reinen, grüßte der Bär zurück. »Guten Morgen, Thal.«

Thal schluckte. Es war kein Bär. Es musste eine Bärin sein. Eine, die er noch nicht kannte. Tief verbeugt stand er da, den Kopf erhoben, und starrte sie mit offenem Mund an.

»Du kannst dich schon wieder aufrichten, ich bin nicht Isa oder die Königin.« Sie kicherte sanft.

Thal richtete sich auf. »Wir kennen uns noch nicht?«

»In der Tat nicht, Thal. Ich bin Anzis. Ich forsche oben in der Zerstörung.«

Thal war überrascht, dass so ein freundliches Wesen sich der Zerstörung widmete. »Da oben bin ich … Oder besser gesagt, war ich.« Obwohl er noch nie einen Bären fragend dreinblicken gesehen hatte, stand das Fragezeichen in ihrem Gesicht.

»Warst?« Sie schien ehrliches Interesse an seinen Gründen zu haben.

»Ich denke nicht, dass ich das kann. Ich mache seit Wochen nichts anderes und kann nichts Messbares herausbringen.«

Sie nickte verständnisvoll. »Das kann ich nachvollziehen. Aber probiere es doch einfach mal, indem du nicht daran denkst, dass du etwas zerstörst, sondern dich schützt. So ist dein Gedanke viel positiver und du wirst nicht einer der frustrierten Forscher aus unserer Abteilung. Aber ich muss los! Machs gut.«

Thal hatte seine Tätigkeit in dem Bereich tatsächlich als reines Angriffstraining gesehen. Vielleicht war es einen Versuch wert, anders an die Sache heranzugehen. Entgegen seines Planes wollte er noch mindestens eine weitere Woche daran arbeiten. Er wollte herausfinden, ob ihn seine Art der Gedanken hinderte, zu zerstören.

Als Thal letzten Endes die notwendigsten Fähigkeiten vermittelt bekommen hatte, stand der Aufbruch an.

»Thal, du hast noch eine Aufgabe zu erfüllen«, sprach die Königin eines Morgens, als sie gemeinsam frühstückten.

Er erschrak. Die Aufgabe hatte er in dem Rausche des Lernens völlig verdrängt. Er versuchte sich zu erinnern, wie lange er schon bei den Wolkenläufern lebte. Es waren bestimmt schon Wochen oder gar Monate. Er wusste es nicht mehr. Er wusste auch nicht, ob er seine Aufgabe überhaupt noch abschließen konnte.

»Du hast die Aufgabe nicht von uns bekommen!« Sie wirkte erzürnt darüber, dass sie und ihr Volk in den Wettstreit gezogen worden waren.

Thal sah seine Chancen, seine Aufgabe erfolgreich abzuschließen, schwinden. Er verzog keine Miene. Er versuchte sich seine Verzweiflung nicht anmerken zu lassen, rutschte aber kaum sichtbar auf seinem Stuhl herum. Während er auf die weiteren Ausführungen wartete, fragt er sich im Stillen, ob er diesen Ort überhaupt noch verlassen wollte. Seine Abneigung gegen Erbess wurde noch stärker, als er sich erinnerte, welche Zustände ihn daheim erwarteten. Er erhoffte sich einfach, im Schutze der Wolkenläufer weiterleben zu dürfen.

»Dennoch möchten wir dir helfen. Wir möchten, dass wir gemeinsam die Welt zu einer besseren machen. Das wird ein paar wenigen mit Sicherheit nicht gefallen. Das werden diejenigen sein, die bisher am meisten von den Zuständen profitiert haben. Aber der Großteil soll in einer Welt leben, wie du sie beschrieben hast.« Thal war erstaunt. Hatte sie das Buch gelesen? Sein Blick verriet seine Gedanken. »Ja, ich habe dein Buch gelesen und ich weiß, dass *du* helfen kannst.«

Thal war verwirrt. Zum einen wusste er, dass sich etwas auf der Erde ändern musste, zum anderen hatte er aber die Befürchtung, dass er sein warmes Nest hier verlassen musste. »Ich bin noch nicht so weit! Ich muss noch viel lernen.«

»Thal! Deine Welt, wie du sie beschrieben hast, hast du erdacht, bevor du all das gelernt hast. Du wirst weiter lernen. Aber an anderer Stelle.«

Thal wusste, wohin das weitere Gespräch führen sollte. Er erinnerte sich an die Situation zurück, als er dem Ruar gefolgt war. Hatte er sich damals einfach leiten lassen und dann diese wundervolle Welt entdeckt? War es wieder Zeit, dem Strom der Ereignisse zu folgen? Er wägte ab. Das Für und Wider seiner Rückkehr.

»Und wir sind ja nicht aus der Welt, nur über dir.« Sie grinste mit all der Wärme, die Thal nur in dieser Welt begegnet war.

Zuversicht erfüllte ihn, als er sie vor sich sah. »Dann lasst uns meine Aufgabe erfüllen.«

Vernichtung

Die königliche Armee lieferte mehr und mehr Bücher zur Vernichtung an Gingst. Schwere Karren, voll beladen mit Büchern, wurden tagein, tagaus in den Palast gekarrt. In ihrem Eifer sammelten die Soldaten alle Bücher ein, die auch nur im Entferntesten Ähnlichkeit mit Thals Buch aufwiesen. Die Bücher wurden vor die Unterkünfte der Wachen gebracht und dort lieblos von ihren Anhängern gekippt. Gingst, der im Allgemeinen nur wenig für Bücher übrig hatte, tat wie ihm befohlen und zündete allabendlich den Stapel an. Wahllos und ohne darauf zu achten, was verbrannt wurde, erfüllte er seine Pflichten.

Der König, der die abendliche Szenerie in seine tägliche Routine einbaute, erfreute sich an der zuverlässigen Ausführung seiner Gefolgschaft. Im gesamten Palast schien die riesige Rauchwolke niemanden zu stören.

Nur einer protestierte gegen das Vorgehen: Der Wächter der königlichen Bibliothek wunderte sich eines Tages über die aufsteigende Wärme an seinem Fenster. Die Bibliothek hatte der König im Keller des Palastes unterbringen lassen. In dem modrigen Teil des Gebäudes kämpften die Angestellten der Bibliothek gegen den Zerfall der Bücher. Die Buchliebhaber des Landes versammelten sich hier, um die Schätze der Stadt zu bewahren. Sie prüften stündlich die richtige Temperatur wie auch die Luftfeuchtigkeit in den Räumen. Sollte es zu warm oder zu kalt werden, lüfteten sie oder entzündeten ein Feuer, das indirekt den Raum beheizte. Die auftretende Wärme in der Bibliothek brachte den Bibliothekar so weit, dass er in seinem fortgeschrittenen Alter vor einer seiner Schichten nach dem Rechten schauen musste. Gerade als eine neue Lieferung beschlagnahmter Bücher abgeladen wurde, schaffte er es aus seinem Kellergemach auf den Hof.

»Halt! Was macht ihr denn hier?«, schrie er, als er die schändliche Behandlung der Bücher beobachtete.

Irritiert stellte einer der Soldaten fest, dass der alte graue Mann auf sie zukam. Der groteske Gang des Bibliothekars erinnerte an schnelles Rennen, die Geschwindigkeit jedoch war so gering, dass es noch eine Weile dauern konnte, bis er die wenigen Meter zurückgelegt hatte. Gestützt auf einen Krückstock, versuchte er, so schnell er konnte, an den Anhänger zu gelangen.

»Wir laden hier Bücher ab«, beantwortete der Soldat die Frage.

»Lasst das!« Der Alte schrie mit solch kräftiger Stimme, dass der gesamte Hof erstarrte. Kaum hatte er den Schauplatz des Frevels keuchend erreicht, griff er nach den Büchern. Sanft legte er diese auf dem Boden des Hofes ab. Geschwind sortierte er in der aufkommenden Hitze des Morgens die Bücher nach Autoren. Thals Buch machte bei Weitem den größten Haufen aus. Allerdings stellte der Bibliothekar fest, dass sich einige Schätze in dem Haufen befanden.

»Was habt ihr damit vor?«

»Verbrennen.« Der Soldat lachte dümmlich.

»Verbrennen?« Erneut erzitterte die Stimme des Alten. Er packte seinen Gehstock und schlug auf den Soldaten ein. »Du wirst hier gar nichts verbrennen.« Schlag um Schlag prasselte auf den Soldaten nieder, der nicht wusste, wie ihm geschah.

»Jetzt ist hier aber Schluss.« Gingst betrat den Hof, erzürnt über das Bild, das sich ihm bot. »Was soll der Unsinn?« Er packte den Stock des Alten und stieß seinen Soldaten weg von ihm.

»Ihr könnt doch nicht alle Bücher verbrennen!«

»Wir suchen nur nach *einem* bestimmten.«

»Und der Rest?« Der Alte beruhigte sich etwas und versuchte dem Ganzen auf den Grund zu gehen.

»Komm mal mit, guter Mann.« Gingst reichte ihm den Stock und legte einen Arm um seine Schultern. Gemeinsam verschwanden die beiden in Gingsts Amtsstube.

Minuten vergingen. Nur leises Getuschel drang durch die Türe hinaus. Die Soldaten standen noch unverändert an Ort und Stelle und warteten auf weitere Befehle von Gingst. Erst als die Türe der Stube wieder aufschwang und mit lautem Krachen gegen die Wand geschleudert wurde, zuckten einige auf dem Hofe zusammen.

»Herhören!« Gingsts Ton machte unmissverständlich klar, dass es neue Anweisungen geben würde. »Ihr da!« Er zeigte auf den dümmlichen Soldaten, der eben noch verdroschen worden war, und den danebenstehenden Wächter. »Ihr sortiert die ankommenden Bücher ab sofort. Alle, die nicht so aussehen …« Er griff nach Thals Buch und schmiss es ihnen entgegen. »… kommen hier auf diese Seite. Die anderen kommen dort hin.« Er wies seine Untergebenen an und deutete auf die Stellen, die sie zukünftig nutzen sollten. »Und du, alter Mann!« Er drehte sich dem Bibliothekar zu, der sich hinter ihm aufhielt. »Du hast jeden Abend Zeit, deine größten Schätze aus dem Stapel heraussuchen zu lassen. Was du nicht brauchst, wird ebenfalls verbrannt.«

Mit einem Fingerschnippen begannen die Soldaten, wie wild zu sortieren, und der Alte schaute ihnen penibel auf die Finger.

Voller Zorn stellte der König fest, dass der Haufen tagtäglich größer wurde. Aus seinen Gemächern hatte er einen hervorragenden Blick auf die Geschehnisse auf dem Hof. Das Treiben der Soldaten beobachtete er argwöhnisch, wusste allerdings, dass es nicht das Kernproblem war. Das Sortieren der Bücher hatte einen gewaltigen Vorteil. Die Wachen taten sich in den letzten Tagen immer leichter, neue Bücher aufzuspüren. Genauer gesagt, versteckten die wenigsten ihre Bücher. Man konnte zwar nur selten die Besitzer ausfindig machen, die Bücher selber fand man allerdings an allen Orten der Stadt. Im gesamten Stadtgebiet stießen Gingsts Leute auf zum Teil offen herumliegende Bücher. Die Einwohner ließen sie, nachdem sie sie gelesen hatten, an Ort und Stelle zurück, damit die Nächsten es lesen konnten. Neben dem schier nicht enden wollenden Strom an neuen Büchern lag die größte Sorge darin, dass mittlerweile das Buch im ersten Ring angelangt war. Es reichte nicht mehr aus, bei den Armen zu suchen und mit beeindruckender Anzahl an Soldaten in den zweiten Ring zu marschieren. Nun musste auch im ersten Ring kontrolliert werden. Des Königs größte Herausforderung bestand darin, unauffällig herauszufinden, wer im Besitz eines Buches war. Die Mächtigen im ersten Ring würden sich kaum wehrlos zu einer Durchsuchung bewegen lassen. Selbst dem König war klar, dass er seine Verbündeten im ersten Ring brauchte, um das geschaffene Gleichgewicht in der Stadt zu halten. Mit allen Mitteln wollte er vermeiden, diejenigen gegen sich zu haben, die bisher mit ihrem Einfluss im Land hinter ihm standen.

Da er Gingst dies nicht zutraute, wurde Buko mit dieser Aufgabe beauftragt. Er solle soweit wie möglich Zugang zu der befreundeten Elite bekommen, ohne diese zu verärgern. Der König, getrieben durch sein Misstrauen, ließ schnell die

Vernichtung der Bücher näher an seine Gemächer verlegen. Erst als das Flackern der Flammen sein Zimmer in warmes Licht tauchte, fand er seinen Schlaf.

Bedingt durch die immer größer werdenden Feuer kamen dem König immer mehr Zweifel an der Glaubhaftigkeit von Bukos Geschichte. Er beobachtete Abend für Abend die Flammen. Er hatte eigens dafür eine Wanne schmieden lassen, die mit den Büchern stetig wuchs. Nachdem der Schmied das erste Mal die Wand hatte erweitern müssen, war der ruhige Schlaf bei dem König vorbei. Jede Nacht lag er wach und wälzte sich unruhig in seinem Bett. Der Schlafmangel schlug ihm so erheblich auf das Gemüt, dass er mitten in der Nacht all seine Späher, Vertreter der Königlichen Garde und Armee in den Palast rief. Auf Befehl des Königs standen sie alle im Thronsaal. Mitten in der tiefsten Dunkelheit erhellten lediglich die Fackeln das Gemäuer. Des Königs Gesicht war blass und wirkte eingefallen. Die Augen waren umrandet von dunklen Augenringen. Niedergeschlagen saß er auf seinem Thron.

»Bringt *mir* alle Bücher, die ihr finden könnt.« Kämpferisch hallte die Stimme durch den Thronsaal. »Nehmt alle in Gewahrsam, die das Buch öffentlich zur Schau tragen oder verteilen. Die Armee soll die Stadt abriegeln und sich zum Kampfe bereithalten.« Er atmete schwer und ließ den gedankenschweren Kopf hängen. Die leeren, müden Augen überflogen unruhig und ohne Ziel die Vielzahl der Anwesenden. Der müde Blick schweifte über die Menge und blieb an Buko hängen. »Ich löse den Bann auf. Nichtmenschliche Lebewesen in der Stadt.« Mit müder Stimme sprach er. Ein Raunen ging durch den Saal. Viele der Anwesenden verstanden nicht, was er meinte. Die Wenigsten hatten je die Stadt verlassen oder ein nicht-menschliches Wesen getroffen. Sie tuschelten.

»Ab sofort dürfen alle Bewohner meines Reiches, seien es Magier oder tierähnliche Gestalten, sich in allen Teilen der Stadt niederlassen und ansiedeln. Die Boten sollen *meine* Entscheidung verbreiten. An den Toren der Stadt muss jeder, der neu in die Stadt kommt, überprüft und erfasst werden.«

Ein kurzer Augenblick der Stille legte sich bedrohlich über den Raum. Seine Hand streifte über das erschöpfte Gesicht des Königs. »Ich will über alles informiert werden, was in der Stadt vor sich geht …« Erneut brach er ab. Das Licht der Fackeln ließ ihn müder und erschöpfter erscheinen. »Ich war zu nachlässig mit euch.« Resignation machte sich in der Stimme breit.

Schwerfällig drückte er sich aus seinem Thron und bewegte sich wortlos auf schwankenden Beinen auf eine Tür neben sich zu. Mit hängenden Schultern und müdem Blick kehrte er in seine Gemächer zurück, in der Hoffnung, dass er etwas Schlaf finden würde.

Die Willigen

Voller Elan rannte der Direktor in die Stadt. Hoch über ihm folgte ihm Freias Krähe, die wie er den Weg an der Oberfläche der Stadt bevorzugte. Mit Gladio hatten sie vereinbart, dass die Lieferung der Bücher nicht mehr über Thals Haus erfolgen konnte. Zu viele neugierige Blicke machte ihnen das Leben schwer. Der Besitz des Buches war inzwischen Grund genug, um in einen der Kerker gesperrt zu werden. Unter Entzug von Essen und Schlaf wurden die Gefangenen dazu gebracht, die Mitwisser zu enttarnen. Die vielen Mitteilungen, die in der ganzen Stadt verteilt waren, ließen verlauten, dass der Inhalt des Buches den Gedanken eines wirren Mannes entstamme. Keiner der Punkte war umsetzbar und der König drohte, dass man beim Versuche, das Buch als Anleitung für ein besseres Leben zu verwenden, seine Unterkunft verlieren könnte.

Der Direktor eilte an den vielen Bekanntmachungen vorbei und steuerte zielgerichtet auf die Gasse zu, die indirekt zu ihrer Kneipe führen würde. Freia hatte mit ihren Untoten bereits die nächsten Bücher über die vielen Gänge unterhalb der Stadt verteilt. Der Direktor hatte sich inzwischen etwas an die muffigen Gänge und den zum Teil beißenden Geruch gewöhnt, bevorzugte es aber, den Urgern aus dem Weg zu gehen. Er sah sich in der Rolle des Spähers an der Oberfläche, während Freia mit den Helfern die Verteilung in der Stadt bewältigte. Als er gerade das rostige Tor zur Seite schob, vernahm er altbekannte Klänge. In dem alten krummen Haus war in einem der Zimmer ein gedimmtes Licht wahrzunehmen. Offensichtlich wurde das Zimmer über einen der anderen Räume erhellt. Das verhältnismäßig große Haus deutete darauf hin, dass die Familie seit jeher in der Stadt wohnte. Generation um Generation musste in den alten Gemäuern gelebt habe. Trotz des Alters war das Haus in einem ungewöhnlich guten Zustand. Erstaunt stellt der Direktor fest, dass die Definition des guten Zustandes wohl eine Frage des Umfeldes war. Vor nicht allzu langer Zeit hätte er selbst dieses Haus als nicht beachtenswert empfunden.

Das Summen wurde deutlicher. Der Direktor blickte auf das Fenster, von wo er das Geräusch wahrzunehmen dachte. Der Rhythmus war ihm so vertraut, dass er beinahe selbst mitzusummen begann. Ein kleines Mädchen beobachtete ihn aus dem alten Gebäude. Im Halblicht und bei geöffnetem Fenster begann sie zu singen:

»Steigt hinauf,
steigt hinauf,
kommt hoch in diese Stadt …«

Der Direktor grinste. *Freunde,* dachte er sich, als er, begleitet von der sanften Stimme des Mädchens, in der Gasse verschwand.

Kaum hatte er die Kaschemme betreten, eilte Freia auf ihn zu.

»Schau mal, wie viele uns unterstützen würden.« Stolz präsentierte sie die Vielzahl der Freiwilligen, die sie dafür hatte gewinnen können, die Bücher zu verteilen.

»Das ist schon sehr beachtlich. Wo kommen die denn alle her?«

»Die meisten gehören zu den Verstoßenen hier unten. Auch einige aus dem zweiten Ring haben sich hier eingefunden.« Der Direktor ließ seinen Blick über die Gestalten an den Tischen und der Bar schweifen. »Ist das nicht herrlich? Hier ist der Abschaum unserer Welt zusammengekommen!« Freias Augen leuchtenden vor Freude.

Ein Mann klopfte auf die Schulter des Direktors, noch bevor er etwas hätte erwidern können.

»Herr Direktor?« Der Direktor kannte die Stimme aus seinem alten Leben. Überrascht drehte er sich um. »Was machen Sie denn hier unten, Herr Direktor? Ich habe gehört, Sie seien fortgezogen.«

»Oh. Wir haben dann sogar jemanden aus dem ersten Ring, der hier hergekommen ist.« Auch Freia war der Mann kein Unbekannter. Flüchtig hatte sie den Herrn einst gesehen. Hinter einem Busch hatte sie ihn beobachtet, wie er gerade Bukos Haus verlassen hatte.

»Herr Miche!« Der Direktor konnte seine Überraschung nicht unterdrücken. »Sie hier unten? Werden Sie nicht vermisst?«

»Wer vermisst schon einen alternden Geschäftsführer«, lachte er lauthals.

»Wieso sind Sie hier? Sie haben doch alles, was man sich wünschen kann?«

»In der Tat habe ich das. Ich habe genaugenommen eigentlich zu viel.« Herr Miche hielt kurz inne. »Viel zu viel«, ergänzte er knapp und starrte geistesabwesend an die Bar.

»Nun denn.« Freia packte beide Männer am Arm und zerrte sie an einen der Tische. Herr Miches gepflegtes Äußeres fiel den Anwesenden unangenehm auf. Egal, wo er sich im Raum bewegte, hinter seinem Rücken wurde getuschelt.

»Ich muss ja schrecklich aussehen«, gab der Direktor kleinlaut von sich.

»Dafür sehen Sie nicht fehl am Platze aus.« Herr Miche öffnete seine Fliege und ließ sie schnell verschwinden. Im

Handumdrehen hatte er sich des Jacketts entledigt und versuchte seinen Stuhl gegen die Wand zu stellen.

»Was ist denn das für einer?« Ein kleinwüchsiger, glatzköpfiger Herr stand vor ihnen. Eine riesige Narbe verlief einmal quer über sein Gesicht.

»Wie meinst du das?«, versuchte Freia freundlich, das Gespräch mit ihm zu suchen.

»Leute wie der da sind doch der Grund, warum wir hier unten sind.« Der Zwerg war erzürnt und sein Gesicht färbte sich rot. »All diejenigen, die hier gelandet sind, sind nur hier, weil man uns keinen Wert zuspricht.« Freia merkte, dass er etwas angetrunken war. »Ich bin zu klein. Der da hinten ist zu blind. Der andere einfach nur zu blöd.« Er zeigte auf ein paar der Anwesenden, die sich jetzt hinter ihm aufbauten.

Der Direktor rutschte ungeduldig auf seinem Stuhl hin und her. Freia merkte, wie er langsam, aber stetig aus ihrem Augenwinkel verschwand.

»Dass dies so ist, ist mir erst klar geworden, nachdem ich durch das Buch aufgeklärt wurde.« Herr Miche stellte sich ihnen entgegen. Das blütenweiße Hemd, das er trug, strahlte wie das Licht am Ende der Gasse, durch das sie hier hergefunden hatten.

»Du willst mir erzählen, dass du zu blöd bist zu erkennen, was vor deinen Augen passiert? Du es sogar unterstützt hast?«

»Sie haben recht. Ich war zu blöd, es zu erkennen.« Die Antwort überraschte den Zwerg. Auch bei den dahinter stehenden Männern bemerkte man, wie sich die Krawalllust verflüchtigte. »Wenn es jeder macht, dann kommt es einem gar nicht mehr so falsch vor. Man merkte gar nicht mehr, dass wir tatsächlich aussortiert hatten.«

Die Stimmung des Zwerges kippte wieder. »Und das soll mir jetzt als Begründung herhalten? Du tauchst auf, in feinstem Zwirn und mit einem dicken Ring, und sagst mir, dass du einen Fehler gemacht hast, den andere ausbaden dürfen?«

Herr Miche blickte unverwandt auf den Ring, den er an seinem Finger trug. Schwer hing er dort. Fast drohte er ihn auf den Boden zu ziehen und auf immer dort festzuhalten. »Wenn es nur darum geht …« Herr Miche zog sich den Ring ab und warf ihn dem Zwerg zu. Aus Reflex fing dieser ihn und starrte ihn mit offenem Mund an. Keiner der Anwesenden wagte es, ein Wort zu sagen. Gebannt schauten sie auf den Halbwüchsigen und warteten auf seine Reaktion. Herr Miche, befreit von der Last des Klunkers, setzte sich wieder auf seinen Stuhl. Wartend auf den kleinen Mann, blickte er ihn wortlos an. Der Zwerg starrte noch immer unverändert in seine Hände. Er blickte Herr Miche an und schaute dann in die Runde am Tisch. Freia nickte freundlich, während der Direktor sich wieder näher an den Tisch traute.

»Ich gebe einen aus«, schrie der Zwerg plötzlich und streckte den Ring in die Höhe.

Unter lautem Jubel verzogen sich die meisten zurück an die Bar.

»Vor ein paar Wochen hätte ich noch geglaubt, es wäre dumm, andere an seinem Reichtum teilhaben zu lassen. Heute weiß ich, dass es gerade der Reichtum ist, der die Leute zusammenbringen könnte«, sagte Herr Miche zum Direktor, als er auf den Zwerg zeigte, der bereits einen Krug nach dem anderen unter den Gästen verteilte.

»Jetzt hört mir aber alle mal zu.« Freias kräftige Stimme drang bis in die letzte Ritze der Mauern. Schlagartig wurde es still im Saal. Gesammelt schauten alle Freia an. Selbst die

Kellnerin schien vergessen zu haben, dass der Krug, den sie füllte, bereits übervoll war. »Schön, dass wir alle was zu trinken haben.« Freia kletterte auf einen Tisch. »Also, ich weiß ja nicht, wie es euch geht.« Sie schaute in die Runde. »Aber ich für meinen Teil bin bedient davon, dass wir in der Stadt nicht dieselben Möglichkeiten vorfinden.« Zustimmendes, verhaltenes Gegröle ertönte. »Viele haben geholfen, das Buch zu verteilen. Einige haben es mit Sicherheit auch gelesen.« Deutlich lauter stimmten die Männer und Frauen zu. »Ich hoffe, dass wir die Worte von Thal nicht vergessen werden. Er fand in diesem ungleichen Wettkampf den Tod und ich kann es nicht ertragen, dass wir nun auf eine Zukunft zusteuern, die nichts an unserer Situation verändern wird.« Einige der Gäste sprangen auf und schrien ihren Frust von der Seele. »Wollt ihr denn, dass sich was ändert.« Tosende Zustimmung aus dem Saal. »Wäre das nicht sofort fällig?« Der Lärm der Menge blies sie beinahe vom Tisch. Selbst der Zwerg schrie sich mit erneut hochrotem Kopf den Schmerz von der Seele. »Wir können darauf nicht warten, *wir* müssen das selbst in die Hand nehmen.« Niemand hielt es mehr auf den Stühlen. »Je früher desto besser. Wir haben es geschafft, dass wir alle Ringe hier vereinigt haben.« Sie hielt inne.

»Die verstoßenen …« Sie zeigt auf die Gruppe rund um den Zwerg. »... Bewohner aus dem zweiten und dem ersten Ring …« Sie deutete auf eine Gruppe neben ihnen und wanderte mit ihrer Hand an ihren Tisch. »… und die neu dazugekommen.« Wilde Kreaturen verteilt über den ganzen Raum gaben Schreie von sich, die keiner von ihnen je zu hören bekommen hatte. »Wir holen, was jedem zustehen sollte.« Ein kurzer Moment der Stille brach ein. Die Menge wartete auf die Worte, die noch kommen sollten. »Notfalls werden wir dafür kämpfen.«

Die Kneipe bebte. Angestachelt vom Alkohol klopften sie auf die Tische und riefen ihre Parolen und Kommentare wild durch den Raum. Lediglich der Direktor und Herr Miche versteckten sich hinter vornehmer Zurückhaltung. Das Klopfen der Menge mündete in einen immer deutlicher erkennbaren Rhythmus. Freia stampfte passenden zum Trommeln auf den Tisch. Sogar der Direktor erkannte die Melodie und hämmerte losgelöst auf den Tisch ein. Freia erkannte, wie sich aus dem Schatten der ehemaligen Zellen zwei der Untoten an einer der neuen Kisten zu schaffen machten und frisch gedruckte Bücher in der Menge verteilte. Stapelweise lagen sie auf den Tischen und drohten, bei den harten Schlägen herunterzufallen. Kurze Augenblicke später stimmte der Chor aus voller Inbrunst ein:

»Steigt hinauf,
steigt hinauf,
kommt hoch in diese Stadt …«

Die Stimmen formten sich zu einer solchen Einheit, gesungen mit solcher Kraft, dass man den Gesang noch weit in die Gänge unterhalb der Stadt sowie in den nahe gelegenen Gassen wahrnehmen konnte.

Freia stieg von ihrem Tisch und ließ sich auf ihren Stuhl fallen, während die Krüge hastig geleert und die weiteren Strophen angestimmt wurden.

Verbündete

Thal staunte, als am frühen Vormittag ein Heer abmarschbereit auf einem der Waldwege wartete. Obwohl der Weg breit genug war, dass auf ihm zwanzig Kämpfer bequem nebeneinanderstehen konnten, war es ihm nicht möglich, das Ende der Reihe zu sehen. Es war ihm schier unmöglich, die vielen goldenen Rüstungen zu erkennen.

»Ich habe Geàrr beauftragt, all unsere Verbündeten zu informieren. Er müsste bereits im Wald sein.« Die Königin sprach voller Stolz, als sie vor ihren Mannen ihren Plan durchsprach. Gerade als sie weiter ausholen wollte, kam sein Großvater aus dem Pulk der Soldaten und quetschte sich an dem mürrisch dreinblickenden Gladio vorbei. Seltsam vertraut wirkte er, als er in Schwarz gehüllt zur Begrüßung nickte und wie gewohnt die Stille für sich sprechen ließ.

»Wir sammeln uns erst einmal im Odex Wald. Das Waldvolk war von jeher einer unserer engsten Freunde.«

Thal schluckte. Er war sich nicht sicher, ob sie sich an ihn erinnerten. Er hatte sich in der Zwischenzeit zumindest optisch nicht verändert und er vermutete, dass sie ihn sofort erkennen würden, sollte er das Lager betreten. Er hoffte auf eine lange Reise, um mit seinem Großvater und der Königin eine Strategie für das Zusammentreffen zu entwerfen.

»Wie lange werden wir denn benötigen, um in den Wald zu kommen? Der Abstieg wird doch sicher etwas länger dauern mit den vielen Soldaten.« Er erinnerte sich an seine Flucht aus dem Waldlager.

Die Königin sowie Gelia lachten auf seine Frage hin. »Hast du denn gar nichts gelernt, Thal?« Gelia wischte sich, um die Naivität seiner Frage zu untermauern, eine imaginäre Träne aus dem gesichtslosen Schwarz. »Wenn wir lange brauchen, dann sind *alle* in weniger als einer Stunde im Wald verteilt. Wir nutzen die Wolken, da können wir in größerer Höhe reisen. Sie haben bereits die genauen Instruktionen erhalten.«

Thals Gesichtszüge entgleisten. Scheinbar würde er viel früher als erwartet auf sie treffen. Noch bevor er die Königin über seine Historie in Kenntnis setzen konnte, ertönte ein tiefes Brummen aus einem gigantischen Horn. Unverzüglich antwortete ein lautes Scheppern der Rüstungen. Das Heer setzte sich in Gang. Er sah, wie ein Soldat nach dem anderen in der Wolkendecke nach unten fiel. Aber anders als erwartet, ließen sie sich nicht fallen. Nein, sie rannten förmlich durch die Luft.

Thal erkannte von hier oben die Ausmaße des Waldes. Es war ein riesiger grüner Fleck in der sonst so braunen und grauen Welt. Er sah von hier aus in weiter Ferne die Stadt Erbess mit ihren Türmen und wurde zunehmend nervöser, als er daran dachte, was noch kommen sollte. Schauer liefen ihm über den Rücken, als er sich ausmalte, wie der Herrscher des Waldvolkes zornig seine vielen Untertanen auf ihn hetzen würde, sobald sie sich wieder begegneten. Er stolperte das ein oder andere Mal und wäre beinahe aus allen Wolken gefallen und jämmerlich am Boden zerschellt. Er schaffte es jedes Mal, sich gerade noch rechtzeitig aufzufangen. Bei jedem weiteren Stolpern unterbrach Liten mit lautem Schimpfen aus seinen Mantel Thals Gedankenspiele um das Gespräch mit Craobh.

Als sie am Fuße des Lagers ankamen, war es erstaunlich ruhig. Man erwartete sie scheinbar nicht. Auch von den Wolkenläufern war keiner zu sehen. Thal, Gelia und die Königin standen völlig allein unter dem Schutze der riesigen Bäume. Thal blickte sich um. Er sah die eine oder andere Bewegung auf den Brücken und versuchte sich unauffällig hinter seinen Begleitern zu verstecken.

»Interessiert es denn niemanden, dass wir da sind?« Thal war verblüfft und etwas erzürnt über die mangelnde Aufmerksamkeit.

»Wir sind Freunde. Wir finden allein den Weg.« Die Königin schritt zielgerichtet voran.

»Woher wissen sie denn, wer wir sind?«

»Schau dich um, Thal. Alle wissen, dass wir da sind.« Gelia deutete auf ein paar Vögel, die in den Bäumen saßen. Er winkte ihnen zu. Mit einem ohrenbetäubenden Lärm antwortete der Wald. Neben dem Geschrei der Vögel nahm Thal das Röhren der Hirsche, Heulen der Wölfe und das unbekannte Gebrabbel anderer Tiere wahr. Es wurde auf einmal so laut, dass sich Thal die Ohren bedecken musste.

Sie schlenderten über die Hängebrücken zwischen den ältesten und massivsten Bäumen. Craobh, alarmiert durch den Lärm, empfing die Delegierten. Er stand vor einem mitten in den Baum geschlagenen, gigantischen Tor. Das Licht schien aus der Behausung von hinten den Neuankömmlingen entgegen. Craobh stand gespenstisch vor ihnen. Er wirkte zum einen fast so, als wäre er Teil des Baumes, zum anderen wirkte er schrecklich distanziert, sodass Thal nicht wusste, ob er überhaupt hierhergehörte. Craobh begrüßte sie herzlich.

»Wir haben eure Ankunft bereits erwartet, wenngleich der Zeitpunkt eures Besuches überraschend kam.« Craobhs tiefe Stimme vibrierte in der feuchten Waldluft. Er streifte Thal mit einem kurzen Blick. Offensichtlich erkannte er Thal in der Kleidung der Wolkenläufer nicht. Die Kapuze verdeckte Teile seines Gesichtes.

»Folgt mir.« Alle drei folgten Craobh in das Innere des Baumes. Gladio verschwand aus Thals Sichtfeld, als er sich an die Verteilung der Späher machte. Beim Betreten des Baumes staunte Thal, als er sah, dass der Baum entgegen seiner Erwartungen nicht ausgehöhlt worden war. Vielmehr wuchs er schlauchartig um ein riesiges Gebäude am Boden. Über dem Gebäude waren, wie draußen, auf verschiedensten Ebenen kleinere Behausungen angebracht worden. Auf einer Ebene konnte Thal einen großen Versammlungsplatz erkennen. Wie Spinnweben hing die gewaltige Plattform zwischen den Wänden des Baumes.

Thal blieb stehen, um die Bauweise näher zu betrachten. Die Kapuze rutschte ihm ins Gesicht. Mit beiden Händen packte er sie und befreite seinen Kopf aus dem Stoff. Ohne Einschränkungen konnte er jetzt erkennen, dass es sich tatsächlich um Spinnweben handelte, die diesen Platz in der Luft hielten. Die weißen Fäden schimmerten im Lichte der schummrigen Beleuchtung. Eine massive Konstruktion trug den Platz an Ort und Stelle. Mit offenem Mund fragte er sich, wie groß die Spinnen dann sein mussten, die dies geschaffen hatten.

»Du!« Thal hörte Craobhs donnernde Stimme und sah seinen ausgestreckten Arm auf ihn deutete. Er wollte sich gerade umdrehen, als er bereits von vielen kleinen Ästen umschlungen wurde. »Dass du dich hier noch mal blicken lässt.« Der Anführer des Waldvolkes bebte vor Zorn. Craobh war es, der Thal nun in seinen Ästen gefangen hielt. Augenblicklich waren von allen Seiten des Baumes Wachen angerannt gekommen. Wie Craobh glichen sie größtenteils einem kleinen Setzling des gewaltigen Waldes. Craobh schleuderte Thal ohne große Mühe nach oben und zog ihn zu sich heran. Thal schluckte, als er in die wütenden Augen schaute. Er zögerte. Hörte Craobh vor Zorn schnauben. Er spürte den immer fester werdenden Griff, der seinen Brustkorb abschnürte. Es krachte. Thal hoffte, dass es einer der Äste war, der gerade gebrochen war. Tiefer, eindringlicher Schmerz ließ ihn aber spüren, dass es wohl eine seiner Rippen getroffen hatte. Tränen schossen Thal in die Augen.

»Hallo, ich bin Thal.« Die Luft wurde ihm langsam knapp. »Und wie heißt du?«, ächzte er mit der letzten Luft in seinen Lungen.

Durch die unerwartete Reaktion Thals erstaunt, ließ Craobh augenblicklich etwas lockerer. Der Schmerz ließ etwas nach. Thal bemerkte, wie Craobhs Blick sanfter, fast schon freundlich wurde. Thal nutzte die Chance, hustete, während er nach Sauerstoff schnappte.

»Craobh, das klären wir doch lieber in deinem Thronsaal.« Die Stimme der Königin besänftigte den Riesen. Thal wurde sachte auf dem Boden abgesetzt, er spürte den stechenden Schmerz seiner gebrochenen Rippe bei jedem Atemzug.

»Folgt mir.«

Unten angekommen, sahen sie das Ausmaß des Palastes. Ein aus Stein gemauertes rustikales Schloss. Der Wald hatte das Gebäude vollständig wieder an sich gerissen. Der gesamte Palast war von Wurzeln, Pflanzen und Moos überwachsen. Hier war alles riesig. Eine Festung. Die gigantischen Fenster und Tore ließen selbst Craobh klein wirken. Schwere Ketten schepperten begleitend, als sich das Haupttor öffnete und sie eintraten.

Auch innerhalb der Burg schien alles überdimensioniert. Der lange Gang zum Thronsaal schien schier endlos durchzogen von Wurzeln, die sich über die Wände, Böden und

Decken des Ganges ihren Weg bahnten. Der Gang wirkte fast wie ein Tunnel, der in einen umgekippten Baum geschnitten worden war. Stark darauf bedacht, nicht über eine der Wurzeln zu stolpern, setzten sie die ersten Schritte. Während Thal versuchte, die Hürden zu meistern und Craobh nicht zu verlieren, bemerkte er, dass er scheinbar allein gelassen wurde. Die vereinzelten Lichtstrahlen, die durch die großzügigen Fenster fielen, tauchten das gesamte Schloss in unheimliches Licht. Gelia wie auch die Königin waren verschwunden.

»Ich habe dein Buch gelesen«, gestand Craobh, der den vor Schmerz und Anstrengung schwitzenden Thal beim Klettern über die Hindernisse beobachtete. »Bist du denn keiner von denen?«, fragte Craobh und zeigte auf etwas, das über Thal zu schweben schien. Thal blickte hoch. Über sich sah er Gelia und die Königin auf Wolken folgen. Thal, noch benebelt von seinem Schmerz, bemerkte seinen Fauxpas seufzend. Zögernd stieg auch er empor und spazierte nun in angenehmer Höhe über die Hindernisse.

Der Thronsaal war in seinen Ausmaßen nicht weniger beeindruckend als das gesamte Gebäude, allerdings stellte Thal schnell ein aufgeregtes Treiben in der Halle fest. Reger Handel wurde hier getrieben. Ein kleines Abbild der Welt außerhalb der Hallen bot sich ihnen. Das Ende der Halle war so stark zugewachsen, dass hier eine natürliche Trennung zu Craobhs Behausung entstanden war.

Bis auf Gelia versammelten sie sich in seinem privaten Reich. Die Decke war hell erleuchtet von den vielen tausend Käfern, die Thal zuletzt hoch oben auf der Brücke gesehen hatte. Hier jedoch flogen sie frei umher. Thal erinnerten sie stark an den Nachthimmel mit den vielen kleinen Sternen. Nur dass die Strahlkraft um ein Vielfaches heller war und der gesamte Raum in angenehmes Licht getaucht wurde.

Sie nahmen Platz in einer gemütlichen Sitzlandschaft. Die Sessel waren, wie zu erwarten, ein Haufen Äste. Erst als Thal näher hinschaute, bemerkte er, dass es ein Strauch war, der den Bedürfnissen Craobhs entsprechend zurechtgestutzt worden war. Vorsichtig schwang sich Thal auf einen viel zu großen Sessel. Um seine Belastungsgrenze zu testen, wippte er und sprang auf und ab. Aber nichts geschah. Der Sitz verformte sich etwas, ließ Thal aber nicht fallen.

»Ich habe dein Buch gelesen.« Thal erkannte die Schlange auf dem Einband. »Finde ich gut, was du vorhast. Vor allem, dass jeder sich niederlassen kann, wo er will.« Craobh legte das Buch neben sich. Er schien ernsthaft interessiert am Inhalt des Buches. »Einige sind im Wald gestrandet, weil sie nicht mehr weiterdurften.« Er hielt inne. »Der König hat uns dann vor Monaten informiert, dass der Bann über die Stadt aufgehoben wurde.«

Thal fuhr erstaunt nach oben. »Das wusste ich nicht. Ich bin das erste Mal seit Monaten wieder hier unten.« Es wurde ihm schlagartig bewusst, dass er die Entwicklung der letzten Zeit verpasst hatte. Er erinnerte sich an Gingst, den er das letzte Mal auf dem Gipfel des Berges gesehen hatte.

»Einige sind dem Aufruf des Königs gefolgt. Ein paar wenige sind schnell wieder zurückgekommen. Der König lässt zwar alles in die Stadt. Man wird auch als Bewohner der Stadt erfasst. Allerdings scheint der hohe Andrang eher dazu zu führen, dass die Stimmung aggressiver wird. Der Raum wird eng. Die Arbeit weniger.« Craobh blickte Thal eindringlich an.

Thal wusste, dass er in seinem Buch dies zwar so geschrieben hatte. Allerdings war nie die Rede davon gewesen, alle zusammenzupferchen und auf das Beste zu hoffen.

»Der König hat deine Worte in seinem Sinne ausgelegt, um zu beweisen, dass *alles* in deinem Buch haltlos ist.« Thal schluckte. Er hatte nie damit gerechnet, dass seine Worte gegen ihn verwendet werden könnten. »Es ist nur eine Frage der Zeit, bis in der Stadt ein heilloses Durcheinander herrscht. Der König wird, um den ursprünglichen Zustand herzustellen, morden und vertreiben. Unter dem Jubel der Einwohner.«

Thal verstummte. Er formte Fragen in seinem Kopf. Brachte diese aber nicht hervor.

»Wie viel Zeit werden wir denn noch haben?«, fragte die Königin.

»Nicht allzu viel. Wir sollten uns beeilen.«

»Wir werden deine Hilfe benötigen. Wirst du uns unterstützen, wenn es ernst wird?«

Craobh zögerte. Er schaute auf den stummen Thal, der nach wie vor um die richtigen Worte kämpfte. »Unter einer Bedingung.« Craobh baute eine bewusste Pause ein, um die Reaktionen der beiden zu prüfen.

»Unter welcher?« Thal hielt die Stille nicht mehr aus und platzte mit seiner Frage heraus.

»Erkläre mir, wie du fliehen konntest.«

Thal riss die Augen weit auf. Konnte er die Wahrheit sagen? Wie würde Craobh reagieren? Was bezweckte er mit der Frage?

»Wir haben geholfen.« Die Königin nahm ihm die Antwort ab.

Craobh nickte verstehend. »Wir stehen hinter dir, Thal.«

Erleichtert über die Unterstützung des Waldvolkes, bezog er sein Quartier für die Nacht. Trotz der Anstrengungen des Tages fand Thal keinen Schlaf. Unruhig wälzte er sich in seinem weichen Bett. Trotz des Zuspruches des Waldvolkes wie auch der Wolkenläufer zweifelte er an seiner Fähigkeit, ein ganzes Königreich zu führen. Als der Mond seinen höchsten Stand erreichte, stieg Thal aus seinem Bett und spazierte über die schaukelnden Brücken des Lagers. Er wanderte ein wenig umher, ehe er Gelia auf einer der Brücken entdeckte. Sie trafen sich dort, wo ihre Reise vor wenigen Monaten begonnen hatte.

»Was machst du denn hier?« Gelia war sichtlich überrascht, Thal hier zu treffen. »In deinem Alter habe ich fast durchgängig geschlafen.«

»Ich glaube, das Ganze wächst mir über den Kopf.« Sichtlich bewegt von den Geschehnissen des Tages, lehnte Thal sich auf den Handlauf der Brücke. »Der König nutzt meine Worte gegen mich.«

Gelia lehnte sich zu Thal. »Thal, das werden sie immer tun. Heute ist es der König, morgen ist es jemand, der gern König wäre. Am Ende aber wirst du bewertet nach dem, was du getan hast, nicht nach dem, was du vorher gesagt hast.« Gelia richtete sich wieder auf und legte seine Kapuze ab. »Und selbst wenn er deine Worte falsch auslegt: *Er* war es, der deine Absichten nicht richtig auslegte, deinen Plan nicht verstand.«

Gelias Worte beruhigten Thal ein wenig. Während seiner letzte Worten fiel Thal auf, dass er nie nach seiner Vergangenheit gefragt hatte.

»Wie kam es denn dazu, wie es am Ende gekommen ist?« Thal spürte, es war an der Zeit, seine gesamte Geschichte kennenzulernen. Während die Nacht auch die letzten Geräusche verschluckte, lauschte Thal den Erfahrungen seines letzten lebenden Verwandten.

»Ich muss dir noch was zeigen.« Gelias ernster Ton beunruhigte Thal etwas. »Ich hoffe, du hast dich warm genug eingepackt. Wir steigen nun hoch in die Luft.« Kaum hatte er Thal gewarnt, stieg er schon auf. Wie durch Zauberhand öffnete sich die Laubdecke des Waldes und Gelia verschwand in dem sternenbenetzten Himmel. Thal folgte. Glücklicherweise hatte er seinen Mantel der Wolkenläufer an. Der dicke Umhang war gut für die hohen Sphären geeignet, in denen sich sein Volk die meiste Zeit aufhielt. Immer kälter wurde es ihm um die Nase. Er versuchte mit seinem Großvater Schritt zu halten. Dessen Erfahrung ließ ihm aber trotz seines Alters stets ein wenig Vorsprung.

Die Luft um ihn herum wurde immer dünner. Die Kälte war nun so unerträglich, dass er sein Hemd über die Nase zog. Thal versuchte herauszufinden, wie hoch er bereits gestiegen war, konnte aber in der Nacht nichts erkennen. Nur eine helle Stelle nahm er auf der Erde wahr. Erbess leuchtete verschwommen im Dunkeln der Welt. Langsam spürte er, wie Gelia Geschwindigkeit verlor. Um ihn herum wurde es wärmer. Scheinbar verloren sie wieder an Höhe. Bald hatte Thal Gelia eingeholt.

»Du wirst jetzt gleich sehen, warum du König werden musst.«

Sie steuerten die letzten Meter gemeinsam auf die Erde zu. Gespenstisch ruhig lagen die Umrisse von Gebäuden vor ihnen. Ein kleines Dorf.

»Wieso brennt hier kein Licht?«

»Weil hier keiner mehr wohnt, Thal.«

Sie landeten in der Mitte des Dorfes. Gelia steuerte zielgerichtet über die Hauptstraße zum Rand des Dorfes.

»Was ist das für ein Ort. Spukt es hier?« Thal fühlte sich bei jedem Schritt beobachtet. Es war ihm beinahe so, als ob er in den Fenstern Bewegungen sähe. Die vermeintlichen Blicke kitzelten ihn im Nacken. Erst bei näherem Betrachten erkannte er, dass es lediglich sein eigenes Spiegelbild war.

»Das hier ist das letzte Dorf gewesen im Königreich. Dahinter regiert der nächste König.«

Sie hatten das Ende des Dorfes erreicht und standen vor einer leeren Wiese. Ein paar Umrisse konnte Thal erkennen. Er vermutete aufgrund der Höhe und des Umfanges, dass es sich um Bäume handeln musste. Anders konnte er sich den dünnen Stamm und die dünnen Verästelungen nicht erklären.

»Solus«, flüsterte Gelia. Leuchtende Bälle flogen hoch in die Luft. Schlagartig war das Gelände hell erleuchtet. »Das ist zur Abschreckung für all diejenigen, die versuchen sollten, dem König die Position streitig zu machen.«

Und dann erkannte Thal es: Er hatte sich schwer getäuscht. Das waren keine Bäume auf der Wiese. Vor dem Dorf waren säuberlich dessen Einwohner aufgespießt. Thal war geschockt. Die leblosen Skelette hingen gespenstisch als Mahnmal auf den Pfählen.

Gelia legte die Hand auf Thals Schulter. »Lass uns gehen. Ich habe dir noch etwas zu zeigen.« Gelia schob Thal wieder in das Dorf. Wortlos gingen sie nebeneinander her. Ihre Schritte knarzten schwer auf dem Kies.

»Wieso musste er mit seinem eigenen Volk abschrecken?«, fragte Thal.

»Wer so grausam gegenüber seinem Volk ist, wird noch grausamer gegen die anderen sein – sollte wohl die Botschaft sein, vermute ich.« Gelias monotone Erklärungen verrieten, dass er selbst seiner Erklärungen nur wenig Glauben schenken konnte. »Wir sind da.« Sie standen vor einer Ruine. »Solus«, flüsterte Gelia wieder.

Wieder erschien das strahlende Licht über ihnen. Die Ruine schien dem Feuer zum Opfer gefallen zu sein. Die verkohlten Holzträger ragten in die Lüfte.

»Hier hast du gewohnt.«

Thal schluckte laut, als er vor der Ruine stand.

»Hier wärst du beinahe gestorben.« Gelia deutete auf das obere, nicht mehr vorhandene Stockwerk.

»Hier sind Menschen gestorben?«, fragte Thal mit wässrigen Augen. »Wann …?« Thal brachte den Satz nicht zu Ende. Er schniefte.

Gelia verstand, welche Frage Thal beantwortet haben wollte. »Das Feuer ist nur wenige Tage vor der Errichtung des Mahnmals ausgebrochen.«

»Weiß man, wer es war?« Thal hatte sich etwas gefasst. Er zupfte seine Kleidung zurecht.

»Das sag ich dir ein anderes Mal. Wir haben genug gesehen.« Gelia packte Thal ein letztes Mal und hob ab. Dieses Mal legten sie den Weg gemeinsam in das Lager zurück.

Stunden vergingen, ehe beide auseinandergingen und in einen tiefen Schlaf fielen. Sanft träumte Thal davon, wie er seine Ideen im Königreich umsetzen würde und wie einer der Bettler den Thron in Erbess bestieg. Erst als ein Vogel im Morgengrauen an seinem Bett saß, wachte er auf.

Der Ausflug in der Nacht hatte in ihm neue Energien freigesetzt. Voller Elan sprang er aus dem Bett und schaute aus einem der Fenster seiner Unterkunft. Erstaunlicherweise war bereits ein reger Verkehr im Lager. Die Brücken schaukelten wild unter den darauf umhereilenden Waldmännern und -frauen. Ein Gähnen überkam ihn, als er beobachten konnte, wie der große Platz unter ihm freigelegt wurde. Liten, der sich mit ihm das Zimmer teilte, war noch tief in seiner Traumwelt versunken. Thal rüttelte sanft an einem der kleinen Äste.

»Ich werde mich schon einmal nach unten begeben.«

Verschlafen nickte Liten, die kleinen Augen schienen sich dem Aufwachen zu verwehren und er war augenblicklich wieder wie versteinert. Thal schmiss sich den Mantel um, den er in der letzten Nacht nur hastig über die Kante des Bettes geworfen hatte. Die feuchte Morgenluft strömte durch seine Nase, als er die Türe weit aufriss und auf die Plattform seiner Behausung trat. Die Häuser waren tief in die Bäume gewachsen und bildeten eine gefestigte Einheit mit ihrem Wirt. Durch den Stamm vereinnahmt, spürte er nicht, welche Hektik bereits ausgebrochen war. Erst als er auf seinem Weg nach unten ein paar der Brücken passieren musste, spürte er, wie die vielen Bewohner das gesamte Lager in Schwingung versetzten. Beschäftigt damit, nicht von den Brücken oder engen Treppen gestoßen zu werden, entging ihm, dass sich der Platz in der Mitte des Lagers immer weiter füllte. Beginnend mit dem Bund der Illusionisten und gefolgt von den Waldtieren trafen mehr und mehr Verbannte an der Sammelstelle im Wald ein. Dicht an dicht reihten sie sich auf. Schon bald war das Ende der Schlange nicht mehr zu erkennen. Tief in den Wald hinein hatten sich jegliche Geschöpfe versammelt. Dem Ruf der Wolkenläufer folgend, warteten sie. Der Lärm wuchs stetig an. Solange, bis selbst Liten nicht mehr hätte weiterschlafen können.

In sicherer Entfernung, etwa zwei Etagen über der wartenden Menge, begegnete Thal Craobh, der Königin und seinem Großvater. Emotionslos und ohne ein Wort zu sagen, starrten die Königin und Gelia in die Menge. Craobh hatte sich als Gastgeber bereits zum Sprachrohr befördert und koordinierte die Neuankömmlinge. Erst als der Platz des Lagers komplett überfüllt war, klärte er alle über die Hintergründe ihrer Zusammenkunft auf. Es dauerte einige Minuten, bis sich der Lärm zurückdrängen ließ. Die Illusionisten erkannten, dass es für die weiter hinten Stehenden unmöglich war, etwas zu erkennen. Durch das Murmeln ihrer Formeln beschworen sie an den verschiedensten Stellen im Wald durchsichtige Leinwände hervor. Craobh war nun in voller Pracht und Lautstärke auf den Wänden zu erkennen und zu hören.

»Ihr alle habt die Worte aus Thals Buch vernommen.« Alle Anwesenden hingen nun an den Lippen des Anführers und waren bemüht, jegliche Geräusche zu vermeiden. »Ihr alle seid gewillt, diesen Worten Vertrauen zu schenken.« Ein Schrei der Bestätigung hallte durch den Wald. Millionen Kehlen ließen keinen Zweifel daran, dass Thal die richtigen Worte gefunden hatte.

»Und wenn nötig, seid ihr gewillt, ihn zu unterstützen.« Erneuter Jubel brach aus. Thal erkannte in diesem Augenblick, wie lange die neu entdeckte Welt von ihm ferngehalten und unterdrückt worden war. Die unsichtbaren Mechanismen seiner Welt hatten lange genug im Schatten gelegen und präsentierten sich im Lichte des aufsteigenden Widerstandes. Auf einer der gewaltigen Leinwände erkannte sich Thal. Hinter ihm verdunkelte es sich. Bevor er sehen konnte, was sich hinter ihm auftat, erloschen die Bilder vor ihm und lösten sich in einem Glitzerschauer über den Massen auf. Thal drehte sich um. Craobh stand vor ihm und beugte sich hinab. Das verwitterte, alte Gesicht des Waldvölklers raste so zügig auf Thal zu, dass er vor Schreck einen Hopser nach hinten machen musste.

Grinsend begann Craobhs Stimme wieder zu beben. »Du hast deine Worte sehr weise gewählt. Wir sind für alles bereit.« Die riesigen Pranken deuteten auf die Menge vor ihnen.

»Eigentlich bin ich gar nicht so weise. Ich habe nur das geschrieben, was ich als normal empfunden haben.« Selbst durch das alte Holz Craobhs konnte Thal die Verwunderung über seine Antwort erkennen. Thal spürte, dass Craobh noch einige Worte loswerden wollte, wurde aber von der Hektik des Treibens eingeholt. Ein schildkrötenartiges Wesen trat an seine Seite. Thal sortierte es aufgrund seiner Optik als Buchhalter ein. Dem Alter nach vermutete er, dass es sich wohl um den Buchhalter des Todes handeln musste.

»Craobh, wir brauchen Ihren Rat bei der Verteilung der Truppen. Wo sollen wir die einzelnen Einheiten stationieren?«

»Lass uns später weiterreden, Thal.« Craobh verschwand ohne weitere Worte und folgte der Schildkröte.

Thal wurde von regem Treiben geweckt. Schnell versammelte er sich mit Liten, der Königin und einer kleinen Gefolgschaft, um in Richtung Erbess aufzubrechen. Craobh, der den Morgen mit der Verteilung der Truppen verbracht hatte, bevorzugte es, die Stellung bei jenen zu halten, die nicht mitgehen sollten. Es war zwar kein Geheimnis, dass alle im Lager bis zum Äußersten gehen wollten, allerdings fand es Thal angebracht, etwas weniger provokativ auf den König zuzugehen. Immerhin war die vorherrschende Meinung in der Stadt, dass Thal seit geraumer Zeit tot war. Somit erhielt der Truppenverbund die Anweisung, am Waldrand zu warten, bis sie wieder zurückkamen oder die Botschaft des Todes der Anführer verbreitet wurde.

Als sie die Waldgrenze passierten, wirkte selbst die undurchdringliche grüne Wand des Waldes dichter und bedrohlicher als sonst.

Aufstand

Schier endlos wuchs der Zulauf um Freias Gruppierung. Nachdem die Tore der Stadt im Grunde für jedermann geöffnet worden waren, fürchtete sich der Großteil der Einwohner vor der Veränderung. Getrieben von Angst hatte sich die anfänglich kleine Gruppe zu einem gewaltigen Widerstand zusammengerottet. Im Schutze der Katakomben und der Schattenwelt konnten sie schalten und walten, wie es ihnen in den Sinn kam. Die massive Verstärkung ermöglichte es Freia, sichere Transportwege unterhalb der Stadt einzurichten.

Die Urger haben sich weit hinab zurückgezogen und versuchten den Massen an Rebellen aus dem Weg zu gehen. Wenngleich es nur wenige Regeln gab, war eine besonders wichtig: Niemand sollte in der Kanalisation oder in der Stadt allein unterwegs sein. Zwar waren ihre Aktivitäten weitestgehend unbemerkt abgelaufen, allerdings verursachten die Reinigungsaktionen in der Nacht Aufsehen. Alle Plakatierungen, die Thals Namen und sein Werk in den Schmutz zogen, wollten sie in nächtlichen schnellen Aktionen bereinigen.

Da es Buko nicht verborgen blieb, wie schnell die Schriftstücke wieder verschwanden, wurden die Palastwachen verstärkt im gesamten Stadtgebiet eingesetzt. Der Großteil der Wachen war so konzentriert damit beschäftigt, die Augen im zweiten Ring offenzuhalten, dass man die meisten vergeblich im Palast suchte. Nur noch in der Mindeststärke bewachten sie die vielen Zugänge zum Palast. Zum Teil blieben einige schon ganz geschlossen. Selbst die Tore des ersten Ringes waren meist versperrt. Die dauerhafte Präsenz der Wachen und ihre willkürlichen Kontrollen spielten Freia in die Hand. Die Stimmung erreichte schon bald eine Schieflage, die der Neigung der Häuser entsprach. Die Abschottung der Wohlhabenden und die Zuwanderung der Unbekannten trugen zum anwachsenden Misstrauen der Einwohner untereinander bei. Während viele sich in ihre Behausungen zurückzogen und versuchten, aus der Stille die Geschehnisse an sich vorbeiziehen zu lassen, erwachte bei anderen der Drang zum Widerstand. Widerstand gegen das Ungewohnte und bisher nicht Dagewesene. Plötzlich war man nie unzufrieden gewesen und es schien allen bisher immer sehr gut ergangen zu sein. Wohlwissentlich, dass die Veränderung in Form von Thal nicht mehr kommen würde, klammerte sich die Hoffnung an Freia, die ihre Interpretation des Buches einfließen ließ.

Während an der Oberfläche der Stadt die verunglimpfenden Worte in den Gassen entfernt wurden, koordinierte Freia die Säuberung der Schattenwelt. Obwohl ihr die Gefahren bekannt waren, die unter der Stadt lauerten, und der Zustand der Gänge und Kanäle eher lebensunwürdig war, wusste Freia, dass einige gerne hier unten lebten. Eindrucksvoll bewiesen die Kreaturen – und nicht zuletzt auch die Menschen –, wie anpassungsfähig sie waren. Hatten sie sich erst einmal an ihre Umgebung und Umstände gewöhnt, schafften sie es auch, in dieser Umwelt eine Heimat zu finden. Sie wusste, dass nur wenige freiwillig hier gestrandet waren. Konnten es aber durchaus verstehen, in der Abgeschiedenheit und im Schutze der Mauern das Gefühl zu haben, zu Hause zu sein. Schon bald wurde der äußere

Rand der Schattenwelt Teil des normalen Tagesablaufes der Stadt.

»Wie tief geht es denn noch in die Erde hinein?«, bohrte der Direktor nach, als er wieder einmal zu spät zu einer der Besprechungen kam. Der Führungsstab um Freia herum hatte sich bereits in der Kerker-Kaschemme um einen der Tische versammelt und war bereits in Gespräche vertieft.

»Noch sehr tief. Das hat noch keiner so genau erforscht.« Der Zwerg, der vor noch vor wenigen Wochen lediglich Spaß am Trinken gefunden hatte, sprang ein, um Freia an einer Predigt über die Wichtigkeit von pünktlichem Erscheinen zu hindern.

Die Führungsriege um Freia wuchs beachtlich. Mit strenger Hand wachte sie über die Ausführung der Aufgaben. Den Ruf der strengen Führerin hatte sie, je mehr Leute ihr zuarbeiten mussten, schnell weg.

»Vielleicht besteht die nächste Aufgabe darin, das einfach mal herauszufinden.« Der finstere Blick durchbohrte den Direktor beinahe.

»Wie dem auch sei, was gibt es Neues?«, fragte sie, um die Sprache wieder auf dringlichere Themen zu lenken.

»Wir haben es wieder geschafft, beinahe alle der Plakate zu entfernen.« Herr Miche schaffte es, durch das Aufrechthalten seiner Geschäfte beinahe ungestört und völlig unsichtbar durch die Stadt zu marschieren. So konnte er ohne Probleme die Standorte der Plakatierungen feststellen und vermerken. »Ich denke allerdings, dass wir uns etwas im Kreis drehen.« Schlagartig hatte er die ungeteilte Aufmerksamkeit der Gruppe.

»Was soll das heißen?« Der Direktor wirkte irritiert. Nicht wissend, ob er etwas verpasst hatte oder diese Information für alle neu war, versuchte er seine Frage wichtig klingen zu lassen. An den Reaktionen der weiteren Gesprächsteilnehmer merkte er, dass er wohl genau die richtige Frage gestellt hatte. Stolz reckte er sein mit Bartstoppeln bedecktes Kinn in die Höhe.

»Es muss andere Wege geben, als nur die Wände freizuhalten. Ich stelle zwar fest, dass die Orte, wo sie die Plakate anbringen, selten geändert werden, allerdings wette ich mit euch, dass bereits morgen die nächsten hängen.«

Die Erwartungen der Runde waren wohl höher gewesen. Enttäuschtes bis genervtes Schnauben machte sich am Tisch breit.

»Und wie soll das aussehen?« Der Direktor witterte seine Chance, seine Verspätung wiedergutzumachen. Argwöhnisch beobachtete Freia das Treiben der zwei Herren.

»Na ja, anstatt zu entfernen, könnten wir diese auch überkleben.«

Stille machte sich an dem Tisch breit.

»Wenn wir die so gestalten, dass man kaum einen Unterschied sieht, dann glauben die Leute, dass diese vom König aufgehängt wurden.« Herr Miche blickte nervös in die Runde. Auf eine Reaktion wartend, wanderte sein Blick durch die Runde. Im Halblicht der unzureichenden Beleuchtung erkannte er, wie auch der Direktor und der Rest der Runde auf eine Reaktion am Tisch warteten. Bald blickten die Anwesenden gesammelt auf Freia, die am Kopf des Tisches offensichtlich in Gedanken versunken war. Der Klang des Schweigens drückte auf die Anwesenden wie ein Deckel, der einen Topf verschlossen hatte.

Gefangen in der Stille versuchte der Zwerg mit einem Räuspern, eine Antwort von Freia zu provozieren. Kaum hatte er sich bemerkbar gemacht, schauten alle in seine Richtung. Alle bis auf Freia. Nach wie vor ohne eine Reaktion zu zeigen, saß sie dort. Nicht wissend, ob sie die Ausführungen von Herrn Miche mitbekommen hatte, nutzte der

Direktor den Moment des Unbeobachtetseins und klopfte ihr kaum wahrnehmbar auf die Schulter. Aus den tiefen Gängen ihrer Gedanken erwachend, blinzelte sie.

Ohne auch nur einen weiteren Blick in die Runde zu verschwenden, sprach sie mit fester Stimme: »Dann werdet ihr drei das umsetzen.« Sie deutete auf Herrn Miche, den Zwerg und den Direktor.

»Warum soll ich denn da bitte dabei sein?« Der Zwerg erhob sich aus seinem Stuhl und blickte mit erzürnten Augen über die Tischkante.

»Das, liebster Troich, kann ich dir ganz einfach erklären.« Freia blickte ihn mit aller Güte, die sie aufbringen konnte, an. Eingeschüchtert von ihrer Reaktion, wechselte der Zorn in Troichs Gesicht einer fragenden, fast ängstlichen Mimik. »Zwerge sind bekannt für ihr handwerkliches Geschick.« Troich nickte stolz. »Hier in der Stadt haben sich die Zwerge seit ihrer Ankunft mehr als Bauzeichner hervorgetan.«

Troichs immer noch zornesrotes Gesicht stach aus seinem dichten Bart wie glühende Kohlen hervor, er merkte aber selbst, dass Freia mit ihrer Behauptung recht hatte. In der Tat hatte die Hauptaufgabe der Zwerge in der Erstellung von Zeichnungen gelegen. So konnten sie sich, zusätzlich zu ihrer Kleinwüchsigkeit, bewegen, ohne große Aufmerksamkeit zu erregen. Aufgrund ihrer Größe nahmen viele Wachen sie nicht ernst. Freia aber hatte schnell herausgefunden, dass sich der Zwerg an sich mit seiner streitlustigen Art hervorragend für ihre Zwecke eignete. Mit Troich hatten sie darüber hinaus den streitlustigsten aller Zwerge in ihren Reihen.

»Troich wird uns das Plakat kopieren. Herr Miche wird weiterhin die Standorte der Plakate ausfindig machen. Dieses Mal lassen wir diese aber hängen. Zu guter Letzt wird der Direktor eine Vielzahl an Plakaten erstellen.«

Nun schluckte auch der Direktor, der erst jetzt verstanden hatte, dass er eine tragende Rolle in dem Plan spielen sollte. »Ich soll also Plakate malen?«

»Nicht malen.«

Er atmete erleichtert durch.

»Sie sollen sie kopieren.«

»Ich kann so was nicht …«

»Dann suchen Sie jemanden, der das kann. Seien Sie etwas kreativ. Wenn nicht ein Direktor, wer soll das sonst können?« Freia lächelte erneut.

Kurz wollte der Direktor wieder das Wort ergreifen, wurde aber von Aton unterbrochen. Freias Krähe stand in einem der Belüftungsschächte. Gab einen seltsam klingenden Schrei von sich und ließ sich im Sturzflug auf den Tisch vor Freia herab. Freia erhob sich aus ihrem schweren Stuhl und streichelte der Krähe über das dunkle Federkleid. Aton genoss augenscheinlich die Streicheleinheiten und schmiegte sich an Freia.

»Ahh, unsere Waffen sind wohl angekommen.«

»Waffen?« Der unterschwellig erfreute Ton des Zwerges verriet offensichtlich seine Begeisterung für den Kampf.

»*Wir* werden jetzt für die Veränderung, auf die wir so lange gewartet haben, sorgen.« Freia schob sich hastig an der Gruppe vorbei. Kaum hatte sie sich ein paar Schritte entfernt, stoppte sie abrupt. »Soll ich das etwa allein hier nach unten bringen?«

Als hätte sie soeben einen lebenslangen Vorrat an kostenlosem Met versprochen, sprang die Gruppe von ihren Stühlen, um widerstandslos beim Einlagern der Waffen zu helfen. Selbst der Direktor stürmte, ohne einen Mucks von sich zu geben, los. Lediglich Herr Miche saß bewegungslos auf seinem Stuhl.

»Was ist mit Ihnen?« Freia klang überrascht, als sie ihn aus dem Augenwinkel noch am Tisch sitzen sah.

»Ich habe noch etwas Probleme mit dem Rücken. Ich hoffe, ihr verzeiht, dass ich es im Moment bevorzuge, nicht allzu schwer zu heben.«

Freia wandte sich ihm zu und beäugte ihn misstrauisch. Eindringlich musterte sie ihn, als sich mehr und mehr der Gefolgsleute zu ihm umdrehten. Mit schmerzverzerrtem Gesicht deutete er auf den unteren Rücken und schnaubte schwerfällig auf. Freia zögerte, irgendetwas an seinem Leiden wirkte berechenbar, fast künstlich. Sie ließ mit ihrem Blick nicht ab von ihm. Suchend nach verräterischen Anzeichen musterte sie ihn. Erneut schnaufte er und versuchte sich mit aller Theatralik von seinem Stuhl zu erheben. Mit seinem vollen Gewicht lehnte er sich auf den Tisch und drückte sich unter lautem Stöhnen nach oben. Der Tisch knarrte laut und zitterte unter der Last. Seine Qualen standen ihm ins Gesicht geschrieben. Wenn er schauspielerte, dann verdammt gut.

»Lassen Sie es bleiben. Ich könnte keine ruhige Minute mehr schlafen, sollten Sie sich verletzen.« Wohl wissend, dass sie ihm nichts anderes nachweisen konnte, stimmte sie ein. »Legen Sie sich hin und schauen Sie, dass Sie die Schmerzen in den Griff kriegen. Wir brauchen Sie mit voller Stärke.«

Erleichtertes Aufatmen war zu hören, als er sich wieder polternd auf seinen Stuhl hinunterplumpsen ließ. »Danke.«

Freia verschwand wortlos, um ihre Gruppe im Tunnel abzufangen. Der dunkle Gang lag bedrohlich vor ihr. Nur das Stimmengewirr und eine verschwommene Lichtquelle deuteten ihr den Weg zu ihren Mannen. Schnell fand sie den Anschluss. Die schweren Schritte in dem knöchelhohen Wasser hallten laut durch die Tunnel.

»Ich versuche das im Allgemeinen zu vermeiden, hier unten zu sein, aber mich beschleicht das Gefühl, dass ich nie den gleichen Weg zweimal gehe.« Der Direktor, in geschwätziger Laune, versuchte Troich in ein Gespräch zu verwickeln.

»Hahaha, das kommt dir nicht nur so vor.« Troich lachte.

»Wie darf ich das bitte verstehen?«

»Die Tunnel leben.«

»Wie meinst du das, ›leben‹?« Der Direktor stoppte kurz.

»Es gibt Zugänge zu einigen Tunneln, die verschwinden und tauchen wieder auf …«

» … wann immer es ihnen beliebt …«, unterbrach der Direktor.

»Nein! Verdammt noch mal.« Troichs zornige Stimme vibrierte förmlich in der engen Röhre.

»Dann, wenn jemand die Zugänge offenstehen lässt oder verschließt«, mischte sich Freia von hinten ein.

Schweigen umhüllte die Gruppe wieder. Wie aus dem Nichts tauchte ein eisernes Gitter vor ihnen auf. Halblicht drang durch die Lücken. Draußen musste die Dämmerung schon weit fortgeschritten sein. Freia schob die Männer beiseite und lugte durch die Stäbe nach draußen.

»Wir sind da.« Sie tastete nach dem Schloss des Tores. Misstrauisch blickte sie auf die Klinke in ihrer Hand. »Es ist offen?« Freia drehte sich wieder zu ihren Anhängern. Die Überraschung deutlich ins Gesicht geschrieben, flüsterte sie ihnen zu: »Seid vorsichtig! Das Tor war noch nie offen.«

Mit einem leichten Stoß öffnete sich das Tor. Die rostigen Scharniere schrien lauthals. Erschrocken von dem lauten Quietschen, duckten sie sich oder pressten sich eng gegen die Tunnelwand.

Freia quetschte sich als Erste durch den kleinen Spalt an die frische Luft. Es war deutlich kühler als in den muffigen

Tunneln. Eine leichte Brise strömte ihr um die Nase. Gänsehaut überzog sie augenblicklich.

»Warum zur Hölle ist dieses verfluchte Tor auf?« Troich fluchte.

»Still!«, zischte Freia ihn an.

»Ich glaube, ich habe etwas gehört.« Ihr Blick schweifte durch das dicht bewachsene Wäldchen. Die bereits eingesetzte Dämmerung hüllte die Bäumchen und Sträucher in rosa Licht.

»Wo sind wir hier?« Flüsternd trat der Direktor dicht an Freias Seite, die gerade sehr nahe an einen kleinen Strauch trat.

»Schauen Sie mal da hin.« Freia drückte den Direktor an die Stelle, wo ein Busch noch eben raschelnd erzittert war.

»Ich?« Er versuchte seine Lautstärke unter Kontrolle zu halten. Die auftretenden Schweißperlen verrieten aber seinen Gemütszustand. Freia packte ihn am Nacken und drückte ihn nach unten, sodass er mit seiner Nase beinahe die Blätter berührte. »Ist ja schon gut, ich schaue nach.« Nervös durchkämmte er den Busch. Er drückte die dicht bewachsenen Äste beiseite, um bis zur Wurzel des Busches sehen zu können.

»Waaaa.« Mit einem Pfeifen zischte ein dunkler Schweif am Boden vorbei. Unkontrolliert fiel der Direktor rückwärts und landete mit dem Hintern im saftigen Grün. Alarmiert standen die anderen Männer da, starrten auf den Busch und machten sich auf das Schlimmste gefasst.

»Muahahaaa!« Freia lachte lauthals auf. Aufgeschreckt von ihrem Lachen blickten sich die Männer hektisch um.

»Psst …«, zischte es aus der Gruppe.

»Haha, nein, das war zu komisch.« Freudentränen schossen ihr in die Augen. Auch ein weiteres Zischen ihrer Mannen konnte sie nicht beruhigen.

»Och, Jungs, beruhigt euch doch.« Die verwirrten Blicke brannten ihr die Fragezeichen förmlich auf die Stirn. »Wir sind natürlich nicht die Ersten hier.« Ihre Genugtuung, wieder einen Schritt weiter zu sein, strahlte aus ihren Augen. »Na dann, folgt mir … Und helft ihm vielleicht auf die Beine.« Freia deutete mit einem Kopfnicken auf den Direktor, der sich mit schmerzverzerrtem Gesicht sein Steißbein rieb. Zügig lief sie von dannen, mit ihren Männern im Schlepptau. Lediglich Troich und der Direktor hingen etwas hinterher.

Das kleine Wäldchen im Schatten war so dicht bewachsen, dass sie sich mit Mühe durch das Dickicht kämpfen mussten. Meter um Meter kratzten die scharfen Äste das Muster des Waldes in die Haut. Die Dornensträucher gruben sich besonders tief in ihr Fleisch und mussten mit einem Ruck entfernt werden.

»Hier sind wir.« Mitten zwischen den Bäumen und Sträuchern plätscherte plötzlich ein kleiner Ableger des gewaltigen Flusses entlang. Die wilden Ufer ermöglichten zwar kein einfaches Übersetzen, allerdings war dies auch nicht nötig. An einer der größeren Wurzeln hatte ein kleines Boot angelegt. Dicke Taue verhinderten ein Davontreiben der kleinen Holzschale. Der Fluss umspülte gemütlich den so fehlplatziert erscheinenden Fremdkörper. Zwei Gestalten warteten unaufgeregt auf dem hölzernen Transportmittel. Das Boot war so schwer beladen, dass es sich nur noch knapp über der Wasseroberfläche hielt. Die Holzkisten ragten um Längen über die Reling hinaus. Freia und ihre Mannen beobachteten sie aus sicherer Entfernung. Völlig entspannt lagen die zwei Figuren auf ihren Kisten und warteten. Ohne sich umzublicken oder die Gegend zu erkunden, genossen sie offensichtlich das Schaukeln des Bootes.

»Schlafen die?«, durchbrach Troich als Erster die Stille. Nach nur wenigen Augenblicken brachte auch der Direktor genug Mut auf, um sich wieder am Gespräch zu beteiligen.

»Wer sind die überhaupt?«

»Alte Bekannte«, erklärte Freia kurz angebunden. »Auf, lasst uns zu ihnen gehen.« Freia pfiff einem Vogel gleich durch den schweigenden Wald. Ein Pfiff erwiderte den ihren und arbeitsame Hektik brach auf der schwimmenden Nussschale aus. Die zwei Männer sprangen auf und zerrten kräftig an einem der Taue. Unverzüglich setzte sich das Boot in Bewegung. Durch den Zug auf dem Seil drohte das Boot beinahe umzukippen. Nur durch die perfekte Verlagerung des Gewichtes, hielt es sich waagerecht im Wasser. Erst als das Boot immer weiter an das Ufer herangezogen wurde, konnten sie es leicht mit einem kleinen Hüpfer besteigen.

»Wir haben schon ein Weilchen auf euch gewartet.« Gladio schob elegant seine Kapuze nach hinten, sodass er sich eindeutig zu erkennen gab. »Ich habe eure Lieferung.« Gladio deutete mit einer einladenden Geste auf die Kisten in seinem kleinen Boot. Ein Sonnenstrahl brach durch das Blattwerk und beleuchtete sein wissendes Grinsen. Er erfreute sich an dem Wissensvorsprung um Thals Verbleib und hätte einen blutrünstigen Kampf um die Stadt gerne unterstützt.

»Was ist das für eine Lieferung?« Das Unbehagen des Direktors schwebte förmlich auf dem plätschernden Wasser.

»Das, mein lieber Herr Direktor, sind unsere Waffen.« Freias Augen funkelten vor Freude. Sie stoppte zwei ihrer Mannen, die gerade im Begriff waren, eine der Kisten an Land zu wuchten. Unkontrolliert rauschte das hölzerne Gehäuse zu Boden. Metallenes Klirren ertönte aus dem Behälter. Freia griff nach einer kleinen Einkerbung zwischen dem Deckel und der Kiste.

»Das wird so nicht gehen, die Kiste ist vernagelt ...«, warf Gladio ein, als er Freias Absichten deuten konnte.

»Ruumms.« Ähnlich laut wie vorher die Kiste, knallte nun der Deckel auf eine Wurzel, die aus dem Boden herauswuchs.

»Dann war sie wohl nicht ganz so gut vernagelt, wie ich es erwarte hatte ...«, ergänzte Gladio überrascht.

Schwerter, Degen sowie Pfeile kamen zum Vorschein.

»Bindet so viel wie möglich zusammen, die Kisten lassen wir hier. Das ist nur unnötiger Ballast.« Freia drückte jedem ihrer Männer ein paar der Waffen in die Hände und versenkte die leere Kiste am Rande des Flusses. Troich, der sich gerade eine schwere Axt erkämpft hatte, testete diese umgehend und schlug die Deckel von noch vier weiteren Kisten ab.

»Macht euch damit vertraut – schon bald holen wir uns, was uns zusteht.«

Erbess erwacht

Mithilfe der Wolkenläufer war die Stadt erreicht, noch bevor das geschäftige Treiben der Handelsleute einsetzte. Die kalte, feuchte Luft bot die beste Voraussetzung, um die Auserwählten in die Stadt zu bringen. Gladio selbst hatte sich den Schutz der Gruppe aufgetragen und sie bis an die Tore der Stadt begleitet. Seiner Einschätzung nach, würde es am meisten Sinn machen, den restlichen Weg zu Fuß zurückzulegen, um nicht allzu viel Aufmerksamkeit auf sich zu ziehen.

»Eine Gruppe Menschen, die früh morgens auf dem Weg zur Arbeit ist, wird weniger Aufmerksamkeit auf sich ziehen als zehn von uns, die aus den Wolken fallen.«

»Wenn du es als sinnvoll erachtest, dann gehen wir von hier aus weiter«, stimmte die Königin ihrem Hauptmann zu.

»Das ist meine Meinung, eure Hoheit. Ich werde mich etwas zurückfallen lassen und später wieder zu euch stoßen.« Mit einem übertrieben tiefen Knicks verabschiedete er sich und blieb vor den ersten Behausungen zurück.

Wie üblich war es ein Leichtes, in die Stadt zu kommen. Die nicht vorhandenen Wachen an diesem Ende waren wahrhaftig nichts Unbekanntes. Nur die vielen hastig aufgebauten Zeltlager hatten die Stadtgrenze weit in das Land hineinwachsen lassen.

Als die Delegation um Thal den matschigen Boden um die ersten befestigten Häuser erreichte, wirkte die Stadt wie gelähmt. Thal war es noch nicht klar, ob es an der frühen Uhrzeit lag oder ob durch die verpasste Chance eines Thronfolgers aus dem zweiten Ring die Stadt wie gelähmt war. Eine undefinierbare Mischung aus Resignation und Wut lag spürbar in der Luft. Selbst die sonst so trostlosen Gassen des zweiten Ringes hatten es geschafft, noch trostloser zu wirken. Nur noch wenige Pflanzen fanden sich an den Fenstern. Auch auf den Straßen war es verpasst worden, die stetig größer werdende Anzahl an Schlaglöchern auszubessern. Überall, wo Thal hinblickte, sammelten sich Schutt- und Dreckhaufen auf den Straßen.

»Passt auf, wo ihr hintretet«, warnte der Alchemist, der unbemerkt die Führung übernommen hatte. Die kleine Gruppe marschierte durch die dunklen Gassen in Richtung Königsplatz, um den König zur Rede zu stellen. Stets darauf bedacht, wenig Aufmerksamkeit auf sich zu ziehen, bewegten sie sich leise durch die engen Gassen.

»Ich fühle mich beobachtet«, bemerkte Thal, als er wiederholt von einem Geräusch aus dem Untergrund abgelenkt wurde.

»Um diese Uhrzeit ist hier noch niemand auf den Beinen, Thal«, erwiderte Gelia, der nun versuchte, mit etwas mehr Tempo das Ziel zu erreichen.

Was sie nicht mitbekamen, war, dass sie in der Tat beobachtet wurden. Durch die Abläufe zur Kanalisation der Stadt folgten ihnen die Späher von Freias Widerstandsgruppe. Kaum hatten sie die Stadt betreten, hatte sich die Information über sein Erscheinen wie ein Lauffeuer weitergetragen.

Während Thal mit seiner Delegation durch die leeren Straßen der Stadt marschierte, rauschte im Verborgenen eine Lawine der Informationen los. Aus dem Untergrund heraus verbreitete sich die Nachricht bis in den kleinsten

Winkel der Stadt. Über seine gewohnten Schleichwege versuchte Gelia, unbemerkt zwischen den Häusern auf den Königsplatz zu gelangen. Von den aufwachenden und neugierigen Augen unbemerkt, kämpften sie sich immer weiter zum Kern der Stadt vor. Ohne zu bemerken, wie sich auf den Straßen immer mehr Menschen versammelten, hatten sie sich bereits durch zweiten Ring geschlagen. Binnen weniger Augenblicke war die Stadt in hellem Aufruhr. Die aufkommenden Zeichen von Thals Rückkehr drangen nach und nach geräuschvoll durch die Gassen. Thal war zurück! Mehr und mehr Menschen sammelten sich in den Straßen und teilten die aufkommenden Gerüchte. Große Teile standen ungläubig mitten in den matschigen Gassen und diskutierten über Thals Wiederauferstehung.

Gladio hatte sich mit tief ins Gesicht gezogener Kapuze unters Volk gemischt. Kaum hatte er Thals Absichten unter den Menschen verteilt, hallten seine Worte wie ein Echo in den Gipfeln des Tar Gebirges durch die Stadt. Schlagartig strömte die Menge unaufhaltsam auf das Zentrum der Stadt zu. Dasselbe Ziel im Kopfe, bündelte sich der Strom auf den Straßen und riss alles mit sich, was nicht niet- und nagelfest war.

»Hier kommen wir nicht mehr weiter«, stellte der Alchemist fest, als er kurz vor dem Ziel die letzte Abzweigung nehmen wollte.

»Was soll das heißen? Was blockiert uns den Weg?« Die Königin drückte sich an Gelia vorbei und lugte ebenfalls um die Ecke eines Hauses auf die mittlerweile völlig überlaufene Straße.

»Nun, wenn das so ist …« Sie hielt inne, um ihre Gedanken im Kopf spielen zu lassen. »Dann können wir nur über die Mauern direkt zu den Stufen des Palastes schweben«, vervollständigte sie ihren Satz.

»Schweben? Also doch auf den Wolken?« Thals Stimme bebte vor Nervosität.

Noch bevor er eine Antwort bekam, verfinsterte sich der Tag um sie herum. Die Königin und Gelia hatten eine derart finstere Wolke heraufbeschworen, dass die Sonne augenblicklich verschluckt wurde. Feuchte Kälte machte sich breit. Thal hörte von den Menschen in den Gassen lautes, panisches Geschrei.

»Es sind ja wirklich schon verdammt viele Einwohner auf den Straßen unterwegs!« Thals zitternde Stimme offenbarte den Beteiligten, wie angespannt er sein musste. Kaum hatte er seine Erkenntnis geteilt, spürte er, wie er in die Luft gezogen wurde. Der Nebel um ihn herum war so dicht, dass er nicht erkannte, wer seiner Begleiter ihn in die Lüfte hob.

Zorn stieg in Thal auf, als er merkte, dass seine Unversehrtheit in den Händen eines anderen lag. »Ich kann das auch selber«, schimpfte er und versuchte sich über seine eigene Wolke dem engen Griff an seinem Handgelenk zu entziehen. Immer wieder versuchte er Fuß zu fassen. Durch die hohe Geschwindigkeit, mit der sie unterwegs waren, verpufften seine Wolken allerdings bereits bei der kleinsten Belastung. Einen kurzen Augenblick überlegte er, sich wild frei zu strampeln, verwarf seine Idee aber, als er nicht feststellen konnte, wo und wie hoch er sich befand. Noch bevor er weitere Pläne schmieden konnte, spürte er, wie er unter seinen Füßen wieder festen Halt bekam. Sanft landete er auf dem steinigen Boden. Tief durchatmend stellte er fest, dass er nach wie vor keinerlei Sicht auf seine Umgebung hatte. Thal atmete ein weiteres Mal tief ein. Immer noch war die Welt in Nebel gepackt. Als er wieder zu einem tiefen Atemzug ansetzte, spürte er die kalte Luft in seinen Lungen. Als er mehr und mehr Luft in sich aufnahm, klarte die Sicht etwas auf. Thal versuchte auszuatmen, konnte aber den

Strom, der seine Lungen durchflutete, nicht aufhalten. Mehr und mehr Nebel durchdrang ihn. Immer klarer wurde seine Sicht, fast so, als würde er den stehenden Nebel allein wegatmen.

Als er fast zu platzen drohte, stoppte der Zufluss an weiterer Luft. Mit klarer Sicht stand er mitten auf dem Königsplatz. Thal glaubte seinen Augen kaum. Um ihn herum hatte sich zwar eine größere freie Fläche gebildet, dennoch war der Platz ansonsten bis auf den letzten Meter gefüllt. Trotz der frühen Morgenstunde war die gesamte Stadt auf den Beinen. Das erste Getuschel startete um ihn herum, gefolgt von einem Jubelschrei aus einer der hinteren Reihen. Die Menge reichte bis in die Hauptstraßen der Stadt. Eine gewaltige Schlange versuchte, einen Weg auf den Platz zu finden. Thal erkannte nun, wie viele neue Einwohner in den letzten Monaten hinzugestoßen waren. Als er den Platz das letzte Mal verlassen hatte, war es ihm immerhin möglich gewesen, gemütlich sein Glas Met zu trinken.

»Woher wussten die denn alle Bescheid?« Thals Erstaunen ließ sich nicht verbergen.

»Viel wichtiger ist doch, ob sie begriffen haben, was gerade passiert ist«, bemerkte Gelia. »Ich weiß nicht, wie sie die Neuigkeit verkraften. Thal, ein Wolkenläufer«, führte Gelia seine Gedanken fort. Thal nickte. »Lass uns mal durch die Menge spazieren.«

»Gut, dann drücken wir uns durch die Menge. Ich geh voran. Gelia am Ende.« Thal deutete der Menge vor sich an, dass er zum Palast wollte. Ohne großes Aufhebens machten sie Platz. Die ersten Meter kamen sie auch zügig voran. Die Menge teilte sich und bildete eine Gasse. Je näher sie aber den Treppen des Palastes kamen, umso enger wurde ihre Gasse. Als sie diese beinahe erreicht hatten, war es dann soweit. Sie steckten fest. Sie konnte weder vor noch zurück.

»Das macht doch jetzt kein Sinn mehr«, sagte die Königin in genervtem Ton.

Thal drehte sich ihr zu. Er wollte noch widersprechen, als er, von der aufgehenden Sonne geblendet, seinen Blick von der Königin abwandte. Ein Augenzwinkern später war alles weiß um Thal herum.

»Sie werden wieder nicht verstehen, was gerade geschieht.« Die Königin packte Thal an seinem Handgelenk. Er wusste nun, dass sie ihn auch das erste Mal über die Mauer gehoben hatte. Erneut erschien eine kleine dichte Wolke auf dem Platz. Vereinzelte Schreie ertönten aufgrund des plötzlich auftretenden Naturphänomens. Im Schutze der Wolke spazierten die drei nun locker über die Menge hinweg und landeten sicher auf den Stufen. Noch bevor sich eine gewaltige Panik auf dem Platz breitmachen konnte, verpuffte die Wolke, als wäre sie nie dagewesen. Die fragenden Gesichter schauten verdutzt in der Gegend herum. Einige versuchten dieses Phänomen wissenschaftlich zu belegen. Tatsächlich wirkte aber keiner überrascht, dass es die drei in den wenigen Sekunden auf die Stufen des Palastes geschafft hatten.

Die Verfolger

Nur wenige Sekunden, nachdem Thal und sein Gefolge die neuen Stadtgrenzen erreicht hatten, war Freias Widerstand informiert worden. Versteckt hinter einem der vielen Zelte bei den Neuankömmlingen, lauerten die ersten Spitzel. Kaum war Thals Name das erste Mal gefallen, ließ sich einer von Freias Leuten in den Untergrund hinab. In den gesicherten Katakomben bewegte er sich zügig auf das Nest des Widerstandes zu. Dort sammelten sich alle Informationen und wurden an Freia herangetragen. Je näher er dem Nest kam, umso mehr Spitzel folgten ihm auf den Fersen. Offensichtlich wurde Thals Weg durch die Stadt von vielen Augen verfolgt. Trotz des weiten Weges schien er der Erste in der Kneipe zu sein. Eilig hastete er an den Tisch, an dem er Freia entdeckt hatte. Freia saß vor einem Tongefäß, aus dem Dampf nach oben stieg.

»Thal ist in der Stadt«, keuchte er beim Überbringen der Botschaft.

Freia wartete einen Augenblick ab, bevor sie ihm zunickte. Der Bote wusste, dass Freia immer mehrere Quellen anhörte, bevor sie weitere Schritte beschloss.

»Los, hol dir etwas zu frühstücken. In dem Zelt wird es wohl nicht allzu viel geben.«

Das anfängliche Staunen über die Tatsache, dass sie ihn zu kennen schien, wich schnell einem Grinsen. Mit stolz geschwellter Brust bewegte er sich auf den Tresen zu.

Hinter sich hörte er schwere Schritte, wahrscheinlich der nächste Bote.

Er griff nach einer der vielen Köstlichkeiten.

»Was machst du denn hier?«, hörte er Freias Stimme. Ungewohnt vertraut schien ihm ihr Ton, fast so als würde sie den neuen Gast seit Ewigkeiten kennen. Getrieben von seiner Neugier, drehte er sich um und schaute auf eine in einen Mantel gehüllte kleine Gestalt.

»Thal ist im Lande. Thal lebt.« Gladios Stimme drang durch den dicken Stoff nach draußen, als er begann, langsam seinen Mantel abzulegen.

»Dann sind die Gerüchte also wahr.« Freia nickte dem Boten zu.

»Ja, Thal wurde von den Wolkenläufern aufgenommen und ist jetzt auf dem Weg, den König zur Rede zu stellen.«

»Thal will den König stürzen?« Freia wirkte ehrlich überrascht über die neuen Entwicklungen.

»Stürzen habe ich nie gesagt«, bemerkte Gladio mit zorniger Stimme.

»Aber ich glaube, es würde nicht schaden, wenn ihr euch neben ihn stellt und euch auf alle Eventualitäten vorbereitet.« Freia erhob sich von ihrem Platz und wollte gerade die ersten Boten zu sich winken, als Gladio seine Pranke auf ihren Arm legte. »Sollte Thal scheitern, musst du dafür sorgen, dass der König entmachtet wird.« In Gedanken versunken winkte sie alle Anwesenden zusammen. Auch die neu ankommenden Boten bat sie direkt, an den Tisch zu kommen.

Um sich herum hatten sich bereits zehn ihrer Mitstreiter versammelt, als sie das Wort ergriff. »Teilt unter uns die Botschaft, dass Thal heute in Erbess eingetroffen ist. Wir werden uns alle um den Königsplatz versammeln. Rechnet mit dem Äußersten.«

Kaum hatte sie ihren Satz beendet, verteilten sich die Boten in alle Himmelsrichtungen des Ganges, um Freias Befehl weiterzuverbreiten.

»Wenn Thal scheitert und wir den König entmachten, wer sollte dann der neue König werden?«, fragte sie Gladio, als sie sich wieder auf den Stuhl hinabließ und nach ihrem Getränk griff.

»Es wird dann wohl eine Königin werden«, zwinkerte er ihr zu.

»Du meinst mich?« Gladio nickte wortlos auf ihre Frage. »Aber warum nicht du? Was hast du davon, wenn ich Königin werde? In wessen Dienste stehst du, um nicht nach diesem Amt zu streben?«

»Ich, Freia, stehe in so vielen Diensten, das würde nur zu einem Chaos führen, sollte ich mich dort herauswinden wollen. Meine Zeit wird dann kommen, wenn ich dazu befähigt werde.« In seiner Stimme schwang ein seltsamer Unterton mit.

Freia beobachtete ihn. Obwohl er ihren Blicken nicht auswich und ausgeglichen wirkte, beschlich sie das Gefühl, dass er an dieser Stelle nur die Hälfte der Wahrheit erzählte.

»Es gibt also keinen, von dem du Befehle erhältst?«, bohrte sie erneut nach.

»Nicht wirklich! Ich treffe meine Entscheidungen nach bestem Wissen und Gewissen«, ergänzte er und verformte sein haariges Gesicht zu einer Grimasse.

»Dann möchte ich dir mein Vertrauen schenken.« Freia versuchte mehr aus seiner Körpersprache herauszulesen und beobachtete ihn eine Weile. Entgegen ihrer Erwartung ließ er sich davon in keiner Weise irritieren. Nicht mal einen kleinen Funken Nervosität ließ er aufkommen. Stumm erwiderte er ihren Blick und harrte der Dinge, die noch kommen sollten.

»Ich denke, wir sollten uns dann aber auch bereit machen«, unterbrach er die Stille. »Ansonsten verpassen wir noch die Feier.« Gladio stapfte auffällig zügig von dannen und bewegte sich zielstrebig auf den nächstgelegenen Ausgang zu.

Freia blickte dem allein davoneilenden Gladio nach. Nach kurzem Abschweifen ihrer Gedanken folgte sie ihm in den matschigen Gängen. Freias Abmarsch bedeutete gleichermaßen den Aufbruch ihrer Gefolgsleute. Wenngleich sie Mühe hatte, zu Gladio aufzuholen, hatten die ersten stillen Späher Alarm geschlagen, als Freia sich in Richtung Oberfläche bewegte. Gut versteckt in den Wänden oder an offensichtlichen Kontrollpunkten, hatte Freia ihre Leute positioniert, um so das Gefühl zu haben, sich jederzeit mehr oder weniger frei bewegen zu können. Ein ausgeklügeltes System aus Rohren, die per Rauchzeichen alle umliegenden Rebellennester warnten, machte dies möglich.

Der angestaute Dampf des Feuers verwandelte die Gänge mancherorts zu einem Dampfbad, was dazu führte, dass die Feuchtigkeit in den Gängen überall präsent war. Gerade durch die veränderte Umgebung war es Gladio ein Leichtes, förmlich durch die Gänge zu schweben. Die Feuchtigkeit formte sich zu einem deutlichen Nebel und tat sein Übriges, um Freia die Sicht zu blockieren. Stark beeinträchtigt tastete sie sich vorsichtig durch die Gänge. Schon bald aber verstummte es im Tunnel und sie hörte lediglich das Schmatzen ihrer Schritte auf dem nassen Lehm.

Noch bevor sich der Nebel lichtete, spürte sie, wie eine Hand nach ihr griff und sie aus der Feuchtigkeit zog. Die rauen Hände zogen sie grob an sich heran. Schnell erkannte sie, wer da auf sie wartete. Troich stand, umringt von Kämpfern des Widerstandes, und wartete bereits auf sie.

»Die Rauchzeichen waren deutlich«, sagte er, als er sich durch seinen langen Bart strich.

»Wo ist Gladio?«, fragte Freia.

»Ich habe ihn noch nicht gesehen. Hätte er hier sein sollen?«

»Er *war* gerade hier«, entgegnete sie ungehalten.

»Uns ist er hier nicht begegnet. Wir sind aber auch gerade erst eingetroffen«, sprach Troich, überrascht von Freias Entgleisung.

Leises Getuschel machte sich unter ihren Männern breit, während Freia in dem feuchten Tunnel nach Fassung rang. »Nun denn, wie dem auch sei ...«, hallte ihre Stimme aus den Weiten des Tunnels. »Wir sollten uns schnellstmöglich um den Königsplatz versammeln und uns auf das Äußerste vorbereiten.« Freia, Troich und die vielen Männer blickten in den dichten Nebel.

»Thal und die Königin wünschen, dass wir uns unauffällig positionieren und nur auf ein Zeichen von ihr eingreifen.« Gladios Silhouette zeichnete sich plötzlich in dem Nebel ab. Erneut setzte ein leises Tuscheln ein, als die Gruppe um Freia ihn erkannte. Rätselnd über die vergangenen Geschehnisse, wurden die Spekulationen zunehmend lauter.

»Ruhe jetzt«, bellte Gladio. Schlagartig standen die Männer mucksmäuschenstill und versuchten sich hinter ihrem jeweiligen Vordermann aus der Sichtlinie Gladios zu verdrücken.

»Wir sind nicht hier, um zu diskutieren.« Selbst Troich, der einen ruppigen Umgang gewohnt war und das Schreien selbst zu seinen liebsten Kommunikationswegen zählte, zuckte bei Gladios Ansage zusammen.

»Oben warten bereits die königlichen Wachen der Wolkenläufer«, beruhigte sich Gladio wieder und sprach mit engelsgleicher Stimme seine nächsten Befehle. »Folgt mir!

Unterwegs erzähle ich euch mehr über die Pläne.« Zielorientiert steuerte Gladio durch die Gänge, stets darauf bedacht, Freia und Troich an seiner Seite zu wissen.

Ohne auch nur ein Wort verloren zu haben, gelangten sie auf eine der vielen verwinkelten Straßen von Erbess. Wie überall in der Stadt, herrschte reges Treiben auf der Straße, als Freia durch einen der versteckten Zugänge gekrochen kam. Viele große Männer streiften zwischen den Häusern umher.

»Irgendwas stimmt hier nicht«, flüsterte Freia Troich zu, als dieser gerade die Sonnenstrahlen genoss.

»Wie meinst du das?« Troich blickte sich um. Konnte aber beim besten Willen nichts Außergewöhnliches feststellen. Die Bewohner der Stadt wirkten auf ihn wie immer.

»Schau, normalerweise müsste doch deutlich zu erkennen sein, wie die Massen auf den Königspalast zu strömen.« Sie deutete unauffällig auf eine Gruppe, die sich eher in entgegengesetzte Richtung bewegte. Alarmiert griff Troich unverzüglich nach seiner mit Klingen besetzten Keule. »Ruhig! Warte erstmal ab, bis wir nicht mehr alleine sind.«

Mann um Mann, Frau um Frau kroch aus dem engen Zugang aus dem Untergrund. Verschwitzt und mit Ruß bedeckt, wurden sie von den angenehmen Temperaturen und dem leichten Windzug abgelenkt.

»Stellt euch hinter mich!«, befahl Troich jedem, der an die Oberfläche kam. Schnell spürten die Kämpfer des Widerstandes, dass hier etwas anders lief als erwartet. Angespannt reihten sie sich ein und beobachteten das Geschehen.

»Was ist denn jetzt der Plan?«, fragte Freia Gladio, als dieser hektisch an ihr vorbeistürmte.

»Oh, das stimmt.« Sanft rieb er sich die Stirn, als wollte er Freia überzeugen, dass er es tatsächlich vergessen hätte.

Gladio drehte sich von ihr weg. Schob sich zwei Finger in sein Maul und ließ einen gellenden Pfiff los. Die versammelten Bewohner aus der ganzen Straße richteten unverzüglich ihren Blick auf Gladio und formierten sich zu drei perfekten Vierecken. Einer der am schmuddeligst Wirkenden trat hervor und an Gladios Seite.

»Berichte er. Wie weit sind wir bereits.«

Der hochgewachsene, in Lumpen gehüllte Mann räusperte sich und begann Bericht zu erstatten.

»Wir haben die Straße hier bereits abgeschirmt, die Massen werden über diverse Zubringer umgeleitet. Über die Leitern am Ende der Straßen können wir auf die Burgmauern und uns mit unseren Bogenschützen in Stellung bringen. Über das Einreißen der gelb markierten Mauer können wir direkt mit großer Anzahl auf den Königsplatz stürmen, ansonsten nur in begrenzter Anzahl über die normalen Straßen. Wir haben eine Vielzahl unter das Volk gemischt und warten auf weitere Befehle …«

»Das reicht dann auch«, unterbrach Gladio ihn. »Wie du siehst, ist alles unter Kontrolle«, sprach er in Richtung Freia.

»Was genau soll dann unsere Rolle in diesem Plan sein?«

Gladio dachte sichtlich angestrengt über die Frage nach.

»Wäre es nicht sinnvoll, den Widerstand nah bei unseren Einheiten zu wissen?«, sprach ein großgewachsener Offizier.

»Das ist eine sehr gute Idee. Wir demonstrieren Einheit und bilden gemeinsame kleine Grüppchen.« Gladio freute sich so dermaßen, dass sein Gebiss durch sein breites Grinsen blank hervortrat. »Troich und mein erster Offizier sollten die Gruppen einteilen.«

»Und dann warten wir lediglich auf ein Zeichen der Königin?«, hakte Freia misstrauisch nach.

»Ja, so ist der Plan. Sie rechnet fest mit uns, wird das Zeichen in die Menge richten. Sobald es einer von uns erkennt, wird ein Leuchtsignal in den Himmel geschossen.«

»Und dann machen wir aus Erbess Kleinholz?«

»So würde ich das jetzt nicht nennen, aber zumindest machen wir Kleinholz aus allen bewaffneten Anwesenden.«

Angesicht zu Angesicht

Thal schritt die Treppe nach oben in Richtung des massiven Tores des Palastes. Begleitet wurde er von dem Gemurmel der versammelten Stadt. Als er die Hälfte der Stufen bereits überwunden hatte, stoppte er und blieb stehen. Lauthals ergriff er das Wort und rief Richtung Palast: »Wir …« Thal unterbrach sich und hielt einen Moment inne. »Ich habe meine Aufgabe erfüllt. Ich bin hier, um mein Recht einzufordern.« Thals Worte lösten schlagartige Stille auf dem Platz aus. »Es ist an der Zeit zu prüfen, ob wir alle unser Soll erfüllt haben.«

Es herrschte Totenstille auf dem Platz. Die gesamte Stadt einschließlich Thal wartete auf eine Reaktion. Es kam aber keine. Der Königspalast war in Dunkelheit gehüllt. Kein Zeichen von Leben innerhalb der Gemäuer. Fragend schaute sich Thal um. Er suchte den Blick zu seinen Begleitern, die sich etwas abgesetzt hatten. Die Königin zuckte gerade mit den Schultern, als ein lautes Knarren einsetzte und die Stille durchbrach. Das Tor des Palastes öffnete sich. Langsam schritten zwei Gestalten durch das Tor. Der König trat als erster hindurch. Im Schlepptau folgte Buko. Der König erblickte den wartenden Thal. Völlig verdutzt über die Erscheinung Thals rang er um passende Worte.

»Ja, Moment.« Buko drängelte sich an dem König vorbei und stürmte auf Thal zu. »Du, mein Freund, bist viel zu spät dran. Außerdem kann *sie* ja jeder sein.« Buko redete sich mit hochrotem Kopf in Rage, während er auf die Königin zeigte.

»Ich habe meine Aufgabe erfüllt! *Du* nicht. Derjenige, der sie am schnellsten erfüllt, gewinnt«, erwiderte Thal so laut, dass man ihn bis auf den letzten Platz deutlich vernehmen konnte.

Der König war es, der ein weiteres Wortgefecht zwischen Thal und Buko unterband. Ein böser Blick in Bukos Richtung ließ den Neffen augenblicklich in seiner Bewegung erstarren. Mit finsterer Miene verfolgte Buko still das weitere Geschehen.

»Wenn du, Thal, sagst, dass du die Aufgabe erfüllen konntest, so stelle mir doch dein Ergebnis vor«, sprach der König mit fester Stimme.

»Natürlich. Das hier ist die Königin der Wolkenläufer.« Thal deutete mit einer einladenden Bewegung auf die Königin und trat ihr einen Schritt entgegen. Weder der König noch die Königin machten Anstalten, sich einander nähern zu wollen. Beide verharrten auf ihrem Platz und bewegten sich nicht. Irritiert blickte Thal zur Königin, die ihr Kinn in die Sonne hielt. Thal kam es fast so vor, als würde sie dem König bewusst den Blickkontakt verweigern wollen.

»Das, meine Königin, ist der König von Erbess.« Er zeigte nun auf den König, der seine Augen fest auf Thal geheftet hatte. Er spürte aus dem brennenden Blick des Königs, dass er an Thals Ausführungen zweifelte. In der Hoffnung, dass die Königin seine Geschichte mit einem Beweis bestätigen würde, zwinkerte er ihr zu. Keine Reaktion. Die Königin bemerkte Thal zwar, weigerte sich aber, sich zur Schau zu stellen.

Thal rannen Schweißperlen über die Stirn. Mit dieser Reaktion hatte er nicht gerechnet. Wie konnte er seine Aufgabe erfüllen, wenn der König ihm keinen Glauben schenkte?

Wie brachte er die Königin dazu, sich zu erkennen zu geben? Peinliche Stille beherrschte das Bild. Nervös verlagerte Thal das Gewicht von einem Bein auf das andere. Er brauchte eine Idee.

Thal schaute auf Gelia. Selbst wenn Thal gewollt hätte, hätte er aus dem gesichtslosen Umhang keinerlei Reaktionen, geschweige denn Hinweise deuten können. Wie hätte die Königin denn in einer solchen Situation sonst gehandelt? Er versuchte sich zu erinnern. Er hatte sie nie in einer solchen Situation erlebt und konnte sich auch keine Reaktionen ausmalen.

»Aber anders ...«, murmelte Thal fast geräuschlos. Er erinnerte sich an das Gespräch mit Craobh. Als Craobh seine Flucht angesprochen hatte. Er drehte sich dem Volke zu. Immer noch in Gedanken versunken, rieb er sein Kinn. Die Barthaare kratzten über seine Finger.

»Wenn es dem König nicht genügt ...«, er breitete fordernd die Arme aus, »... so erfülle ich auch noch Bukos Aufgabe.« Thal spürte die Blicke in seinem Rücken.

Ein Raunen ging durch die Menge. Die überraschten Gesichter vor sich, musste er schmunzeln.

»Was fällt dir ein?«, hallte es hinter Thal. Verlegen drehte sich er sich um. Ihm war bewusst gewesen, dass er ein wenig provozieren würde, hatte aber eine andere Reaktion erwartet. Er erkannte die Stimme und wusste anhand des Tonfalls, dass das dazugehörige Gesicht vor Wut kochen musste. Buko stellte sich gegen Thal. Mit ausgestrecktem Arm bedrohte er ihn mit einem Dolch. Die silberne Klinge funkelte bedrohlich im Licht der Sonne. Unbewaffnet starrte Thal auf das blanke Metall. In der Hoffnung, etwas für seine Verteidigung zu finden, wühlte er mit der Hand in seinen Taschen. Er besaß aber keine Messer. Lediglich die Schreibfeder, mit der er sein Buch geschrieben hatte, spürte er zwischen den Fingern.

Die Schreibfeder? Er hatte sein Werkzeug beinahe vergessen, nachdem er den letzten Satz geschrieben hatte. Die weiche Feder schmiegte sich an seine Fingerspitzen und endlich konnte er wieder einen klaren Gedanken fassen. Er erinnerte sich an die Worte der Königin: *Solltest du das Schwert zum Kampfe nutzen, würdest du zwar ohne Zweifel gewinnen …*

Er umfasste die Feder. Er atmete tief, in der Absicht, die bestmögliche Entscheidung zu treffen. Seine Umwelt um ihn herum begann zu verschwimmen. Die Worte wiederholten sich in seinen Gedanken. Immer und immer wieder. Ihm gefiel der Gedanke, sich wehren zu können. Er stellte sich vor, wie er Buko gegenüberstand und bereit war, ihn zu töten. Er zog die Feder aus seiner Tasche. Die Schreibfeder in Thals Hand gewann stetig an Größe. Er spürte, wie sie immer weiter wuchs, bis daraus ein kampffähiges Schwert geworden war.

Schwer lag es nun in seiner Hand. Er schaute auf den König. War es nicht er, der seine Worte missbraucht hatte? Thal wusste, dass er Buko ohne weiteres besiegen würde. Mit seinen Gedanken allein stand Thal auf den Stufen vor dem Palast. Umringt von der Königin, die ihm so viel beigebracht hatte, und Gelia, seinem letzten lebenden Verwandten.

Durch den Anblick bedroht, griff Buko Thal an. Thal wehrte Bukos Angriff ohne große Mühe ab. Geschickt glitt Buko an Thal ab und griff nach einer Umdrehung erneut an. Wieder musste Thal den Schlag Bukos abwehren. Dieses Mal musste er etwas mehr Mühe aufbringen, um den harten Schlag unter Kontrolle zu bringen. Buko raste vor Wut. Im Sekundentakt prasselten nun Hiebe auf Thal nieder. Zwei, drei Mal verfehlte er Thal nur knapp. Thal stellte fest, dass er selbst mit der besten Waffe nicht gewinnen würde, wenn er sich nur verteidigte. Er griff an. Seinerseits hagelte es nun Schwerthiebe. Um diesen Kampf zu gewinnen, musste er seine Deckung aufgeben. Die harten Schläge, die er ausführen musste, erinnerten ihn an die gebrochene Rippe. Schmerzerfüllt schlug er mit aller Energie, die er hatte, auf Buko ein. Thal sah in seinem Augenwinkel Gingst aus dem Palast auftauchen. Er spürte, wie Wut in ihm aufstieg. Wut auf Gingst, der ihn auf dem Gipfel verraten hatte. Die Wut trieb ihn an. Die Schmerzen waren vergessen. Immer schnellere Schläge prasselten auf Buko nieder. Beide schenkten sich nichts in ihrem Kampf. Auch Thal bemerkte, dass er in Buko einen gleichgestellten Gegner hatte. Er erinnerte sich an die Trainingseinheiten mit Gladio. All die Stunden, die er im Kampfe mit den Wolken verbracht hatte, kamen ihm wieder in den Sinn. Geschickt ließ er bei jedem Schlag an den überraschendsten Stellen Wolken erscheinen. Das eine Mal irritierte er Buko mit einer Wolke über seinem Kopf, das andere Mal verlor dieser die Übersicht, als Thal die Schwerter in Nebel hüllte.

Trotz der andauernden Angriffe Thals, gelang es ihm auch immer wieder, die Angriffe abzuwehren. Als sich Buko an die mangelnde Sicht gewöhnt hatte, schaffte er es immer mehr, das Heft in die Hand zu nehmen und Thal unter Druck zu setzen. Thal war bald so beschäftigt, dass sich der Nebel um sie herum etwas lichtete. Durch immer schneller werdende Schlagfolgen erwischte Buko mit dem Schwert Thals Unterarm.

Der brennende Schmerz verriet Thal, dass die Klinge tief in das Fleisch eingedrungen war. Augenblicklich ließ er sein Schwert fallen. Das warme Blut lief seinen Arm hinunter. Er kniff die Lippen zusammen und gab einen unterdrückten

Schrei von sich, während er auf sein Schwert zusteuerte. Der Schmerz lähmte seine Beine. Er taumelte auf das Schwert zu, das ein paar Stufen unter ihm gelandet war. Er hatte es gerade erreicht, als er von hinten erneut die Klinge Bukos spürte. Er touchierte ihn zwar nicht mit voller Wucht, er spürte aber eine weitere Schnittverletzung an der Schulter. Thal stolperte und rutschte seinem Schwert entgegen. Vor Schmerz ächzend lag er benommen auf der Seite. Er tastete, verwirrt durch seine Verletzungen, nach seinem Schwert. Dann spürte er einen Schuh auf seiner Schulter. Thal schrie. Buko hatte direkt den schmerzenden Einstich getroffen und lehnte sich nun in Richtung Thal.

»Wir haben damals deine Hütte abgefackelt. Wir wussten, was ihr seid«, flüsterte Buko ihm kaum hörbar zu.

Wut stieg in ihm auf. Ein Anflug von Zweifel an der Durchschlagskraft seines Schwertes stieg auf. Verzweiflung mischte sich unter seine Wut. Er hatte einen Spaziergang erwartet und lag nun mit gebrochener Rippe und zwei Treffern auf der Treppe. Er robbte in Richtung seines Schwertes. Der Druck des Fußes wurde stärker. Buko ließ keinen Zweifel daran, dass er hier den Wettkampf beenden wollte.

Thal suchte nach Ideen in seinem verwirrten Geist. Er probierte es zunächst mit einem Tritt in Richtung Buko. Vergeblich. Kopfüber, halb auf den Bauch gedreht, verpuffte der Schlag. Mit einem schnellen Zucken gelang es ihm, sich von dem Fuß zu befreien. Allerdings rollte er nun weitere Stufen hinunter. Er lag zwar nun direkt neben dem Schwert, hatte sich durch seine Aktion aber weitere Schmerzen zugefügt. Er rappelte sich etwas auf und kniete halb vor Buko, der langsam die Stufen herunterschritt. Siegessicher ließ er sich dabei auffällig viel Zeit. Das selbstgefällige Grinsen provozierte Thal. Er tastete nach dem Griff. Er spürte sein Schwert wieder zwischen den Fingern. Er wusste, dass er in seinem angeschlagenen Zustand nicht schnell genug sein würde, um Buko angreifen zu können. Mit letzter Kraft probierte er einen erneuten Angriff.

Als Thal eine Schlechtwetterwolke direkt vor Bukos Gesicht niederließ, verlor Buko bei Thals verzweifeltem Schwerthieb das Gleichgewicht. Den kurzen Moment der Schwäche nutzte Thal aus und überwältigte Buko. Er fiel und rutschte seinerseits die Stufe herab. Nun kniete er vor Thals Füßen. Thal hielt sein Schwert an Bukos Kehle. Er schnaufte laut. Zu anstrengend war sein Kampf. Als er den am Boden knieenden Buko vor sich sah, spürte er den Schmerz seiner Rippe wieder. Etwas rann ihm warm die Wange hinab. Er schmeckte Blut. Buko musste ihm beim Kampfe an der Stirn verletzt haben. Er schaute in geschockte Blicke. Das Volk stand regungslos auf dem Platz und versuchte den Kampf zu verarbeiten.

»Nun denn, wenn es sein muss, dann akzeptiere ich den Vorschlag.« Thal hörte die Worte des Königs, konnte sich aber an keinen Vorschlag erinnern. »Wenn du die Aufgabe Bukos erfüllen kannst, dann hast du gewonnen«, half der König ihm auf Sprünge.

Buko kniete nach wie vor völlig erschöpft vor Thal. Er erkannte im Augenwinkel, wie Gingst mit einer Armee des Königs den Platz umstellte und bereits massiv auf den Stufen vertreten war. Thal wollte seinen einzigen Trumpf, den er vor sich hatte, nicht sofort ziehen lassen. Er führte das Schwert nah an Bukos Kehle, sodass dieser bereits leicht zu bluten begann.

»Gelia, gib das Zeichen.« Die Königin, die das Schauspiel emotionslos verfolgt hatte, befahl Gelia mit einer Handbewegung, die Anführer der Völker in die Stadt kommen zu lassen.

Gelia stieg, unter dem Raunen der Zuschauer, hoch in die Lüfte und verschwand in einer gewaltigen weißen Wolke. Als er nach kurzer Zeit wieder hinuntergestiegen kam, wurde er von einer ebenso beeindruckenden Anzahl an Regenbögen begleitet. In alle Himmelsrichtung erstreckten sich die bunten Farben und griffen bis weit in das Land hinein. Noch bevor Gelia auf den Stufen angelangt war, traf der Anführer des Waldvolkes ein. Craobh hatte Schwierigkeiten, unbeschadet durch die engen Gassen zu gelangen. Aufgrund seines gewaltigen Erscheinungsbildes und seines ungewohnten Äußeren, flüchteten einige der Stadtbewohner in ihre Häuser. Wie Thal hatten die meisten das Bild eines bärtigen Einsiedlers vermittelt bekommen. Dass hier nun ein wandelnder Baum auf sie zusteuerte, war für einige nicht zu begreifen.

»Meinen Frieden bekommt ihr nur mit ihm.« Craobhs furchteinflößende, tiefe Stimme veranlasste weitere Einwohner zur Flucht. Craobh deutete auf die Stufen, wo Thal und Buko standen.

»Ich wusste es.« Buko kicherte leise. »Natürlich will er mit uns weiterarbeiten. Wer will schon mit sowas wie dir ...« Buko wurde jäh in seiner spöttischen Tirade unterbrochen. Ein tiefes, lautes Grummeln drang über den Platz.

»Doch nicht du, du Königsbrut. Ich rede von Thal.« Craobh teilte sich so laut mit, dass der gesamte Platz zu beben schien. Buko schluckte peinlich berührt, als der Waldmensch ihn aufklärte. Stumm wartete Buko nun die weiteren Reaktionen ab. »Und die ... « Craobh räusperte sich und machte einen Schritt zur Seite. »... die teilen meine Meinung.« Hinter ihm traten jeweils ein Vertreter der Illusionisten, Waldtiere, Holzmännern, Znome und viele weitere hervor.

Es wurde still auf dem Platz. Alle warteten auf die nächste Bewegung auf den Stufen. Thal, der überrascht war über die Vielzahl der Völker, ließ seine Klinge etwas sinken, sodass Buko frei aufatmen konnte.

»Ergreift sie!« Völlig überrumpelt von der schnellen Umsetzung, erteilte der König Gingst und den königlichen Wachen den Befehl zur Ergreifung von Thal und all seinen Begleitern.

Die Nachfolge

Schnell waren Thal, die Königin und Gelia von Wachen umringt. Auch die Anführer am anderen Ende des Platzes wurden bereits von Wachen eingekesselt. Bogenschützen auf den Mauern hatten schon brennende Pfeile gespannt, um Craobh und die anderen anzugreifen. Thal erkannte, dass auch einige Pfeile auf die Menschenmenge gerichtet waren. Gingst stellte sich mit gezückter Waffe, umringt von Soldaten, Thal gegenüber. Er grinste. Thal spürte Wut in sich aufsteigen.

»Warte ab.« Gingst zwinkerte, wohlbedacht, nicht zu laut zu sprechen.

»Worauf soll er …« Buko, der immer noch mit dem Schwert am Halse kniete, hoffte, durch lautes Geschrei Aufmerksamkeit auf die beiden zu lenken.

Thals Geduldsfaden, der zum Zerreißen gespannt war, drohte nun vollständig zu reißen. Er drückte das Schwert wieder fester an Bukos Kehle. Augenblicklich verstummte des Königs Neffe. Gingst wandte sich in Richtung des anwesenden Volkes. Trotz der vielen Ereignisse war der Platz immer noch sehr stark befüllt.

»Hier steht derjenige, der alle Völker vereinen kann.« Gingst stieg einige Stufen hinab und deutete auf die vielen Anführer am anderen Endes des Platzes. Buko versuchte verzweifelt, mit seiner Hand das Schwert von seinem Hals zu drücken. Thal, der seinen hochwandernden Arm schon früh bemerkte, schnitt mit einer kleinen Handbewegung in Bukos Fingerkuppen. Der winselte weinerlich.

»Ich stelle mich diesen nicht entgegen.« Als Gingst dies sagte, zog er Thals Buch aus dem Mantel und streckte es ihm entgegen.

Thals Kiefer klappte nach unten. Er wusste, dass sein Buch vervielfacht und verteilt worden war. Er konnte sich aber nicht vorstellen, dass es bis in die engsten Kreise des Königs gelangt war. Thal blickte auf sein Buch und erhob seinen Blick Richtung Menge.

»Was soll das? Du solltest die Bücher verbrennen ...« Mit hochrotem Kopf stürmte der König auf Gingst zu. Sichtlich erbost wollte er Gingst am Kragen packen. Hielt aber dann inne, als vereinzelt die ersten Menschen in der Menge weitere Bücher in die Höhe reckten. Erstaunt brach der König seinen geplanten Angriff auf Gingst ab. Wortlos und mit offenem Mund starrte er in die Menge. Immer mehr Bücher tauchten auf. Auch Craobh hatte sein Exemplar hoch über sich gehalten. Der König wurde bleich. Ein Rascheln hinter ihm zog Thal Aufmerksamkeit auf sich. Er rechnete mit einem Angriff von einer der Wachen. Er drehte sich, so gut er konnte, zu dem Geräusch um, ohne dabei Buko loszulassen. Thal verdrehte seinen Kopf und sah ein Schwert angeflogen kommen. Er zuckte kurz zusammen, schnitt dabei beinahe Bukos Kehle durch, stellte dann aber fest, dass das Schwert neben ihm auf dem Boden landete. Eine der Wachen trat aus dem Kreis und mit einem erhobenen Buch nach vorne. Der König schaute ihn fragend an. Verzweiflung machte sich in seinem Gesicht breit, als immer mehr der Wachen ihre Bücher präsentierten. Einige der Pfeile auf den Mauern waren bereits von den Büchern ersetzt worden. Immer mehr Menschen reckten Thals Werk in die Luft, bis der Königsplatz davon überschwemmt war.

»Ich sollte tatsächlich die Bücher verbrennen.« Gingst sprach mit ruhiger Stimme. »Ich habe jeden Tag Bücher bekommen.« Thal lauschte aufmerksam den Worten seines Freundes. »Ich habe auch jeden Tag Bücher verbrannt.« Gingst schaute sich um und suchte Blickkontakt zum König. »Ich habe aber nicht Thals Bücher verbrannt. Ich habe Erlasse des Königs und irgendwelche religiösen Schriftstücke verbrannt. Jeden Abend. Niemand hat es kontrolliert.«

Der König färbte sich wieder rot. »Du hast mich hintergangen. Und ich gab dir noch diese Stellung ...« Erneut versuchte er Gingst anzugehen. Mit einer geschickten Handbewegung hatte Gingst aber das Schwert auf ihn gerichtet.

»Ich habe die Bücher nicht verbrannt und darüber hinaus …« Gingst grinste den König mit einem schelmischen Grinsen an. »… habe ich die Bücher wieder in der Stadt verteilt. In der Stadt und über die Stadtgrenzen hinaus. Jeder kennt jetzt deine Gedanken«, sagte er nun an Thal gewandt.

Der Königspalast war nun überschwemmt von seinem Buch. Er sah die ersten schick gekleideten Einwohner des ersten Ringes fluchtartig den Platz verlassen. Thal zögerte. Er schaute an sich hinab. Den weinerlichen Buko zu seinen Füßen und den blassen König vor ihm. Sanft richtete Thals Großvater das Wort an ihn.

»Wenn du tötest, ist dein Buch nicht das Papier wert, auf dem es gedruckt ist.« Er entblößte sein Gesicht. Sein weiches Lächeln ließ Thal Wärme verspüren.

Gingst öffnete eines der Bücher und schlich sich so nah an Thal heran, dass kaum einer außer Thal ihn wahrnehmen konnte. »Wenn du Gewalt aufbringen musst, um deine Ideen durchzusetzen, sind sie nichts wert.«

Tausend Gedanken schossen Thal durch den Kopf. Natürlich hatten sein Großvater und Gingst recht. Aber warum sollte er den König und Buko nicht zur Rechenschaft ziehen?

»Alles zu seiner Zeit und mit den richtigen Methoden.« Gelia streckte die Hand aus. Thal zögerte. Er blickte auf die ausgestreckte Hand seines Großvaters. Er spürte den erschöpften Buko vor sich. Schlaff hing er da. Schwer atmend vor Erschöpfung. Selbst jetzt wirkte sein Blick noch arrogant und herablassend. Thal wog das Für und Wider ab. Es gab genügend Gründe, sich persönlich Genugtuung zu verschaffen. Auf der anderen Seite gab es aber ebenso viele, die dagegen sprachen. Er riskierte einen Blick auf den Marktplatz. Er war, wie so oft in jüngster Vergangenheit, gut gefüllt. Die Stille, die sie umhüllte, spürte er mit jeder Pore seines Körpers. Trotz ihres Aufstandes waren die meisten geblieben und warteten auf den Ausgang ihres Kampfes. Thal erwartete nicht, dass jemand seine Schlacht für ihn schlagen würde, dennoch spürte er die Unterstützung der Anwesenden.

»Du hast schon Großes geleistet in deinem Leben, aber widme dich doch mal denjenigen, die ein Interesse an dir haben«, sprach Thal, bevor er Buko in die Arme seines Onkels stieß. Der König fing Buko auf. Gingst streckte ihm sein Buch entgegen. Grinsend und freundlich, beinahe so, als hätte er ihn nicht vom Gipfel geworfen.

»Ich wusste es, nachdem wir den Gutshof verlassen hatten, Thal.« Gingst bemerkte, dass Thal nicht verstand, wovon er redete. »Ich habe dir die relevanten Seiten in dein Buch gelegt.«

Thal griff nach seinem Buch. Er schlug es auf. In der Tat lagen dort einige lose Blätter. Gingst hatte sie wohl in der Nacht, als sie in dem Gasthaus gewesen waren, entwendet. Er überflog die Seiten. Auf einer Seite war eine Zeichnung. Er erkannte den Gipfel. Und die zwei Planeten. Auch wurde hier ein heller Lichtblitz dargestellt. Er erkannte die Steine auf dem Gipfel, hinter denen sich Buko und sein Gefolge versteckt hatten. Und er erkannte einen Wolkenläufer. Der über die Wolken den Gipfel hinunterspazierte.

»Ich wusste, dass du das bist.« Gingst grinste breit. Thal klappte das Buch wieder zu. Es war leicht. Viel leichter als sein Schwert. Er schmiss es leicht in die Höhe, um es wieder in die richtige Position zu bringen. Als Letzter hob Thal sein Buch in die Höhe. Gingst fiel ihm um den Hals.

Als er und Gingst sich wieder Buko und dem König zuwenden wollten, waren diese verschwunden.

Als nach kurzer Stille ein nicht zu überhörender Jubel ausbrach, fielen die trennenden Mauern und Tore in sich zusammen und ein gemeinsames Erbess enstand.

Thal senkte den Blick nach unten, er fühlte seine Schreibfeder … Wieder auf Normalmaß geschrumpft.

Über den Autor

Geboren wurde ich 1987 in Heidenheim an der Brenz und bin in Aalen aufgewachsen. Nach meiner Schulzeit ließ ich mich zum Kaufmann ausbilden und fing hier bereits mit dem Schreiben an. Zwischenzeitlich in Fürstenfeldbruck angekommen, arbeitete ich zunächst hobbymäßig als Trainer. Später betreute ich nebenberuflich Sportler und Athleten in ihrer körperlichen und mentalen Entwicklung. Dem Schreiben treu geblieben, verwirklichte ich mich mit fachlichen Inhalten und arbeitete sowohl mit Menschen mit Behinderungen wie auch Leistungssportlern zusammen.

Bücher haben mich schon immer begeistert und eine Idee für das eigene Buch hatte mich schon immer verfolgt. Nach einem Jahrzehnt in den Büros dieser Welt und einer schreibenden Tätigkeit in diversen fachlichen Foren wuchs in mir der Drang, mich zu verändern, und der immer präsent gebliebene Traum vom Schreiben, das mir seit meiner Schulzeit so viel Freude bereitete, wurde in die Realität umgesetzt. Das Schreiben öffnete mir die Augen und eröffnete mir weitere Möglichkeiten. Die Leidenschaft zum Schreiben und das Umsetzen seines Projekts löste mir die Fesseln der Vernunft und erlaubte mir, meine eigene Welt zu erschaffen. Das hierfür erforderliche Werkzeug eines Autors erlernte ich in Einzelcoachings und einer sechsmonatigen Schreibwerkstatt.

Der Prozess, der mich dazu veranlasste mich hier nun zu offenbaren und die Themen, die mich bewegen, möchte ich mit dir auf diesen Seiten teilen.

Begleite mich auf meiner Reise zum eigenen Buch und lass dich von meiner Begeisterung anstecken.

When you write your story of your life,
don't let anyone else hold the pen.

Novitäten 2019 / 2020 im Franzius Verlag

Romane

»Die Macht der Akademie«
Schweden-Krimi von Neal Skye, ISBN 978-3-96050-190-9

»Das Zugticket«
Roman von Monica Heinz, ISBN 978-3-96050-188-6

»Endstation Himmel«
Roman von Angelika Lorenz, ISBN 978-3-96050-186-2

»Bis ans Ufer«
Historischer Krimi von Sophie Heinig, ISBN 978-3-96050-182-4

»Reise zum inneren Avatar«
Spiritueller Roman von Mirjam Wyser, ISBN 978-3-96050-176-3

»Die Heimsuchungen der Familie Bell – Teil 1«
Historischer Krimi von Christiane Kromp, ISBN 978-3-96050-174-9

»Mörderische Psychospiele –
Zwischen Bremen und der Nordsee«
Regionalkrimi von Sabine Bruns, ISBN 978-3-96050-172-5

»28 m^2 – Die Probandenstudie«
Thriller von Perry Payne, ISBN 978-3-96050-168-8

»Redric – Die andere Seite der Angst«
Young-Adult Thriller von Jenny Rubus, ISBN 978-3-96050-160-2

»Tödliche Ruhr«
Kriminalroman von Ralf Weißkamp, ISBN 978-3-96050-152-7

»Ein Stück Süden für Dich«
Kreta-Roman von Sigrid Wohlgemuth, ISBN 978-3-96050-150-3

»Barackenkinder«
Roman nach einer wahren Begebenheit
Von Marion Schinhofen, ISBN 978-3-96050-158-9

»Das Spanische Schwert«
Kriminalroman mit historischem Bezug von Neal Skye & Cherry Loster, ISBN 978-3-96050-147-3

Sachbücher und Ratgeber

»Enneagramm und Hochsensibilität –
Die neun Persönlichkeitstypen und ihr Entwicklungspotential«
Von Dr. Marianne Skarics, ISBN 978-3-96050-170-1

»Increase your energy – Mehr Gesundheit, Erfolg und Glück«
Deutsche Erstausgabe des Titels »Increase your energy«
Von Frederick Dodson, ISBN 978-3-96050-136-7

»Magnetic Wealth Attraction – Werde ein Magnet für Wohlstand, Überfluss und Fülle«
Deutsche Erstausgabe des Titels » Magnetic Wealth Attraction«
Von Frederick Dodson, ISBN 978-3-96050-180-0

»Eine glückliche Seelen in zwei Körpern – Dualseele 2.0«
Von Petra Liermann, ISBN 978-3-96050-178-7

Kinder- und Jugendbücher

»Acello und die Umweltmagier«
Band 4 der »Acello«-Reihe
Von Mirjam Wyser, ISBN 978-3-96050-184-8

»Die Kristallkinder und das fliegende Auto«
Band 3 der »Kristallkinder«-Reihe
Von Mirjam Wyser, ISBN 978-3-96050-166-4

Weitere Fantasy-Titel im Franzius Verlag

»Kate – Eine Göttin auf Erden«
Fantasy von Perry Payne, ISBN 978-396050-049-0

»Kate – Die letzte Göttin«
Fantasy von Perry Payne, ISBN 978-396050-057-5

»Im Kreis des Drachen«
Jugend- und Erwachsenen-Fantasy
Von Frank Bergmann, ISBN 978-3-96050-132-9

»Die Siegel Asinjas: Ozean des Lichts«
Band 1 der Asinja-Trilogie
Jugend-Fantasy von Andi LaPatt, ISBN 978-3-945509-66-1

»Die Siegel Asinjas: Im Auge des Drachen«
Band 2 der Asinja-Trilogie
Jugend-Fantasy von Andi LaPatt, ISBN 978-3-96050-101-5

»Nela und der weiße Falke«
Band 1 der Nela-Reihe
Kinder- und Jugend-Fantasy von Yngra Wieland
ISBN 978-3-945509-88-3

»Nela und das blaue Amulett«
Band 2 der Nela-Reihe
Kinder- und Jugend-Fantasy von Yngra Wieland
ISBN 978-3-96050-019-3